BASTEI
LÜBBE

# ROBERT RANKIN

# APOCALYPSO

Roman

Ins Deutsche übertragen
von Axel Merz

BASTEI
LÜBBE

BASTEI LÜBBE TASCHENBUCH
Band 24 299

1. Auflage: April 2002

Vollständige Taschenbuchausgabe

Bastei Lübbe Taschenbücher ist ein Imprint
der Verlagsgruppe Lübbe

Deutsche Erstveröffentlichung
Titel der englischen Originalausgabe: Apocalypso

Lektorat: Stefan Bauer
Titelillustration: Arndt Drechsler
Umschlaggestaltung: QuadroGrafik, Bensberg
Satz: Heinrich Fanslau, Communication/EDV, Düsseldorf
Druck und Verarbeitung:
Brodard & Taupin, La Flèche, Frankreich
Printed in France
ISBN 3-404-24299-8

Sie finden uns im Internet unter
http://www.luebbe.de

Der Preis dieses Bandes versteht sich einschließlich
der gesetzlichen Mehrwertsteuer.

# 1

Porrig lag im Rinnstein, doch er sah keine Sterne. Er rieb sich die Beule auf der Stirn und haderte mit dem Schicksal. Mit dem Schicksal hadern war etwas, das Porrig auf einer mehr oder weniger regelmäßigen Basis betrieb. Es lag ihm. Er war gut darin.

Porrig seufzte, während er rieb und sich fragte, was genau er eigentlich diesmal falsch gemacht hatte. Es dauerte nicht lange, bis er zu einer Schlussfolgerung gekommen war. Porrig war unwissentlich der Erzfeindin des Mannes wie du und ich in den Weg getreten. Political Correctness. Porrig hatte das Falsche in der falschen Gesellschaft gesagt – und hatte den Preis dafür gezahlt.

Er hatte eine Tracht Prügel kassiert.

Er hatte den Nachtisch verpasst.

Die Dinnerparty war, bis Porrig das Falsche gesagt hatte, gar nicht schlecht gewesen. Die fünf anwesenden Personen hatten sich ganz gut amüsiert. Porrigs Verlobte Ellen hatte sich ganz gut amüsiert. Ihre beiden Freundinnen vom College hatten sich ganz gut amüsiert. Und Collette, Ellens Schwester (deren Dinnerparty es war), hatte sich ebenfalls ganz gut amüsiert. Porrig selbst hatte sich nicht ganz so gut amüsiert wie die anderen, vielleicht deswegen, weil er nicht so oft zu Wort gekommen war. Aber er hatte sich bis zu einem Punkt amüsiert, was immerhin besser war, als hätte er sich überhaupt nicht amüsiert.

Und sich überhaupt nicht amüsieren war etwas, das

Porrig wenigstens ebenso häufig tat wie mit seinem Schicksal hadern. Tatsächlich ging Porrig beides Hand in Hand. Sozusagen.

Die Dinnerpartykonversation hatte sich um »Schwestern« im Allgemeinen und um die Frauenbewegung gedreht. Porrig hatte nicht viel davon verstanden, hauptsächlich deswegen, weil er keine Schwester »besaß«, und natürlich auch, weil er das Wort »Bewegung« in der Regel mit seinem Darm in Verbindung brachte. Peristaltische Assoziationen, sozusagen. Doch wenigstens hatte sich die Konversation um Frauen gedreht, und Porrig redete gerne und viel über Frauen.

So kam es, dass Porrig, als die Unterhaltung ein wenig einzuschlafen drohte (entweder um zwanzig vor oder um zwanzig nach irgendwas, zu jener mysteriösen Zeit also, zu der Unterhaltungen stets einzuschlafen drohen, doch davon später mehr), die Gelegenheit beim Schopf ergriffen und beiläufig bemerkt hatte, dass er, was Frauen anbetraf, auf »Holz vor der Hütte« stand.

Die erstickten Ächzer und entsetzten Gesichter informierten Porrig, dass er eine gesellschaftliche Taktlosigkeit von sich gegeben hatte.

Porrig grinste verlegen. »Habe ich tatsächlich ›Holz vor der Hütte‹ gesagt?«, fragte er.

Vier Frauenköpfe nickten grimmig.

»Ich bitte um Entschuldigung«, haspelte Porrig. »Ich meinte natürlich ›Brett vor dem Kopf‹. Ich habe ein Brett vor dem Kopf, was Frauen anbetrifft.«

Es hatte nichts genutzt.

Porrig war zur Rechenschaft gezogen worden. Grausame Worte waren gefallen, und für einen Augenblick hatte es geschienen, als sei Porrig nicht mehr Porrig, sondern irgendeine abscheuliche Verkörperung aller Dinge, die männlich und aus diesem Grund verachtenswert waren.

Porrig hatte es wie ein Mann ertragen. Schließlich war er derjenige mit dem Brett vor dem Kopf.

Danach, aus einem für Porrig ganz und gar unerfindlichen Grund, hatte eine der Collegefreundinnen seiner Verlobten das Thema »Männersocken« zur Sprache gebracht. Wie »geschmackvoll« Männer doch aussähen mit nichts an als ihren Socken. Es hatte ihr einen großen Lacher ringsum an der Tafel eingebracht.

Porrig, der zu spüren glaubte, dass sich die Situation wieder entspannt hatte, antwortete, indem er auf den praktischen Aspekt von Männersocken hinwies. Wie selten sie gewechselt werden mussten beispielsweise. Auch das brachte einen großen Lacher.

In dem Gefühl, sich endlich auf sicherem Territorium zu bewegen, fuhr Porrig fort. Männersocken seien gewissen weiblichen Gegenstücken vorzuziehen, erklärte er, weil sie viel einfacher an- und auszuziehen wären. Sogleich gab er eine amüsante Anekdote aus seiner Vergangenheit zum Besten und berichtete von seinen Problemen, als er versucht hatte, eine junge Frau auf dem Rücksitz eines Taxis aus ihren Nylons zu schälen.

Porrig wusste nicht genau, wer den ersten Schlag ausgeteilt hatte, nur, dass er der Adressat gewesen war. Er seufzte einmal mehr und rappelte sich aus dem Rinnstein hoch. Ist meine Verlobung eigentlich noch angesagt?, fragte er sich. Sie schien dieser Tage häufiger abgesagt zu sein als die Konzerte einer menstruierenden Madonna. Porrig stöhnte. Das war schon wieder so ein Lapsus! Abgesagt wie ein Fußballspiel in starkem Regen, hatte er selbstverständlich denken wollen.

Porrig klopfte sich den Straßendreck aus der Kleidung. Diese Flecken – war das Rotwein oder Blut? Wahrscheinlich beides. Porrig nutzte die Gelegenheit, um einmal mehr mit seinem Schicksal zu hadern. Es war nicht seine Schuld, dass er immer wieder in derartige Situationen geriet. Na ja, irgendwie schon, aber bestimmt nicht ... oder vielleicht doch.

Porrig war kein schlechter Mensch. Er war freundlich und fürsorglich. Trotzdem fehlte ihm ein gewisses Etwas. Irgendein soziales Gen, das nicht in seine Zeugung miteingeflossen war. Er sagte die falschen Dinge und tat das Falsche, doch nicht aus Bösartigkeit oder Häme.

Einfach so.

Er strengte sich so sehr an, alles richtig zu machen, doch seine wohlgemeinten Bemerkungen gingen irgendwie stets knapp daneben. Oder genau hinein ... ins nächste Fettnäpfchen, je nachdem, von welchem Standpunkt aus man die Sache betrachtete. Porrig war immer irgendwie aus dem Schritt. Doch immer nur haarscharf.

Tagsüber säuberte und polierte Porrig Gebrauchtwagen auf, für einen Mann von zweifelhafter Integrität, der in der Umgebung als der »Irre Jack« bekannt war. Porrig hatte früh im Leben gelernt, dass es stets besser war, sich vorsichtig zu bewegen, wenn man sich in der Nähe eines Mannes aufhielt, der das Epitheton »Irre« trug. Auf der Arbeit wählte Porrig seine Worte daher stets mit größter Bedacht. Der Irre Jack nannte seinen einzigen Arbeitnehmer »Tumber Porrig«, und beide schienen mit diesem Arrangement einigermaßen zufrieden.

Des Nachts jedoch lagen die Dinge anders. Des Nachts kam der *wahre* Porrig aus dem Kokon, in das er sich tagsüber verkroch. Der *wahre* Porrig war Cartoonist. Ein graphischer Stückeschreiber. Ein Schöpfer epischer Comichelden.

Nicht, dass es ihm bisher gelungen wäre, eine seiner Geschichten zu publizieren. Doch er bemühte sich weiter. Und wie er sich bemühte! Und er war vorsichtig. Sehr vorsichtig, damit nur ja jede einzelne seiner Comicfiguren politisch korrekt war. Seine jüngste Schöpfung war beispielhaft in dieser Hinsicht – ein kleiner schwarzer Junge, der in Begleitung seines liebenswürdigen Köters gegen soziale Ungerechtigkeit kämpfte und die bösen Jungs in die Flucht schlug.

Warum genau *Die Abenteuer von Johnny Ausländer und seinem Hund Dildo* bisher keinen einzigen möglichen Verleger interessiert hatten, das konnte Porrig höchstens raten, aber nicht verstehen.

Aber vielleicht würden sie seinen jüngsten Helden annehmen, der nicht nur ein Schwarzer war, sondern im Rollstuhl saß. *Jasti der Spasti.*

Porrig wanderte nach Hause. Er lebte ein stilles Leben bei seiner Mum und seinem Dad auf der Moby Dick Terrace. »Still«, weil seine Mutter ihm das Reden im Haus verboten hatte und »bei seiner Mum und seinem Dad«, weil niemand begierig darauf schien, ihm eine Wohnung zu vermieten. Sie wohnten direkt gegenüber dem Haus, das dem berühmten Archroy gehört hatte, dem weltberühmten Reisenden und Entdecker der Arche Noahs. Archroys Haus hatte eine blaue Plakette vor dem Eingang. Porrigs Haus nicht.

Eines Tages wird es auch eine haben, dachte Porrig, auch wenn niemand so recht wusste, warum das so sein sollte.

Porrig trat nicht durch das Vorgartentor, sondern kletterte behutsam über den Zaun. Der Grund für dieses übertriebene Verhalten war, dass Porrigs Nachbarin, Mrs. Chisholm, ihm Fallen zu stellen pflegte. Mrs. Chisholm war erst vor kurzem einer Pfingstkirche beigetreten, der Dreiundzwanzigsten Kongregation von Espadrille, und seitdem zu der festen Überzeugung gelangt, dass Porrig ein Agent des Antichristen war.

Porrig hatte versucht, ihr diesen Gedanken auszureden, doch seltsamerweise waren seine Unschuldsbeteuerungen nicht erhört und sein freundliches Angebot, ihr die Haare zu zupfen, die auf einem Muttermal in ihrem Gesicht sprossen, missverstanden worden. Und so war Porrig weiterhin gezwungen, in seinem eigenen Garten größte Vorsicht walten zu lassen.

Porrig stieg über den Klavierdraht, der zwischen den Rosenbüschen gespannt war, drehte den Schlüssel der Vordertür und betrat das Haus.

Als Nächstes musste er über den Lehnsessel klettern, der den Flur blockierte. Dies war keine Barrikade, um ihn draußen zu halten, noch war es die Arbeit von Mrs. Chisholm. Es war nur seine Mum, die einen weiteren Versuch in *Feng-Shui* unternahm.

Auf dem Tisch in der Diele lag ein Umschlag. Porrig bemerkte, dass sein Name darauf stand. Der Name war mit grüner Tinte geschrieben. Die Schrift war sorgfältig. Porrig nahm den Umschlag und ging damit nach oben.

Porrigs Schlafzimmer war nicht ganz uninteressant.

Es enthielt zahlreiche Bücher, denn Porrig war ein eifriger Leser und verschlang die Werke von Berühmtheiten wie Johnny Quinn und Hugo Rune mit großem Genuss. Ob er allerdings viel von dem in sich aufnahm, was er da las, stand zur Diskussion (wenn auch nicht für jemanden, der ernsthaft darüber nachdachte).

Dort stand natürlich auch Porrigs Kleiderschrank, und seine jüngsten Bemühungen als Schreiberling waren an ihn geheftet. Es muss gesagt werden, dass er kein schlechter Künstler war. Geschickt und fachmännisch, mit einer Leichtigkeit und einer Strichführung, die perfekt geeignet waren, die Stimmung und Disposition seiner Charaktere einzufangen. Doch all das wurde zunichte gemacht von den unerträglichen Phrasen, die in Sprechblasen aus ihren Mündern kamen.

Porrig setzte sich auf die Bettkante und betrachtete den Umschlag. Es war definitiv sein Name, der auf der Vorderseite stand, doch es gab weder eine Anschrift noch eine Briefmarke – also war der Brief von Hand zugestellt worden. Was möglicherweise kein gutes Zeichen war. Eine Briefbombe von der Nachbarin vielleicht? Porrig schüttelte den Gedanken ab. Er mochte zahlreiche Fehler haben, doch der Mantel der Paranoia hing nicht in der Garderobe seiner Unzulänglichkeiten.

Laut las Porrig seinen Namen. Er buchstabierte sich Padraig, doch weil er sich wie Porrig aussprach, nannte ihn jeder so.

»Padraig«, las Porrig. »Padraig Arthur Naseby.« Porrig schüttelte den Kopf. Er hasste diesen Namen. Ganz gleich, wie man ihn betonte, er klang immer wie »der Angeklagte«. »Padraig Arthur Naseby, Sie stehen vor mir wegen fortgesetzter politischer Inkorrektheit.

Bekennen Sie sich für schuldig?« Schuldig. Immer wieder schuldig.

Porrigs Name war etwas, womit er ständig haderte. Er würde ihn durch einseitige Rechtserklärung ändern, sobald er dazu kam. Und sobald ihm ein besserer Name eingefallen war. Er stellte sich etwas Schickes vor. Einen von diesen Doppelnamen, die in der Aristokratie so beliebt waren. Screen-Saver vielleicht oder Sellby-Date.

Padraig Arthur Naseby, also wirklich!

Porrig öffnete den Umschlag. Darin fand er – wie erstaunlich! – einen Brief, der an ihn adressiert war. Porrig entfaltete das Blatt. Bestes Papier, mit Wasserzeichen und glänzend und alles. Von einer Anwaltskanzlei: Ashbury, Gilstock und Phurz-Backe, Grand Parade, Brighton, Sussex.

»Brighton, Sussex«, las Porrig. »Ich war noch nie in Brighton, Sussex. Und Phurz-Backe, das ist ein guter Name. Der gefällt mir. Porrig Phurz-Backe. Das hat definitiv einen Klang.«

Nachdem er kurz darüber nachgedacht hatte, wandte er sich wieder dem Brief zu und las:

*Mein Lieber Mr. Naseby (stand dort),*

*Ich wurde vom Nachlassverwalter Ihres verstorbenen Onkels angewiesen, Sie über Ihr Erbe in Kenntnis zu setzen.*

*Wie Sie sicherlich wissen, hat sich Ihr Onkel nach seinem Rückzug von der Bühne verschiedensten und zahlreichen Unternehmungen zugewandt. Nicht alle davon waren erfolgreich, und so muss das volle Ausmaß seiner Schulden sowie die Rechtmäßigkeit mehrerer Besitztümer erst noch geklärt werden.*

*Allerdings ist sein Testament in einer Hinsicht unmissverständlich; ALPHA 17 soll Ihnen und Ihnen allein gehören.*

*Um das Prozedere möglichst einfach und zweckmäßig zu gestalten, ist Ihre baldmöglichste Anwesenheit hier erforderlich.*

*Bitte bringen Sie einen Nachweis Ihrer Identität mit. Wir verbleiben in freundlicher Erwartung Ihres Besuchs.*

Gezeichnet (et cetera et cetera)

»Et cetera«, sagte Porrig.

Und »Käsus von Nazareth!«, sagte er.

Und »Onkel *Wer*?«, sagte er.

Und »ALPHA 17?«, sagte er auch noch. »Ein Onkel, von dem ich nichts weiß, ist gestorben und hat mir einen ganzen Planeten vermacht.«

Sagte er.

# 2

Porrigs Vater, Augustus Naseby, lungerte im Stehzimmer. Es war bis vor kurzem das Wohnzimmer gewesen, doch mit dem neuerlichen Anfall von Feng-Shui seitens seiner Ehefrau standen die Sessel nun im ganzen Haus verstreut. Im Wohnzimmer war nur noch ein einziges Möbel geblieben – ein niedriger Wohnzimmertisch mit einer Topfpflanze darauf. Und eine Schubladenkommode ohne Schubladen. Allerdings muss gesagt werden, dass beide wirklich ganz *wundervoll* arrangiert waren.

Porrigs Dad also lungerte im Stehzimmer, hinter der schubladenlosen Schubladenkommode. Lungern war etwas, das Augustus ausgezeichnet beherrschte; er hatte es zu einer Kunstform erhoben. Beim Erscheinen seines Sohnes in der Tür zog er sich hinter die Kommode zurück und verhielt sich mucksmäuschenstill.

»Dad«, sagte Porrig, »ich muss mit dir reden.«

Augustus Naseby ließ sich nichts anmerken. Er richtete sich auf und wandte sich an seinen Sohn: »Ah, bist du es, Porrig?«, fragte er.

»Ja, Dad, ich bin es, Porrig«, sagte Porrig.

»Ganz mein Sohn, wie?«

Porrig schüttelte den Kopf. »Warum auf einmal der irische Akzent?«, fragte er.

»Ich habe überlegt, ob ich nicht der katholischen Kirche beitreten soll, mein Sohn. Ich wollte wissen, wie es ist, bevor ich mich entscheide.«

»Und wie ist es?«

»Ziemlich gut. Wenn man mit nordirischem Akzent spricht, wird man in den Pubs viel schneller bedient. Aber warum sprichst du eigentlich, mein Sohn? Du weißt doch, dass es in diesem Haus nicht gestattet ist?«

»Ich habe etwas sehr Wichtiges zu sagen. Es geht um deinen Bruder.«

»Gott sei seiner Seele gnädig.«

»Ah. Dann weißt du es also bereits.«

»Was weiß ich?«

»Dass er tot ist.«

»Wer ist tot?«

»Dein Bruder.«

»Ich habe keinen Bruder.«

»Aber du hast doch gesagt: ›Gott sei seiner Seele gnädig‹?«

»Es ist eine irische Redensart. Die Iren sagen es andauernd.« Augustus Naseby bekreuzigte sich.

Porrig seufzte.

»Tu das nicht«, sagte Porrigs Dad. »Du weißt, wie sehr mich das deprimiert.«

Porrig seufzte erneut, und sein Vater zuckte zusammen. »Hast du nun einen Bruder oder nicht? Oder *hattest* du einen Bruder? Ja oder nein?« Porrig verschränkte die Arme vor der Brust. »Komm schon, ich muss es wissen.«

In diesem Augenblick betrat Porrigs Mum, Myra Naseby, das Stehzimmer. Sie trug ein Goldfischglas mit einem Stück Käse darin[1]. »Halt die Klappe, Porrig«, sagte sie.

---

1 Der Käse war nicht aus Nazareth.

»Mum, es ist aber wichtig! Ein Onkel ist gestorben und hat mir einen Planeten vermacht.«

Myra Naseby brach in Tränen aus. »Du böser Junge!«, sprudelte sie hervor. »Was für schlimme Sachen du doch immer sagst! Warum kannst du nicht so sein wie dein Bruder!«

»Ich hab doch gar keinen Bruder!«

»Und wessen Schuld ist das?«

»Sieh mich nicht so an!«, sagte ihr Ehemann. »Ich habe in unserer Hochzeitsnacht getan, was von mir erwartet wurde. Einmal muss doch wohl reichen, oder?«

Porrig seufzte erneut. Seine Mutter kreischte auf, und sein Vater duckte sich zurück in die Ecke hinter der schubladenlosen Schubladenkommode.

»Ich beabsichtige, dieser Sache auf den Grund zu gehen«, sagte Porrig. »Einer von euch beiden muss einen Bruder gehabt haben. Wie sonst hätte er mein Onkel sein können?«

»Geh auf dein Zimmer!«, befahl Porrigs Mutter. »Und komm nie wieder heraus!«

Porrigs Arme waren vor der Brust verschränkt, und daran änderte sich auch jetzt nichts. »Wer von euch beiden hatte einen Bruder?«, verlangte er zu erfahren.

Augustus Naseby streckte den Kopf aus seiner Deckung. »Sieh mal, Porrig«, begann er. »Es gibt da etwas, das deine Mutter und ich dir immer sagen wollten, und jetzt erscheint mir der Zeitpunkt für gekommen.«

»O ja?«, entgegnete Porrig.

»O ja, ich bin ganz sicher.«

»Wenn es geht, mit normalem englischem Akzent.«

»Selbstverständlich. Sieh mal, Porrig, du bist gar nicht unser leiblicher Sohn.«

»Bin ich nicht?«

»Bist du nicht. Du wurdest in einem Labor erschaffen, und du bist immun gegen gewöhnliche Erkältungen.«

»Nein«, sagte Porrig und schüttelte den Kopf.

»Nein?«, fragte sein Vater.

»Nein. Ich hab diese Geschichten alle schon gehört. Dass die Fee mich auf eurer Treppe zurückgelassen hätte. Dass Mutter von Aliens entführt und künstlich befruchtet worden sei. Dass ich von einer Spielzeugfirma in Einzelteilen geliefert und durch magischen Staub zum Leben erweckt worden wäre, den eine Frau euch geschenkt hat, zum Dank, weil ihr sie aus dem Kanal gezogen habt. Dass ...«

»Dass wir eine Dose Sardinen aufgemacht und ...«

»Auch das, ja. Warum müsst ihr nur immer solche Geschichten erzählen?«

Porrigs Dad zuckte die Schultern.

»Weil wir dich nicht mögen, Lieber, darum«, antwortete Porrigs Mutter. »Es ist nichts Persönliches ... na ja, genau genommen doch.«

»Also schön«, sagte Porrig, »meinetwegen.«

»Du meinst, du nimmst es uns nicht übel?«

»Warum sollte ich? Man kann doch nicht erwarten, dass man jeden mag, dem man begegnet. Ich jedenfalls mag längst nicht jeden, dem ich begegne. Tatsächlich gibt es da ein paar Leute, die ich sogar aus tiefstem Herzen hasse. Beispielsweise ...«

»Nein!«, unterbrach ihn seine Mum. »Bitte nicht, Porrig. Das ist wieder so eine Sache, siehst du? Ich weiß, du willst nur ehrlich sein, du meinst das, was du sagst, nicht wirklich böse, aber du beleidigst immer alle Leute, denen du begegnest. Ellen hat hier angerufen, bevor du nach Hause gekommen bist. Sie hat gesagt, du hättest ihre Freundinnen beleidigt, und die Verlobung sei abgesagt und sie möchte dich niemals wiedersehen.«

»Oh«, sagte Porrig.

»Es tut mir wirklich Leid, wenn es dir nahe geht, mein Lieber.«

»Es geht mir nicht nahe. Ich weiß, dass sie nichts weiter als Kinder von mir wollte.«

»Was?«, rief Porrigs Mum.

»Ich glaube nicht, dass Frauen überhaupt Spaß am Sex haben«, sagte Porrig. »Ich denke, sie werden von ihren Hormonen getrieben, sich zu vermehren, und sie ...«

»Halt auf der Stelle den Mund, Porrig!«

»Verzeihung, Mum.«

»Offen gestanden glaube ich, dass er damit vielleicht gar nicht so Unrecht ...«, begann Porrigs Dad.

»Und du hältst ebenfalls den Mund und gehst an das Fenster, wie ich es dir gesagt habe! Du störst mein Feng-Shui, und das dulde ich nicht!«

»Seht mal«, sagte Porrig, »es ist doch wohl ziemlich offensichtlich, dass ihr mich nicht mehr um euch haben wollt. Ellen will mich nicht heiraten, und nun, da ich diese Erbschaft habe, ist wohl ein guter Zeitpunkt, um wegzugehen und meinen Weg in der Welt zu suchen.«

»Erbschaft?«, fragte Porrigs Mutter.

»ALPHA 17. Der Planet. Ich hab es euch doch schon gesagt!«

Porrigs Mutter begann zu lachen.

»Warum beginnst du zu lachen?«, fragte Porrig.

»Oh, das hat keinen besonderen Grund«, antwortete sie. »Manchmal breche ich eben in spontanes Lachen aus. Vermutlich reine Lebensfreude.«

»Hm«, sagte Porrig.

»Es stimmt tatsächlich, Sohn«, sagte Porrigs Vater. »Früher hat sie jedes Mal gelacht, wenn ich meine Unterhosen ausgezogen hab. Wenn ich's mir genau überlege, ist das wahrscheinlich der Grund, aus dem wir nicht mehr Kinder haben.«

Porrigs Mum fuhr ihrem Mann über den Mund. »Porrig hat Recht«, sagte sie hastig. »Jetzt wäre definitiv ein guter Zeitpunkt, um wegzugehen und deinen Weg in der Welt zu suchen. Vor allem, wo du doch einen ... einen ...« Sie brach einmal mehr in Gelächter aus.

»Planeten«, sagte Porrig.

»Planeten, mein Lieber, ja, richtig.« Porrigs Mum brach auf dem Teppich zusammen, wo sie sich umherwälzte, hysterisch weiterlachte und mit den Beinen in der Luft strampelte.

»Ich gehe jetzt nach oben«, sagte Porrig. »Ich werde meine Sachen packen. Gleich morgen Früh breche ich auf.«

»Dann schlaf gut, mein Lieber«, heulte seine Mum, während sie ächzend nach Luft schnappte und mit den Fäusten auf den Boden trommelte.

Porrig ging hinauf in sein Zimmer, zog seinen alten Koffer unter dem Bett hervor und packte seine Sachen.

Er schlief sehr schlecht in dieser Nacht. Seine Träume waren voll von Raumschiffen und Alien-Botschaftern, die in Frieden kamen und nach seiner Willkommensansprache ziemlich eilig wieder abreisten. Ein Friedensrichter war dort, der Dinge sagte wie: »Padraig Arthur Naseby, Sie werden beschuldigt, einen intergalaktischen Krieg angezettelt zu haben. Bekennen Sie sich schuldig?« Und Porrigs Mum war dort; sie lachte und rief: »Schuldig! Schuldig! Runter mit seinem Kopf!«

Porrig wurde früh durch einen Schrei geweckt, das Zersplittern von Glasflaschen und ein Poltern, als der Milchmann über den Klavierdraht im Vorgarten stolperte, seine Kiste fallen ließ und sich den Kopf an der Eingangstür stieß.

Porrig richtete sich im Bett auf. »Zeit zur Abreise, glaube ich«, sagte er zu sich selbst, denn sonst war niemand im Raum.

Er ging ins Badezimmer, duschte, trocknete sich ab und zog sich an. Und sammelte seinen Rasierer, seinen Kamm und seine Zahnbürste ein. Er schob alles in eine Jackentasche und stand noch einen Augenblick vor dem Badezimmerspiegel, um sich zu betrachten.

Ein junger Mann erwiderte seinen Blick. Ein junger Mann von neunzehn Jahren, halbwegs attraktiv, mit festem Kinn und einem Glitzern in den Augen. Es war nicht das Gesicht, das er sich ausgesucht hätte, doch er hatte es sich auch nicht ausgesucht, und es war nichts, womit man hätte hadern können. Porrig grinste das Gesicht an, und das Gesicht grinste Porrig an. Simultan.

»Also schön«, sagte Porrig zu dem Gesicht. »Jetzt ist es so weit.«

Und so war es.

Seine Eltern schliefen noch, also ließ Porrig ihnen einen Zettel auf dem Tisch, auf dem er ihnen dankte, dass sie ihn aufgezogen hatten, und ihnen das Beste für ihre Zukunft wünschte. Leise zog er die Haustür hinter sich ins Schloss, stieg über den reglosen Milchmann und begab sich pfeifend zum Bahnhof.

Über Brentford ging die Sonne auf und segnete die Gemeinde mit ihren wärmenden Strahlen. Spatzen sangen ihre Lieder. Schnepfen schnatterten auf Schornsteinen und schnabulierten Schotendotter, und ein krasser Köter kackte knurrend in einem Kateneingang. Der Perverse Pete spielte im Park mit seinem Pimmel, aber weil Porrig nicht am Park vorbeikam, sah er es auch nicht.

Allerdings kam Porrig am Gebrauchtwagenladen vom Irren Jack vorbei, und hier hielt er kurz, um eine Karte in den Briefkastenschlitz zu stecken. Auf dieser Karte standen Worte des Bedauerns, die dem Irren Jack erklärten, dass Porrig ohne eigenes Verschulden gezwungen sei, vorzeitig seinen Abschied zu nehmen. Porrig hatte sehr lange über diesen Zeilen gebrütet und sie so vorsichtig formuliert, dass sie den Irren Jack unmöglich beleidigen oder gar seine Rache heraufbeschwören konnten.

Das Wort »Arschloch« tauchte in Porrigs vorsichtigem Brief lediglich zweimal auf, einmal in Verbindung mit »blödes« und einmal in Verbindung mit »dämliches«, und beide Male bei der Beschreibung seines Arbeitgebers.

Pfeifend ging Porrig seines Wegs. Die Sonne stieg höher und höher über Brentford.

Ein Stück voraus lauerten Probleme. Probleme mit einem ganz großen »P«.

Am Fahrkartenschalter des Brentforder Bahnhofs saß Russell der Railway-Mann. Er war ursprünglich auf den Namen Russell Hubner getauft worden, doch er hatte ihn durch einseitige Rechtserklärung geändert. Die Arbeit bei der Eisenbahn machte merkwürdige Dinge mit einem Mann (genau wie gewisse Frauen, wenn man genügend zahlt). Doch davon abgesehen hatte Russell seinen Namen mit einer ganz bestimmten Absicht gewechselt: Er plante eine Karriere als Bühnenkomiker. Es hatte einen singenden Postboten gegeben. Und eine singende Nonne. Einen Polizisten auch, und einen Fischer namens Pedro, der den ganzen Tag lang gepfiffen hatte – aber einen Eisenbahner? Wo waren die Eisenbahner, eh? Sie arbeiteten bei der verdammten Eisenbahn, da waren sie! Russell würde das ändern. Nun ja, zumindest für sich selbst.

Bisher war es nicht so gut gelaufen. Genauer betrachtet war es überhaupt nicht gelaufen. Seinen Versuchen, die Welt der Comedy im Sturm zu nehmen, hatte die Welt der Comedy mit Gleichgültigkeit geantwortet. Und wenn nicht mit Gleichgültigkeit, dann mit offener Feindseligkeit. Seine regelmäßigen Auftritte bei der donnerstäglichen Talentnacht im Fliegenden Schwan waren begleitet von Pfiffen und durch die Luft segelndem Mobiliar. Die Welt der Comedy schien noch nicht bereit zu sein für einen rüde Witze reißenden Railway-Mann.

Aber warum?

Nun, es hatte wohl etwas mit Russells »Vortrag« zu tun. Er war ein natürlicher Nuscheler. Und wenn es um Bühnenpräsenz ging – entweder man hat sie, oder man hat sie nicht.

Was sein Material anging – so sehr es Russell selbst

auch fesselte, die Eisenbahnanekdoten über Vorkriegslokomotiven und die Musik von Abba – es fand nicht so breit gestreutes Interesse, wie es hätte finden können. Russells einziger echter Fan war seine Mutter.

Und so schmorte Russell weiter hinter dem Fahrkartenschalter des Brentforder Bahnhofs, bitter und griesgrämig, und ließ seinen Unmut an den Reisenden aus, die zu ihm kamen.

So einer näherte sich in diesem Augenblick. Ein junger Mann mit einem prallen Koffer. Offensichtlich auf dem Weg in den Urlaub.

Russell spähte durch das schmierige Glas des Schalters. »Der Erste für heute«, nuschelte er vor sich hin. »Und er hat nur noch fünf Minuten für den Victoria. Er wird sich ganz schön sputen müssen, wenn er den Victoria nicht verpassen will.«

Porrig schleppte seinen Koffer in die Wartehalle und stellte ihn auf dem gekachelten Boden ab. Dann baute er sich vor dem Fenster des Fahrkartenschalters auf und sagte: »Einmal einfach nach Brighton bitte und ... äh ... hallo, wo sind Sie denn auf einmal?«

Außer Sicht setzte sich Russell auf eine Kiste und öffnete die neueste Ausgabe von *Eisenbahnwelt.* »Dauert nur einen Augenblick, der Herr!«, rief er nach vorn.

»Meinetwegen.« Porrig steckte die Hände in die Hosentaschen und sah sich im Wartesaal um. Es war ein denkmalgeschützter Bahnhof, wie die meisten der älteren Bauwerke in der Gemeinde. Als Sir John Betjeman sein berühmtes Gedicht »Oh Stadt, wie ich dich liebe« über Brentford niederschrieb, mag er vielleicht ein paar Pints hinter der Binde gehabt haben, doch er hat es trotzdem ernst gemeint:

*Oh schöne Gemeind, du edles Juwel,*
*du Krone des Londoner Westens,*
*An der Themse so herb und so kühl,*
*Hier schmecket das Bier noch bestens.*

Wenn es um geschmackvolle Architektur ging, dann hatte Brentford das *gewisse Etwas.* Und noch mehr.

Beiläufig blickte Porrig auf den Fahrplan.

Die Züge nach Victoria, wo er nach Brighton umsteigen musste, gingen jede volle Stunde.

Porrig sah auf seine Armbanduhr.

Vier Minuten vor der vollen Stunde.

»Oh«, sagte Porrig. »Entschuldigen Sie bitte, Sir, aber könnte ich einen Fahrschein kaufen?«

»Dauert nur einen Augenblick, Sir.«

»Bitte beeilen Sie sich. Ich verpasse sonst noch meinen Zug.«

Russell hockte in seinem Versteck und grinste. »Ein ganz Ungeduldiger, wie?«, flüsterte er. »Bin in einer Minute bei Ihnen, Sir!«, rief er.

Porrig scharrte mit den Absätzen. Er hatte sich selbst eigentlich immer als lässigen Kameraden betrachtet. Und man konnte mit Fug und Recht behaupten, dass der rote Anorak der ängstlichen Nervosität genauso wenig in dem drangvoll engen Schrank seiner zahlreichen Fehler hing wie der Mantel der Paranoia.

Der zweireihige Blazer der Ungeduld jedoch hing in jenem Schrank. Und er nahm mehr als den ihm gebührenden Raum ein.

»Beeilung!«, rief Porrig. »Los, Mann, machen Sie voran!«

Eine Dame mit einem Strohhut betrat den Wartesaal.

»Einen schönen guten Morgen, junger Mann«, sagte sie zu Porrig. »Wissen Sie vielleicht, um welche Zeit der nächste Zug geht?«

»Jeden Augenblick«, antwortete Porrig. »Jeden Augenblick. Ich warte darauf, dass ich einen Fahrschein kaufen kann.«

»Macht es Ihnen etwas aus, wenn ich mit Ihnen warte?«

»Hä?«, machte Porrig.

Russells grinsendes Gesicht erschien hinter der Scheibe des Fahrkartenschalters. »Guten Tag, Ma'am«, sagte er. »Was kann ich für Sie tun?«

»Hey!«, zeterte Porrig. »Ich war zuerst an der Reihe!«

»Nun stellen Sie sich nicht so an, Sir!«, entgegnete Russell. »Ladys first.«

»Ich verpasse meinen verdammten Zug!«

»Kein Grund für ungehörige Worte, Sir. Bis der Zug einfährt, ist noch reichlich Zeit.«

»Nein, ist es nicht!«

»Doch, ist es doch, Sir. Also, Ma'am? Was kann ich für Sie tun?«

»Einen Rückfahrschein bitte«, sagte die Dame mit dem Strohhut.

»Wohin denn, Ma'am?«

»Na hierhin natürlich.«

Russell lachte.

Die Dame lachte.

Porrig lachte nicht.

»Die Ältesten sind eben immer noch die besten«, sagte Russell.

»Ich persönlich bevorzuge die Jüngeren«, sagte die Dame mit dem Strohhut. Beide lachten erneut.

»Der Zug fährt ein«, sagte Porrig und deutete zum Gleis. »Ich kann ihn hören.«

»Er ist noch meilenweit entfernt«, widersprach Russell. »Also, Ma'am? Wohin wollten Sie noch gleich, bevor Sie hierher zurückkommen?«

Die Dame mit dem Strohhut neigte den Kopf zur Seite. »Ich kann mich nicht so recht entschließen«, sagte sie. »Was würden Sie sagen, wo ist es um diese Jahreszeit besonders schön?«

»*Was?*«, machte Porrig.

»Nun«, sagte Russell an die Dame gewandt, »das kommt ganz darauf an, wie viel Sie ausgeben wollen. In Penge soll es sehr schön sein, obwohl ich persönlich noch nie dort war. Oder Sie fahren in die West Midlands. Besonders Harcourt, das bekannt ist für seine Stahlwerke. Vor dem Krieg wurden dort viele der 4-2-4-Waggons gebaut, die mit der alten LNER Verwendung fanden.«

»Das wusste ich nicht!«, sagte die Dame mit dem Strohhut.

»Er fährt in den Bahnhof ein!«, rief Porrig und hüpfte nervös von einem Bein aufs andere.

»Vorsicht, Sir, Vorsicht! Dieses Gebäude steht unter Denkmalschutz, wissen Sie?«

»Vielleicht sollten Sie lieber zuerst diesen jungen Mann hier bedienen«, sagte die Dame mit dem Strohhut. »Er scheint nervös zu sein.«

»Wenn Sie meinen«, sagte Russell.

»Meine ich«, sagte die Dame.

»Also schön, Sir, wohin möchten Sie?«

»Eine einfache Fahrt nach Brighton, aber bitte beeilen Sie sich!«

»Nicht in diesem Ton, Sir! Nicht in Gegenwart einer Dame!«

»*Was?*«

»Das kleine Wort, Sir. Das kleine Wort.«

»*Was?*«

»*Danke,* Sir. Bedanken Sie sich bei der Dame.«

»*WAS?*«

»Ich warte, Sir. Höflichkeit kostet nichts, Sir, wissen Sie?«

»Der Zug ist schon im Bahnhof! Ich werde ihn versäumen!«

»Die Postsäcke müssen noch eingeladen werden. Ihnen bleibt reichlich Zeit, Sir. Nun geben Sie sich endlich einen Ruck. Bedanken Sie sich bei der Dame, dass sie Ihnen den Vortritt gelassen hat.«

Porrig ballte die Fäuste und öffnete sie wieder. »Also schön«, stieß er hervor. »Also schön. Danke sehr, Ma'am. Und jetzt geben Sie mir endlich einen Fahrschein nach Brighton!«

»Ich glaube nicht, dass Sie ›bitte‹ gesagt haben, Sir, oder haben Sie?«

»Aaaaaaaaaaaaagh!«, machte Porrig.

»Also schön, ich bin bereit, das zu akzeptieren«, sagte Russell. »Schließlich sind die Fahrgäste nicht verpflichtet, höflich zu uns zu sein. Nur wir, wir müssen höflich zu den Fahrgästen sein.«

»Eine einfache Fahrt nach Brighton, bitte! Bitte, bitte, bitte.«

»Eine einfache Fahrt nach Brixton, Sir. Sehr wohl, Sir. Bitte sehr, bitte gleich.«

»Brighton!«, sagte Porrig.

»Selbstverständlich, Sir. Benton.«

»Brighton! *Brighton!* BRIGHTON!«, brüllte Porrig.

»Oh, Brighton. Ich muss wohl falsch verstanden haben, Sir. Ich bin ein wenig taub auf dem linken Ohr, wissen Sie? Möchten Sie erfahren, wie es dazu gekommen ist? Offen gestanden ist es eine ziemlich kuriose Geschichte. Es war in Crewe, und wir hatten eine von diesen Führungen durch die Maschinenschuppen, als ...«

»Geben Sie mir meinen Fahrschein. Geben Sie mir einfach nur meinen Fahrschein.«

»Wie Sie meinen, Sir. Was war das noch einmal für ein Fahrschein, den Sie wollten? War es ein Super-Saver, ein Value-Variable, ein Weekend-Wonder oder ein mmmmmmmmbel hmmmmmbmmmbel ...«

»Ich verstehe Sie nicht. Sie nuscheln! Sie sprechen leise. Undeutlich. Unverständlich. Murmelnd. Pispernd. Fispernd. Zischelnd. Munkelnd. Brummelnd. Ich ... hören Sie, geben Sie mir einen Fahrschein, irgendeinen, bitte! Der Zug wartet nicht auf mich.«

»Erster oder Zweiter Klasse?«

»Egal. Irgendeinen Fahrschein!«

»Sie müssen sich schon entscheiden, mein Herr. Ich darf Sie nicht beeinflussen. Ich würde meinen Job riskieren, verstehen Sie?«

»Zweiter Klasse, bitte. Der Zug fährt jeden Augenblick wieder ab. Er fährt ohne mich ab!«

»Also Zweiter Klasse, der Herr. Bitte sehr, bitte gleich. Neun Pfund, siebzehn Shilling und Sixpence.«

Porrig warf eine Zehn-Pfund-Note auf den Tisch.

»Ich glaube nicht, dass ich darauf herausgeben kann, mein Herr. Haben Sie keinen größeren Schein?«

»*Größer?*«

»Es ist eine von diesen neuen Computerkassen.«

Porrig packte seinen Zehner und kramte in den Hosentaschen. Er hatte all seine Ersparnisse dabei. Er fand eine Zwanzig-Pfund-Note und warf sie auf den Tresen. Russell reichte ihm die Fahrkarte. »So«, sagte er, »wollen wir doch mal sehen, ob wir diese Kasse zum Arbeiten bringen können. Ich glaube, ich muss diese Taste drücken ... oder war es diese?«

»War das nicht die Pfeife des Zugschaffners?«, fragte die Dame mit dem Strohhut.

»Aaaaaaaaaaaaagh!«, machte Porrig, gab sein Wechselgeld auf, packte seinen alten Koffer und stürzte zum Bahnsteig davon.

Russell und die Dame mit dem Strohhut sahen ihm hinterher.

»Ein ziemlich flinker junger Mann«, sagte die Dame mit dem Strohhut. »Glaubst du, dass er den Zug noch kriegt?«

»O ja!«, antwortete Russell. »Gerade so. Bisher hat noch niemand den Zug versäumt. Ich darf mit Fug und Recht behaupten, dass ich sie bis zur allerletzten Sekunde aufhalten kann. Das ist das Lustige daran, verstehst du? Das richtige Timing. Es wäre nicht mehr lustig, wenn die Leute ihre Züge verpassen würden.«

»Du bist ein Genie, Russell«, sagte die Dame mit dem Strohhut. »Ein unglaubliches Talent. Du verschwendest deine Zeit hinter diesem Schalter. Aber dein Tag wird kommen, mein Sohn, dein Tag wird kommen.«

»Danke, Mum. Ich weiß es wirklich zu schätzen, dass du jeden Morgen hier herunterkommst und mit mir an meinem Programm arbeitest.«

»Die beste Freundin eines Jungen ist immer noch seine Mutter«, entgegnete die Dame mit dem Strohhut. »Außerdem kommt das zusätzliche Geld gelegen. Gib mir meinen Anteil vom Wechselgeld des jungen Dummkopfs, und ich gehe einkaufen. Möchtest du heute Abend Schweinekoteletts?«

»Wunderbar, Mum«, sagte Russel der Railway-Mann.

# 3

Der Zugschaffner hatte *tatsächlich* in seine Pfeife geblasen, und der Zug stand *tatsächlich* im Begriff abzufahren. Ächzend und schnaufend rannte Porrig über den Bahnsteig, während er einmal mehr mit seinem Schicksal haderte. Im letzten Abteil des allerletzten Waggons bemerkte ein unbekannter Barmherziger Samariter Porrigs Bürde und öffnete die Tür für ihn. Porrig kletterte in den Zug.

Er warf die Tür zu, schwang seinen Koffer unter einigen Mühen auf das Gestell hinauf und warf sich dann auf die Sitzbank darunter.

»Danke sehr«, sagte Porrig mit immer noch atemloser Stimme.

Der Barmherzige Samariter lächelte. »Das war knapp«, beobachtete er.

Porrig nickte bitter. »Diese Bastarde«, sagte er.

»Verzeihung?«

»Bastarde. So ein Depp hinter dem Fahrkartenschalter und ein Kretin von einer alten Schachtel, die sich einfach vorgedrängt hat. Ich weiß nicht, warum Pensionäre nur ihren Führerschein neu machen sollen. Meiner Meinung nach müssten sie ihren Schulabschluss wiederholen und ihr Schwimmabzeichen gleich mit. Und wenn sie durchfallen – Euthanasie!«, sagte er. »Das wäre besser so für sie.«

»Das ist vielleicht ein wenig extrem.«

»Man muss grausam sein, um seine Liebe zu zeigen«, sagte Porrig. »Wir erlösen sie von *unserem* Elend.« Porrig hob den Blick und grinste den Barmherzigen Samariter an. »Au Scheiße!«, sagte Porrig.

Der Barmherzige Samariter erwiderte Porrigs Grinsen. Es war ein *sehr* alter Barmherziger Samariter. Wirklich *sehr alt.* Er war klein, und er war drahtig und erinnerte Porrig ein wenig an einen alten Windhund. Tatsächlich hatte er etwas definitiv Hundeartiges an sich. Ein wirrer Schopf weißer Haare stand von seinem Kopf ab wie zwei spitze Ohren, und sein Gesicht sah aus wie das eines Bluthunds, den irgendein Schönheitschirurg vergeblich in einen Pudel zu verwandeln versucht hatte.

»Ich wollte Ihnen nicht zu nahe treten«, sagte Porrig.

»Sind Sie auch nicht, bestimmt nicht«, sagte der Barmherzige Samariter. »Aber andererseits *kann* ich zehn Bahnen schwimmen, und ich habe einen IQ von hundertneunzig. Die einzige Möglichkeit, wie Sie mir zu nahe treten könnten, wäre, wenn Sie versuchen würden, mich auszurauben. Und das würde ich Ihnen wirklich nicht empfehlen.«

»Warum nicht?«, fragte Porrig.

»Weil ich ein Meister des Dimac bin, der tödlichsten aller der Menschheit bekannten Arten martialischer Künste, darum nicht. Ich würde Ihnen die Eier bis in den Arsch treten.«

»Ich werd dran denken«, sagte Porrig. »Danke noch mal, dass Sie mir die Tür aufgemacht haben. Es tut mir Leid wegen meiner taktlosen Bemerkungen.«

»Vergiss es, mein Junge. Du bist noch jung, und Jugend für sich genommen ist eine ausreichende Entschuldigung für Dummheit.«

»Ich werd auch daran denken«, sagte Porrig. Er lehnte sich zurück und starrte aus dem Fenster. Der Zug wurde jetzt schneller, und die malerische Stadt Brentford blieb hinter ihnen zurück. Voraus lag die große Metropole, ein weiterer Zug und Brighton.

Und was dann?

Porrig hatte nicht die leiseste Vorstellung. Aber irgendwas. Irgendetwas anderes. Ein neuer Anfang.

»Glauben Sie an das Schicksal?«, fragte der Alte.

»Schicksal?« Porrig zuckte die Schultern. »Wenn Sie damit meinen, ob ich an so etwas wie Vorbestimmung glaube – nein, das tue ich nicht. Die Dinge geschehen, weil sie nun einmal geschehen.«

»Was sagten Sie gleich, wie alt Sie sind?«

»Neunzehn. Aber das hab ich noch nicht gesagt.«

»Und was würden Sie sagen, wie alt *ich* bin?«

Porrig musterte sein Gegenüber. »Sie sehen ziemlich alt aus«, sagte er. »Achtzig?«

»Ich bin sehr viel älter als achtzig.«

»Dann werden Sie bestimmt bald sterben.«

»Noch eine ganze Weile nicht, denke ich. Möchten Sie eine Zigarette?«

»Nein, danke. Ich will noch nicht sterben.«

Der alte Knacker lachte. »Also glauben Sie doch an das Schicksal. Sie glauben, wenn Sie rauchen, wäre ein früher Tod Ihr Schicksal.«

»Schicksal hat nicht das Geringste damit zu tun. Zigaretten sind giftig. Ich würde kein Gift trinken, also warum sollte ich es rauchen?«

»Das Schicksal hat Sie in diesen Waggon geführt, mein Junge«, sagte der alte Knacker. »Das Schicksal hat es gewollt, dass eine alte Frau Sie aufhält und ein alter Mann Ihnen die Tür öffnet, und plötzlich finden Sie sich in diesem Waggon wieder und reden über das Schicksal.«

»Ich denke, Sie haben damit angefangen.«

»Aber nur, weil Sie daran gedacht haben. Sie haben aus dem Fenster gestarrt und sich gefragt, was das Schicksal Ihnen bringen mag. Etwas anderes? Etwas Neues? Einen neuen Anfang?«

»Woher wissen Sie, was ich gedacht habe?«

»Nennen Sie es eine fundierte Vermutung. Darf ich Ihnen vielleicht eine kleine Geschichte über das Schicksal erzählen? Es würde uns beiden die Zeit vertreiben, und ich denke, sie würde ihnen Freude bereiten.«

»O ja, bitte!«, sagte Porrig in einem Tonfall, dem jegliche Begeisterung abging.

Der alte Knacker beugte sich zu Porrig vor. »Werden Sie eigentlich oft für Ihren Sarkasmus in die Fresse geschlagen?«, fragte er.

»Ununterbrochen«, antwortete Porrig. »Man sollte meinen, dass ich lerne, aber es sieht nicht danach aus.«

»Nun, dann lassen Sie sich bei dieser Gelegenheit einen guten Rat geben, mein Freund. Ich bin ein sehr jähzorniger Mensch, und trotz meines zerbrechlichen Aussehens könnte ich Ihnen mit Leichtigkeit die Nase aus dem Hinterkopf wieder herausschlagen.«

»Wegen dieser Geschichte ...«, sagte Porrig.

»In der Tat«, sagte der andere und lehnte sich wieder zurück. Porrig hörte die alten Knochen knacken und das alte Fleisch quietschen. »Sie fängt in den Tagen meiner Jugend an, vor langer, langer Zeit. Ich wurde als Kind einfacher Leute geboren und wuchs in der Art von Armut auf, die, obwohl sie mir damals nicht so schlimm vorkam, durch das ständige Erzählen der Geschichte so grauenhaft geworden ist, dass viele, die sie zum ersten Mal hören, ihren Ohren nicht zu trauen glauben.«

»Hä?«, machte Porrig.

»Die Leute können sich nicht überwinden zu glauben, dass jemand so viele Entbehrungen ertragen kann, wie ich sie ertragen habe. Und warum sollten sie auch, eh?«

»Eh?«

»Aber ich habe diese fiktiven Entbehrungen ertragen, habe ich. Und obwohl ich ein kränkliches Kind und wegen der Räude und den Würmern und der Rachitis bis auf die Knochen abgemagert war und einen Blähbauch hatte, habe ich Tag für Tag fünfzehn Stunden auf den Feldern gearbeitet, habe Steckrüben gezogen und Garben eingebracht. Meine Mutter lag im Bett mit meinem älteren Bruder, und mein Vater verbrachte seine letzten Jahre als gebrochener Mann, blind und verwirrt, weil er fermentierte Kuhpisse getrunken hatte, die man bei Boots heutzutage nur noch auf Rezept bekommt.«

»Ich glaube, ich muss gleich aussteigen«, sagte Porrig.

»Ich dachte, Sie hätten gesagt, Sie wollten bis nach Victoria?«

»Ich bin sicher, dass ich das nicht gesagt habe!«

»Aber Sie wollen bis nach Victoria.«

»Erzählen Sie einfach Ihre Geschichte weiter.«

»Harte Zeiten«, erzählte der alte Knacker. »Verdammt harte Zeiten. Aber nicht ohne Freuden. Wir hatten noch keinen Fernseher damals, wir hatten keine Elektrizität, deswegen mussten wir sehen, womit wir uns vergnügten. Wir höhlten tote Ratten aus und machten Handpuppen, oder wir veranstalteten Madenrennen, und manchmal ließen wir auch einfach nur so richtig die Sau raus. Anarchie und Brandstiftung.«

»Glückliche Zeiten«, sagte Porrig.

»Wollen Sie mich auf den Arm nehmen?«

»Nein, selbstverständlich nicht! Nun ja, vielleicht ein wenig. Vielleicht. Ich meine, was soll das überhaupt alles? Bis jetzt haben Sie nichts als blanken Unsinn von sich gegeben!«

»Bis jetzt, ja. Aber ich bin ja auch noch nicht fertig. Es geht noch weiter. Haben Sie je einen Engel gesehen, Porrig?«

»Woher wissen Sie meinen Namen? Ich hab Ihnen meinen Namen nicht gesagt!«

»Haben Sie nicht? Nun, dann muss ich ihn wohl auch erraten haben, muss ich nicht? Also, haben Sie je einen Engel gesehen, *Porrig*?«

»Selbstverständlich nicht. Es gibt keine Engel!«

»Kein Schicksal. Keine Engel. Was Sie doch alles zu wissen glauben. Nun, ich habe einen Engel *gesehen*, Porrig. Ich habe ihn gesehen, und nicht nur das, ich habe ihn *berührt*. Was sagen Sie nun?«

Porrig beäugte den alten Knacker misstrauisch. »Das sage ich lieber nicht«, sagte er.

»Sehr klug, mein Sohn. Wirklich, sehr klug. In unserem Hof.«

»In Ihrem Hof?«

»In unserem Hof, an der Cottage-Mauer, stand ein alter Schuppen. Wir hielten die Hühner darin. Er war wirklich heruntergekommen, und es stank widerlich dort drin. Nun, eines Nachts kam ein schwerer Sturm, Donner und Blitze, und es schüttete wie aus Eimern.

Wir haben unser Vieh im Cottage in Sicherheit gebracht. Der Sturm riss Ziegel von den Dächern und brachte die Scheune des Hauswirts zum Einsturz. In unserem Dorf starben sogar Menschen; eine junge Familie, die in einem Keller lebte. Die Hauptstraße stand unter Wasser, es rauschte durch ihren Keller. Das Baby wurde aus seiner Wiege gehoben, und die Eltern versuchten es zu retten. Alle wurden davongespült und ertranken. Die Leute hörten ihre Schreie über den Sturm hinweg, doch niemand konnte ihnen helfen.«

»Oh«, sagte Porrig. »Und das soll wahr sein, soll das?«

»Ja, Porrig, das ist die Wahrheit. Doch am nächsten Morgen war der Sturm abgezogen, und es herrschte Frieden. Überall lagen Trümmer, Bäume waren entwurzelt, Hecken zerfetzt, auf den Feldern totes Vieh, drei Menschen tot, aber später fand man ihre Leichen, als das Wasser wieder sank. Zusammengerollt lagen sie sich in den Armen, das Baby zwischen sich.«

»Oh«, sagte Porrig einmal mehr.

»Ja, oh. Und ich erinnere mich an dieses Licht, dieses erste Licht, als ich nach draußen ging. Alles war so anders. Irgendwie klarer, deutlicher. Als hätte der Regen die Luft reingewaschen. Wie Glas so klar. Ich watete durch den Schlamm, um zu retten, was zu retten war. Irgendetwas von Wert, das der Sturm in unsere Richtung geweht hatte. Und ich fand tatsächlich etwas Wertvolles. Etwas unvorstellbar Wertvolles.

Weißt du, irgendwie hatte der alte Schuppen das Unwetter überstanden. Die Tür war verschwunden, doch der Schuppen stand noch, und als ich hineinsah, bemerkte ich etwas Seltsames. Eine Art Leuchten, wie von einer schwachen Lampe oder dem Licht, das man durch die Finger sieht, wenn man sie vor eine Kerze hält. Ich steckte den Kopf in die Tür und dort, in die Ecke gekauert, saß ein Mann. Aber es war kein Mensch. Er sah aus wie ein Mensch, aber er war viel zu klein, vielleicht so groß wie ein Dreijähriger. Perfekt proportioniert, aber zu klein. Ein Miniaturmensch. Er kauerte dort in der Ecke, und er war ganz nackt. Er zitterte, und das Licht kam von ihm. Es schien aus ihm heraus, als wäre er von innen beleuchtet.

Und dort, wo wir an unseren Körpern Haare haben, auf der Brust und unter den Armen und so weiter, da hatte er diese winzigen Federn, wie Gänsedaunen so weich. Und auf dem Rücken zusammengefaltet hatte er Flügel. Flügel, Porrig, geschwungene Flügel wie Adlerschwingen, aber irgendwie komplizierter, und sie waren golden oder wenigstens silbrig-golden, und auch diese Flügel leuchteten. Sie glänzten und glitzerten. Es waren die Flügel eines Engels.

Dieses Licht, dieses Leuchten von innen heraus, es kam und ging. Er war nämlich krank, der Engel, verstehst du, er war verwundet. Seine Flügel waren verwundet. Die Federn waren an der Wurzel gebrochen. Und dieser Geruch! Ich erinnere mich noch heute an diesen Geruch.«

»Geruch?«

»Der Geruch von Flieder. Der Geruch des Heiligen, sagen die Leute. Der Duft, der von den niemals verwesenden Körpern der Heiligen aufsteigt. Heiligkeit, Perfektion, verstehen Sie, hat ihren eigenen Geruch. Nicht zu vergleichen mit irgendetwas auf dieser Welt, wo alles vergeht und stirbt. Und es war auch kein gewöhnlicher Fliederduft, o nein.

Ich starrte hinunter auf diesen winzigen nackten Mann, und er sah mich mit flehenden hellen Augen an, doch er sagte kein Wort. Ich weiß nicht, ob er überhaupt reden konnte. Vielleicht reden Engel ja gar nicht. Vielleicht gibt es in der Vollkommenheit des Himmels keine Worte. Vielleicht sind Worte nicht genug. Vielleicht ist schon der Versuch, irgendetwas, das von Gott kommt, mit einem Namen zu belegen, reine Blasphemie.

Doch obwohl der Engel nicht sprach, wusste ich, dass er mich anflehte. Er flehte mich an, ihn zu beschützen und zu verhindern, dass andere ihn sahen. Irgendwie, wissen Sie, war er während dieses gewaltigen Sturms heruntergefallen. Ich weiß nicht, wie es geschehen ist, er hat es mir nie erzählt, weil er ja nie geredet hat, aber irgendwie wusste ich, dass er wegen der Seelen jener armen Familie gekommen war, die im Sturm den Tod gefunden hatte. Er war gekommen, um ihre Seelen in das Paradies zu führen.«

Porrigs Mund stand weit offen, doch kein Laut drang über seine Lippen.

»Ich habe ihn gepflegt«, fuhr der alte Knacker fort. »Ich habe ihn versteckt und gesund gepflegt. Er blieb die ganze Zeit in dem alten Schuppen. Ich brachte ihm eine Decke, und ich gab ihm Milch. Er trank nicht so, wie wir es tun; er hielt sie einfach nur in den Händen, und sie verdampfte oder sank in seine Haut ein, was weiß ich.

Jedenfalls hab ich ihn gepflegt und versteckt. Ich hab die Federn seiner Flügel gerichtet, so gut ich konnte. Da war dieser Staub auf den gebrochenen Federn, ein leuchtender Staub, der sich auf meine Finger legte, als ich ihn berührte. Und dieser Geruch haftete an dem Staub und an meinen Fingern, und während des ganzen Tages, in der Schule und im Unterricht, hatte ich diesen Geruch in der Nase. Ich saß da und roch an meinen Fingern, und da war dieser wunderbare Duft.«

Porrig starrte den alten Mann an. Sein Gesicht leuchtete, und in seinen Augen standen Tränen.

»Erzählen Sie weiter«, sagte Porrig. »Erzählen Sie bitte weiter.«

»Er verschwand. Er ist wohl wieder in den Himmel geflogen«, sagte der Alte. »Eines Tages kam ich aus der Schule nach Hause, und er war weg. Ohne ein Wort des Abschieds oder des Dankes.«

»Aber er hat doch niemals gesprochen?«

»Ich hätte es gewusst. Er hätte es mich wissen lassen. Doch er war verschwunden, einfach so. Ich hab die ganze Gegend nach ihm abgesucht, das Haus, den Schuppen, und ich hab geweint, das kann ich Ihnen sagen. Ich saß da in dem alten Schuppen und hab mir die Seele aus dem Leib geheult. Ich hab ihn niemals wiedergesehen. Ich weiß nicht, was aus ihm geworden ist.«

»Er war wieder gesund«, sagte Porrig. »Also ist er wohl wieder ... Sie wissen schon.«

»Zurückgekehrt in die Vollkommenheit. Er ist zurückgekehrt in die Vollkommenheit. Aber er hat mir etwas zurückgelassen.«

»Hat er?«

»O ja. Andererseits – nein, hat er nicht. Ich hab es mir genommen, verstehen Sie? Ich weiß heute, dass ich es nicht hätte tun sollen, und ich weiß, dass ich es ihm wiedergeben muss. Ich muss ihn finden und es zurückgeben. Ich muss es tun, ich weiß, dass ich es tun muss.«

»Ich verstehe nicht, wovon Sie reden.«

»Während der Engel schlief«, fuhr der Alte fort. »Zuerst schlief er sehr viel, während er so krank war. Und während er schlief, hab ich es genommen. Nur ein kleines Stück, das ich bei mir tragen wollte, damit ich dieses wunderbare Parfüm riechen konnte. Ich dachte damals, es wäre nicht schlimm.«

»Ein kleines Stück von was? Was haben Sie genommen?«

»Ein Stück Feder von einem gebrochenen Flügel. Ich trage es seit damals ständig bei mir. Bis der Tag kommt, an dem ich es ihm zurückgeben kann.«

Der alte Knacker schob eine gebrechliche Hand in sein Jackett und kramte in der Brusttasche. Er brachte eine alte Schnupftabaksdose zum Vorschein, einen flachen elfenbeinernen Behälter, rund, mit einem Durchmesser von nicht mehr als fünf Zentimetern und glänzend vor Patina und Alter.

»Ich habe diese Dose nagelneu gekauft«, sagte der Alte. »Ich hab jeden Penny gespart und mir diese Dose gekauft. Um meinen Schatz darin aufzubewahren. Und ich trage ihn seit damals bei mir. Möchten Sie sehen, was ich hier drin habe, Porrig?«

Porrig starrte auf die Dose und dann in die Augen des Alten. Was hat das alles zu bedeuten?, fragte er sich. Irgendein komplizierter Schwindel? Irgendein gewaltiger Schwachsinn? Zuerst das alberne Gerede des Alten und dann diese unglaubliche Geschichte, die er mit derartiger Inbrunst erzählt hatte. Konnte so eine Geschichte tatsächlich wahr sein? Und falls sie der Wahrheit entsprach, was hatte das zu bedeuten? Eine Feder vom Flügel eines Engels?

Das Sonnenlicht schimmerte durch das Fenster, und die Räder des Waggons rumpelten rhythmisch über die Schienen. Aber irgendwo hier in diesem Abteil herrschte Stille. Absolute Bewegungslosigkeit.

Und Heiligkeit.

»Sie dürfen es sehen«, sagte der Alte. »Aber Sie dürfen es nicht anfassen. Nur sehen.« Er hielt die Schachtel hoch, und seine alten Finger berührten andächtig den polierten Deckel. Und Porrig sah, dass auf diesem Deckel ein Datum eingraviert war. Eingraviert, als die Dose neu gewesen war, in dem Jahr, als der alte Mann sie gekauft hatte.

Das Jahr, das auf dem Deckel eingraviert war, lautete 1837.

»Das ist mein Schicksal«, sagte der Alte. »Ich werde nicht sterben. Ich kann nicht sterben, bevor ich nicht zurückgegeben habe, was ich einst gestohlen habe. Verstehen Sie?«

Und langsam, unendlich vorsichtig, öffnete er den Deckel.

»Sie müssen jetzt aussteigen, Süßer. Der Zug fährt nicht mehr weiter.«

Porrig ruckte in seinem Sitz hoch und öffnete blinzelnd die Augen.

Vor ihm stand eine mächtige Jamaikanerin im Overall einer Reinigungsfirma und lächelte zu ihm herab. »Tut mir Leid, wenn ich Sie geweckt hab, Süßer, aber der Zug ist hier zu Ende, in Victoria, und ich muss das Abteil sauber machen.«

Porrig sah sich gaffend um. Doch bis auf die grinsende Reinemachefrau war er mutterseelenallein.

»Haben Sie einen alten Mann gesehen?«, fragte er. »Beim Aussteigen? Er hat dort gesessen und ...«

»Ich sehe eine Menge Leute, Süßer. Tausende von Leuten. Ein alter Mann sieht aus wie der andere.«

»Nicht dieser.« Porrig schüttelte den Kopf und schloss den Mund. »Vergessen Sie's«, sagte er, während er sich aus seinem Sitz erhob. »Es war nur ein verrückter Traum, schätze ich.« Er zerrte seinen Koffer aus dem Gepäckfach und wandte sich ab, um zu gehen.

»Passen Sie auf sich auf, Süßer«, sagte die dicke Jamaikanerin zu ihm. »Passen Sie auf, wohin Sie gehen.«

»Mach ich«, sagte Porrig und stieg aus dem Waggon.

»Und Süßer?«, rief die Jamaikanerin.

»Ja?«

»Das ist echt ein schickes Aftershave, das Sie da benutzen. Das ganze Abteil riecht danach. Alles riecht nach Flieder, riecht alles!«

# 4

Es war ein etwas aschfarbener Porrig, der den Zug nach Brighton bestieg. Ein gedämpfter Porrig. Und ein stiller Porrig obendrein. Er marschierte direkt zum Imbisswagen und bestellte einen Becher Kaffee.

»Nicht bevor der Zug den Bahnhof verlassen hat«, wurde er vom Kellner beschieden. »Und das gilt auch für den Lokus.«

Porrig nahm im ersten Abteil Platz und wartete darauf, dass der Zug losfuhr. Er war verwirrt, war Porrig. Verwirrt und erschüttert. Er wusste nicht mehr, was er glauben sollte. Er wusste, dass er dem alten Mann begegnet war. Der Alte hatte ihm die Tür geöffnet, sonst hätte Porrig den Zug wahrscheinlich verpasst. Aber wie viel vom Rest war tatsächlich geschehen?

Wahrscheinlich nur der erste Teil. Die blödsinnige Geschichte von ausgehöhlten Ratten und Madenrennen. Den Rest musste sich Porrig zusammengeträumt haben. Bestimmt war er eingeschlafen und hatte den Rest geträumt. Und der Geruch nach Flieder? Nun, *er selbst* hatte ihn jedenfalls nicht gerochen. Vielleicht war er von draußen in das Abteil geweht worden, und er hatte ihn im Schlaf gerochen und irgendwie in seinen Traum einbezogen.

Das ergab Sinn. In gewisser Hinsicht.

So hätte Scully es gesehen. Aber möglicherweise nicht Mulder.

Zufrieden, dass alles einen Sinn ergab – in gewisser

Hinsicht –, kehrte Porrig zum Imbisswagen zurück, denn der Zug hatte sich in Bewegung gesetzt und fuhr nun aus dem Bahnhof. Beim Imbisswagen herrschte ein wüstes Gedränge; eine Reihe von Fahrgästen kämpfte erregt um die Aufmerksamkeit des Kellners. Porrig kehrte zu seinem Platz zurück.

Der Zug wurde schneller, passierte Häuser und Straßen, mehr Häuser und Straßen, noch mehr Häuser und Straßen und ...

Porrig starrte aus dem Fenster und fragte sich, wie es viele vor ihm getan hatten, wer nur all die Menschen waren, die in diesen Häusern lebten und über diese Straßen gingen. Es waren so viele, alle lebten ihr tägliches Leben, ihr gewöhnliches Leben, ihren Alltag. Diese Menschen begegneten keinen Engeln. Sie gingen in Geschäfte einkaufen, sahen fern und zogen Kinder auf, die genau das Gleiche taten. Das war die Wirklichkeit. So war das Leben.

Nach einer ganzen Weile löste sich das Gedränge beim Imbisswagen wieder auf, es gelang Porrig, einen Kaffee zu ergattern und etwas, das entfernt an ein Brötchen erinnerte. Der Zug fuhr ratternd nach Brighton, und in ihm fuhr Porrig mit.

Der Bahnhof von Brighton ist noch immer ein atemberaubender Bau voller Schönheit, ein Triumph viktorianischer Schmiedekunst. Er erstreckt sich über eine Viertelmeile. Das große geschwungene Dach mit seinen zahllosen Oberlichtern und den vielen Tauben hallt wider vom prallen Leben. Der Bahnhof ist ein denkmalgeschütztes Bauwerk, doch er könnte einen neuen Anstrich vertragen.

Porrig schleppte seinen Koffer über den Bahnsteig und nach draußen auf den Vorplatz, wo die entschieden geschmacklosen hellblauen und weißen Taxis standen, umgeben von einem weiteren wüsten Gedränge.

Porrig beschloss, zu Fuß zu gehen.

»Grand Parade?«, fragte er einen pickligen Jugendlichen.[1]

»*Big Issue?*«, erwiderte der Picklige.[2]

»Gesundheit«, antwortete Porrig.

»Gesundheit?«, entgegnete der Jugendliche. »Bist du vielleicht von der Heilsarmee oder was?«

»Nein«, sagte Porrig. »Es ist ein Witz. Du hast gesagt, *Big Issue*, als hättest du geniest, verstehst du? *Big Issue* klingt wie *Haptschiu!* Aber wenn man es erklären muss, ist es nicht mehr witzig.«

»Also hältst du Obdachlosigkeit für witzig?«

Porrig stellte seinen Koffer ab. »Offen gestanden, nicht jede Obdachlosigkeit«, erklärte er. »Obdachlosigkeit aus Not, Missbrauch und Unglück würde ich nicht als witzig betrachten. Aber Obdachlosigkeit als alternativer Lebensstil ist etwas anderes.«

»Ich verstehe«, sagte der Picklige.

»Nicht, dass ich etwas gegen alternative Lebensstile hätte«, fuhr Porrig fort. »Ich bin sogar sehr dafür. Wenn jemand dem System eins auswischen will, dann ist das schon in Ordnung.«

»Wie aufgeklärt und liberal«, sagte der Jugendliche.

»Jeder hat das Recht auf Rebellion«, sagte Porrig.

»Hört, hört!«, sagte der Jugendliche.

»Aber nicht auf meine Kosten.«

»Du scheinheiliger Lump!«

---

1 Eine Straße in Brighton (Anm. d. Übers.)

2 Eine Wochenzeitschrift (Anm. d. Übers.)

»Hä?«, machte Porrig.

»Das Leben auf der Straße ist hart, Kumpel. Es ist nichts zum Lachen. Ich tue das schließlich nicht freiwillig.«

»Dann such dir eine Arbeit!«, sagte Porrig.

»Ich bin obdachlos, du Spinner!«

»Dann such dir eben eine Arbeit, bei der du gleichzeitig ein Dach über dem Kopf kriegst«, sagte Porrig. »Totengräber oder Leuchtturmwärter meinetwegen oder Ölbohrer in der Nordsee. Du könntest auch in einem Zirkus auftreten, was weiß ich.«

»Jetzt mach aber mal halblang! Diese Jobs gibt es nicht mehr. Ich bin ein freier Geist, bin ich. Der einzige Job, den ich kriegen könnte, wäre ungelernte Sklavenarbeit. Tellerwäscher oder Toilettenputzer. Und so etwas mache ich nicht!«

»Es gibt bestimmt auch andere Arbeit. Du bist schließlich weder bekloppt noch verkrüppelt.«

»Ich bin aber auch kein Sklave, Mann. Ich verkaufe meine Seele nicht an die Arbeitsmoral. Ich bin ein freier Geist, das hab ich dir doch schon gesagt.«

»Und bei jedem Wetter Wochenmagazine auf der Straße verkaufen ist keine Sklavenarbeit? Ist das deine Vorstellung von Freiheit?«

»Du dämlicher Spinner!«

»Und was soll all dieses Gerede von Spinner? Weißt du nicht, wie man richtig flucht?«

»Ich darf nicht fluchen. Ich verliere meine Genehmigung, wenn ich die Menschen beschimpfe.«

»Oh. Ein sehr freier Geist.«

Der Jugendliche versetzte Porrig einen Schlag an den Kopf, und Porrig ging zu Boden.

»Willkommen in Brighton«, sagte der Jugendliche.

Als Porrig das Bewusstsein wiedererlangt hatte, war der Jugendliche verschwunden. Und mit ihm Porrigs Koffer. Das Gute daran war – das wüste Gedränge am Taxistand hatte sich ebenfalls in Luft aufgelöst, und Porrig fand einen freien Wagen.

»Grand Parade bitte sehr!«, sagte Porrig benommen und kläglich. »Zur Kanzlei von Ashbury, Gilstock und Phurz-Backe.«

Grand Parade lag, wie konnte es anders sein, nur ein paar Hundert Meter vom Bahnhof entfernt, obwohl der Fahrer beinahe fünfzehn Minuten bis dorthin benötigte. Er entschied sich für eine Route, die den Strand und viele lokale Sehenswürdigkeiten mit einschloss.

Porrig zahlte den verlangten Preis und nahm sein knappes Wechselgeld ohne ein Wort der Beschwerde in Empfang.

Wie es die Ironie wollte, lagen die Büros von Ashbury, Gilstock und Phurz-Backe im ersten Stock über einem Jobzentrum, das sich auf Arbeitsvermittlung für Obdachlose spezialisiert hatte. Porrig sah an der Fassade hinauf. Sie war georgianisch. Das Gebäude stand unter Denkmalschutz.

Porrig betrat das Gebäude und wuchtete seinen Koffer die Treppe hinauf. Dann, als ihm einfiel, dass sein Koffer gestohlen worden war, schob er die Hände in die Taschen, schleppte stattdessen sich selbst nach oben und beweinte sein Schicksal, während er dies tat.

Er klopfte an die Tür der Kanzlei, und eine junge Frau ganz in Weiß öffnete ihm. Sie war wunderschön, blass und ätherisch, mit großen dunklen Augen und präraphaelitischem Haar. Ihr schlanker Leib war in ein Kleid gehüllt, das aussah, als sei es aus Zucker gesponnen, und Porrig fühlte sich augenblicklich von ihren wundervollen Brüsten angezogen.

»Ja?«, sagte diese Vision von Lieblichkeit. »Was wünschen Sie?«

»Ich bin Padraig Arthur Naseby«, sagte Porrig.

»O ja. Ihr Fall wird nächste Woche verhandelt, nicht wahr?«

»Nein«, sagte Porrig und schüttelte den Kopf. »Ich bin wegen meiner Erbschaft gekommen.«

»Verzeihung. Es ist nur wegen Ihres Namens. Er klingt wie ...«

»Ja«, unterbrach Porrig sie. »Ich weiß, wie er klingt. Aber ich bin gekommen, um mein rechtmäßiges Erbe in Anspruch zu nehmen.«

»Dann kommen Sie doch herein.«

Porrig folgte der Vision in das Büro und bemerkte, dass sie auch einen hübschen Hintern hatte. Die Vision platzierte ihren hübschen Hintern auf ihren Bürostuhl und begann damit, einen Aktenberg zu durchwühlen. »Es muss hier irgendwo sein«, sagte sie.

Porrig stand vor ihrem Schreibtisch und tat, als interessierte er sich für die Bücherregale, während er gar manchen verstohlenen Blick in Richtung der wundervollen Brüste warf.

Die Vision sah von ihrem Aktenstapel auf. »Gefallen Ihnen wohl, meine Titten, wie?«

Nicht wenig überrascht gestand Porrig murmelnd, dass es sich in der Tat so verhielt.

»Nun ja, machen Sie sich keine Hoffnungen. Es sei denn, Sie hätten eine Million Mäuse geerbt.«

»Heißt das, Sie würden mit mir schlafen, wenn ich Ihnen eine Million gäbe?«

»Selbstverständlich würde ich das.«

»Und wie steht es mit einer halben Million?«

»Auch, ja.«

Porrig kramte in seiner Hosentasche. »Wie wäre es mit zwanzig Mäusen?«

»*Zwanzig Mäuse?* Was glauben Sie, was ich bin?«

»Ich schätze, das haben wir bereits festgestellt. Ich dachte, jetzt ginge es nur noch um den Preis.«

»Sie sind ein ziemlicher Komiker, wie?«

»Nicht wirklich.« Porrig grinste. »Ich glaube, Oscar Wilde hat es zuerst gesagt. Oder war es Winston Churchill? Meistens ist es einer von beiden.«

Die Vision kramte erneut in ihren Papieren und brachte schließlich einen Hefter mit Porrigs Namen zum Vorschein. Sie schlug ihn auf und überflog interessiert den Inhalt. Nach einer ganzen Weile blickte sie auf und lächelte. »Nun, Sie haben keine Million geerbt«, sagte sie. »Sieht so aus, als müssten Sie es sich weiter selbst besorgen.«

Porrig betrachtete die unverblümte Vision. Kann es sein, dass der Himmel sie eigens für mich gemacht hat?, fragte er sich. Wahrscheinlich eher nicht, schloss er.

»Und an wen muss ich mich nun wenden?«, fragte er.

»Das macht Mr. Phurz-Backe.«

»Ah«, sagte Porrig. »So wird der Name also ausgesprochen.«

Mr. Phurz-Backe war wenigstens ebenso breit wie lang. Er trug einen orgonblauen Anzug und eine Blume im Knopfloch, die aussah wie eine Sumatra-

Orchidee, aber wahrscheinlich war es nur eine kambodschanische Lilie. Er winkte Porrig, in einem gepolsterten Sessel Platz zu nehmen, und ging vor dem Fenster auf und ab.

Porrig sah sich anerkennend in dem eleganten Raum um. Er sah genauso aus, wie man sich das Büro eines Anwalts vorzustellen hatte. All die Mahagoniregale und die ledergebundenen Folianten. Und der persische Kelim und der übergroße Schreibtisch und der Humidor und der viktorianische Barschrank und die gerahmten Diplome und Zertifikate und …

»Es ist eine traurige Angelegenheit«, sagte Mr. Phurz-Backe.

»Ist es?«, fragte Porrig.

»Der Verlust.«

»Nein«, sagte Porrig. »Ich komme auch ohne ihn zurecht. Es war ein altes Ding.«

Mr. Phurz-Backe hob eine Augenbraue. »Sollte das vielleicht witzig sein?«

»Tut mir Leid«, sagte Porrig.

»Sie haben Blut an der Nase.«

»Ich wurde am Bahnhof überfallen. Mein Koffer wurde gestohlen.«

»Dann müssen wir die Polizei anrufen.«

»Nein, machen Sie sich keine Mühe deswegen. Es war alles meine Schuld. Ich hab bekommen, was ich verdient habe. Außerdem war es ein altes Ding, wie gesagt.«

»Das ist eine höchst philosophische Lebenshaltung«, sagte Mr. Phurz-Backe.

»Nicht wirklich. Es ist nur, dass ich schon früher mit der Polizei zu schaffen hatte. Ich neige dazu, das Falsche zur falschen Zeit zu sagen. Das macht mich bei der Polizei nicht gerade beliebt.«

»Nun ja, kommen wir zum Geschäftlichen. Sie haben den Brief bei sich, den ich Ihnen geschickt habe? Und Ausweispapiere?«

Porrig hatte sowohl das eine als auch das andere und zeigte beides Mr. Phurz-Backe, der mit dem Kopf nickte. »Dann ist ja alles in Ordnung«, sagte er.

»Gut«, antwortete Porrig. »Was meinen Planeten angeht ...«

»Ihren Planeten?«

»ALPHA 17. Das ist doch ein Planet, oder nicht?«

Mr. Phurz-Backe schüttelte den Kopf. »Nein, ist es nicht.«

»Oh«, sagte Porrig. »Aber es klingt zumindest wie ein Planet.«

Mr. Phurz-Backe nickte. »Aber es ist keiner. Ein Ytong-Stein klingt in einer zugigen Seitengasse auch wie ›altes Schwein‹. Aber er ist keins. Sie haben *keinen* Planeten geerbt.«

»Oh«, sagte Porrig. »So ein Mist.«

»Sie haben einen Bücherladen geerbt.«

»Einen Bücherladen?«, fragte Porrig.

»Keinen besonders großen Bücherladen, wie ich eindringlich hinzufügen möchte, und auch keinen besonders erfolgreichen.«

»Ich hätte sowieso einen Planeten vorgezogen«, sagte Porrig. »Und einen Ytong-Stein.«

»Ich bin sicher, das hätten Sie. Aber es ist nun einmal ein Bücherladen. Sie können ihn nehmen oder es lassen.«

»Ich nehme ihn.«

»Guter Mann. Dann wären jetzt noch ein paar

Papiere zu unterschreiben, dann bringe ich Sie nach unten und zeige Ihnen die Örtlichkeit.«

Porrig zuckte die Schultern. »Meinetwegen«, sagte er. »Aber ich frage mich, ob Sie mir vielleicht vorher noch ein paar Dinge erklären könnten, die mir Kopfzerbrechen bereitet haben.«

»Beispielsweise?«

»Beispielsweise, wer genau mein Onkel gewesen ist. Weder meine Mum noch mein Dad wollen mit ihm verwandt gewesen sein.«

»Er war der Bruder Ihrer Mutter. Die Familie stand sich nicht sehr nah; es gab einiges an Bitterkeit. Trotzdem war Ihre Mutter beim Begräbnis.«

»Sie war dort? Und warum wurde ich nicht eingeladen?«

»Weil Sie noch nicht geboren waren. Ihr Onkel starb vor dreißig Jahren.«

»Ich begreife das nicht«, sagte Porrig. »Wenn er starb, bevor ich geboren wurde, wie kann er mir dann einen Bücherladen hinterlassen haben?«

»Er hinterließ ihn dem erstgeborenen Sohn seiner Schwester. Falls sie je einen Sohn hätte.«

»Und warum hat es dann bis heute gedauert, um mich zu benachrichtigen?«

»Rechtliche Komplikationen.«

»Sie meinen voll gefressene Anwälte, die sich das Geld in die Taschen stopfen.«

»Ist das vielleicht ein Beispiel für die falschen Dinge, die Sie zur falschen Zeit sagen?«

»Ein ziemlich typisches, ja«, gestand Porrig.

»In diesem Fall allerdings völlig gerechtfertigt. Ihr Onkel hinterließ eine große Menge Geld, doch die Prozesskosten haben alles verbraucht. Das war selbstverständlich vor meiner Zeit hier. Derartige Praktiken würde ich nicht mehr dulden. Sie werden feststellen, dass ich über die Maßen gewissenhaft und frei von jeglicher Schuld bin.«

»Jede Wette«, sagte Porrig. Und Mr. Phurz-Backe hob die andere Augenbraue.

»Möchten Sie die Papiere nun unterschreiben und Ihr Erbe in Augenschein nehmen?«

»Möchte ich.«

»Also gut. Hier sind sie.«

Porrig unterschrieb, was ihm der Anwalt hinlegte. Selbstverständlich bemühte er sich nicht, das Kleingedruckte zu lesen. Er hatte einen schweren Tag hinter sich. Härter als alles, an das er sich bisher erinnern konnte. Er wollte nur noch die Papiere unterzeichnen und einen Blick auf seinen Bücherladen werfen. Und dann ein Mittagessen zu sich nehmen und vielleicht das eine oder andere Pint. Er musste auch noch eine Unterkunft finden. In seinem Kopf gingen eine Menge Dinge um.

Also gab er sich nicht mit dem Kleingedruckten ab und überwies mit seiner Unterschrift eine beträchtliche Summe Geldes auf ein Schweizer Nummernkonto des ehrenwerten Mr. Phurz-Backe.

Der Anwalt lächelte anwaltlich und sammelte die Papiere wieder ein.

»Bekomme ich noch Kopien davon?«, erkundigte sich Porrig.

Mr. Phurz-Backe antwortete nicht.

Die Vision in Weiß war nach draußen und in ihre Mittagspause gegangen, was bedeutete, dass Porrig vorerst keine Gelegenheit mehr bekam, einen Blick auf ihre Brüste zu werfen. Es ließ ihn einigermaßen kalt. Er war jetzt ein Mann von Rang. Ein Mann mit Besitz. Ein Mann, der einen Bücherladen besaß. Und obwohl seine Ankunft in dieser Stadt nicht von Fanfarenstößen und Fahnenschwenken begleitet worden war, so spürte er doch, dass er hier sein Glück machen konnte.

Etwas anderes. Etwas Neues. Einen neuen Anfang.

Er würde hart arbeiten, er würde sein Leben ändern, er würde sich anstrengen, niemanden zu beleidigen, und er würde erfolgreich sein.

Mit den Worten von Oscar Wilde: Er würde lange leben und gedeihen.

Und so folgte Porrig Mr. Phurz-Backe durch die Straßen von Brighton, pfeifend und nicht ahnend, welche unglaublich schrecklichen Dinge das Schicksal in seinen Weg zu werfen angefangen hatte.

Es würde ein ziemlich weiter Wurf werden, denn die Ereignisse, die zu diesen unglaublich grässlichen Dingen führen sollten, entfalteten sich gegenwärtig in weit entfernten Gefilden. Nichtsdestotrotz würde es ein höchst präziser Wurf werden, und obwohl er das Leben der Hälfte aller Menschen auf diesem Planeten beeinflussen würde, würde er kein Leben mehr beeinflussen als das von Padraig Arthur Naseby.

Und so verlassen wir nun das hübsche Brighton ohne weiteres Aufhebens und reisen südlich in weit entfernte Gefilde.

Zur Insel von Gwa'tan Qua Cest'l Potobo.

Ja genau.

# 5

Die tropische Insel Gwa'tan Qua Cest'l Potobo lag im Pazifischen Ozean, ungefähr fünftausend Kilometer nordöstlich vom Tuamoto-Archipel, und genoss die Vorzüge sowohl der äquatorialen Gegenströmung als auch der südäquatorialen Strömung.

Sie war eines jener irdischen Paradiese, gesegnet mit schwankenden Palmen, traumhaften Sonnenuntergängen und atemberaubenden Dämmerungen. Die Eingeborenen erfreuten sich an einem einfachen Leben aus Fischen und Hurerei. Sie mieden materielle Besitztümer und institutionalisierte Religion und sprachen eine einfache Sprache, die aus 352 Wörtern bestand. Einmal in der Woche versammelten sie sich zu *bluggas* (oder Besäufnissen), wo sich alle mit einem einheimischen Gebräu namens *blug*, einem Cocktail aus Inselfrüchten und fermentierter Kuhpisse, mächtig einen hinter die Binde kippten.

Warum genau Leute wie Thomas Cook und Richard Branson bisher versäumt haben, Profit aus diesem einfachen Volk zu schlagen, lässt sich vielleicht am Besten durch eine Übersetzung des Inselnamens erklären.

Der erste Europäer, der je an der Küste von Gwa'tan Qua Cest'l Potobo landete, war der berüchtigte Pirat Leonard »Beinlos« Lemon im Jahre 1692. Sein Schiff, die *Shagger*, ging in der Bucht vor Anker und setzte ein Beiboot aus. Am Strand wurde Leonard von einer fischenden und hurenden Gruppe Eingeborener empfangen, die er nach dem Namen der Insel fragte.

Gwa'tan Qua Cest'l Potobo, wurde ihm beschieden. Was so viel bedeutet wie: Verpiss-dich-ganz-schnell-dahin-wo-du-hergekommen-bist-du-weißer-Bastard-oder-wir-werfen-dich-in-den-Kochtopf.

Die Fehlübersetzung dieses Namens durch den Maori-Dolmetscher von Leonard Lemon lautete: Wir-heißen-euch-alle-herzlich-willkommen-auf-unserer-Insel-und-gesellt-euch-doch-auf-ein-wenig-Fischen-und-Huren-zu-uns und führte zu einer Reihe von Unannehmlichkeiten und Leonards späterem Spitznamen.

Doch das ist natürlich schon lange her, und seit damals haben viele Männer die Insel besucht. In den frühen Tagen verließen die meisten davon die Insel ohne die gewohnte Anzahl an Gliedmaßen, doch im Verlauf der Jahre lernten die Eingeborenen verschiedene Aspekte der westlichen Zivilisation kennen und schätzen: Angelschnüre aus Nylon beispielsweise, Kondome mit Fruchtaroma und eine Reihe von Medikamenten, welche die schlimmsten Nachwirkungen von *blug* abmildern. Außerdem hat sich eine kleine religiöse Gemeinschaft gebildet, die sich mit Hingabe der Anbetung von Carol Vordermann widmet. Die Mitglieder dieser Sekte glauben, dass die wohlgeformte Moderatorin mit den lachenden Augen und der berechnenden Persönlichkeit eine dreifaltige Göttin ist, zur Trilokation befähigt, welche ihr ermöglicht, gleichzeitig in drei verschiedenen Fernsehprogrammen aufzutreten.

Doch abgesehen davon lebten die Insulaner recht zurückgezogen unter sich und widerstanden den Versuchungen der äußeren Welt. So kam es, dass erst nach langen und zähen Verhandlungen, intensiver Überzeugungsarbeit und dem Versprechen eines eigenhändig signierten Photos von Carol Vordermann einer dreiköpfigen Gruppe von Forschern gestattet wurde, nach Gwa'tan Qua Cest'l Potobo zu fliegen.

Und während Porrig noch ahnungslos durch die Straßen von Brighton trottete, begannen eben jene drei Männer, deren kollektives Schicksal schon sehr bald mit dem Porrigs aneinander geraten sollte, ihre Vorräte und Ausrüstungsteile von einem Wasserflugzeug auszuladen und an das Ufer zu rudern.

Von den drei Männern stach einer wegen seiner Haltung und Größe sogleich als Anführer hervor. Sir John Rimmer, der berühmte paranormale Detektiv und gefeierte Biograph von Hugo Rune (und anderen), war ein Riese von einem Mann. Er maß fast zwei Meter zehn von der Sohle bis zum Scheitel, und er war umgeben von einer Aura absoluter Autorität.

Gerüchte wollen wissen, dass er bereits im Kindesalter, noch bevor er von der Queen geadelt wurde, von seinen Lehrern »Sir« gerufen wurde. Es war ein nettes Gerücht und eines von vielen, die Sir John Rimmer selbst in die Welt gesetzt hatte. Genau genommen entsprach es nicht ganz der Wahrheit; im Grunde genommen war es sogar frei erfunden – doch es war eine hübsche Geschichte, und sie trug positiv zu Sir John Rimmers Image bei.

Sir John Rimmers Jugend war in Wirklichkeit eine Zeit der Qualen und der Tortur gewesen. Sein Vater war der berühmte Sebastian »Ringstück« Rimmer, Playboy, Abenteurer und Kumpel des verstorbenen King George. Und während Crowley von der Regenbogenpresse als der »verschlagenste Mann auf Gottes Erde« verdammt wurde, ließ »Ringstück« Rimmer es sich bei Wein, Weib und Gesang gut gehen, quälte die Familie und erging sich in Praktiken, die selbst den widerwärtigen Crowley die Augen hätten niederschlagen lassen.

Der Unterschied zwischen Aleister Crowley, der selbst ernannten Bestie der Apokalypse, und Sebastian »Ringstück« Rimmer, dem Schürzenjäger und Tunichtgut, war der, dass Rimmer es mit Charme machte. Und Charme ist wie Charisma oder wie Bühnenpräsenz. Entweder man hat ihn, oder man hat ihn nicht.

»Ringstück« Rimmer hatte jede Menge davon. Und es ging ihm gut.

»Ringstück« Rimmer wurde gefeiert. Die Leute liebten ihn. Sie vergaben ihm, erließen ihm seine Schulden und erhöhten seinen Dispo. Er rieb seine maßgeschneiderten Schulterpolster an den Großen und Berühmten, und auch wenn er manches Mal daneben trat, so trat er im Gegensatz zu Crowley doch niemals richtig in die Kacke.

Der Sohn stand im Schatten des Vaters: Obwohl »Sir« John Rimmer seinen Vater bald physisch überragte, erreichte er doch nie seinen Charme. »Sir« John Rimmer war ein farbloses Kind, das zu einem farblosen Erwachsenen heranwuchs. Und wer keinen Charme besitzt, macht diesen Mangel durch jede Menge Wind wett.

Dank seines Vorteils der Körpergröße (und es war ein mächtiger Vorteil) blickte »Sir« John Rimmer auf die Welt herab. Hoch oben und allein versuchte er, sich einen Namen zu machen, und nicht nur das, sondern einen Namen, den die Menschen im Gedächtnis behalten sollten.

*Sir* John Rimmer.

John alleine reichte nicht. Und weil es unwahrscheinlich war, dass er jemals wirklich zum Ritter geschlagen werden würde, änderte er seinen Vornamen durch einseitige Rechtserklärung in *Sir* John. Es war absolut legal und die Mühen wert.

Und machte in gewissen Kreisen mächtig Eindruck.

Man könnte viel Zeit und Mühe und Tinte auf die Niederschrift von »Sir« John Rimmers Taten verschwenden. Es ermangelte ihnen nicht an Abenteuer, Mut oder Selbstdarstellung. Doch wo die Fakten endeten und Phantasie begann, wer will das schon sagen? Es traf durchaus zu, dass er gegenwärtig in Diensten einer mysteriösen Regierungsbehörde stand, bekannt als Ministerium für glückliche Zufälle. Diese Behörde befasste sich mit »dem Seltsamen«. Sie hatte ihre Finger in manch seltsamem Geschäft und sehr, sehr lange Arme. Doch in welcher Weise Sir John Rimmer nun genau mit diesem Ministerium in Verbindung stand, wird schon bald seine Erklärung finden.

Für den Augenblick bleiben wir bei dem Mann selbst.

Sein Aussehen: sehr beeindruckend, allein schon wegen seiner Größe und seiner vornehmen Haltung. Doch das war noch nicht alles – der Bart. Manch ein berühmter Mann trug einen beeindruckenden Bart. Karl Marx, Ernest Hemingway, Giant Haystacks, ZZ Top. Doch Sir John Rimmers Bart übertraf alle anderen. Es war ein Wahnsinn von einem Bart, ein prachtvolles Stück Gesichtsmobiliar. Rubinrot und toupiert und in eine Vielzahl bebänderter Löckchen gedreht war dies ein Bart, den man nicht unterschätzen durfte, zumal er bis zu seinem Dödel hinunterreichte.

An jenem speziellen Tag und jenem speziellen Ort befand sich der Bart in Gesellschaft einer »Tropenausrüstung«. Sir John Rimmer trug einen Tropenhelm und einen von jenen Richard-Attenborough-Safarianzügen. Und es muss gesagt werden, dass nur wenige lebende Männer so einen Anzug mit Stil tragen können.

Sir John Rimmer wurde bei dieser Gelegenheit – wie bei so vielen anderen auch – von seinen beiden loyalen, wenngleich ungleich weniger berühmten Begleitern begleitet. Sozusagen. Der erste jener beiden war Dr. Harney, Mitglied der Königlichen Gesellschaft und Berater gewisser verdeckt arbeitender Regierungsbehörden, die sich mit der Bergung und Erforschung abgestürzter Raumschiffe von Außerirdischen befassten. So gut wie alle Regierungen haben Berater wie Dr. Harney, weil so gut wie alle Regierungen das eine oder andere abgestürzte Raumschiff von Außerirdischen auf der einen oder anderen Militärbasis herumstehen hat. Nicht, dass sie etwas damit anzufangen wüssten ... warum sollten sie auch, eh?

Dr. Harneys Jugend war ein wenig anders als die von Sir John Rimmer verlaufen. Er hatte eine gewöhnliche Kindheit hinter sich gebracht. Also schön, werden Sie sagen, was ist schon *normal*? Nun, wie wäre es mit *durchschnittlich*? Oder vielleicht gefällt Ihnen *funktional* besser? Was würden sie zu *gewöhnlich* sagen?

Dr. Harneys Vater war gewöhnlich. Er hatte eine gewöhnliche Arbeit in einer gewöhnlichen Fabrik. Seine Mum war eine gewöhnliche Mum, die in jenen Tagen, in denen Mütter noch nicht zur Arbeit gingen, zu Hause blieb und ihre Kinder in einem gewöhnlichen Heim in einer gewöhnlichen Straße in einer gewöhnlichen Stadt aufzog. Einem von jenen Häusern in einer jener Straßen, auf die Porrig während seiner Zugfahrt nach Brighton gestarrt hatte.

Gewöhnlich. Alltäglich. Sicher.

So sieht es bei oberflächlicher Betrachtung wenigstens aus.

Dr. Harney war ein gewöhnliches Kind gewesen. Nicht zu dumm und nicht zu klug. Gut genug bei Spielen, um sich nicht der Lächerlichkeit preiszugeben, aber nicht gut genug, um zu glänzen. Er durchlebte seine gewöhnliche Kindheit und hätte ohne jeden Zweifel ein gewöhnliches Erwachsenenleben gelebt, hätte nicht irgendjemand ihm einen Strich durch die Rechnung gemacht.

Es war bei der Party zu Dr. Harneys sechzehntem Geburtstag, man schrieb das Jahr 1967 und Dr. Harney war zu diesem Zeitpunkt noch kein Dr., und die Gäste waren ganz gewöhnliche Leute, die sich auf der Party antörnten. Jemand törnte Dr. Harney an, und Dr. Harney verdrehte die Augen, um sie anschließend ganz weit aufzureißen.

Dr. Harney schlug die Hippie-Laufbahn ein. Dr. Harney suchte Erleuchtung. Dr. Harney lernte viele seltsame Menschen kennen und nahm viele seltsame Drogen. Und Dr. Harney war nicht länger gewöhnlich. Nicht länger alltäglich. Nicht länger sicher. Er ging an die Cal Tech und studierte Parapsychologie. Und wurde zu Dr. Harney, der er ja bis zu diesem Zeitpunkt eigentlich noch nicht gewesen war. Sozusagen.

Heute war Dr. Harney im mittleren Alter, ein fröhlicher, sommersprossiger Geselle, dessen konischer Kopf unter dem Schopf weißer Haare aussah wie ein in Wolken gehüllter Berggipfel. Er war weit von jeder Gewöhnlichkeit entfernt, und er war hier. Und er war zu einem sehr großen Teil das Gehirn hinter Sir John.

Das dritte Mitglied der ehrfurchtgebietenden Partie war Danburry Collins, der jugendliche Masturbator mit den übersinnlichen Fähigkeiten. Danburry war ein unauffälliges Individuum mit tief liegenden, rot geränderten Augen und Haaren auf den Handinnenflächen. Obwohl man ihn häufig bei seiner Lieblingsbeschäftigung antreffen konnte, besaß er doch gewisse seltene Begabungen, die ihn für Sir John unersetzlich machten: beispielsweise einen Videorekorder zu programmieren, sowie ein untrügliches Gespür für die richtige Kasse in einem Supermarkt. Danburry war in seinem ganzen Leben noch niemals in einen Hundehaufen getreten, noch hatte eine vorüberfliegende Taube ihren Guano auf ihm abgeladen. Sein Gehalt kam stets pünktlich, und wenn er je einen Schuhladen betrat, dann war seine Größe stets auf Lager, gleichgültig, für welchen Stil er sich gerade entschied.

Bastard! All das, und ohne jede Spur von Charme!

Darüber hinaus besaß der junge Danburry eine Nase für drohende Gefahren, die seinen beiden Kameraden schon mehr als einmal das Leben gerettet hatte. Obwohl beide ihn nicht besonders mochten, so war er doch mehr wert als sein Gewicht in Schmuddelmagazinen.

Doch was, so mag man sich fragen, hatte dieses bemerkenswerte Trio auf der paradiesischen Insel Gwa'tan Qua Cest'l Potobo zu suchen?

Waren sie vielleicht auf Urlaub hergekommen?

Um die zweifelhaften Freuden des *blug* zu genießen und ein wenig zu F und H?

Oder waren sie vielleicht – ganz vielleicht – auf einer geheimen Mission? Auf der Jagd nach dem Übernatürlichen? Waren sie möglicherweise irgendeinem uralten Geheimnis auf der Spur, das sie in Gefahr, Nervenkitzel und Abenteuer führen würde?

Nun ja, gut möglich.

Danburry Collins wuchtete die letzte schwere Holzkiste auf den Strand hinauf und setzte sich schwer darauf. »Mir fällt auf«, bemerkte er, während er sich setzte, »dass all diese Kisten das Siegel der Regierung tragen.«

»MinfGZ«, sagte Dr. Harney und ließ sich neben Danburry in den Sand fallen. »Ministerium für Glückliche Zufälle, Mornington Crescent. Das MinfGZ finanziert diese Expedition.«

Sir Johns hagerer Schatten fiel auf den Doktor. »Ich denke, es wäre keine schlechte Idee, wenn wir uns mit ein paar stabilen Knüppeln bewaffnen«, sagte er. »Ich sehe eine Reihe von Eingeborenen, die uns unter den Palmen hervor beobachten. Einer von ihnen trägt eine Kochmütze, und ein anderer hat einen Sack Grillkohle bei sich.«

»Sollen sie nur ihr Glück versuchen«, sagte Danburry und klopfte auf die Auswölbung in seinem roten Anorak. »Ich hab mich auf alles vorbereitet.«

»Ist das eine Waffe in Ihrer Tasche?«, fragte der Doktor. »Oder haben Sie schon wieder einen ...«

»Der Armeerevolver meines Alten. Ich hab ihn im diplomatischen Gepäck nach draußen geschmuggelt.«

»Höchst einfallsreich.«

»Ich hatte das unbestimmte ›Gefühl‹, dass er uns gelegen kommen könnte.«

Sir John Rimmer nickte anerkennend. »Ich habe gelernt, mich voll und ganz auf Ihre ›unbestimmten Gefühle‹ zu verlassen, mein guter Danburry«, sagte er.

»Ich habe einen Führer angeworben, und er sollte in zehn Minuten bei uns sein. Er spricht Pidgin-Englisch und hat Unterkünfte für uns organisiert. Bis dahin sind wir besser auf der Hut.«

»Kein Schweiß, Sir«, sagte der Jugendliche mit den übernatürlichen Talenten. »Vielleicht könnte Dr. Harney uns über die Einzelheiten in Kenntnis setzen und uns verraten, was genau wir eigentlich hier tun, während wir auf diesen Führer warten?«

»Das könnte ich«, sagte der Doktor. »Ja, das könnte ich tatsächlich.«

»Dann tun Sie es doch bitte, Dr. Harney«, sagte Sir John.

»Es ist eine ganz und gar unglaubliche Geschichte«, begann der gute Doktor, während er sich auf seine sandalenbekleideten Füße mühte und sich den Sand aus den Hosen klopfte. »Und wir haben sie zusammengesetzt aus historischen Aufzeichnungen, Spekulationen und physischen Beweisen. Sie mögen vielleicht nicht alle zutreffend sein, aber ich denke, ich kann uns trotzdem einen Überblick über die Situation verschaffen.

Beginnen wir mit den Spekulationen. Stellen wir uns eine Superzivilisation irgendwo in einem fernen Sonnensystem vor. Diese Zivilisation ist technologisch weit fortgeschritten, sie ist friedliebend und hoch entwickelt. Die Leute dort haben alle Krankheiten ausgelöscht und dem Krieg ein Ende gesetzt. Es gibt keine Armut und keinen Neid. Diese Leute leben lange und glücklich.«

Der Doktor zögerte einen Augenblick auf die Möglichkeit hin, dass an dieser Stelle ein Treppenwitz über Oscar Wilde einfließen könnte, doch als nichts kam, fuhr er fort.

»Utopia«, fuhr er fort, »oder so will es scheinen. Doch das Desaster dräut am Horizont. Das Bevölkerungswachstum übertrifft die Nahrungsmittelproduktion, die natürlichen Ressourcen gehen zur Neige. In kurzer Zeit ist alles verbraucht. Es ist eine logische Annahme, dass unserer Zivilisation eher früher als später das gleiche Schicksal bevorsteht, sollte sie fortbestehen.

Und was tut diese Superzivilisation? Wie gesagt, sie ist technologisch weit fortgeschritten. Dieses Volk besitzt die Fähigkeit, Raumschiffe zu bauen. Auswanderung und Kolonisation neuer Welten mag als durchführbare Option erscheinen.«

»Wenn sie die Fähigkeit hätten, neue Welten zu finden«, sagte Danburry. »Hatten sie?«

»Nein, hatten sie nicht. Aber sie hatten die Fähigkeit, diese Raumschiffe in rauen Mengen herzustellen. Hunderte, Tausende. Und sie fanden mehr als genug Freiwillige, die bereit waren, eine Reise in das Unbekannte zu riskieren.«

»Also Typen wie Thomas Cook und Richard Branson, wie?«, fragte Danburry.

»Ganz genau. Die Idee war, dass sie für die Dauer der Reise an Bord ihrer Schiffe in Kälteschlaf gehen sollten. Die Schiffe waren mit Sensoren ausgerüstet, die nach geeigneten Sonnen suchen und anschließend automatisch jeden Planeten des betreffenden Systems untersuchen würden auf der Suche nach Lebenszeichen, Radiowellen, einer atembaren Atmosphäre, der richtigen Gravitation und was weiß ich nicht noch alles.

Sobald die Sensoren etwas Passendes gefunden hätten, würde das Raumschiff landen und seinen Passagier entfrosten. Und wenn dieser dann bestätigte, dass alles in Ordnung war, würde er die Koordinaten des Planeten zu seiner Heimatwelt funken.«

»Hmmm«, sagte Danburry. »Ich sehe eine Reihe von Schwachpunkten. Beispielsweise, wie lange würde so eine Reise dauern und wie weit würde sie gehen?«

»Ganz genau. Es wurde einkalkuliert, dass die meisten dieser Raumschiffe für alle Ewigkeiten weiterfliegen würden. Doch die Zukunft ihrer Zivilisation hing vom Erfolg des Unternehmens ab. Welche andere Möglichkeit hatten sie denn schon? Wenn nur ein einziger Astronaut Glück hätte, würde der Rest für eine ehrenvolle Sache gestorben sein.«

»Ein nobles Unterfangen«, sagte Danburry. »Und? Hatte ein Raumfahrer Glück?«

»Ja. Einer hatte Glück. Sein Raumschiff kam zu einer goldenen Sonne mit einem ganzen System von Planeten, und unter diesen Planeten entdeckte es einen, der perfekt war. Den Planeten, den wir Erde nennen.«

»Ich hatte das unbestimmte Gefühl, dass es so sein müsste.«

»Das Raumschiff unseres Burschen jedenfalls landet auf der Erde. Er wird aufgetaut, aber – o Kalamität! – hunderttausend Jahre sind vergangen, seine Zivilisation längst zu Staub zerfallen und er ist mutterseelenallein.«

»Wie traurig.«

»Es kommt noch schlimmer.«

»Es kommt noch schlimmer?«

»Noch weit schlimmer. Unser Freund hat Verletzungen davongetragen, sowohl mental als auch physisch. Der Kälteschlaf ist eine unerforschte Wissenschaft. Niemand kann vorhersagen, was geschieht, wenn man für tausend Jahre oder länger tiefgefroren wird, geschweige denn hunderttausend. Unser Freund begann seine Reise als Abenteurer mit den besten Absichten, doch nach dem Erwachen ist er ein verkrüppeltes psychopathisches Monster.«

»Meine Güte.«

»Und er hat Kräfte entwickelt.«

»Er hat Kräfte entwickelt?«

»Er hat Kräfte entwickelt.«

»Was für Kräfte?«

»Telepathische Kräfte. Obwohl der Tiefschlaf sein physisches Gehirn beschädigt hat, war sein Bewusstsein imstande, sich im Lauf der vielen Jahre weiterzuentwickeln. Er ist heute imstande, anderen seine Gedanken aufzuzwingen. Er kann andere allein mit der Kraft seiner Gedanken verletzen. Ihnen mentale und physische Qualen zufügen. Sie zwingen, seinem Willen zu gehorchen.«

»Das gefällt mir kein Stück.«

»Das glaube ich gern. Nichtsdestotrotz ist es wahr. Tatsächlich haben wir überall auf der Welt Beweise für sein Treiben gefunden. Monumentale Bauwerke aus der Megalithzeit. Er zwang Tausende von Menschen, ihm zu dienen. Er hat sie allein mit seiner Geisteskraft gezwungen, ihm zu Willen zu sein. Unser gutes altes Stonehenge zum Beispiel. Gewaltige Steinblöcke, die meilenweit über das raue Gelände geschleppt wurden. Nicht freiwillig oder auf das Bitten irgendwelcher Druiden hin, nein. Sondern von *seinen* Sklaven, die *ihm* auf diese Weise ein Zuhause bauen mussten.

Und er hat überlebt. Er lebt seit Jahrhunderten. Karnak, die Pyramiden, alles sein Werk. Das Werk seines Willens. Die Menschen waren für ihn nichts weiter als Vieh; er hat sie angetrieben, bis sie tot umfielen.«

»Warum haben sie nicht revoltiert?«

»Wie hätten sie das tun sollen? Sein Wille war einfach zu stark. Die mentale Kontrolle, die er über seine Sklaven ausübte, die Schmerzen, die er ihnen zufügen konnte, sie waren einfach zu groß. Unerträglich. Niemand konnte ihm widerstehen.«

»Und was wurde aus diesem tyrannischen Monster?«, fragte Danburry.

»Mu«, antwortete Dr. Harney.

»Munuh?«, machte Danburry Collins.

»Nicht wie die Kuh, Sie dummer Junge, Mu! Der verlorene Kontinent Mu. Er ging unter, genau wie Atlantis. Eine Naturkatastrophe.«

»Eine Katz-astrophe, haha«, machte Danburry.

»Hauen Sie ihm eine rein«, sagte Sir John Rimmer. »Ich finde, dass es meistens hilft, wenn er zu albern wird.«

Dr. Harney haute dem übernatürlich begabten jugendlichen Masturbator eine rein, und der übernatürlich begabte jugendliche Masturbator machte ein säuerliches Gesicht. »Also ging er zusammen mit Mu unter«, sagte er. »Dann war das also das Ende der Geschichte und damit gut.«

»Es war nicht das Ende der Geschichte.«

»Aber mir reicht's trotzdem«, sagte der Jugendliche, während er mit der Hand ein weiteres Mal über die Auswölbung in seinem roten Anorak strich. »Wenn Mu untergegangen ist, dann ist für mich alles in Ordnung.«

»Trotzdem werde ich Ihnen den Rest der Geschichte erzählen. Bisher habe ich lediglich das erzählt, was wir aus alten Texten und Hieroglyphen zusammengesetzt haben. Erlauben Sie mir, Ihnen aus einigen der letzteren zu zitieren:

*›Und als der Boden erzitterte und der Tempel fiel, trat der Gott unter Seinen Schild. Und Sein Schild war ein Stern mit sieben Spitzen, und Sein Herz eine Gruft aus Eis. Und der Schild schloss sich um den Gott und erhob sich hinauf in die Himmel.‹*

Was nichts anderes bedeutet, als dass dieser Gott abgereist war, um nach anderen Welten zu suchen, die er erobern konnte.

*›Doch die Himmel waren betrübt, und ein Sturm wütete ringsum. Und der Gott fiel einmal mehr auf die Erde zurück, doch ein ganzes Stück weit entfernt, und Er ward nie wieder gesehen.‹«*

»Krach bumm päng!«, sagte Danburry. »Auch nicht schlecht.«

»Es geht noch weiter.«

»Schießen Sie los.«

*»›Und die Menschen, die dem Gott gedient hatten, riefen mit lauter Stimme: Endlich!, und sie entblößten ihre Hintern in die Richtung seines Verschwindens und machten profane Gesten.‹«*

»Meinetwegen, warum auch nicht.«

»Ganz meiner Meinung«, sagte der Doktor. »Und das war dann auch schon der größte Teil. Teils Mutmaßungen, teils historisch belegte Hinweise, und würden Sie bitte damit aufhören, während ich erzähle?«

Danburry nahm die Hand aus der Hosentasche. »Ich erinnere mich«, sagte er, »dass Sie etwas von ›physischen Beweisen‹ gesagt haben. Meinten Sie damit die monumentale Architektur oder was?«

»Nein, ich meine die Satellitenbilder einer kürzlichen geophysischen Vermessungsmission. Sie wurde vom MinfGZ durchgeführt und hatte den Zweck, die Kontinentaldrift zu erfassen sowie unterseeische Aktivitäten vulkanischer Natur und so weiter zu kartographieren. Plattentektonik, Sie wissen schon, was ich meine. Erlauben Sie mir, Ihnen das hier zu zeigen.«

Mit diesen Worten nahm Dr. Harney eine große transparente Folie aus seinem Koffer, nicht unähnlich einer Röntgenaufnahme. »Werfen Sie einen Blick auf das hier, und sagen Sie mir, was Sie sehen.«

Danburry musterte die Folie. »Ein Gebiet, das sich von der Westküste Südamerikas bis zur Tuamoto-Inselkette erstreckt. Es sieht aus wie unterseeische Gräben und Faltungen, und wir befinden uns ungefähr ...«

»Hier«, sagte Dr. Harney und zeigte auf die Stelle. »Und jetzt erlauben Sie mir, Ihnen eine Vergrößerung dieses Gebietes zu zeigen.«

Danburry untersuchte auch die zweite Folie. »Ich verstehe«, sagte er schließlich. »Wir befinden uns genau hier.«

»Und das dort?«

Danburry blinzelte. »Ein wenig unterhalb der Südküste. Es sieht aus wie ein ...«

»Wie ein siebenzackiger Stern.«

»Ich verstehe.«

»Er ist dort, mein Junge. Dort draußen.« Der Doktor

zeigte hinaus auf das offene Meer. »Eine halbe Meile entfernt und in weniger als dreißig Metern Wassertiefe. Hochgespült von kürzlichen vulkanischen Aktivitäten, und er wartet nur darauf...«

»Dass wir ihn bergen? Sind wir deswegen hergekommen? Um ihn zu bergen?«

»Bevor es die Amerikaner tun, ja. Wir stehlen den Wichsern die Schau, wie?«

»Ich verstehe.«

»Denken Sie nur an die Technologie! Dieses Raumschiff sieht aus, als wäre es vollständig erhalten. Es wäre das erste Raumschiff in der Geschichte, das wir an einem Stück bergen. Die technologischen Fortschritte, die eine Untersuchung dieses Fundes nach sich zieht, sind noch gar nicht abzuschätzen! Dies hier ist eine Bergungsoperation, Danburry. Wir stehen im Begriff, in die Geschichte einzugehen.«

»Ich verstehe«, sagte Danburry einmal mehr. »Damit kein Irrtum aufkommt – Sie schlagen vor, dass wir ein Raumschiff von Außerirdischen aus dem Wasser ziehen und es nach England verfrachten. Ein Raumschiff, in dem aller Wahrscheinlichkeit nach ein tiefgefrorener irrer Alien wartet. Ein irrer Alien, der nach dem Auftauen die mentale Kraft besitzt, menschliche Wesen zu versklaven. Sie dazu zu bringen, dass sie sich seinen irren Wünschen fügen. Sie wie Vieh anzutreiben, bis sie tot umfallen. Das ist der Grund, aus dem wir hierher gekommen sind.«

Dr. Harney nickte. »Ganz recht. Haben Sie vielleicht ein Problem damit, Danburry?«

»Nun ...«, sagte Danburry Collins.

# 6

Nun«, sagte Mr. Phurz-Backe, »da wären wir, und das dort ist es.«

Porrig blickte auf. »Oh«, sagte er und »Wow, äh, ich meine ... o ja! In Ordnung!«

Die Ladenfront war wunderbar. Alles Pastellfarben und schlichte Eleganz. Über dem breiten Schaufenster hing ein fliegendes Schwein aus Chrom und Email.

»Hatten Sie nicht gesagt, es wäre kein gut gehendes Geschäft?« Porrig starrte voll Ehrfurcht und überwältigt auf seine Erbschaft. »Das ist ein Fliegendes-Schwein-Buchladen! Eine der ganz großen Ketten, die ihren Anfang in der Crow Street in Dublin nahm, mit der berühmten Partnerschaft von O'Mealoid und Bacon! Diese Läden führen die beste Auswahl an Science-Fiction, paranormaler, esoterischer, okkulter und was-weiß-ich-nicht-alles Literatur in der ganzen Welt! Diese Läden sind weltberühmt!«

Porrig spähte durch das Schaufenster ins Innere des Ladens. Anspruchsvolle Kundschaft von der gebildeten, jungen Sorte, die immer noch Bücher las, wanderte zwischen den schicken Regalen hin und her. Musik, die sich nur als »cool« beschreiben ließ, hallte durch den Eingang auf die Straße hinaus.

Porrigs Herz machte einen Jubelsprung. Diesmal war er tatsächlich auf die Beine gefallen! Das war sein Glückstreffer! Einen Laden der Fliegendes-Schwein-Kette zu besitzen! Es war wundervoll. Einfach unglaublich.

»Also, ich hab den Schlüssel hier«, sagte Mr. Phurz-Backe. »Aber wo hab ich ihn jetzt nur hingetan?«

»Machen Sie sich wegen des Schlüssels keine Gedanken.« Porrig rieb sich fröhlich die Hände. »Kommen Sie, wir gehen hinein und sehen nach, wie viel Geld ich heute eingenommen habe.«

»Wie viel was?« Mr. Phurz-Backe starrte Porrig an und folgte seinen aufgeregten Blicken. Dann begann Mr. Phurz-Backe zu lachen.

»Warum lachen Sie?«, fragte Porrig.

»Oh, nichts. Ich meine, nun ... Sie haben doch wohl nicht geglaubt ... O je, Sie haben es geglaubt ... Das ... das tut mir Leid.«

»Was denn?«

»Sie dachten, *das dort* wäre Ihr Bücherladen. Es tut mir wirklich ausgesprochen Leid.«

»Was denn?«

»Das ist nicht Ihr Laden. Ihrer ist der direkt daneben.«

»*Was?*«

»Dieser dort.«

Porrig starrte Mr. Phurz-Backe an. »Welcher wo? Ich sehe nichts.«

»Genau hier.« Mr. Phurz-Backe zeigte auf das Gebäude.

»Aber dort ist kein Laden! Nur ein heruntergekommenes Haus, das über und über mit Plakaten voll geklebt ist!«

»Die Läden sind mächtig verkleistert, nehme ich an. Aber wie sollte es auch anders sein? Sie wurden seit dreißig Jahren nicht mehr geöffnet.«

Porrigs Herz sank und sank und sank.

»Ah, hier ist er ja«, sagte Mr. Phurz-Backe. »Hier ist

Ihr Schlüssel. Habe ich die Ehre, oder wollen Sie selbst aufschließen?«

Porrig betrachtete das Gebäude von oben bis unten. Es war winzig. Es war heruntergekommen. Die Farbe blätterte in großen Flocken von der Fassade. Die Fenster im oberen Stockwerk waren stumpf vom Schmutz dreier Jahrzehnte. Die meisten Scheiben waren gesprungen. Tauben gurrten aus ihren Nestern dahinter.

Ein leises, niedergeschlagenes Stöhnen entrang sich Porrigs Kehle und drang durch seinen Mund.

»Also schließe ich auf«, sagte der Anwalt und näherte sich der Tür. Eine stinkende Matratze lag davor. Der Gestank von Urin hing in der Luft. Mr. Phurz-Backe stieß mit einer polierten Schuhspitze gegen die Matratze. »Besser, wir fassen sie nicht an, glaube ich«, murmelte er, während er den Schlüssel in das Schloss schob. »Vielleicht brauche ich Hilfe, um die Tür zu öffnen.«

Porrig stand in der Sonne und schüttelte den Kopf. »Nicht von mir«, sagte er langsam. »Nicht von mir.«

»Oh, jetzt kommen Sie schon, Mr. Naseby.«

»Nein«, sagte Porrig. »Ich glaube, ich bleibe lieber hier stehen und hadere mit meinem Schicksal, wenn es Ihnen nichts ausmacht.«

Mr. Phurz-Backe warf sich mit der Schulter gegen die Tür. »Sie gibt nach«, sagte er. »Ich habe sie einen Spaltbreit geöffnet.«

»Vergessen Sie's«, sagte Porrig. »Vergessen Sie's einfach.«

»Aber sind Sie denn nicht begierig darauf, einen Blick hineinzuwerfen?«

»Machen Sie Witze? Ich weiß genau, wie es da drin

aussieht. Eine Menge verrotteter alter Plunder. Die Dielenbretter sind ohne Zweifel morsch. Ich werde durchbrechen und mich zu Tode stürzen.«

»Ah«, sagte der Anwalt. Er hatte die Tür inzwischen halb offen. »Möglicherweise haben Sie nicht ganz Unrecht damit.« Er zog den Schlüssel wieder aus dem Schloss und reichte ihn Porrig. »Nun, ich habe Sie jedenfalls zu Ihrem Besitz geführt und Ihnen den Schlüssel übergeben. Meine Pflicht ist damit erfüllt. Möchten Sie, dass ich die Rechnung für meine Dienste an Ihre Heimatanschrift sende, oder werden Sie hier einziehen?« Mr. Phurz-Backe bemerkte Porrigs Blick, und es war ein sehr bitterer Blick.

»Nur eine Sache noch«, sagte Porrig, »bevor Sie gehen.«

»Ja?«

»Ich weiß nicht einmal den Namen meines gestorbenen Onkels.«

»Wollen Sie vielleicht eine Gedächtnistafel aufhängen?« Mr. Phurz-Backe grinste breit.

»Nicht das.« Porrig schüttelte heftig den Kopf. »Es ist nur, wenn man die Seele von jemandem ordnungsgemäß verfluchen möchte, dann muss man auch seinen richtigen Namen wissen.«

»In der Tat? Nun ja, offen gestanden, ich weiß seinen richtigen Namen nicht. Er hatte ihn bereits durch einseitige Rechtserklärung geändert, bevor er hierher kam. Ich kenne nur seinen Künstlernamen, weiter nichts.«

»Und der wäre?«

»Apocalypso. Der Wunderbare.«

Porrig kicherte. »Der Wunderbare?«

»Mit einem großen ›D‹ vor dem ›er‹. Er war zu seiner

Zeit ein sehr berühmter Mann. Sie finden seinen Namen in den Büchern.«

»Nicht in diesem Laden«, sagte Porrig bitter.

»Nun ja, aber wenigstens nebenan.« Mr. Phurz-Backe räusperte sich. »Und nun ist es an der Zeit für mich. Ich muss mich wieder meinen Geschäften zuwenden und lasse Sie bei den Ihren.« Er nahm Porrigs kraftlos herabbaumelnde Hand zwischen seine beiden und schüttelte sie. Dann wandte er sich um und marschierte kopfschüttelnd und leise vor sich hinkichernd seines Weges.

Porrig stieß einen tiefen, von Herzen empfundenen Seufzer aus. Er hätte sich niemals derart wilde Hoffnungen machen dürfen, wirklich nicht. Gutes kam niemals in seine Richtung. Er war nun einmal einer der Verlierer im Leben, verdammt zu ewiger Enttäuschung und Schlägen an den Kopf.

Porrig spähte durch die halb offene Tür ins Innere. Es sah ziemlich heruntergekommen aus dort drin. Dunkel und feucht und alles andere als einladend.

War es einen Blick wert? Oder sollte er sich einfach umdrehen, zum Bahnhof laufen und wieder nach Hause fahren?

»Nach Hause«, sagte Porrig. »Ich glaube nicht, dass ich noch mehr aushalte.« Er drehte den alten Schlüssel unschlüssig in der Hand. Am liebsten hätte er wieder abgesperrt und wäre nach Hause gefahren. Er konnte Mr. Phurz-Backe später anrufen. Ihn beauftragen, das Haus zum Verkauf anzubieten. Grundstücke waren immer etwas wert, selbst wenn man das Haus abriss und einen Parkplatz darauf errichtete.

Hastig stieg Porrig über die Matratze und zog an der alten Tür. Sie klemmte und Porrig kämpfte. Sie wollte sich nicht schließen lassen. »Ich bin jetzt eine offene Tür«, schien sie zu sagen, »und ich will so bleiben.«

»Nein, das wirst du verdammt noch mal nicht!«, fluchte Porrig. Er zog und zerrte und kämpfte und schimpfte. Und dann rutschte er auf etwas Unaussprechlichem aus und fiel der Länge nach in den Hausflur.

Er fand sich mit dem Gesicht nach unten auf dem Boden wieder. Einen traurigen Anblick bot er – ein übellauniger, bedrückter Bursche. Porrig strampelte mit den Beinen und hämmerte mit den Fäusten auf den Boden. Erst in der Nacht zuvor hatte sich seine Mutter genauso verhalten. Allerdings hatte sie einen Lachkrampf erlitten. Jetzt wusste Porrig warum. Porrig strampelte und hämmerte und hämmerte und strampelte, aber lachen tat er nicht.

»Aaaaaaaaaaaaagh!«, machte er stattdessen und wünschte sich nicht nur tot, sondern niemals geboren worden zu sein. Obwohl er es nicht mit der Religion hatte, betete er nun, dass der Engel, von dem der alte Knacker im Zug erzählt hatte, vom Himmel herabgeflogen käme und ihn in eine bessere Welt davontrug.

»Aaaaaaaaaaaaagh!«, machte er einmal mehr.

Passanten draußen auf der Straße bekreuzigten sich, packten ihre Einkaufstaschen fester und eilten hastig weiter.

»Bei Gottes Eiern!« Porrig strampelte und hämmerte und rappelte sich schließlich wieder auf die Beine. Er stützte sich gegen die Wand, und seine Hand berührte den Lichtschalter.

Die Beleuchtung flammte flackernd auf, und Porrig zuckte zusammen. »Tut mir Leid, Gott«, murmelte er.

Das Flackern endete, doch das Licht blieb. Porrig blinzelte.

Keine Blitze.

Neonlampen an der Decke.

Die Lampen erhellten ...

... einen wunderschönen Buchladen, Bücherregale aus poliertem Ebenholz und ledergebundene viktorianische Bücher.

Leider nicht.

Die Lampen erhellten einen langen, niedrigen Raum voller Regale. Aber nicht ein einziges Buch darin.

»Nicht ein einziges verdammtes Buch«, murmelte Porrig. »Nicht ein einziges!«

Aber jede Menge Pappkartons.

Porrig rang sich zu einem weiteren Seufzer durch, richtete sich auf, so gut es ging, und spähte zu den Kartons. Es waren Dutzende. Sie standen in den Regalen. Alle offen und alle mit irgendetwas bepackt. Porrig griff in den nächstgelegenen und zog ein ...

»Ein Comicbuch!«, sagte Porrig. Er bewegte sich an den Regalen entlang und spähte in die Kisten. »Sie sind alle voller Comicbücher!«, staunte er. »Und es sind ...« Porrig untersuchte das Buch in seiner Hand. Marvel Comics Ausgabe Nummer eins stand dort zu lesen. *The Silver Surfer.*

Porrig starrte auf den Einband und starrte erneut darauf. »Die erste Ausgabe«, murmelte er sehr leise und sehr andächtig. »Die allererste Ausgabe!«

Dieser Laden stand voll mit dreißig Jahre alten Comicbüchern. Und wenn alle so waren wie dieses hier, alle in Mint-Kondition ... nagelneu und ungelesen, jungfräulich, perfekt ...

Porrig starrte auf den Schatz in seinen Händen. Er musste sich nicht lange das Gehirn zermartern, um zu wissen, wie viel dieses eine Buch wert war. Wenn es etwas gab, womit sich Porrig auskannte, dann mit Comics. Er hatte den Sammlerkatalog zu Hause, aber das war wirklich einfach. Die erste Frage für einen Hunni.

Günter Jauch[1]: Der Preis der ersten Ausgabe des Marvel-Comics *The Silver Surfer*?

Padraig Arthur Naseby: »Eintausendvierhundertundfünfzig Pfund.«

O du lieber gütiger Gott!, betete Porrig. »Bitte lass das wahr sein! Bitte lass mich nicht bewusstlos am Boden liegen und alles nur träumen!«

Porrig riskierte einen weiteren Blick auf das Comicbuch. Falls er träumte, würde es sich wahrscheinlich in ein Mettwürstchen verwandeln. Das taten die Dinge in seinen Träumen häufig, obwohl er nie den Grund dafür hatte herausfinden können. Doch das Buch war immer noch ein Buch und kein Würstchen. Und es war noch immer die erste Ausgabe. *The Silver Surfer.*

Porrigs Hände begannen zu zittern. Er blickte sich in plötzlich aufkeimender Furcht um. Furcht, jemand könnte hereinkommen und alles mitnehmen.

Porrig rammte die Tür ins Schloss und verriegelte sie von innen. Dann atmete er tief durch. Wandte sich langsam um und ließ seinen Blick durch den Raum schweifen. Und führte einen kleinen Veitstanz auf.

Er rannte an den Regalen entlang, ging von Karton zu Karton, zog (mit größter Vorsicht) immer neue

---

1 Oder hätten Sie gewusst, wer Magnus Magnussen ist? (Anm. d. Übers.)

Comics hervor und stieß einen Freudenschrei nach dem anderen aus.

*The Mighty Thor, Dr. Strange, The Fantastic Four, Spiderman,* der gesamte frühe Marvel-Katalog. Alle brandneu. Alle ungelesen. Alle in Mint-Kondition.

»Ich bin reich!« Porrig tanzte umher. »Ich bin reich! Ich hab's geschafft! Ich hab die Goldader getroffen!« Er tanzte bis in den hinteren Teil des Ladens, wo er eine mächtig große Truhe fand.

Porrig zog eine Schublade auf, und ans Licht kam etwas Wunderbares. Porrig starrte es an. Ein Poster. Ein Poster aus den Sechzigern. Ein Martin-Sharp-Poster. Das berühmte Bob-Dylan-»Blowing-in-the-Wind«-Poster, schwarz und rot auf Goldkarton. Porrig kramte weiter in der Schublade. Es waren fünf Exemplare. Und darunter – fünf Exemplare des »Putting-Together-of-the-Heads«-Klassikers von 1967, der die Legalisierung von Cannabis verlangte.

»Heilige Mutter Maria!« Porrig hatte Photos dieses Posters in einem Auktionskatalog gesehen. Für wie viel war es noch gleich weggegangen?

»Eine Menge«, sagte Porrig. »Eine irrsinnige Menge Geld.«

Die Poster bei der Auktion waren zweiter Hand gewesen, und diese hier waren perfekt. Perfekt. Porrig öffnete weitere Schubladen und enthüllte weitere Wunder. Mike-English-Poster. Hapshash und The Colored Coat von Hendrix und Floyd und The Incredible String Band. Porrig schob die unterste Schublade wieder zu und setzte sich mit zitternden Knien auf den Boden.

Das war es. Das war der Wirklichkeit gewordene Traum eines jeden Sammlers. Der Ort, von dem jeder

Sammler träumt. Das Geschäft, das seit hundert Jahren niemand mehr betreten hat. Urgroßvaters Dachboden. Tante Noras Keller.

Onkel Apocalypsos Laden!

Und er war hier! Er hatte ihn gefunden! Er, Porrig der Niemand! Er hatte den Jackpot geknackt! Und warum? Warum ausgerechnet er?

»Weil ich es verdiene«, sagte Porrig zu sich selbst. »Weil ich der einzige Mensch auf der ganzen Welt bin, der es wirklich und wahrhaftig verdient hat. Ich wurde schwer und grausam geprüft und wurde für würdig befunden. Es ist meine Bestimmung, reich und erfolgreich zu sein. Es ist mein Schicksal.«

Zufrieden mit seiner Ladung altem Quark sandte Porrig doch tatsächlich ein Dankesgebet zum Himmel. Ein richtiges Dankesgebet. »Danke sehr, lieber Gott«, betete Porrig. »Und ich danke auch dir, Onkel Apocalypso, Du Wunderbarer mit dem großen ›D‹.«

Porrig weinte eine kleine Träne um seinen verstorbenen Onkel und auch um sich selbst, denn er war nun ein Mann von Besitz, und ein vermögender Mann kann ein sorgenvoller Mann sein. Nachdem er seinen Schatz entdeckt hatte, war Porrigs erste Reaktion gewesen, die Tür ins Schloss zu werfen und von innen abzusperren, was ihn nicht wenig selbst erschreckt hatte. Der schiere Instinkt dieser Reaktion. Augenblickliche Habsucht und augenblickliche Paranoia. Es war alles viel zu viel. Die Hälfte davon hätte auch gereicht. Ein Viertel. Aber alles? Was sollte er damit anfangen? Wie konnte er es verkaufen? Wem konnte er trauen? Einem der großen Auktionshäuser? Irgendjemandem?

Porrig fühlte sich ein wenig benommen. Er mühte

sich langsam auf die Füße und warf einen weiteren Blick in die Runde. »Reiß dich endlich zusammen«, schimpfte er mit sich. »Fall mir jetzt nicht in Ohnmacht.«

Dann erspähte er die Treppe. Lagerte oben noch mehr? Noch mehr Schätze? Das Treppenlicht funktionierte ebenfalls noch, und Porrig spähte die schmale Stiege hinauf. »Ganz langsam jetzt«, sagte er zu sich. »Nur nichts übereilen. Eine einzige verfaulte Stufe, und du findest dich bei deinem Onkel wieder.« Doch die Stufen sahen sicher aus, und Porrig stieg eine oder zwei nach oben, bevor er zögerte und in den Laden blickte.

Irgendetwas stimmte doch nicht mit diesem Laden.

Irgendetwas sollte hier sein, aber es war nicht hier.

Und dann fiel Porrig auf, was dieses Irgendetwas war.

»Staub«, sagte Porrig. »Es gibt nirgendwo Staub.«

Er betrachtete seine Hände.

Sie waren sauber.

Porrig machte kehrt und ging zum nächsten Regal. Er fuhr mit den Fingern über die Bretter. Staubfrei. Nicht eine Spur von Staub.

Das ergab keinen Sinn. Ein Geschäft, das dreißig Jahre lang nicht mehr betreten worden war, und nicht die kleinste Spur von Staub?

»Sehen wir oben nach.«

Porrig sah oben nach. Er bewegte sich mit beträchtlicher Vorsicht, doch die Stufen hielten. Die Stufen mit dem hübschen, gepflegten und sauberen Teppichbelag hielten. Im ersten Stockwerk begegnete ihm eine weitere Überraschung. Eine weitere funktionierende Neonlampe erhellte einen Raum voller Maschinen.

Alles höchst beeindruckend. Alles poliertes Messing und Stahl. Es war ...

»... eine Druckerpresse!«, pfiff Porrig. »Es ist eine Druckerpresse!«

Er umrundete die Maschine und bewunderte die glänzenden Knöpfe und Hebel. Es war eine richtige Luxusmaschine. Ideal, um ...

»Ideal, um Comics zu drucken!«, pfiff Porrig einmal mehr. »Mit so einer Ausrüstung kann ich meine eigenen Comicbücher drucken! Keine Ablehnungsschreiben mehr von irgendwelchen Verlegern!«

Es war das Paradies. Was für ein wundervoller Tag! Porrig führte einen erneuten Tanz auf.

Dann wanderte er umher und erkundete ein wenig mehr. Er entdeckte ein kleines Badezimmer und eine winzige Kitchenette. Nichts Besonderes so weit. Bis auf die Tatsache, dass beide Zimmer makellos sauber waren.

»Noch immer kein Staub.« Porrig schüttelte den Kopf. Was war mit dem Vorderzimmer mit den zerbrochenen Scheiben und den gurrenden Tauben dahinter? Porrig öffnete die Tür und schaltete das Licht ein.

Die Vorhänge waren zugezogen. Das Zimmer war in makellosem Zustand. Ein Bett aus poliertem Messing, mit einer bunten Daunendecke. Ein Kleiderschrank aus Pechkiefer, eine dazu passende Kommode. Landschaften in vergoldeten Rahmen und ein sehr schöner Teppich.

Porrig durchquerte das Zimmer und zog einen Vorhang zurück. Tauben flatterten panisch auf, doch sie flatterten nicht in das Schlafzimmer. Eine große Glasscheibe versperrte ihnen den Weg. Sie befand sich einen halben Meter hinter den zerbrochenen Fenstern und reichte von der Decke bis zum Boden.

»Schlau«, sagte Porrig und nickte bekräftigend mit dem Kopf. »Eine schlaue Tarnung; von außen sieht alles so aus, als wäre…« Er stockte, und ein kalter Schauer lief ihm über den Rücken. »… als wäre das Haus verlassen«, beendete er seinen angefangenen Satz. »Was es eindeutig nicht ist. Irgendjemand wohnt hier drin.«

Porrig kehrte in die Kitchenette zurück und öffnete den Kühlschrank. Er war voll gepackt mit Nahrungsmitteln. Porrig nahm eine Tüte Vollmilch heraus und roch daran. Sie war frisch.

»Au Scheiße!«, sagte Porrig. »Ich hab einen Hausbesetzer!«

Dann hörte er unten ein Geräusch.

Porrig erstarrte.

Jemand betrat den Laden und nicht durch die Vordertür. Dieser Jemand pfiff auf eine sorglose »Dies-ist-mein-Haus-und-hier-pfeife-ich-wann-ich-will«-Weise.

»Au Scheiße«, flüsterte Porrig einmal mehr. »Scheiße, Scheiße, Scheiße!«

Was tun? Den Hausbesetzer zur Rede stellen? Ihn aus dem Haus verjagen? Unter Einsatz von Gewalt, falls nötig? Wie viel Gewalt? Und wie kräftig war dieser Hausbesetzer? Es war doch wohl nur *ein* Hausbesetzer, oder? Oder waren es vielleicht mehrere…?

Porrig sah sich nach einer Waffe um, einem Nudelholz oder einem großen Küchenmesser. Er fand nichts außer einer winzigen Spülbürste aus Plastik, die er zur Hand nahm und bedrohlich hob. Kein verdammter Hausbesetzer würde ihm sein Erbe streitig machen! Er würde bis zum Tod kämpfen, um sein Eigentum zu schützen.

Nun ja, vielleicht nicht bis zum Tod, aber er würde diesen Bastard gründlich abbürsten für seine Frechheit.

»Versuch nur, mir etwas zu stehlen, du wirst schon sehen«, flüsterte Porrig.

Dann kam ihm ein Gedanke. Es war ein so grauenhafter Gedanke, dass Porrig auf der Stelle versuchte, in wieder aus seinem Kopf zu vertreiben. Doch der Gedanke wollte sich nicht vertreiben lassen. Er blieb hartnäckig, wo er war, und er wurde immer aufdringlicher.

»Was denn«, sagte dieser Gedanke, »wenn all dieses Zeug dort unten gar nicht dir gehört?«, sagte er. »Was, wenn es diesem selbstbewussten ›Dies-ist-mein-Haus-und-hier-pfeife-ich-wann-ich-will‹-Pfeifer gehört, der gerade hereingekommen ist? Er kann durchaus vor Jahren über dieses leer stehende, heruntergekommene Haus gestolpert und hier eingezogen sein. Was bedeutet, dass nichts von alledem hier drin dir gehört, Porrig.

Nichts von alledem, du nichtsnutziger, farbloser Verlierer!«

»O nein!« Porrigs Knie wurden weich, und er sank auf einen Küchenstuhl. Das konnte nicht wahr sein! Das durfte nicht wahr sein!

Doch es konnte. Es war. Auf diese Weise ergab alles einen Sinn. Alles. Irgendjemand lebte hier und ging seinen Geschäften nach. Wahrscheinlich dieses Schwein vom Fliegenden Schwein nebenan. Wahrscheinlich benutzten sie Porrigs Haus als Lagerhalle.

Porrig suchte nach einem Messer, um allem ein

Ende zu bereiten. Genug war genug. Er hatte mehr ertragen, als irgendein Mann ertragen sollte. Es war Zeit, wie ein Gentleman abzutreten.

Weil kein Messer zu finden war, nahm Porrig feierlich die Spülbürste und begann, damit über sein Handgelenk zu schaben.

Dann hörte er die Schritte auf der Treppe.

Und das Pfeifen wurde lauter.

Und...

»Hallo, wen haben wir denn da?«, fragte eine Stimme.

Porrig gab seinen Selbstmordversuch auf. Er blickte hoch und erstarrte.

In der Tür stand der picklige Jugendliche vom Bahnhof. Er hielt Porrigs alten abgewetzten Koffer.

»Aaaaaaaaaaaaagh!«, machte Porrig und sprang ihm an die Kehle. »Du diebischer Bastard! Du wirst sterben!«

Sein Angriff kam für den anderen überraschend, und beide stolperten aus der Küche und gingen auf dem Treppenabsatz zu Boden. Porrig war kein Kämpfer, doch sein Verstand war nun so aufgepeitscht, dass er um sich schlug wie ein Irrer. Der Jugendliche hingegen war nicht ungeübt; er parierte die wenigen Schläge Porrigs, die ohnehin danebengingen, und konterte dafür mit einer ganzen Reihe von Treffern.

Tatsächlich, um es mit den Worten der kämpfenden Bruderschaft auszudrücken, prügelte er Porrig den Verstand aus dem Leib.

»Genug!« Porrig lag zu einem Ball zusammengerollt auf dem Treppenabsatz. »Ich gebe auf! Lass mich in Ruhe in eine Ecke kriechen, um zu sterben!«

Der Jugendliche hatte bereits mit dem Stiefel ausgeholt, doch nun hielt er inne. »Bist du absolut sicher, dass du genug hast?«, fragte er.

»Absolut«, wimmerte Porrig.

»Ich hab's richtig genossen, weißt du. Ein wenig Gewalt hin und wieder ist gar nicht schlecht. Sie liegt mir im Blut, weißt du? Ich komme aus einem zerbrochenen Elternhaus.«

»Das tut mir wirklich Leid«, stöhnte Porrig. »Ganz ehrlich.«

»Oh, mach dir keine Gedanken. Ich war es, der es zerbrochen hat.« Der Jugendliche kicherte unangenehm. »Komm schon, greif mich doch noch mal an! Man weiß nie, vielleicht landest du einen Glückstreffer?«

»Glück?« Porrig lachte bitter auf. »Ich und Glück? Ich glaube nicht.«

»Also schön, ganz wie du meinst. Möchtest du vielleicht eine Tasse Tee?«

»Eine Tasse Tee?« Porrig entrollte sich ein wenig und spähte seinen Peiniger misstrauisch von unten herauf an. »Du lädst mich zu einer Tasse Tee ein?«

»Oder Kaffee, was immer dir lieber ist. Selbstverständlich ist es nur entkoffeinierter Kaffee. Man muss schließlich auf seine Gesundheit achten.«

»Seine Gesundheit?« Porrig betastete seine Rippen. Sie waren gebrochen, ganz bestimmt.

»Ich ernähre mich vollwertig, weißt du?«, verkündete der Jugendliche stolz. »Streng vegetarisch und makrobiotisch obendrein.«

»Das ist wahrscheinlich der Grund für deine vielen Pickel«, beobachtete Porrig und kassierte einen weiteren Tritt.

»Oh, das tut mir ausgesprochen Leid«, sagte der Jugendliche im Tonfall echten Bedauerns. »Du hast ein lockeres Mundwerk und ich ein jähzorniges Temperament. Keine besonders gute Kombination, wie?«

»Nein«, stöhnte Porrig.

»Vielleicht sollten wir uns beide ein wenig mehr anstrengen. Möchtest du nun eine Tasse Tee?«

»Ja bitte«, sagte Porrig durch zusammengebissene Zähne hindurch.

Der Jugendliche half Porrig hoch, führte ihn in die Kitchenette und zu einem Stuhl. »Ich setz den Kessel auf«, sagte er.

Porrig saß da und hielt sich die Rippen. Der Jugendliche füllte den Kessel mit Wasser. »Ich heiße übrigens Wok Boy«, sagte er. »Aber ich verrat dir nicht warum. Und du bist Porrig.«

»Hä?«

»Tut mir Leid, dass ich dir am Bahnhof eine verpassen musste. Wir hatten einen etwas unglücklichen Start, nicht wahr?«

»Woher weißt du meinen Namen?«

»Nun, ich sollte dich am Bahnhof abholen und dir ein warmes Willkommen bereiten.«

»Hä?«

»Ich sollte dich abholen und hierher bringen. Aber ich wusste nicht, dass du das bist, bis ich in deinen Koffer gesehen hab. Als ich dann zum Bahnhof zurück bin, warst du schon weg. Ich dachte mir, dass du irgendwann hier auftauchen würdest, also hab ich mich irgendwo hingehauen und ein wenig gewartet. Ich wollte nicht hier sein für den Fall, dass dieser Mistkerl von Phurz-Backe mit hier reinkommt. Aber er ist nicht mit reingekommen, hab ich Recht?«

»Nein, ist er nicht. Hör mal, was hat das alles zu bedeuten?«

»Es tut mir wirklich Leid, dass ich dich am Bahnhof vermöbelt hab, aber du hast darum gebettelt, oder vielleicht nicht?«

»Was hat das alles zu bedeuten?«, wiederholte Porrig. »Was machst du hier? Warum solltest du mich am Bahnhof abholen? Woher weißt du von Phurz-Backe? Warum ...?«

»Immer eins nach dem anderen. Was für einen Tee möchtest du? Orange Sunset oder Peach Truffle?«

»Peach Truffle?«

»Oh, gut, das ist auch meine Lieblingssorte.«

»Hör endlich auf, mich zum Narren zu halten!«, sagte Porrig.

»Ganz ruhig, Kumpel«, entgegnete Wok Boy und zeigte Porrig die geballte Faust.

»Also schön«, lenkte Porrig hastig ein. »Aber eine Frage hätte ich. Dieses Zeug unten im Laden – wem gehört das alles?«

»Dir natürlich.«

»Es gehört wirklich mir?«

»Es gehört wirklich dir.«

»Ich begreife das nicht.«

»Warum nicht? Ist doch ganz einfach«, sagte Wok Boy. »Es ist kein großes Geheimnis oder so.« Er zündete die Herdplatte an und stellte den Kessel auf die Flamme. »Dieser alte Typ hat mich angestellt, um den Laden sauber zu halten. Ich sollte all den alten Mist rausschaffen, der sich hier drin angesammelt hatte. Ein wenig renovieren. Streichen. Und all diese Kisten mit Comicbüchern herbringen, die er in London gelagert hatte. Die Druckerpresse wieder in Ordnung bringen. Ich habe monatelang hier gearbeitet, um alles für deine Ankunft vorzubereiten.«

»Für meine Ankunft?«

»Er wollte, dass alles ganz genau so sein würde, wie du es dir vorstellst. Es gehört alles dir, restlos alles. Als Gegenleistung möchte er nur, dass du ein Comic für ihn zeichnest.«

»Was für ein Comic?«

»Ich weiß nicht, *was für ein Comic*. Er hat mir nicht alles gesagt. Aber es ist wohl etwas ganz Besonderes. Er hat wirklich eine fixe Idee unter der Haube deswegen. Du bist doch ein Künstler, oder nicht? Du kannst doch Comics zeichnen?«

»Selbstverständlich kann ich das. Hast du denn nicht meine Zeichnungen gesehen, als du meinen Koffer durchwühlt hast?«

»O doch. Gyp der Crip oder so, nicht wahr?«

»Jasti der Spasti.«

»Du Wichser«, sagte Wok Boy.

»Wie kannst du es wagen?«

»Also wirklich! Jasti der Spasti? Was geht nur in deinem Hirn vor?«

»Hör mal, vergiss mein Hirn. Es ist auch so schon verwirrt genug. Dieser alte Typ, der alles für meine Ankunft hat herrichten lassen – wer ist er? Wie lautet sein Name?«

»Den hat er mir nicht verraten. Die Leute hier in der Gegend nennen ihn alle den Zauberer. Aber wenn du mich fragst, er sieht überhaupt nicht wie ein Zauberer aus. Ich finde, er sieht eher aus wie ein Hund. Er hat so zwei weiße Haarbüschel rechts und links, die wie große Ohren von seinem Kopf abstehen und …«

Porrig riss die Augen auf. »Zwei große weiße Haarbüschel ...«, sagte er langsam.

»Und er ist ein verdammt harter Brocken«, fuhr Wok Boy fort, während er zwei Teebeutel in ebenso viele Tassen hängte. »Ich würde mich nicht mit ihm anlegen wollen, auch wenn er so alt und zerbrechlich aussieht. Er sagt, dass er ... dass er ...«

»Dimac ...«, flüsterte Porrig.

»O ja, genau das. Und ja, noch etwas. Das hier soll ich dir geben.« Wok Boy kramte in den Taschen seiner schmuddeligen Jeans und brachte einen zerknitterten Umschlag zum Vorschein.

Porrig nahm den Umschlag entgegen und riss ihn auf.

»Was ist drin?«, fragte Wok Boy.

»Eine Visitenkarte«, antwortete Porrig. Er nahm die Visitenkarte heraus und starrte darauf.

Auf der Karte war ein siebenzackiger Stern zu sehen.

Porrig las den Namen laut.

Der Name lautete Apocalypso Der Wunderbare.

Mit einem großen »D« vor dem er.

# 7

Jagen Sie es in die Luft«, sagte Danburry.

»Pardon?«, fragte Sir John Rimmer.

»Jagen Sie es in die Luft, und das ist kein Witz.«

Sir John Rimmer zwirbelte seinen Zwirbelbart. »Was genau wollen Sie mir damit sagen, mein Junge?«

»Ich versuche Ihnen zu sagen, dass Sie es in die Luft jagen sollen.« Danburry warf die schwierig zu kontrollierenden Hände in die Luft. »Ich bin total nervös, seit ich aus diesem Flugzeug ausgestiegen bin!«

»Und ins Wasser gefallen«, sagte der Doktor.

»Ja, schön, ich bin ins Wasser gefallen, na und? Aber ich weiß, dass irgendetwas hier ganz und gar faul ist. Nicht nur die Typen unter den Palmen mit den Essbestecken. Räumen Sie die Insel. Rufen Sie das MinfGZ an. Sagen Sie ihnen, dass sie dem Außerirdischen eine Atombombe auf den Kopf werfen sollen.«

»Das steht nicht zur Diskussion«, sagte Sir John.

Danburry warf die schwierig zu kontrollierenden Hände nach vorn. »Hören Sie«, sagte er. »Gehen Sie eigentlich nie ins Kino? Das ist ein absolutes Standard-Science-Fiction-Szenario! Ein Raumschiff steigt aus der Tiefe auf, wahnsinnige Aliens werden aufgetaut und verbreiten Terror und Entsetzen, Tausende von Menschen fliehen voller Panik, und am Ende gibt es eine gewaltige Explosion. Warum überspringen wir nicht diesen ganzen Mist, solange wir eine Gelegenheit dazu haben? Werfen Sie dem Bastard jetzt eine Atombombe auf den Kopf!«

Dr. Harney zuckte die Schultern. »Der kleine Wichser hat nicht ganz Unrecht. Wenn der Außerirdische erst aufgetaut ist, kann niemand vorhersehen, was geschieht.«

Sir John stellte das Zwirbeln seiner Bartzwirbel ein. »Es wird keine Atombombe geben und damit basta«, sagte er in sehr entschiedenem Ton.

Danburry steckte die schwierig zu kontrollierenden Hände wieder in die Hosentaschen, wo sie sich unkontrolliert bewegten. »Dann lassen Sie's halt«, sagte er. »Aber lassen Sie das Raumschiff auch in Ruhe. Lassen Sie es, wo es ist. Rufen Sie einfach im MinfGZ an. Sagen Sie ihnen, wir hätten vor Ort nachgesehen, und es wäre kein Raumschiff, sondern nur ein großer Seestern oder eine Felsformation oder was weiß ich.«

»Oder was weiß ich?«

»Oder was weiß ich. Bluffen Sie, aber machen Sie es!«

Sir John Rimmer schüttelte den zottigen Schädel. »Nein«, widersprach er und: »Nein, nein, nein. Es würde nichts nützen. Soweit wir wissen, sind die Amerikaner schon unterwegs.«

»Vergessen Sie die verdammten Amerikaner. Oder besser noch, sollen doch die verdammten Amerikaner sich das Raumschiff schnappen. Sie waren solche Draufgänger in *Independence Day*, wollen doch mal sehen, wie clever sie sich anstellen, wenn sie es mit einem richtigen Gegner zu tun bekommen.«

Sir John starrte hinaus auf den blauen Ozean.

Dr. Harney scharrte mit seiner Sandale im Sand unter seinen Füßen.

Danburrys schwer zu kontrollierende Hände spielten unkontrolliert in seinen Hosentaschen.

Und eine Krabbe kroch seitwärts über den Strand davon, wie Krabben das eben so tun.

Sir John wandte sich scharf zur Seite. Er schüttelte den vornehmen Kopf, während er auf und ab ging, leise vor sich hin murmelte und eine passable Kopie von Max Wall abgab. Schließlich schlug er ein Rad und einen doppelten Salto rückwärts, um im Spagat zu landen. »Was, wenn wir das Raumschiff bergen und seinen Insassen vorsichtig aus dem Weg räumen?«, fragte er. »Wenn wir ihn unaufgetaut aus dem Schiff ziehen und…«

»Jagen Sie ihn in die Luft«, sagte Danburry. »Es ist die einzige Möglichkeit, um sicherzugehen.«

»Ich habe bereits gesagt, dass das nicht zur Debatte steht. Wir könnten den Alien allerdings mitsamt seinem Kältetank aus dem Schiff nehmen, Steine daran festbinden und in tiefem Wasser versenken.«

»Ich will nach Hause«, sagte Danburry. »Wann geht das nächste Flugzeug?«

»Sie werden nicht nach Hause fliegen.«

»Ich habe einen Vorschlag zu machen«, sagte Dr. Harney. »Wie wäre es, wenn wir das Raumschiff bergen, den Alien herausnehmen, während er noch im Kälteschlaf liegt, und Danburry hier schießt ihm mit der Kanone seines Vaters eine Kugel durch den Kopf?«

»*Was?*« Danburrys schwierig zu kontrollierende Hände flogen aus den Hosentaschen und fuchtelten unkontrolliert. »Wollen Sie allen Ernstes vorschlagen, dass wir dieses Schiff bergen, den irren Alien herausziehen, und ich hab dann allein die Verantwortung für seinen Tod? Die ganze Last der Verantwortung, der Menschheit dieses Ding zu ersparen, soll allein auf meinen Schultern liegen? Ich soll die Kanone meines

Vaters nehmen und den Alien abknallen? Ich? Ein Wesen aus einer anderen Welt auslöschen? Ist es das, was Sie vorschlagen?«

»Haben Sie vielleicht ein Problem damit?«

Danburry zog die Pistole aus der Tasche und grinste. »Verdammt noch mal, nein!«, sagte er. »Ziehen wir den Bastard raus, und bringen wir es hinter uns.«

»Dann sind wir einer Meinung?«

»*Glosses Mann, him blong Gottlady fotto-fot?*«

Die drei Männer wandten sich um und sahen sich einem grinsenden Eingeborenen gegenüber.

Der grinsende Eingeborene erspähte Danburrys Pistole und hechtete in Deckung.

»Stecken Sie das weg«, befahl Sir John und bückte sich von hoch oben herab, um den Eingeborenen zu beruhigen.

Danburry wirbelte die Pistole um den Finger und blies über die Mündung des Laufs. »Du bist dran, Arschloch«, sagte er, während er die Waffe in seinen roten Anorak steckte.

»Nix schießen!«, bettelte der Eingeborene.

»Nix schießen«, versicherte ihm Sir John und half ihm auf die Beine.

Der Eingeborene klopfte sich den Sand aus dem T-Shirt. Es war ein hübsches neues T-Shirt. Auf der Brust standen die Worte: »*Virgin* kommt bald auch auf diese Insel.«

»Bugga-dat«, sagte der Eingeborene. »Gottlady fotto-fot. Blong dich, blong mich, pronto-tonto.«

»Dr. Harney«, sagte Sir John, »ich denke, er möchte die Photographie.«

»Oh, natürlich.« Dr. Harney griff in seine Tasche und brachte ein Bild der Schönen zum Vorschein. Er reichte es mit der gebührenden Vorsicht an Sir John weiter, der den heiligen Gegenstand an den Eingeborenen übergab. »O Carol«, sagte Sir John.

Der Eingeborene lächelte glückselig auf die 9 X 13-Aufnahme herab und dann zu Sir John.

»Wie spitz seine Zähne sind«, beobachtete Danburry.

Das Grinsen des Eingeborenen erstarrte. »Einhundert Dollar-Pfund«, sagte er.

»Was?«, fragte Sir John.

»Einhundert Dollar-Pfund, jawollsir, für Jingo.«

»Dr. Harney«, sagte Sir John, »Sie verstehen Pidgin, was will er uns sagen?«

»Spuckes ausses«, sagte Dr. Harney.

»Einhundert Dollar-Pfund. Schießenmich«, sagte der Eingeborene. »Herzklopfbummbumm Blondschopf mich gemacht. Einhundert Dollar-Pfund.«

»Er verlangt Schmerzensgeld«, sagte Dr. Harney. »Er sagt, Danburry hier hätte mit der Pistole auf ihn gezielt, und er hätte ein schwaches Herz, sagt er.«

»Ungeheuerlich!«, sagte Sir John.

»Gottlady fotto-fot.« Der Eingeborene deutete auf das Photo. »Braunfuß blong beknackt hosay. Tottell beknackt, ya boo Stinker Taschen picken.«

»Ah, ich verstehe«, sagte Dr. Harney und lächelte. »Er sagt, wenn wir schon dumm genug sind, um zu glauben, dass er und seine Kumpane auf der Insel Carol Vordermann anbeten, dann sind wir auch dumm genug, um ihm einen Hunni zu zahlen, weil Danburry eine Waffe auf ihn gerichtet hat.«

»Ah, ist das so?« Sir John griff in eine Tasche seines Safari-Anzugs, zog einen Messingschlagring hervor, schlüpfte mit der rechten Hand hinein und verpasste dem Eingeborenen einen heftigen Schlag an den Kopf.

Der Eingeborene brach wie vom Blitz getroffen zusammen und rieb sich den Schädel.

»Habe ich mich deutlich genug ausgedrückt?«, erkundigte sich Sir John.

Der Eingeborene nickte ernst.

»Schön, also Schluss jetzt mit diesem Unsinn. Führen Sie uns Augenblick zu unserer Unterkunft. Danburry, Sie bleiben hier und bewachen unsere Vorräte, bis dieser Bursche hier mit ein paar Trägern wiederkommt. Also los, Mister Braunfuß, es gibt Arbeit.«

Danburry kaute auf seiner Unterlippe. »Das endet in Tränen, noch bevor die Sonne untergegangen ist«, sagte er düster.

»Schnickschnack«, sagte Sir John. »Nur die Ruhe, mein guter Danburry.«

Der Eingeborene erhob sich und führte Sir John und Dr. Harney unter die Palmen und außer Sicht. Schon bald kehrte das Lächeln auf sein Gesicht zurück, und er verwickelte den Doktor in eine Unterhaltung. Er war begierig, alles über England zu erfahren. Ob die New Labour ihre Wahlversprechen nun einhielten oder nicht? Ob die Spice-Girls inzwischen endlich ein Konzeptalbum herausgebracht hätten? Was genau das Wort »Oxymoron« bedeutete? Wie groß man sein musste, um der Dreiundzwanzigsten Kongregation von Espadrille beizutreten?

Dr. Harney wusste ganz genau, dass er auf den Arm genommen wurde. Trotzdem beantwortete er die Fragen höflich und stellte dann ein paar eigene bezüglich des Lebens auf der Insel.

Der Eingeborene erklärte, dass sein Name Monty und er der Kopfmann des nächstgelegenen Dorfes sei. Er entschuldigte sich bei Dr. Harney wegen der Sache mit den hundert Dollar-Pfund, doch er verteidigte sich zugleich mit den Worten, dass seiner Erfahrung nach – und er sei ein weit gereister Mann – Touristen überall nach Strich und Faden ausgenommen würden. Es sei die Regel und nicht die Ausnahme. Er müsse nur noch ein wenig härter an sich arbeiten.

Dr. Harney erkundigte sich, was denn die Aufgaben eines Kopfmannes seien und erfuhr, dass es im Großen und Ganzen ein Ehrenamt war, da die einheimische Bevölkerung nur wenige Gesetze kannte und noch weniger Führer. Der Kopfmann war nichtsdestotrotz befugt, drei Gesetze seiner Wahl zu erlassen, für deren Übertretung die Strafe jeweils der Tod war. Tod durch langsame Folterung, gefolgt von Aufessen.

Allerdings, so fuhr Monty fort, hätte er als Humanist drei Gesetze erlassen, die kaum jemals übertreten würden. Eines war das Verbot, sich als Ägypter auszugeben, eines lautete, nicht mit Elephanten zu schlafen. Auf diese Weise wahrte er einen Anschein von Autorität und erhielt sich die Gunst seiner Leute, ohne dafür Foltern, Schlachten und Menschenfleisch essen zu müssen.

Nach einer Weile führte Monty die beiden Männer auf eine Lichtung.

»Du sagen es geben drei Gesetze die werden bestraft mit das Tod«, sagte der Doktor. »Du haben mir genannt die beiden ersten, aber nicht erwähnen das dritte, kein Wort nix davon.«

Monty legte die Finger an die Lippen und stieß einen schrillen Pfiff aus. Von allen Seiten drangen Eingeborene auf sie ein. Es waren schwer bewaffnete Eingeborene, mit dicken Knüppeln und spitzen Speeren. Sie umzingelten Dr. Harney und Sir John in einem Gedränge, das alles andere als wüst war.

»Drittes Gesetz«, sagte Monty, »lauten: Schlag niemals einen Kopfmann.«

Danburry Collins saß mit dem Rücken gegen eine Holzkiste gelehnt am Strand und hatte die schuh- und sockenlosen Füße im Sand vergraben. Er sah hinaus auf die wundervolle Bucht, von den Palmen bis zu dem tiefblauen Ozean. Es war wirklich ein Paradies hier, daran bestand nicht der geringste Zweifel. Einhundert Meter vom Ufer entfernt glitten vier lange Kanus mühelos durch das Wasser, angetrieben von jeweils zehn langgliedrigen, durchtrainierten Eingeborenen. Sie machten sich an ihre noble Aufgabe und beachteten Danburry gar nicht.

Der junge Masturbator beobachtete sie und seufzte. Fischen und Huren. Was für ein Leben das sein musste! Keine Mobiltelephone, keine Autos und keine Big Macs von McDonald's. Wäre nicht die düstere Vorahnung gewesen, die sich an ihn klammerte wie eine Geliebte, von der man nichts mehr will, hätte er sich durchaus vorstellen können, hier zu leben. Seine Sachen vom Leib reißen und ins warme Wasser springen.

Doch das Wasser war keine gute Idee ... irgendetwas lauerte dort draußen. Unter der Oberfläche lauerte ein Monster. Ein Monster, das niemals an die Oberfläche zurückgelassen werden durfte.

Aber selbstverständlich konnte alles auch nur blanker Unsinn sein. Vielleicht gab es überhaupt kein Raumschiff. Vielleicht war es tatsächlich nur eine eigenartige Felsformation oder ein zu groß geratener Seestern. Vielleicht war das ganze Aufhebens für Nichts und wieder Nichts.

Doch Danburry wusste es besser. Er hatte das »bestimmte Gefühl«, dass mächtig große Probleme dort draußen lauerten, und auch wenn das Erschießen des Aliens seine lustigen Seiten hatte, so war die Verantwortung nichts, worüber man leichtfertig lachen durfte.

Die Fischer hatten ihre Netze eingeholt und ruderten nun nach Hause. Danburry beobachtete aus zusammengekniffenen Augen, wie sie die Paddel einstachen. Es war eine perfekte, harmonische, kraftvolle Bewegung. Sie hätten wahrscheinlich jedem Oxford- oder Cambridge-Achter das Heck gezeigt.

Sie erreichten den Strand, sprangen ins Wasser, nahmen die Heckleinen und begannen zu ziehen.

Die Leinen strafften sich im Wasser, und draußen auf dem Meer wölbten sich große Netze voll zappelnder Fische. Ringelschwänzige Spromlinge, diamantflössige Loonbellies, regenbogenfarbene Schnauzmasker und bumwackel dideldidö maulkiefrige Grummeldödler.

Danburry erhob und reckte sich und beobachtete die Fischer bei der Arbeit. Sie bewegten sich mit viel Würde: ein stolzes Volk, das lebte wie seine Väter und deren Väter und die Väter der Väter der Väter. Und deren ...

Mein Gott, wie sehr sie schwitzten und zogen. Und mein Gott, sie beachteten Danburry immer noch nicht. Der jugendliche Masturbator wurde misstrauisch und beobachtete und wunderte sich.

Die Netze kamen näher und näher, und die Eingeborenen gingen bis zu den Hüften ins Wasser, während sie riefen und johlten und ihren Fang an Land zerrten.

Nun durchbrachen die Netze die Oberfläche, und die glänzende Beute wurde sichtbar. Danburry erkannte eine silberne kuppelartige Form, die sich durch die Wellen bewegte.

Ein flachschwänziger Schuffgrummler vielleicht? Oder ein gebänderter Hollypopp?

Bestimmt kein entenschnäbliger Deckenhai? Nein, sie waren viel zu selten.

Danburry blinzelte.

Die einheimischen Fischer wuchteten und zerrten und johlten und riefen, als ein silbergraues metallisches Objekt von beträchtlicher Größe aus den Tiefen des Wassers hinauf auf den Strand kam.

Danburrys Unterkiefer sank herab, und seine Eingeweide begannen sich zu regen.

»O nein«, sagte Danburry Collins, der jugendliche Masturbator. »O nein, nein, nein!«

Doch es war ja, ja, ja. Hoch hinauf auf den Strand kam es unter lautem Johlen und Rufen und Zerren und Ziehen: eine elegante Stromlinienform, die an einen Stern mit sieben Spitzen erinnerte.

»Werft es zurück ins Meer!«, kreischte Danburry. »Werft es zurück ins Meer, schnell!«

Die Eingeborenen ignorierten ihn. Sie stocherten mit ihren Speeren an dem Objekt herum. Stocherten, johlten, riefen, lachten und scherzten. Sie ließen sich nicht von einem bescheuerten weißen Trottel beeindrucken, der unweit von ihnen einen Veitstanz aufführte.

Während Danburry voller Entsetzen die Szene beobachtete, sah er, wie von dem metallischen Objekt Dampf aufzusteigen begann. Das massive Gerät lag dort im Sand, und das Meerwasser verdampfte von seinem Rumpf. Es war bereits ziemlich aufgewärmt, das siebenspitzige Raumschiff des Außerirdischen.

»Werft es ins Meer zurück! Werft es ins Meer zurück!« Danburry riss seine Waffe aus der Anoraktasche und schoss in die Luft. »Weg von diesem Raumschiff!«, befahl er. »Nein, ich meine, schafft es ins Wasser zurück! Schnell! Beeilung, dalli, dalli!«

Und dann traf ihn etwas von hinten, und Danburry Collins sagte überhaupt nichts mehr.

Dafür hatte er umso mehr zu sagen, als er das Bewusstsein erst zurückerlangt hatte.

Beispielsweise »Aaaaaaaaaaaaagh!« und »Aua!« und »Aua!« und »Aaaaaaaaaaaaagh!« Oder »Au, mein Kopf!« und »Wo bin ich?« und »Was geht hier vor?«

»Ganz ruhig«, sagte die Stimme von Dr. Harney.

»Ich kann nichts mehr sehen! Ich bin blind!«

»Nein, sind Sie nicht. Es ist nur dunkel.«

»Warum bin ich im Dunkeln?«

»Weil Sie in einer Hütte eingesperrt sind.«

»Oh, ich sehe. Nein, ich sehe verdammt noch mal nichts! Warum bin ich in einer Hütte eingesperrt?«

»Es hat ein kleineres Problem gegeben«, antwortete die Stimme von Dr. Harney.

»Ein kleineres Problem? Ein kleineres ... o verdammt! Jetzt erinnere ich mich! Das Raumschiff! Sie haben das Raumschiff an Land gebracht!«

»Das wissen wir«, sagte die Stimme von Dr. Harney.

»Das wissen Sie?«

»Draußen herrschte helle Aufregung. Eine Menge amerikanisches Geschwätz. Sieht so aus, als wäre MJ 12 von der *Area fifty-one* vor uns hier gewesen. Sie haben die Eingeborenen bezahlt, damit sie das Raumschiff an Land bringen. Es wurde an Bord eines Fischkutters geladen und ist inzwischen unterwegs zu einer amerikanischen Marinebasis.«

»Nun gut«, sagte Danburry. »Was man so alles durch die Wände einer verschlossenen Hütte hören kann.« Der jugendliche Undsoweiter versuchte aufzustehen, doch es ging nicht. »Ich kann nicht aufstehen«, sagte er denn auch folgerichtig.

»Das wird wohl an den Fesseln liegen«, antwortete die Stimme von Dr. Harney. »Sie behindern ein wenig die Bewegungsfreiheit, wie ich zugeben muss.«

»Ein wenig. O mein armer Kopf!«

»Das wird schon wieder, keine Sorge.«

»Nein, das wird es nicht!«

»Nein, wahrscheinlich nicht. Wahrscheinlich haben Sie Recht, Danburry.«

Danburry stöhnte. »Kann mir vielleicht irgendjemand erklären, was hier eigentlich vorgeht?«

»Ich hab's Ihnen doch bereits erklärt. Ein kleineres Problem.«

»Könnten Sie vielleicht ein wenig deutlicher werden, Doktor?«

»Nun, erinnern Sie sich, dass Sir John den Eingeborenen geschlagen hat?«

»Ich erinnere mich, ja.«

»Nun, der Eingeborene ist der Kopfmann des Dorfes, und den Kopfmann auf den Kopf zu schlagen ist ein Kapitalverbrechen.«

»Das sehe ich ganz ähnlich.«

»Die Strafe ist der Tod.«

»Hilfe!«, kreischte Danburry. »Lasst mich raus! Ich habe niemanden geschlagen! Ich bin unschuldig!«

»Das hab ich auch schon probiert«, sagte die Stimme von Dr. Harney. »Hat keinen Zweck. ›Alle Weißhäute schuldig‹, hat der Kopfmann gesagt. Offensichtlich wartet er nur noch auf den Besuch seiner Verwandten, bevor es uns an die Wäsche geht.«

»Wieso an die Wäsche?«

»Sie werden uns zu Tode foltern, und anschließend landen wir in ihren Kochtöpfen.«

»Erinnern Sie sich, dass ich etwas von einem ›unguten Gefühl‹ gesagt habe?«

Dr. Harney gab ein unverständliches Brummen von sich.

»Was ist mit den Amerikanern?«, fragte Danburry. »Sie werden doch wohl nicht zulassen, dass die Wilden uns fressen, oder?«

»Ich denke, die Amerikaner sind alle auf dem Schiff abgerauscht.«

»O Scheiße.«

»Daher hatte ich eigentlich gehofft, Sie könnten uns zu Hilfe eilen. Sie sind schließlich derjenige, der niemals in Hundekacke tritt und immer wieder mit einer Rose zwischen den Zähnen auf die Beine kommt.«

»Wir schießen uns einen Weg nach draußen.«

»Ich schätze, Sie werden feststellen, dass der Revolver Ihres Vaters verschwunden ist.«

»Ich denke, sie haben die Luger meiner Mama übersehen. Sie ist steckt in einem Halfter an meiner linken Wade.«

»Wie umsichtig Sie doch sind.«

»Nun ja, ich hatte schließlich dieses ›ungute Gefühl‹, Sie erinnern sich?«

»Ja. Bravo.«

»Aber ich habe soeben noch ein weiteres ungutes Gefühl.«

»Was genau meinen Sie damit?«

Ein Schlüssel drehte sich im Schloss, und die Tür der Hütte schwang auf. Sonnenlicht erstrahlte, genau wie Monty der Kopfmann.

»Essenszeit«, sagte Monty.

»Sehen Sie, was ich meine?«, sagte Danburry. »Aber das ist noch längst nicht alles.«

Essenszeit auf einem gewissen Fischkutter war Punkt achtzehn Uhr südpazifischer Zeit. Und es war kurz vor Essenszeit, als der Funker eine Nachricht an die amerikanische Marinebasis absetzte, um zu melden, dass der Kutter mit munteren fünfundvierzig Knoten und Kurs Nord-Nordost durch das Wasser pflügte und die »Ladung« sicher im vorderen Laderaum verstaut war.

Es war kurz nach der Essenszeit, als er sich erneut mit der Marinebasis in Verbindung setzte und meldete, dass die Kühleinheit im vorderen Laderaum ausgefallen war und die Techniker mit Hochdruck an einer Lösung des Problems arbeiteten.

Etwa eine Stunde später traf eine dritte Nachricht von dem flotten Fischkutter ein, obwohl die Funker auf der amerikanischen Marinebasis nichts Rechtes mit ihrem Inhalt anfangen konnten. Es schien zusammenhangloses Zeugs zu sein, gefolgt von einem grauenhaften, schrillen Schrei.

Und damit endete jegliche Kommunikation mit dem Fischkutter *Apocalypso* für immer.

# 8

Apocalypso der Wunderbare!«, las Porrig. Es war ein klein wenig früher als an Bord des Kutters. »Das ist alles, was auf der Karte steht.«

»Ich hab in einem Buch von ihm gelesen«, sagte Wok Boy. »Er war zu seiner Zeit sehr berühmt. Er ist natürlich längst tot.«

»Aber wenn er der alte hundegesichtige Dimac-Knacker ist, der Kerl, den ich im Zug getroffen hab, und das ist der gleiche Mann, für den du monatelang hier gearbeitet hast, dann ...«

»... dann ist er natürlich nicht tot. Aber es kann nicht der echte Apocalypso sein. Der echte Apocalypso ist definitiv tot.«

»Wieso bist du so sicher?« Porrig nippte an dem Tee, den Wok Boy ihm hingestellt hatte. »Der schmeckt wie Katzenpisse!«, stellte er fest.

Wok Boy nahm die Tasse und schnüffelte. »Er riecht auch wie Katzenpisse. Wahrscheinlich war es die Katze.«

»Oh, du hast eine Katze? Wie niedlich!«

»Du magst Katzen?«

»Nein, offen gestanden. Ich hasse Katzen.«

»Ich auch.«

»Und warum hast du dann eine?«

»Ich hab doch gar keine. Sie gehört nicht mir. Sie kommt irgendwie ins Haus und pisst alles voll. Ich muss jede Menge Bleichmittel und Luftfrischer benutzen. Am liebsten Tannennadel; das andere Zeug riecht zu künstlich für meinen Geschmack.«

»Ja, du hast Recht.« Porrig schüttelte misstrauisch den Kopf. »Ich hatte gefragt, wie du so sicher sein kannst, dass der echte Apocalypso tot ist.«

»Weil es in diesem Buch stand, das ich gelesen hab. Und da war auch ein Bild von seinem Begräbnis drin; all die anderen berühmten Bühnenzauberer mit ihren Zylindern standen herum. Ich hab sogar ein Bild von seinem Grab gesehen. Ein unglaublicher Obelisk aus Marmor und eine Art Freimaurertempel. Es ist auf dem Brightoner Friedhof; wenn du willst, kannst du selbst hingehen und nachsehen.«

»Hast du Photos in diesem Buch gesehen? Von Apocalypso, meine ich?«, fragte Porrig.

»Selbstverständlich.«

»Und?«

»Und was?«

»War es der gleiche Typ?«

»Oh, ich verstehe. Richtig.« Wok Boy machte ein nachdenkliches Gesicht. »Nein«, gestand er schließlich. »Nicht der Gleiche. Obwohl...«

»Obwohl was?«

»Nichts«, sagte Wok Boy und schüttelte den Kopf. »Es war nicht der Gleiche. Ich bin sicher.«

»Ich will verdammt sein, wenn ich wüsste, was das nun wieder zu bedeuten hat. Ich erbe einen Bücherladen von einem Onkel, der schon seit dreißig Jahren tot ist. Irgendein alter Knacker, der vielleicht dieser tote Onkel ist, vielleicht aber auch nicht, beauftragt dich damit, dieses Haus in Ordnung zu bringen und seine Sammlung für mich hierher zu schaffen...«

»Und er möchte, dass du dieses äußerst wichtige Comicbuch für ihn zeichnest...«

»O ja. Das auch. Aber wenn der Onkel tot ist – wer ist dann dieser alte Knacker? Und wenn er nicht tot ist, warum all diese Pisse?«

»Noch etwas Tee?«, fragte Wok Boy wie auf ein Stichwort hin. »In einer frischen Tasse vielleicht?«

»Auf jeden Fall etwas weniger Rosiges diesmal. Ich mochte noch nie rosa Tee.«

»Vielleicht gefällt dir Blue Bayou besser?«

»Jede Wette, dass er mir besser gefällt.«

Wok Boy setzte einen Blue Bayou auf. »Der Alte wird wahrscheinlich alles erklären, sobald du und er zusammentreffen. Möchtest du, dass ich deinen Koffer auspacke?«

»Nein, mach einfach nur den Tee und dann pack deine Sachen.«

»So viel Dankbarkeit, nach allem, was ich für dich getan habe.«

»Alles, was du für mich getan hast? Du hast mich zusammengeschlagen, du Bastard. Zweimal!«

»Das erste Mal hast du es herausgefordert, und beim zweiten Mal hab ich mich nur selbst verteidigt.«

»Mach einfach nur den Tee und verschwinde dann. Ich muss in Ruhe über alles nachdenken.«

»Ich kann noch nicht gehen. Ich muss bis sechs Uhr bleiben.«

»Du machst jetzt Schluss. Du bist gefeuert. Verschwinde endlich.«

»Dann möchtest du nicht, dass ich unten im Laden für dich arbeite?«

»Niemand wird unten im Laden arbeiten. Diese Comicbücher sind viel zu wertvoll, um sie über den Tresen zu verkaufen! Ich werde die gesamte Sammlung einem Auktionshaus übergeben und versteigern lassen.«

»Ich glaube nicht, dass der alte Knacker das gewollt hätte. Ich glaube eher, er möchte, dass der Laden wieder aufgemacht wird.«

»Na und? Jetzt gehört er mir, und ich mache damit, was ich will.«

»Aber ich denke, er möchte, dass ich im Laden arbeite, während du an seinem Comicbuch malst. Ich glaube, es ist etwas sehr Wichtiges, jedenfalls ist das der Eindruck, den ich gewonnen habe.«

Porrig ließ sich eine Tasse blauen Tee einschenken. »Nun, ich rede mit ihm darüber, sobald ich ihn sehe. Bitte gib mir nun deinen Schlüssel. Ich bringe dich zur Tür.«

Wok Boy zog den Schlüssel für die Hintertür aus der Tasche und warf ihn auf den Tisch. »Ich finde allein nach draußen, danke sehr.«

Porrig erhob sich Rippen reibend. »Ich bringe dich zur Tür«, sagte er. »Ich will nicht, dass irgendwelche wertvollen Erstausgaben versehentlich in deine Taschen fallen.«

Wok Boy packte Porrig am Hals. »Jetzt hörst du mir einmal zu, du Armleuchter!«, knurrte er. »Ich bin kein Dieb. Ich hab monatelang hier gearbeitet! Ich hätte alles klauen können, was ich wollte. Aber ich hab's nicht getan, weil der Alte mir vertraut hat.«

Porrig befreite sich aus Wok Boys Griff. »Nun, ich für meinen Teil vertraue dir nicht«, sagte er.

Wok Boy musterte ihn von oben bis unten. »Ich mag dich nicht, Porrig«, sagte er langsam. »Du hast ein wirklich schlechtes Benehmen. Ich hätte allen Grund, dir jetzt noch nichts zu sagen.«

»Was nicht zu sagen?«

»Etwas sehr Wichtiges, das du unbedingt wissen solltest.«

»Mach dir keine Umstände. Geh einfach.«

»Nein«, entgegnete Wok Boy. »Der Alte hat befohlen, dass ich es dir sage, also werde ich es tun.«

»Meinetwegen, aber mach schnell, mein Tee wird allmählich kalt.«

Wok Boy sah ihn bitter an. »Der alte Mann hat gesagt, ich soll dir die Wichtigkeit dessen verdeutlichen, was ich dir mitteile.«

»Schieß los.«

»In Ordnung. Wenn du hier schläfst, dann geh *vor Mitternacht* schlafen. Und verriegle die Schlafzimmertür von innen. Komm nicht vor sechs Uhr morgens nach draußen, ganz gleich, was du in der Nacht hörst.«

»*Hä?*«

»Das ist es, was ich dir sagen soll, und jetzt hab ich es gesagt. Ich geh jetzt.«

»Halt, nicht so schnell! Nicht so schnell! Komm nicht nach Mitternacht aus dem Schlafzimmer? Soll ich diesen Schwachsinn wirklich glauben? Für was hältst du mich eigentlich?«

»Für einen absoluten Wichser. Aber der Alte hat mir aufgetragen, es dir zu sagen, und ich hab's getan. Ich persönlich geb einen Dreck darauf, aber du kannst natürlich machen, was du willst. Wenn ich du wäre, würd ich tun, was er sagt, und wenn du ihm wirklich begegnet wärst, würdest du wissen, wovon ich rede, wenn ich dir sage, dass ich ihm lieber nicht krumm kommen würde.«

Porrig kaute nachdenklich auf der Unterlippe. »Also schön«, lenkte er ein. »Jetzt hast du mir alles gesagt, jetzt geh bitte.«

»Gut, ich gehe. Aber tu mir bitte einen Gefallen. Wenn du morgen früh die Vordertür benutzt, tritt bitte nicht auf mich.«

»Was?«

»Die alte Matratze vor deiner Tür. Dort schlafe ich.«

»Du meinst, du hast überhaupt nicht hier drin geschlafen?«

»Ich bin weder ein Dieb noch ein Hausbesetzer.«

»Oh«, sagte Porrig.

»Ja, oh. Ich schlafe draußen vor der Tür. Es ist kalt und ekelhaft, und in der Nacht pinkeln die Betrunkenen auf mich. Aber so ist das eben, wenn man obdachlos ist.«

»Oh.«

Wok Boy wandte sich zum Gehen.

»Halt, warte«, sagte Porrig.

»Was denn noch?«

»Wegen deinem Schlafplatz, draußen vor der Tür. Das ist nicht richtig. So sollte es nicht sein.«

»So ist es aber. Wenn man kein Zuhause hat, bleibt einem keine große Wahl.«

»Aber die Betrunkenen, die dich anpinkeln und alles … Ich meine …«, Porrig räusperte sich. »Ich meine, ich will nicht, dass du weiter draußen vor meiner Tür schläfst.«

»Du meinst …?« Wok Boy sah sich in der Kitchenette um.

»Ich meine«, sagte Porrig, »ich will nicht, dass du weiter vor *meiner* Tür schläfst. Schlaf vor einer anderen Tür. Du bist schlechte Reklame für mein Geschäft.«

Wok Boy holte zum Schlag aus, doch Porrig, der damit gerechnet hatte, wich zur Seite aus und brachte

Wok Boy mit dem Küchenstuhl zu Fall. »Du kannst hier in meiner Küche schlafen«, sagte er. »Aber geh nicht nach Mitternacht durchs Haus, oder der Beelzebub kommt dich holen.«

Und da Wok Boy nun schon am Boden lag, trat Porrig noch einmal kräftig zu.

Zu Porrigs Überraschung (und nicht geringen Erleichterung) lehnte Wok Boy sein freundliches Angebot eines Schlafplatzes in der Kitchenette rundweg ab. Allerdings mit der geheimnisvollen Bemerkung, dass er nicht in diesem Haus schlafen würde, wenn Porrig ihm eine Million Mäuse dafür böte. Dann schüttelte er Porrig ein letztes Mal die Hand und ging.

Und ließ einen Porrig zurück, der verwirrter war als je zuvor.

Der Mann von Besitz saß am Küchentisch und starrte ins Leere. Zum Gewicht der Verantwortung hatte sich ein nebulöses »Etwas« gesellt. Ein unheilverkündender Unterton. Die Dunkelheit am oberen Absatz der Treppe.

»Offen gestanden«, sagte Porrig, »wünschte ich, ich wäre heute Morgen gar nicht aufgestanden.«

Er suchte nach etwas Essbarem, um sich eine Mahlzeit zuzubereiten. Er grub im Kühlschrank und in den anderen Schränken und fand eine ganze Reihe alles andere als vollwertig aussehende Nahrungsmittel.

Er mischte alles zusammen und stopfte es in sich hinein. Den blauen Tee ließ er kalt werden. Während er kaute und immer wieder kleine Samenkörner ausspie, überlegte er, wie er den restlichen Tag am besten verbringen konnte.

Dann war da auch noch die Sache mit den wertvollen Comicbüchern. Er würde sie zu einer Auktion bringen. Er würde alles katalogisieren müssen und dann ein großes Londoner Auktionshaus anrufen.

Aber was sollte er zuerst machen?

»Diesen Müll aufessen und dann ein paar Pints trinken«, sagte Porrig.

Nachdem er fertig war mit essen, ließ er das ungewaschene Geschirr zurück und ging durch die Hintertür aus dem Haus. Er untersuchte den kleinen, von Abfall und Gestrüpp übersäten Hinterhof genau. Eine hübsche kleine Sonnenterrasse ließ sich daraus machen.

Eine hässliche Seitengasse führte hinaus auf die Hauptstraße. Porrig sah zu seinem Eingang. Die stinkende Matratze war verschwunden.

Porrig spürte Schuldgefühle in sich aufsteigen. Und er spürte, wie die Stellen an seinen Rippen anfingen zu schwellen. Er zuckte die Schultern und blickte an der Fassade des Hauses hinauf, das nun ihm gehörte. Es sah genauso abstoßend aus wie beim ersten Anblick, auch wenn es ihm inzwischen so vorkam, als sei es ein ganzes Leben her. Er würde die Fassade renovieren müssen. Ein neues Schild aufhängen; das alte war verschwunden. Er würde sich einen neuen Namen ausdenken müssen. *Das* war etwas, über das nachzudenken sich lohnte. Andererseits gab es so vieles zum Nachdenken. Viel zu viel. Porrig musste einen Zeitplan aufstellen, um alles in eine Reihenfolge zu bringen.

Er betrachtete die schicke Ladenfront des Fliegenden Schweins. So sollte ein richtiger Buchladen aussehen. Ein richtiger Buchladen voll wunderbarer Bücher.

Magie.

»Magie!«, sagte Porrig, und er hatte eine Idee.

Porrig schlenderte in den Fliegendes-Schwein-Bücherladen und betrachtete das Geschäft von innen. Die leise Musik war »cool«. Das sechste Album von Sonic Energy Authority, *Requiem for a Drowned Pope*, schallte aus verborgenen Lautsprechern, und überall waren Bücher, Bücher, Bücher.

Wie man es von einem Bücherladen wohl auch nicht anders zu erwarten hatte.

Doch das dort waren nicht irgendwelche alten Bücher. Es waren genau die Bücher, die man nirgendwo sonst bekam. Die kleineren Publikationen, die von den großen Buchhändlern nicht angerührt wurden. Die seltenen Bücher, die niemand sonst in die Hände bekam. Die Importe, die andere Buchhändler einfach nicht bestellten. Die Vergriffenen, die in Wirklichkeit noch gar nicht vergriffen waren, wenn man wusste, wo man nach ihnen suchen musste.

Und wo sonst konnte man das, wenn nicht im Fliegenden Schwein? Porrig überflog das nächststehende Regal. *Snuff Fiction*, von Johnny Quinn. Hier gab es sogar Bücher, die in Wirklichkeit überhaupt nicht existierten! Was für ein klasse Laden!

Porrig schlenderte in die Kunstabteilung. Hier standen die großen Jungs: Dave Carson, Matt Humphrey, Savage Pencil. Porrig erspähte ein Portfolio von Carson, das er selbst noch nicht hatte. Vorsichtig zog er es heraus und warf einen misstrauischen Blick auf den Preis, um es gleich vorsichtig wieder an seinen Platz zu schieben. Das würde warten müssen, bis er seine ersten paar Comics versteigert hatte.

Porrigs Augen bewegten sich durch die Reihen und kamen auf Brüsten zum Ruhen.

Porrigs Augen machten blinzel, blinzel, blinzel.

Diese Brüste kannte er.

Das waren die Brüste, die er bereits früher an diesem Tag gesehen hatte.

Hinter dem Schalter stand die Vision in Weiß aus der Kanzlei des Anwalts. Porrig entbot ihr ein Lächeln.

Die Vision nahm es nicht gnädig auf. Sie wandte den Kopf zur Seite.

Porrig eilte zu ihr. »Hallo«, sagte er. »Ich wusste nicht, dass Sie hier arbeiten.«

»Woher auch? Ich hab's nicht erwähnt.«

»Großartiger Laden«, sagte Porrig.

»Besser als Ihrer.«

»Für den Augenblick, ja.«

»Also überlegen Sie, in den Wettbewerb einzusteigen?«

Porrig hatte noch nicht überlegt. »Vielleicht tue ich das, ja.«

»Aber nur im Traum.«

»Vielleicht.«

»Nun, das macht jedenfalls fünfzehn Mäuse. Sie können es nehmen oder es lassen.«

»Fünfzehn Mäuse?«

»Das ist der Preis. Tiefer gehe ich nicht.«

»Oh«, sagte Porrig. »Nun, das ist fair. Gehen wir zu mir nach Hause, oder machen wir es gleich hier hinter dem Tresen?«

»Für das Buch. Fünfzehn Mäuse für das Buch.«

»Was für ein Buch?«

»Das Buch, wegen dem Sie hergekommen sind.«

Porrig schüttelte den Kopf.

»Über Apocalypso Den Wunderbaren mit einem großen ›D‹ vor dem ›en‹.«

»Was?«

»Das ist doch der Grund, aus dem Sie hergekommen sind, oder nicht?«

»Ja, tatsächlich. Aber woher wussten Sie ...?«

»Nur weil ich diese großen Titten habe, heißt das noch lange nicht, dass ich dumm bin.«

Fast hätte Porrig »Schade« gesagt, doch irgendwie gelang es ihm, sein Mundwerk zu kontrollieren.

»Ich hab Ihre Akte in der Kanzlei gelesen, erinnern Sie sich? Also wusste ich, dass Sie das Haus nebenan geerbt haben. Außerdem hat Phurz-Backe mir verraten, dass Apocalypso ein Bühnenzauberer war und dass er in einem Buch über ihn gelesen hätte. Und weil Sie offensichtlich nicht die leiseste Ahnung hatten, wer dieser Onkel von Ihnen war, würden Sie irgendwann auf die Idee kommen, hier bei uns nachzusehen, ob wir ein Buch über ihn haben. Hier ist es, und es kostet fünfzehn Mäuse.«

»Simbas Suspensorium!«, sagte Porrig. »Sie sind tatsächlich intelligenter, als Sie aussehen.«

Die Vision in Weiß schüttelte ihren wunderschönen Kopf. »Sie sind ein Wichser«, sagte sie.

»Ich bin es wirklich leid, dass die Leute mich immer wieder so nennen.«

»Dann reißen Sie sich zusammen. Wollen Sie jetzt das Buch oder nicht?«

»Ja, bitte.« Porrig fischte das Geld aus der Tasche. Er zählte, was ihm noch geblieben war. Nicht viel.

Die Vision packte das Buch in eine Tüte und reichte es ihm. »Ziehen Sie Leine«, sagte sie.

Porrig versuchte ein weiteres Lächeln. »Hören Sie«, sagte er, »es tut mir Leid, wenn ich Ihnen zu nahe getreten bin. Ich beleidige andauernd irgendwelche Leute, aber ich versuche, mich zu ändern. In meinem

Laden gibt es eine Menge wirklich guter Sachen, und ich werde viel Geld damit verdienen. Hätten Sie nicht Lust, nach der Arbeit vorbeizukommen und mit mir etwas zu trinken, zur Feier des Tages?«

»Ich arbeite später.«

»Hier?«

»Nein, im Pub auf der anderen Straßenseite.«

»Wie viele Jobs haben Sie eigentlich?«

»Eine ganze Menge. Alles Teilzeit. Die Leute bieten mir immer wieder Teilzeitjobs an. Ich hab nicht die leiseste Ahnung warum.«

Porrigs Augen wanderten zu ihren Brüsten. »Ich denke, ich hab da so eine Idee«, sagte er.

»Offen gestanden, ich auch«, antwortete sie. »Aber ich brauche das Geld.«

»Würden Sie dann später einen Drink mit mir nehmen? Im Pub, wo Sie arbeiten?«

»Vielleicht.«

»Brillant. Um welche Zeit finde ich Sie?«

»Ab sieben, den ganzen Abend.«

»Brillant. Bis später dann.«

»In Ordnung.«

Porrig verließ das Fliegende Schwein. Das war gar nicht schlecht, dachte er. Vielleicht war er auf einer Siegerstraße. Vielleicht gelang es ihm, sie mit zu sich nach Hause zu nehmen, und dann ... Rock 'n' Roll bis ins Morgengrauen.

Mit verriegelter Schlafzimmertür. Natürlich.

Nun ja, träumen war ja wohl noch erlaubt.

Porrig kehrte in sein Haus zurück, stieg die Treppe hinauf, betrat das Schlafzimmer und warf sich aufs Bett. Da er nicht mehr viel Geld hatte, würde das Pub warten müssen. Bis nach sieben.

Porrig nahm das Buch aus der Tüte. *Über jeden Zweifel: Die Biographie von Apocalypso Dem Wunderbaren,* von Sir John Rimmer.

Porrig blätterte geradewegs durch die Seiten bis zum Abschnitt mit den Photos. Dort war der junge Apocalypso. Er sah sehr professionell aus mit seinem Zylinder und dem Frack. Und dort war er wie ein Mönch gekleidet. Und dort verkleidet wie ein Ägypter!

Porrig starrte auf die Gesichter, und die Gesichter starrten auf ihn. Doch keiner von beiden erkannte den jeweils anderen. Sozusagen.

Dort das Begräbnis. Sehr beeindruckend.

Und das Grab. Noch beeindruckender.

Porrig blätterte zurück zu Kapitel eins.

»Kapitel eins«, las er. Augenblicklich wurden seine Lider schwer, und bald lag er in tiefstem Schlaf.

Was im Grunde genommen ziemlich schade war. Und zwar aus drei Gründen, erstens, dass Porrig das Kapitel nun niemals zu Ende lesen würde, zweitens, dass er bis tief in die Nacht schlafen würde und seine Verabredung mit der Vision in Weiß versäumen. Und drittens, weil Porrig seine Schlafzimmertür nicht verriegelt hatte.

Man sagt, dass große Ereignisse häufig ihre Schatten vorauswerfen, und dass es Leute gibt wie beispielsweise Danburry Collins, die herannahende Gefahr spüren können. Und wer unter uns kann schon von sich behaupten, mit der Hand auf dem Herzen, dass es niemals eine Zeit gegeben hat, wo er nicht einfach *wusste,* dass irgendetwas *nicht ganz richtig* war?

Jedenfalls, eine Minute vor Mitternacht schrak Porrig aus seinem Schlummer.

»Scheiße!«, sagte er mit einem Blick auf seine Uhr. »Scheiße, Scheiße, Scheiße!«

Und dann sagte er noch: »Ach du lieber Herr im Himmel!«, weil der Griff der Schlafzimmertür sich langsam nach unten bewegte.

Mit einem Satz war Porrig aus dem Bett und warf sich gegen die Tür. Er schob den Riegel ins Schloss und stemmte sich dagegen. Sein Herz machte bumm, bumm, bumm, und auf seiner Stirn bildeten sich kalte Schweißperlen.

»Wer ist da?«, rief Porrig, als er endlich seine Stimme wiedergefunden hatte. »Wer ist da draußen? Bist du das, Wok Boy? Willst du mich etwa auf den Arm nehmen?«

Kleine Härchen standen überall von Porrig ab. Kleine Härchen, die normalerweise nicht abstanden. Porrig fühlte sich mit einem Mal ernstlich verängstigt und wusste absolut nicht warum.

Irgendetwas hatte ihn aus dem Schlaf gerissen. Irgendetwas hatte ihn gewarnt, dass er in Gefahr schwebte. Was war dieses Irgendetwas?

Porrig zauderte an der Tür. »Komm schon, Wok Boy«, rief er. »Ich weiß, dass du das bist! Hör auf mit diesem Unsinn!« Er drückte sein Ohr an das glänzende Holz der Tür. Ein hässliches, rattenartiges Rascheln ließ sein Ohr zurückzucken. Zuck, zuck, zuck.

»Nun beruhige dich!«, sagte Porrig zu sich selbst. »Sieh dich doch an! Du zitterst ja am ganzen Leib wie ein kleines dummes Mädchen!«

»Ich komme jetzt raus!«, brüllte er durch die geschlossene Tür. »Und ich bin bewaffnet!«

Porrig kehrte zu seinem Bett zurück und setzte sich. »Nun beruhige dich!«, wiederholte er. »Was ist denn bloß los mit dir?«

Rummms!, machte es direkt über seinem Kopf. Und Rummms!, machte es erneut. Direkt über ihm.

Porrig bedeckte besagten Kopf mit den Händen. »Ich will nach Hause!«, flüsterte er. »Ich will nicht hier sein!«

Helles Licht schimmerte unter der Schlafzimmertür hindurch, und die Tür fing an zu vibrieren.

»Nein!«, heulte Porrig auf. »Was auch immer das ist, ich will es nicht sehen! Hilfe! Hilfe!«

Das Licht erlosch, und die Tür hörte auf zu vibrieren. Keine weiteren Rummms!er waren mehr zu hören.

»Es war bestimmt ein Streich«, sagte Porrig zu sich. »Irgendein gottverdammter Streich. Um mir Angst einzujagen oder was weiß ich.«

Was wusste er.

»Irgendjemand hat sich den ganzen Tag über auf dem Dachboden versteckt. Vielleicht der alte Knacker aus dem Zug?«

Porrig nahm die Hände vom Kopf und blies darauf. Mit einem Mal war es überraschend kalt im Zimmer. Porrig sah misstrauisch zur Tür. »Ich gehe nicht dort hinaus«, murmelte er. »Ich war im Kino. Ich weiß genau, was passieren kann. Wenn ich dort hinausgehe, endet es damit, dass mir jemand das Gesicht wegschießt. So ist es jedes Mal. Wahrscheinlich ist es nur ein Fehler im Drehbuch, dass die Frau mit den großen Titten nicht hier bei mir ist. Normalerweise müsste ihr das Gesicht weggeschossen werden.«

Porrig kaute auf seinen kalten Fingern. »Aber…«, sagte er mit vollem Mund zu sich selbst, »Aber so ist das natürlich nur im Film. In der Wirklichkeit ist es wahrscheinlicher, dass irgendein Einbrecher sich Zutritt in mein Haus verschafft hat und…«

Porrig beendete den Satz nicht. Hätte er es getan, würde er wahrscheinlich gerufen haben: »... UND MEINE COMICS STIEHLT!!!«

Mit einem Satz war Porrig vom Bett. Mit einem weiteren hatte er das Schlafzimmer durchquert und war an der Tür. Und mit einem dritten hatte er den Riegel zurückgezogen und die Tür aufgerissen. Mit einem vierten stand er mit geballt erhobenen Fäusten auf dem Treppenabsatz und machte ein wildes Gesicht.

Es hätte möglicherweise noch einen fünften Satz gegeben, doch der wäre mit Sicherheit wenigstens teilweise schwebend verlaufen, weil Porrig in diesem Augenblick nach unten sah und feststellte, dass er nicht länger einen Treppenabsatz unter sich hatte, sondern sehr schnell in etwas sehr Tiefes und sehr Dunkles fiel.

Ein Loch vielleicht?

»Aaaaaaaaaaaaagh!«, machte Porrig, wie man das so macht, wenn man sehr schnell in etwas sehr Tiefes und sehr Dunkles fällt (in ein Loch vielleicht). Dann machte er »Oh!«, denn unversehens stand er unversehrt auf einem ungehobelten Dielenboden. Und dunkel war es auch nicht mehr, denn ringsum schien Licht. Und Porrig sah sich um, und Porrig sah, und Porrig konnte nicht glauben, was er sah. Sozusagen.

Porrig stand in einem Bücherladen. Doch es war weder sein Laden noch das Fliegende Schwein. Dieser Bücherladen war alt. Jahrhunderte alt – falls es überhaupt ein Bücherladen war. Er sah eher aus wie eine diese klösterlichen Schreibstuben. Antike ledergebundene Folianten mit polierten Haspen und Schlössern. Pergamentrollen. Velinpapier, gebunden mit Seide.

Porrig hielt an Atem an, was er konnte. Er träumte

nicht, dessen war er sicher, doch er befand sich auch nicht mehr am Fuß seiner Treppe. Er war irgendwo anders, irgendwo, wo er nicht sein sollte, und er wusste irgendwie, dass er nicht allein dort war, wo er irgendwie nicht sein sollte. Oder so.

Porrig blickte auf einen langen Gang voller staubiger alter Bücher.

Irgendetwas bewegte sich, und Porrig wusste irgendwie, dass dieses Irgendetwas ein *Irgendetwas* war und nicht ein *Irgendjemand.*

Porrig verdrehte die Augen. »Nein!«, flüsterte er. »Das dulde ich nicht! Das dulde ich einfach nicht!«

Das Irgendetwas hatte eine gewisse Qualität von Abwesenheit. Es waberte und wehte, wurde scharf und verschwand. Es war wie ein Gespenst, geisterhaft, und es war ...

» ... ein Schwein!«, hauchte Porrig. »Es ist ein verdammtes Schwein!«

Das Schwein, denn irgendwie war es tatsächlich eins, drehte seine Schnauze in Porrigs Richtung, gab ein höchst obszönes Geräusch von sich und ... verschwand.

»Wer war das?«, brüllte Irgendjemand. »Wer hat meine Sau beleidigt?«

Porrig tauchte hinter dem nächsten Bücherstapel in Deckung. »Ich träume«, flüsterte er. »Schwein kommt von Schweinswürsten. Und ich träume immer von Schweinswürsten. Und das, obwohl ich Schweinswürste nicht einmal mag!«

»Wer hat meine Sau beleidigt?« Die Stimme wurde lauter. Die Stimme wollte es wirklich wissen. Porrig duckte sich und kroch tiefer in seine Deckung. Und es gab ziemlich viel, in das er tiefer hineinkriechen konnte. Die Bücherregale und Tische voller Pergamentrollen und Stapel schienen kein Ende zu nehmen.

Porrig rannte los, und eine ganze Weile später setzte er sich verängstigt, atemlos und ziemlich angepisst auf den Boden. »Denk doch mal vernünftig über diese Sache nach!«, sagte er sich ächzend zwischen dem einen oder anderen Atemzug. »Was ist mit dir passiert? Bist du in eine Parallelwelt gefallen oder durch ein Loch in der Zeit, oder möglicherweise auch nur durch einen Ritze zwischen den Wolken ...?«

»Oder auf deinen Hintern?«, fragte eine Stimme.

Porrig sprang auf wie von der Tarantel gestochen. »Wer hat das gesagt?«

»Ich.«

»Wer ist ich?«

»Ich bin hier, aber glaub nicht, dass ich jetzt herauskomme.«

»Dann lass es eben. Sag mir einfach, wo ich bin und wie ich dahin zurückkomme, wo ich hingehöre.«

»Benutz deinen Schlüssel. Du hast ihn doch wohl mitgebracht, oder?«

»Was für einen Schlüssel?«

»Ah, das wäre also ein ›Nein‹, nehme ich an.«

»Wo bist du?«

»Hier oben. Aber glaub nicht, dass ich jetzt runterkomme.«

»Warum nicht?«

»Weil du dich wahrscheinlich wieder aufregen würdest, wenn ich es täte.«

»Selbstverständlich würde ich mich nicht aufregen. Ich meine, du bist doch sicher kein Schwein, oder?«

»Selbstverständlich bin ich kein verdammtes Schwein! Wie kannst du es wagen!«

»Dann komm heraus.«

»Okey-dokey.« Zwischen den Büchern über Porrigs Kopf ertönte ein Rascheln, und dann kletterte etwas Kleines und definitiv Merkwürdiges langsam herab und kam vor Porrig zum Stehen.

Vor Porrig und ein gutes Stück unterhalb.

Porrig starrte nach unten, und sein Unterkiefer sank in die gleiche Richtung.

»Das ist sehr unhöflich, einen so anzustarren«, sagte das kleine Etwas. »Man sollte dir ein paar Manieren beibringen.«

Porrigs Kopf wackelte in zögernder Zustimmung, doch Worte wollten nicht aus ihm kommen.

Vor ihm und tief unten am Boden stand ein Wesen, das so seltsam aussah und so verquer gebaut war, dass Porrig jegliche Worte fehlten.

Es war kaum einen halben Meter groß. Seine Haut war trocken und stumpf und von eintönigem Grau. Es besaß einen großen, beinahe haarlosen Kopf. Es war dürr wie ein Insekt und nackt; es war unheimlich und überirdisch.

Es besaß keine nennenswerte Nase
Und seine Augen waren wie die einer Katze.
Sein lippenloser Mund zeigte nur drei Zähne.
In den Fingern der linken Hand
Hielt es einen magischen Stab.
Und es war männlich
(es hatte einen Willy unter dem Bauch).

»Bin ich nicht poetisch?«, fragte es. »Rippington der Name, und wie ist deiner?«

»Meiner ist Porrig«, sagte Porrig, nachdem er wieder etwas sagen konnte. Auch wenn seine Stimme noch reichlich erschüttert klang.

»Erfreut dich kennen zu lernen, Porrig«, sagte Rippington und streckte ihm die Hand hin. »Und ich bin kein *Etwas*, noch bin ich ein *Es*. Ich bin ein Dvergar.«

»Und ich bin Löwe«, sagte Porrig.

»Sollte das vielleicht lustig sein?«, erkundigte sich Rippington.

»Ich dachte eigentlich ja, warum?«

»Nun, es war nicht lustig.«

Porrig schüttelte die winzige Hand. Sie war kalt. Sie war sogar eisig kalt. »Deine winzige Hand ist eisig kalt«, sagte Porrig.

»Und deine ist viel zu heiß«, sagte Rippington. »Was für ein Wesen bist du überhaupt? Ein Cluricham? Oder vielleicht ein Gremlin?«

»Frag nicht. Ich bin jedenfalls eine Person.«

Rippington schnüffelte an Porrig. »Ich glaube nicht, dass du hier sein solltest«, sagte er.

»Ich will auch nicht hier sein. Ich will einfach nur nach Hause.«

»Dann benutz deinen Schlüssel. Ah, da fällt mir ein, du hast keinen. Oder hast du?«

»Was für einen Schlüssel? Den Ladenschlüssel? Ich hab nur den Ladenschlüssel, sonst keinen.«

»Es ist nicht diese Art von Schlüssel. Es ist ein musikalischer Schlüssel. Du weißt nicht, in welchem Schlüssel du gerade bist, oder weißt du?«

»Ich hab nicht die leiseste Ahnung, wovon du überhaupt redest.«

»Ich rede von Harmonien, das ist doch offensichtlich. Wenn du nicht weißt, in welchem Schlüssel du bist, dann wundert es mich gar nicht, dass du aus dem Ton gefallen bist, wundert es mich nicht.«

»Ist das hier vielleicht ein Themenpark?«, fragte Porrig.

»Ein was?«

»Ein Themenpark. Das ist nicht die *Herr-der-Ringe*-Welt oder so?«

»Oder so.«

»Ja, richtig.«

»Das hier ist ALPHA 17«, sagte Rippington. »Die siebzehnte Harmonie der Alpha-Leiter. Aber wenn du sagst, du wärst eine Person, dann solltest du höchst definitiv überhaupt nicht hier sein. Personen sind auf einer ganz anderen Leiter. *Betamax*, glaube ich.«

»Betamax?«

»Ich könnte im großen Buch nachsehen.«

»Du hast gesagt ALPHA 17. Das ist der Bücherladen, aus dem ich hergekommen bin.«

»Bücher werden doch nicht in Läden verkauft!«, sagte Rippington. »Das ist doch vollkommen absurd! Stell dir nur vor, was geschehen würde, wenn *irgendetwas* so ein Buch in die Finger bekäme! Das reinste Chaos würde ausbrechen, o ja, das würde es ganz bestimmt! Nie mehr Harmonie, alles schräg und daneben.«

»Jede Wette, das ist alles ziemlich kosmisches Zeugs«, sagte Porrig. »Ich persönlich hatte niemals sonderliches Interesse an Elfen und Goblins und all diesem Schwert-und-Zauberer-Scheiß.«

»Du bist ein ziemlicher Rubbeldödel, wie?«

»Ein was?«

»Einer, der an seinem Dödel rubbelt.« Rippington wackelte mit seinem Willy.

»Oh, perfekt«, sagte Porrig. »Selbst die Feen und Elfen sehen mich schon als Wichser.«

»Möchtest du nun, dass ich im großen Buch nachsehe, oder möchtest du nicht?«

»Ich möchte. Ja, bitte.«

»Dann folge mir. Aber tu so, als würdest du mir nicht folgen. Wenn du mir folgen kannst.«

»Ich denke, ich kann dir folgen.«

Und so folgte Porrig Rippington, während er so tat, als folge er Rippington nicht, zwischen den Bücherregalen hindurch, über steinerne Korridore, um Galerien herum, die weitere Galerien und weitere Korridore überragten, durch Hallen mit weiteren Büchern und Räume mit noch weiteren Büchern. Und so weiter und so weiter, wenn Sie mir folgen können.

»Sind wir bald da?«, fragte Porrig.

»Kannst du mir noch folgen?«

»Ja. Auch wenn ich so tue, als würd ich dir nicht folgen.«

»Dann tu auch so, als würdest du nicht mit mir reden, ja?«

»Aber sind wir bald da?«

»Tun wir so, als wären wir bald da.«

»Also schön, ich tu so.«

»Dann sind wir da.«

»Absurd.«

»Ich stimme dir voll und ganz zu. Hilf mir bitte auf den Schreibtisch.«

Porrig schwankte ein wenig. Er mochte die Art und Weise nicht, wie sich Rippington anfühlte.

»Ich mag auch nicht, wie du dich anfühlst. Hilf mir einfach auf den Schreibtisch, ja?«

»Meinetwegen.«

Es war ein großer, alter Schreibtisch, und er war mit gar manchen alten großen Papieren übersät, Karten von unwahrscheinlichen Orten und Manuskripten in verschnörkelten Schriften.

»Hier ist das große Buch«, sagte Rippington.

Porrig starrte es an. »Das ist kein besonders großes großes Buch«, sagte er.

»Größe ist relativ, weißt du? Jetzt wollen wir mal einen Blick hineinwerfen. Person, sagst du? Warte ... *Pergola* hab ich hier. Und da steht: Siehe *Trompete.* Das ist es nicht, oder?«

»Lass mich mal sehen.«

Rippington wedelte mit seinem magischen Stab, und Porrig spürte ein unangenehmes Jucken. Er rieb sich die Hand. »Bitte lass das«, sagte er.

»Dann lass deine Flossen vom großen Buch. Ah, hier haben wir etwas, Mr. Rubbeldödel. *Person.* Hier steht: *menschliches Wesen.* Ist es das?«

»Ja.«

Rippington blätterte durch die kleinen Seiten des gar nicht großen großen Buches. Hie und da zögerte er und bedachte Porrig mit dem einen oder anderen Seitenblick. Nach einer ganzen Weile hörte er auf zu lesen und klappte das Buch wieder zu, um sich mit untergeschlagenen Beinen darauf zu setzen. »Wir haben ein Problem, haben wir«, sagte Rippington.

»Haben wir?«, fragte Porrig.

»Jawohl, haben wir.

»Und ob wir das haben. Nach dem großen Buch bist du ein mythologisches Wesen.«

»Bin ich?«, fragte Porrig.

»Bist du, und du kommst aus einem magischen Königreich hoch oben.«

»Komme ich?«, fragte Porrig.

»Kommst du. Und ich bin offensichtlich in einem Zustand der Gnade, weil ich dir begegnet bin.«

»Bist du?«

»Bin ich. Nun ja, nein, eigentlich nicht. Aber ich könnte so tun, als wäre ich in einem Zustand der Gnade, wenn du dich dadurch ein wenig mehr zu Hause fühlst.«

»Fühle ich nicht«, sagte Porrig.

»Und was willst du nun tun? Wirst du mir einen Wunsch erfüllen? Ich hätte wahnsinnig gerne einen größeren Dödel. Größe ist vielleicht relativ, aber nicht in dieser Hinsicht. Meine Verwandten haben alle einen größeren.«

»Ich will einfach nur nach Hause.«

»Zurück in den Himmel, meinst du das?«

»Ich komme nicht aus dem Himmel. Ich komme von der Erde.«

»Das ist doch das Gleiche.«

»Ist es nicht. Hör mal, wo ist der Ausgang? Gibt es denn hier jemanden, der das Sagen hat? Der dieses Irrenhaus leitet?«

»Das wäre wohl der Kurator.«

Porrig seufzte. »Und gehe ich recht in der Annahme, dass der Kurator ein gebeugter alter Gentleman mit einem langen weißen Bart ist, mit einem konischen Hut auf dem Kopf und einem schwarzen Umhang voller Sterne?«

Rippington deutete auf seinen Willy. »Dödel, Dödel, Dödel«, sagte er.

»Also schön«, sagte Porrig. »Versuchen wir es andersherum. Läge ich richtig in der Annahme, dass der Kurator ein alter Gentleman *ist*? Das er zwar keinen langen weißen Bart trägt, aber dass er ein wenig aussieht wie ein Hund, mit zwei dichten weißen Haarbüscheln, die rechts und links wie Ohren von seinem Kopf abstehen?«

»Nun...«, sagte Rippington.

»Nun?«, fragte Porrig.

»Das ist eine ziemlich scharfsinnige Annahme.«

»Wärst du beeindruckt, wenn ich alles oder nichts setze und dir seinen Namen nenne?«

»Sehr beeindruckt«, sagte Rippington.

»Apocalypso Der Verdammte Wunderbare.«

Sagte Porrig.

»Nun, rubbel mir meinen Dödel.«

Sagte Rippington.

»Also hab ich Recht!«

Sagte Porrig.

»Nein, hast du nicht«, sagte Rippington. »Aber einer von Zweien ist gar nicht so übel. Also, was nun meinen Dödel angeht...«

# 9

Den größten Dödel in der ganzen großen weiten Welt besaß ohne Zweifel Dilbert Norris. Er maß in der Länge ungefähr einen und einen halben Meter und erinnerte an einen riesigen Pastinak.

Während es durchaus zutrifft, dass es einige Dinge gibt, welche das britische Publikum mehr zum Brüllen findet als ein Gemüse in der Form eines Willys, so ist es doch interessant festzustellen, dass ein Mann mit einem Willy, der geformt ist wie ein Gemüse, insbesondere bei einer derartigen Länge, kaum jemals auf der Hauptstraße angetroffen werden kann, wo er um eines guten Lachers willen mit seinem großen Ding herumdödelt.

Außerdem ist festzustellen, dass die möglichen Applikationen für einen solchen Monsterdödel eher gering sind. Man kann damit nicht viel mehr machen, als ihn sich ins Ohr zu stecken und als Petroleumpumpe verkleidet zu einer Kostümparty zu gehen ... doch selbst dort ersterben die Lacher recht bald und weichen bedrückenden Gedanken und besorgten Gesichtern.

Die Meinungen, welche Größe ein perfekter Dödel zu besitzen hat, weichen naturgemäß beträchtlich auseinander. Die meisten Männer geben sich mit einem Achtzöller zufrieden, obwohl der Schreiber dieser Zeilen für seinen Teil keine Lust verspürt, sich zwei Zoll entfernen zu lassen, nur um es jedermann Recht zu machen[1].

---

1 Humor (oder nicht?)

Dilbert für seinen Teil hätte gern einen noch Längeren gehabt. Aber Dilbert war auch nicht wie andere Männer. Genau genommen war Dilbert überhaupt kein Mann. Dilbert war ein Gemüse. Und ob ein Gemüse mit einem Willy, der geformt ist wie ein Gemüse, ganz gleich, welche Größe er hat, wirklich irgendjemandem einen Lacher zu entlocken vermag, das soll jeder für sich entscheiden.

Auf dem Planeten jedenfalls, auf welchem Dilbert aufwuchs, wurde diese Tatsache nicht einmal annähernd als amüsant empfunden. Es war dies ein Planet namens Eden im Sternbild Großer Knüppel, welches auf keiner irdischen Sternenkarte verzeichnet ist, weil es so unendlich weit weg ist.

Diejenigen, die Klarheit der Inferenz vorziehen, mögen sich gesagt sein lassen, dass Dilbert Norris das Wesen an Bord des kürzlich aus den Tiefen des Pazifischen Ozeans aufgetauchten siebenzackigen Raumschiffs war.

Und auch wenn vieles von dem, was Dr. Harney über Dilbert zu sagen hatte, den Tatsachen entsprach, so war die Bezeichnung, die Porrig gegenüber seinem ehemaligen Arbeitgeber beim Gebrauchtwagenmarkt gebraucht hatte (wenn auch nur zweimal), ganz gewiss nicht zutreffend. Dilbert war weder irre, noch hatte die Zeit sein Gehirn zerstört. Er war weder völlig wahnsinnig noch ein blutiger Anfänger. Dilbert Norris war ein intelligentes, fühlendes Gemüse, und Gemüse wie er sehen und tun die Dinge nun einmal anders.

Auf Dilberts Heimatwelt hatte es niemals Säugetiere gegeben. Keine Pflanzenfresser, die sich an den Früchten der Natur vergingen und den wahren Pfad der Evolution störten: den des Gemüses. Sozusagen.

Auf Dilberts Heimatwelt war das Reich der Pflanzen *das* Reich schlechthin, und Gemüse waren die rechtmäßigen Erben der Erde, in der sie wurzelten.

Auf Eden herrschten Eintracht und Harmonie, und keine Schlange – oder besser: keine Kuh – hatte jemals den Garten des Paradieses betreten.

Nun versteht es sich von selbst, dass die universellen Wahrheiten gelten, ganz gleich, in welcher Ecke des Universums sie zur Anwendung kommen. Und die universelle Wahrheit, dass die höchste Lebensform auf einem Planeten, der von seiner Atmosphäre und seiner Gravitation erdähnlich ist, menschenähnliche Charakterzüge annehmen muss, gehört ganz sicherlich dazu.

Man kann vielleicht ein wenig mit den grundlegenden Formen experimentieren, doch ein oben liegender Kopf mit zwei nach vorn gerichteten Augen, zwei Beine zur Fortbewegung, Finger zum Greifen und ein Dödel zum Rubbeln sind unerlässliche Voraussetzungen. (Der Willy in der Körpermitte muss erst noch übertroffen werden.)

Dilbert Norris war menschenähnlich, wie alle von seiner Sorte. Doch Dilberts Sorte besaß gewisse Kräfte, über die Menschen nicht verfügen.

Es gilt seit langem als erwiesen, dass Gemüse zur Kommunikation untereinander imstande ist (genau wie andere Pflanzen), auch wenn die Art und Weise, wie das geschieht, noch nicht völlig verstanden wird. Und wie man mit einiger Entschiedenheit feststellen darf wohl auch niemals verstanden werden wird, betrachtet man die Unfähigkeit des Menschen, auch nur seinen Mitmenschen zu verstehen (geschweige denn Pflanzen) und seine grundlegende Einstellung zu Gemüse (das in erster Linie als Nahrungsquelle betrachtet wird und nicht als Quelle von Weisheit).

Die Beziehung zwischen Mensch und Gemüse ist demnach eine sehr einseitige Angelegenheit.

Gemüse kommuniziert telepathisch, wie einige Fische auch, die meisten Insekten, Schraubenzieher mit gelben Griffen, Autoschlüssel, Kugelschreiber und kleine Schrauben aus dem Innern von Springtoastern.

Nur ein einziger Mann in der Geschichte der Menschheit ist je damit klargekommen, und das ist Hugo Rune und seine ist eine ganz andere Geschichte.

Dilberts Sorte jedenfalls behielt, nachdem sie ihre menschliche Form entwickelt hatte, ihre telepathischen Fähigkeiten. Und mit ihrer Hilfe fand Dilbert heraus, dass er imstande war, die Kontrolle über die Wesen auszuüben, denen er hier auf der Erde begegnete. Wesen, die angesichts der Natur ihrer Essgewohnheiten Dilberts natürliche Feinde waren. Oder – in seinem Fall – unnatürlichen Feinde, da auf seinem eigenen Planeten keine Menschen existierten.

Bei der Beschreibung von Dilberts physischer Gestalt drängt sich der Begriff »kompliziert« ins Bewusstsein. Nicht, weil er kompliziert ausgesehen hätte (obwohl er es tat), sondern weil es kompliziert ist, schmeichelnde Prosa zu finden angesichts einer sechs Meter hohen Kreatur mit einem Gewicht von grob geschätzt zwei Tonnen, die an einen menschengemachten Rosenkohl erinnert und mit dem eingangs erwähnten anderthalb Meter langen Pastinakdödel daherkommt.

Ohne Zweifel hätte Dilbert auf seiner Heimatwelt Eden als attraktiv gegolten, ein richtiggehender Beau, ein Dandy, todschick und heiß begehrt. Doch hier auf der Erde lagen die Dinge anders, und niemand hätte auch nur den kleinsten Augenblick gezögert, ihn als einen fetten hässlichen Sohn einer Knolle zu bezeichnen.

Was die Sache noch schlimmer machte – Dilbert roch schlecht.

Auf Eden war Dilbert nichts Besonderes gewesen, vielleicht eine saftig grüne Version von Tom Cruise, wenn auch intellektuell ein wenig höher stehend. Oder, wie Porrig es ausgedrückt hätte: dumm wie Bohnenstroh. Ein kleiner zweitklassiger Angestellter in einem Stadtplanungsbüro. Er hatte den größten Teil seiner Tage damit verbracht, aus dem Fenster zu starren und seine eigenen Pläne zu schmieden für den Fall, dass er jemals in der Nationalen Lotterie gewann. Denn es ist eine weitere universell geltende Wahrheit, dass es, ganz gleich, in welcher Ecke des Universums eine Zivilisation entsteht, immer kleine zweitklassige Angestellte gibt, die verträumt aus dem Fenster sehen und von ihrem Gewinn in der Nationalen Lotterie träumen (die ebenfalls eine universelle Wahrheit ist). Sozusagen.

Die meisten dieser kleinen zweitklassigen Angestellten träumen ihr ganzes Leben lang weiter, doch in Dilberts Fall hatte das Schicksal andere Pläne. Dilbert hatte das große Los in der Nationalen Lotterie gezogen und sich ein Raumschiff gekauft.

Der Rest ist Geschichte.

Auch wenn es nicht die Art von Geschichte ist, über die man in vielen Büchern nachlesen kann. Erst recht nicht in Büchern religiöser Natur.

Es muss in aller Fairness gesagt werden, dass Dilbert niemals die Absicht hatte, sich als Gott aufzuspielen.

Jedenfalls nicht ursprünglich. Als er in seinem Raumschiff von Eden losflog, geschah das mit der Absicht, eine neue Welt für das Volk von Eden zu finden und den großen Kudos einzuheimsen, der mit einer solchen Entdeckung verbunden war. Wäre ihm jemals der Gedanke gekommen, dass sich die Dinge so entwickeln könnten, wie sie sich entwickelt hatten, wäre Dilbert wahrscheinlich zu Hause geblieben. Auch wenn es zu Hause verdammt eng und übervölkert war. Und hätten sich die Dinge bei seiner Ankunft auf der Erde ein wenig anders entwickelt, er hätte wahrscheinlich niemals gehandelt, wie er gehandelt hatte.

Aber die Dinge hatten sich so entwickelt und nicht anders, und er hätte nicht, sondern hatte, und so hatte er. Sozusagen.

Der richtige Ort ist manchmal alles, und hätte Dilberts vollautomatisches Raumschiff nicht den Ort zur Landung ausgesucht, der später als Gwa'tan Qua Cest'l Potobo bekannt werden sollte, hätten sich die Dinge vielleicht ein wenig anders entwickelt (glatter?). Jedenfalls wären vielleicht eine Menge Unannehmlichkeiten vermieden worden.

Aber es hatte, und sie hatten, und so waren sie nicht.

Das Raumschiff jedenfalls fiel mitten in der Zeremonie zur Inauguration des neuen Kopfmannes aus dem klaren blauen Himmel zur Erde herab. Ein Omen, wenn es je eines gegeben hat.

Die Eingeborenen versammelten sich um das siebenzackige Raumschiff, das in ihren Augen eine verblüffende Ähnlichkeit mit einem riesigen Wok besaß, und starrten voller Ehrfurcht, als sich die Tür öffnete und den Blick auf etwas freigab, dass eine verblüffende

Ähnlichkeit mit einer hässlichen, übel riechenden, aber wohlschmeckenden einheimischen Pflanze besaß: einem riesigen Sandkohl.

Es war so klar wie Gemüsebrühe, dass die Götter den Eingeborenen von Gwa'tan Qua Cest'l Potobo ein Geschenk gesandt hatten.

Ein Fresspaket himmlischer Herkunft.

Sie mussten den riesigen Sandkohl ein wenig kochen, weiter nichts, und das Festmahl konnte beginnen.

Sie sammelten Holz und entfachten ein hübsches großes Feuer unter dem siebenzackigen Wok.

Von einer Bande Aliens, die einen zum Mittagessen zu grillen gedenken, aus hunderttausendjährigem Schlaf in kryogenischer Suspension geweckt zu werden, ist sicherlich niemandes Vorstellung von »guten Zeiten«, und so erhob sich Dilbert angesichts dieser unglaublichen Zustände völlig zurecht ziemlich angepisst.

Und schmerzerfüllt.

Schmerz war eine völlig neue Erfahrung für Dilbert, der von einem Planeten stammte, auf dem Gedanken von allen geteilt wurden. Denn wenn Gedanken von allen geteilt werden, so gilt das auch für Schmerzen, was womöglich erklärt, warum Gemüse (als Sorte) in der Regel so viel umgänglicher ist als Menschen.

In diesem Augenblick fühlte sich Dilbert alles andere als gut. Er spürte Schmerzen, und er war hungrig. Er war ganz allein auf einer weit entfernten Welt und wurde von Wesen angegriffen, die, obwohl im Grunde genommen von der gleichen Gestalt wie er, weitaus kleiner und weitaus gemeiner und deren Absichten ihm gegenüber eindeutig feindseliger Natur waren.

Es war kein Treffen verwandter Gedanken. Noch war es ein »Händereichen über das Universum hinweg«. Das Stück war gegossen, der Käse gegessen, wie man so schön sagt. Die Fronten waren geklärt, wäre vielleicht ein passenderer Ausdruck.

Und als Dilbert innerhalb weniger Minuten, nachdem er mit heißem Hintern aus seinem Raumschiff gesprungen war, herausfand, dass er seinen Angreifern mentale Schmerzen zufügen konnte und seine Angreifer nicht imstande waren, es ihm mit gleicher Münze zurückzuzahlen, und als ihm die schiere Monstrosität der Essgewohnheiten dieser fremden Winzlinge dämmerte, da dauerte es nur noch einen kurzen Augenblick, bis er über ihr Schicksal beschlossen hatte. Sozusagen. Wenn seine Rasse diese Welt kolonisieren wollte, dann musste die eingeborene Bevölkerung entweder ausgerottet oder unter Kontrolle gebracht werden.

In seiner vegetarischen Weisheit entschied sich Dilbert für Letzteres.

Wohl mochte lange Zeit vergehen, bevor der Funkspruch nach Hause Dilberts Heimat Eden erreichte, und noch viel längere Zeit, bevor irgendjemand von Eden hier auf der Erde eintraf. Also beschloss Dilbert, das Beste aus seiner Lage zu machen. Er würde diese Wesen auf Vordermann bringen, und obwohl ihm rasch klar wurde, dass er nicht imstande sein würde, ihre Essgewohnheiten zu ändern, so würden sie doch recht bald feststellen, wer hier der Boss war.

Wer, um es mit den Worten der Eingeborenen zu sagen, »Gott« war.

Er reiste weit in jenen, Seinen ersten Tagen, und Er wurde unter vielen Namen bekannt. Namen der Macht. Er war Wotan für die nordische Sorte und Dagda für die Kelten, Er war Zeus und Er war Kronos. Er war Jahwe. Er war Amon-Rah. Und Sein Volk erkannte Seine Macht und verehrte Ihn in Seinen Tempeln.

Er war freundlich, wenn Er es wollte, und Er war versöhnlich, wenn Ihm danach war, doch danach war Ihm nur selten. Sie erkannten Ihn an Seinem Zorn und an den großgeschriebenen Pronomen, und bei der Nennung Seines Namens erbebten Nationen. Denn Er benutzte sie, und Er schikanierte sie, Er wütete und zerstörte, und Er verschlang sie, denn Er war auf den Geschmack gekommen.

Große Städte errichteten sie zu Seinen Ehren und getrieben vom Schmerz, den Er über sie brachte. Seine Armeen marschierten über die Welt und unterjochten alles. Denn alles, so schien es, war Sein, und Er konnte damit verfahren, wie Ihm beliebte, und Seine Exzesse waren furchtbar. Er verbreitete Angst und Entsetzen, und die Furcht, ihm zu missfallen, ließ die Herzen derer erstarren, die Seinen Namen flüsterten.

Macht korrumpiert, heißt es et cetera, und wenn es je eine universelle Wahrheit gegeben hat, dann diese.

Die meisten Niemande, die in der Nationalen Lotterie gewonnen haben, werden irgendwann wieder zu den Niemanden, die sie waren. Die meisten eher früher als später. Das Schicksal ist wie immer der kleine Bastard, der seinem Herrn in den Dödel beißt, ist es.

Dilberts Dödel erwischte es auf Mu. Seine Sommerresidenz, ein pazifisches Paradies und alles sehr hübsch und malerisch. Dilbert hatte es Sich gerade auf einem Berg aus Sklavinnen bequem gemacht, als das erste Beben kam. Er wurde aus seinem behaglichen Thron gerissen und rollte unter einem lauten »Scheiße!« (Er hatte die Sprache der Menschen gelernt) holterdiepolter auf den harten kalten Marmorboden, wo Sein Rosenkohlfleisch in einem hässlichen Haufen zu liegen kam.

Schüttel rumpel ratter machte der Boden, und der Vulkan brach aus. Dilbert beeilte Sich, den ungastlichen Ort zu verlassen. Und während das Granitpflaster versank und goldene Türme einstürzten, peitschte Er Seine Untertanen mit mentalem Schmerz und zwang sie, Seinen grauenhaft schweren Leib zum Zweck Seines Entkommens davonzutragen.

Doch Er kam nicht weit. Sausende Winde und Haufen vulkanischer Asche fegten Sein siebenzackiges Raumschiff aus dem Himmel und hinunter und hinunter und hinunter in den Ozean[1].

Felsen und Trümmer fielen, und Mu ging hinunter und hinunter und hinunter in das Reich der Legenden und Fabeln. Sozusagen.

Und das war's dann wohl für Dilbert (oder es hätte es verdammt noch mal gewesen sein sollen!).

Zurück in seiner kryogenischen Suspension und unter Hunderten von Tonnen vulkanischer Trümmer hätte man doch wohl einigermaßen logisch annehmen sollen, dass er endlich in den Status des Niemands zurückgekehrt war.

---

1 Und nur hundert Meter von der Küste von Gwa'tan Qua Cest'l Potobo entfernt, wo er beim ersten Mal auch schon gelandet war. Ziemlicher Zufall, eh?

Aber nein. Das Schicksal, der alte Dödelbeißer, hatte andere Dödel zum Beißen.

Viele Jahre vergingen, Jahre, die zu Jahrhunderten wurden und dann zu Jahrtausenden. Die Welt vergaß Dilbert. Die Welt hatte ihre Legenden und Religionen und was weiß ich, aber das Gemüse dahinter geriet in Vergessenheit. Es wurde aus der Geschichte ausradiert. Es existierte nicht länger.

Doch es war da, die ganze Zeit. Lungerte in der Tiefe wie Porrigs Dad hinter der schubladenlosen Schubladenkommode. Ganz allein am Grund des Ozeans. Gefroren.

Bis eines Tages.

Päng!

Oder Bumm!

Oder Rumpel! oder Krach! oder was auch immer, suchen Sie sich's aus. Das Geräusch, das eine Atombombe unter Wasser macht. Und wenn Danburry sich richtig an seine Science-Fiction erinnert hätte, dann würde er gewusst haben, dass manch gute Science-Fiction mit einem Knall *anfängt*, anstatt mit einem zu enden.

Päng! oder Bumm! oder Rumpel! oder Krach! oder was auch immer: amerikanische Atomtests unter den hübschen blauen Fluten des Pazifischen Ozeans.

Rutsch! machten die Trümmer, Schalt ein! machte die Automatik von Dilberts siebenzackigem Raumschiff, Tau auf! machte Dilbert. Und ganz still war Er.

Und ganz hungrig war Er auch.

Aber immer noch weise[1]. Viele Jahre waren vergan-

1 Weise wie in »menschlicherweise«, wenngleich (nach Gemüsemaßstäben) ganz der Alte und immer noch dumm wie Bohnenstroh.

gen, seit sein Raumschiff hinunter und hinunter und hinunter gegangen war, und bevor Er wieder auferstehen würde, gottgleich aus dem feuchten Nass, hielt Dilbert es für angebracht, das Wasser zu prüfen, die Luft zu schnüffeln, die Stimmung auszutesten und ganz allgemein keine vorschnellen Züge zu machen.

Und so sandte Er Seine Gedanken aus, um zu lauschen, was Sein Volk im Sinn führte. *Sein* Volk. Hatte es Ihn vergessen? Hatte es sich entwickelt? Wie viel wusste es inzwischen? Wie viel Schaden war es imstande Ihm zuzufügen? Und so sandte Dilbert seine Gedanken aus, um den ihren zu lauschen. Und was Er hörte, gefiel Ihm kein verdammtes Stück.

Sie *hatten* Ihn vergessen.

Sie *hatten* sich entwickelt.

Sie wussten eine ganze Menge mehr, und sie waren ganz gewiss imstande, Ihm eine Menge Schaden zuzufügen.

Und Er fand noch immer keine Spur Seiner eigenen Sorte, der Sorte von Seiner eigenen Welt. Entweder hatten sie Seinen Funkspruch nicht gehört, oder sie waren für immer von der Bildfläche kosmischer Wahrheiten verschwunden.

Aber Dilbert war zurück. Und diesmal war es persönlich!

Und so lauschte Er gar vielen Gedanken. Er suchte den ganzen Planeten mit Seinem Verstand ab und sammelte Informationen. Und die Informationen, die Er empfing, überraschten ihn nicht wenig. Zuerst glaubte Er, dass das Machtzentrum des Planeten in einem Land lag, das sich Amerika nannte, auf einem Kontinent, den Er einst Dilbert getauft hatte. Doch je länger Er lauschte, und je mehr Er die Interferenzen vom

Geplapper der vielen Milliarden ausfilterte, desto deutlicher kam eine andere Wahrheit ans Tageslicht.

Es war keine universelle Wahrheit, doch eine Wahrheit war es dennoch. Das Land Amerika war nicht das Zentrum der Macht auf diesem Planeten. Der wahre Sitz der Macht stand auf einem schrill gemusterten Teppich in einem kleinen Büro einer Regierungsabteilung, die sich Ministerium für Glückliche Zufälle nannte, unterhalb einer U-Bahn-Station, die Mornington Crescent hieß, in einer Stadt namens London, auf einer Insel namens England.

Und so sandte Dilbert schließlich einen eigenen kleinen Gedanken aus. Einen unauffälligen Vorschlag. Dass derjenige, der auf dem Sitz auf dem schrillen Teppich unterhalb der U-Bahn-Station in der Stadt auf der Insel nämlich eine Satellitenüberwachung eines gewissen Gebietes im Pazifischen Ozean durchführen sollte, weil es dort etwas Wunderbares, Sternförmiges zu entdecken gab.

Etwas, das unverzüglich geborgen und unversehrt an den Sitz der Macht gebracht werden musste.

Der Rest war Geschichte?

Ja, war er.

Oder ja, würde er sein.

Dilbert gefiel der Anblick der eingeborenen Fischer und Hurer, die Sein Raumschiff ans Ufer zogen. All diese festen Muskeln unter der braunen Haut. Sie erinnerten Ihn an Seine nubischen Sklaven, jene Auserwählten von erlesenster Schönheit, die Ihn auf ihren angestrengten Schultern getragen und sich um die Bedürfnisse Seines Leibes gekümmert hatten. Innen wie außen.

Während Er durch das Bullauge Seines siebenzackigen Raumschiffs nach draußen spähte, nickte Er anerkennend. Er würde zwei Dutzend von ihnen mitnehmen, wenn Er erst diese Insel verließ.

Dann erblickte Er Danburry Collins, der sich mit der Hand in der Hosentasche auf einer Holzkiste fläzte. Danburry sprach Ihn nicht an. Ein träger, nichtsnutziger Typ, der höchstens als Suppositorium taugte. Wie er zusammenzuckte, als er Dilberts siebenzackiges Raumschiff aus den Fluten auftauchen sah! Und er feuerte doch tatsächlich eine Waffe ab!

Waffen waren nicht gestattet. Dilbert schickte einen Gedanken nach draußen. Einen Zwang. Sie würden gehorchen müssen und zwar auf der Stelle! Er lächelte, während Er beobachtete, wie der nichtsnutzige träge Fläzer von hinten niedergeschlagen wurde. Seine Kräfte hatten Ihn also nicht verlassen. Wenn überhaupt, dann waren sie stärker als je zuvor.

Auch die *Apocalypso* konnte Ihn nicht sonderlich beeindrucken. Auch wenn sie ein Schiff aus Metall war und von Maschinen statt Ruderern angetrieben wurde, so beeindruckte sie Ihn doch nicht sonderlich. Er war weit Besseres gewohnt. Er zog es vor, wenn die Schiffe, die Ihn beherbergten, groß und bunt bemalt waren. Wie die Barken, die ihn vor so vielen Jahrtausenden in Luxus über die Wasser des Nils getragen hatten.

Sie senkten Sein Raumschiff in den vorderen Frachtraum, hinunter in Dunkelheit und Feuchtigkeit und Gestank und Dreck, und sie stellten Männer ab, um es zu bewachen. Männer mit Waffen.

Er studierte ihre Gedanken, und einmal mehr war Er nicht sonderlich beeindruckt.

Und Er hörte, wie sie von Ihm sprachen. Sie nannten Ihn *Alien.*

*Alien!*

Ihn, ihren Gott! Sie nannten Ihn Alien!

Er tötete sie. Tötete sie alle. Schleuderte Todesschmerz in ihre Köpfe und brachte sie dazu, sich gegenseitig zu erschießen. Weg mit diesen Mistkerlen.

Er aß sie auf.

Und dann, als Seine Mahlzeit zu Ende war, spürte Er etwas. Etwas Großes, Nahes. Etwas Großartiges. Und als Er die Leiter hinauf an Deck stieg, die Er aus ihren Leibern geformt hatte, sah Er es auf dem nächtlichen Ozean schweben. Schwerelos auf der vom Mondlicht beschienenen See.

Einen Liner. Die *Leviathan* auf ihrer Jungfernfahrt nach New York.

»Die will ich haben«, sagte Er zu Sich. Und Er bekam sie auch.

Dreitausend Leute waren an Bord des Schiffs. Dreitausend sorglose Seelen, die sich in ihrem Reichtum und ihrem Status sonnten. Dreitausend Seelen, die nun Ihm gehörten.

Sie schrieen und kreischten, während Er an Bord getragen wurde, und sie kämpften gegen Ihn und versuchten Ihn zurückzudrängen. Er verschaffte sich Zugang zu ihren Gedanken und tat ihnen weh. Er trieb sie auf das Deck zurück, wo sie sich die Köpfe hielten. Köpfe, die vor Schmerz zu platzen drohten, Schmerz, den Er ihnen entgegen schleuderte. Und sie beeilten sich, Ihm zu Willen zu sein. Sie taten, was Er verlangte, knieten vor Ihm nieder und beteten Ihn an und hießen Ihn willkommen zu Hause.

Er rief nach dem Kapitän und erteilte Seine Befehle. Sie waren deutlich, und sie würden befolgt werden.

Das Funkgerät sollte zerstört werden und jegliche Kommunikation unterbunden. Das Schiff sollte auf einen Nordostkurs gehen, durch den Panamakanal fahren und in den Atlantischen Ozean.

Das Ziel waren die Britischen Inseln.

England.

London.

Mornington Crescent.

Das Ministerium für Glückliche Zufälle.

Der Sitz der ultimativen Macht.

Der Mann, der gegenwärtig im Sitz der ultimativen Macht auf dem schrillbunten Teppich im kleinen Büro seines Ministeriums thronte, wusste nichts von dem, was da in seine Richtung unterwegs war.

Er saß auch, wie es der Zufall so wollte, nicht richtig in seinem Sitz, vielmehr *lungerte* er darin. Denn der Name dieses Mannes war Augustus Naseby.

Doch mehr über ihn später.

Für den Augenblick wollen wir uns wieder seinem Sohn zuwenden.

## 10

Rippington hopste auf dem kleinen großen Buch. »Komm schon«, sagte er ungeduldig. »Nur ein einziger Wunsch, das ist alles, was ich will!«

»Das ist alles, was *ich* will«, sagte Porrig. »Oder vielleicht zwei, drei.«

»Nun, du bist doch der Engel – erfüll sie dir und mir.«

»Ich bin kein Engel, ich bin eine Person.«

»Das ist hier unten genau das Gleiche, Penner. Bei dir oben auf der himmlischen Erde magst du vielleicht nur eine gewöhnliche Person sein, aber hier unten bis du der Zampano.«

»Ist das etwas Gutes oder etwas Schlechtes?«

»Das ist das Allerbeste, was es gibt. Komm jetzt endlich, erfüll mir meinen Wunsch. Nur den einen einzigen.«

»Ich wünschte, ich wäre zu Hause«, sagte Porrig.

»Nein, nein, nein! Ein Wunsch für mich, du dödelrubbelnder Sohn einer...«

»*Rippington!*« Es war die Stimme des alten Knackers, und Rippington zuckte zusammen, als er sie hörte. Porrig wandte sich um, und dort stand er, der Alte. Einfach so. Ganz plötzlich. Auf eine magische Weise.

»Ah«, sagte Porrig. »Sie sind es.«

»Du bist es«, sagte der Alte. »Aber das darf nicht sein, darf es? Soll ich dich nun für deine Genialität loben oder dir für deinen Ungehorsam die Lichter auspusten?«

»Also hören Sie mal!«, sagte Porrig.

»Was denn, was soll ich hören?« Der Alte war plötzlich nicht mehr da und ganz woanders.

Porrig starrte in die Richtung seines letzten Auftauchens. »Ich bin nicht beeindruckt«, sagte er, was – obwohl gelogen – recht überzeugend klang. »Sie sind ein Bühnenzauberer, schön. Jeder x-beliebige Bühnenzauberer kann so etwas.«

»Rippington ist beeindruckt«, sagte der Alte. »Oder nicht, Rippington?«

»Nicht so sehr, wie ich von einem größeren Rubbeldödel beeindruckt wäre.«

»Ich schlag dir deinen Rubbeldingsbums in den Hals, wenn du dich nicht gleich anständig benimmst.«

»Oh, das will ich sehen«, sagte Porrig.

»Möchtest du vielleicht auch?«, fragte der Alte und zeigte Porrig die Faust.

»Ich will nur nach Hause, sonst gar nichts. Ich hatte einen anstrengenden Tag.«

»Du hast den halben Tag verschlafen.«

»Ich frage nicht, woher Sie das wissen.«

»Dann lass es. Aber da du nun schon einmal hier bist, kann ich dich auch gleich in sämtliche Einzelheiten einweihen, kann ich nicht?«

»Heiliger Käsus!«, sagte Porrig.

»War das etwa ein frecher Ton in deiner Stimme?«

»Bitte hören Sie auf, mich zu schikanieren«, sagte Porrig. »Ich weiß, dass ich nicht hier sein sollte. Es tut mir Leid, dass ich hergekommen bin. Ich will nur nach Hause, sonst nichts.«

»Du wirst auch nach Hause kommen. Sobald ich dir gesagt habe, was du zu tun hast.«

»Dann bitte sagen Sie es mir, und ich verschwinde.«

»Recht so. Komm mit.« Der Alte wandte sich ab und ging davon.

»Hilf mir vom Tisch!«, sagte Rippington.

»Lass ihn dort, Porrig«, befahl der Alte. »Und beeil dich ein wenig.«

»Gottes Eier!«, murmelte Porrig.

Der alte Knacker führte Porrig durch weitere Korridore und über weitere Galerien, die weitere Galerien überblickten, hinunter in weitere Korridore, durch weitere Räume, alles gefüllt mit Büchern, und schließlich eine schicke Treppe hinauf, die aus Zierseide geflochten war.

»Man kann keine Treppen aus Seide machen!«, beschwerte sich Porrig.

»*Du* kannst keine Treppen aus Seide machen.«

»Sind wir bald da?«

»Möchtest du, dass wir bald da sind?«

»Möchte ich.«

»Dann sind wir da.«

»Absurd.«

»Ja, ist es nicht?« Der alte Knacker drehte einen Schlüssel in einem Schloss, und eine alte Tür schwang auf. »Mein Büro«, sagte er.

Porrig holte ihn ein und spähte durch die Tür. »Alles steht auf dem Kopf«, stelle er fest.

»Ja, na und?« Der Alte schloss die Tür wieder und öffnete sie erneut. »Ist es so besser?«

Porrig schüttelte den Kopf.

»Folge mir.« Porrig gehorchte.

Der Raum war klein und fensterlos. Porrig wurde bewusst, dass er tatsächlich noch kein einziges Fenster gesehen hatte, seit er an diesem merkwürdigen Ort angekommen war. Doch da er sowieso angenommen hatte, dass er sich unter der Erde befand, war er nicht weiter überrascht gewesen. Die Tatsache, dass es wenigstens *etwas* gab, das ihn nicht überraschte, war ein schwacher Trost.

Ein ziemlich schwacher.

Was die Möblierung anging, so besaß der Raum einiges davon:

Es gab Stühle alten Datums
Eine Tafel römischer Persuasion
Einen Thron für großes Palaver
Und einen Schreibtisch dunkler Extraktion

Einen Teppich gewebt aus Federn
Einen Gobelin von Käse aus Schaf
Bilder von Damen in Ledern
Und Porrig fand sie ganz scharf.

Ein Blick auf eine Bucht im Rahmen aus Gold
Einen braunen Nickhund der war nicht sehr olt
Eine Lampe mit Birne auch wenn nicht elektrisch
Eine Sammlung, alles in allem, die war ziemlich
    eklektisch.

»Ein sehr poetischer Raum«, stellte Porrig fest.

Der alte Knacker grinste. »Hier unten gibt es jede Menge Poesie«, sagte er. »Sie entweicht aus den Büchern und schwebt frei umher.«

»Poesie kann nicht aus Büchern entweichen!«, protestierte Porrig. »Das ist völlig absurd!«

Der alte Knacker zuckte die Schultern. »Meinetwegen«, sagte er. »Ich bin sicher, du weißt, wovon du redest. Ich verneige mich vor deiner überlegenen Weisheit.«

»Jede Wette.«

»Schon wieder dieser Unterton ...?«

»Tut mir Leid«, beeilte sich Porrig zu sagen. »Aber ich hatte wirklich einen verdammt anstrengenden Tag.«

»Der noch längst nicht vorbei ist«, sagte der Alte und setzte sich auf einen Stuhl alten Datums am Tisch römischer Persuasion. »Setz dich dort drüben hin, auf diesen Thron«, sagte er zu Porrig. »Schließlich ist dies eine spezielle Okkasion.«

»Ist es?«, fragte Porrig, während er sich setzte.

»Für mich vielleicht mehr als für dich. Aber ich warte ja auch schon sehr lange Zeit.«

»Wer sind Sie?« Porrig machte es sich bequem. »Sind Sie mein Onkel, und falls ja ...«

»Ich bin nicht dein Onkel, Porrig.«

»Ich wusste gar nicht, dass ich einen Onkel Porrig habe ...«

Der Alte seufzte. »Es ist wahrscheinlich eine nervöse Angelegenheit, ist es?«, fragte er. »Du tust es immer dann, wenn du dich unsicher fühlst. Beispielsweise im Büro des Anwalts. Da hast du auch so dumme Bemerkungen von dir gegeben.«

»Sie waren dort?«

»In gewisser Hinsicht, ja. Ich komme viel herum und behalte die Dinge im Auge.«

»Bitte erzählen Sie mir von meinem Onkel.«

»Apocalypso Der Wunderbare. Der größten Bühnenmagier seiner Zeit. Der Meister der Taschenspielerei. Er machte das Unmögliche möglich, obwohl viele behaupteten, dass er mit Dämonen im Bund stünde. Es gibt eine Biographie über deinen Onkel, Porrig, verfasst von dem bedeutenden Parapsychologen Sir John Rimmer, doch weitere Werke über deinen Onkel suchst du vergebens. Sein Name wurde aus den Aufzeichnungen der Magischen Zirkel gestrichen. Die alten Theaterplakate wurden vernichtet. Niemand weiß heutzutage noch seinen richtigen Namen.«

»Warum all diese Geheimnistuerei?«, fragte Porrig. »Oder ist das ein Teil des Mysteriums?«

»Ich denke, es hat wohl etwas mit den Dämonen zu tun, mit denen er unter einer Decke gesteckt haben soll«, sagte der Alte. »Sie haben ihm einen unnatürlichen Vorteil über seine Konkurrenten verschafft. Verstehst du, Bühnenmagie ist genau das, was der Name sagt. Tricks, Illusionen, Taschenspielerei, Spezialeffekte. Trotzdem ist das Publikum noch immer fasziniert. Es lässt sich eben gerne an der Nase herumführen.«

»Niemand würde zu Wahlen gehen, wenn es anders wäre.«

»Sei nicht zynisch, Porrig. Die Leute lassen sich also gerne an der Nase herumführen. Und sie lieben es zu staunen. Und sie glauben auch – insgeheim natürlich, weil niemand so etwas offen zugeben würde –, dass ein Teil dieser Tricks echte Zauberei sind. Dass echte Zauberei tatsächlich existiert.«

»Und?«, fragte Porrig. »Tut sie?«

»Kommt ganz darauf an, was du unter echt verstehst. Worauf es ankommt – sie fasziniert die Menschen. Sie sind von dem Gedanken besessen. Dein Onkel war davon besessen. Er machte sich auf, um herauszufinden, ob echte Magie existiert oder nicht. Und jetzt sitzt du hier, und ich sitze hier, und das bedeutet wahrscheinlich, dass es sie tatsächlich gibt.«

»Wer sind Sie eigentlich?«

»Ich bin dein Ururgroßvater, Porrig.«

»Oh«, sagte Porrig.

»Ist das alles, was du dazu zu sagen hast? Oh?«

»Für den Augenblick, ja. Nein, warten Sie, ist es nicht. Wenn Sie tatsächlich mein Ururgroßvater sind, dann sind Sie auch der Großvater meines Onkels Apocalypso, oder nicht? Und wenn das der Fall ist, kennen Sie seinen richtigen Namen.«

Der alte Knacker schüttelte den alten Kopf. »Nein, Porrig, ich kenne ihn nicht. Ich bin der Urgroßvater deines Vaters, nicht deiner Mutter.«

»Ja, aber ...«

»Kein Aber, Porrig. »Ich war Apocalypsos Lehrling. Ich wusste nicht einmal, dass er eine Schwester hatte. Ich hab es erst nach seinem Tod erfahren. Deine Mutter wollte mir seinen richtigen Namen nicht verraten, und es gibt keinerlei Aufzeichnungen über deine Familie. Dafür hat deine Mutter gesorgt.«

»Aber warum? Ich verstehe das alles nicht!«

»Weil dein Onkel etwas entdeckt hat. Weil es ein Geheimnis ist, das niemand jemals enthüllt sehen möchte.«

»Und Sie kennen dieses Geheimnis?«

»Ja. Ich bekenne mich schuldig.«

»Dann erzählen Sie's mir!«, bettelte Porrig. »Ich verspreche, dass ich es niemandem weitersage.«

»Aber du sollst es gar nicht für dich selbst behalten. Ich möchte, dass du jedermann davon erzählst. Dieses

Geheimnis ist der Grund für eine weltweite Konspiration, und die ganze Welt muss davon erfahren.«

»Dann erzählen Sie's!«

»Alles zu seiner Zeit.«

»Hören Sie«, sagte Porrig. »Das ist alles sehr faszinierend, und ich würde zu gerne dieses große Geheimnis von Ihnen erfahren, wenn es wirklich wahr ist. Aber ich bin nicht ganz sicher, was von alledem ich glauben soll und was nicht...«

»Glaub das hier«, sagte der Alte und zog die alte glänzende Schnupftabaksdose aus der Weste, die er Porrig bereits im Zug gezeigt hatte. »Das hier ist die Wahrheit. Die Feder vom Flügel des Engels. Ich bin dazu verdammt, über diesen Planeten zu wandern, bis ich ihn gefunden und ihm die Feder zurückgegeben habe. Das ist der Fluch, mit dem ich belegt wurde.«

»Ich wüsste nicht, wieso Unsterblichkeit ein Fluch sein sollte.«

»In deinem Alter kannst du das auch noch nicht wissen, Porrig. Aber ich gehe nun auf die Zweihundert zu. Es schmerzt, Porrig. Es schmerzt. Mir tut alles weh.«

»Das tut mir Leid.«

»Danke. Während meines langen Lebens habe ich mehr gesehen, als ein normaler Mensch sehen sollte. Wir sind nicht dazu geschaffen, so lange zu leben, Porrig. So viel zu sehen. Ich will nur noch ausruhen. Ich habe mein Bestes getan, um meine Sünden wieder gutzumachen. Als ich deinen Onkel kennen lernte und die Gefahr dessen sah, was er im Begriff stand zu tun, versuchte ich ihm zu helfen. Doch er wollte keine Vernunft annehmen, und nun ist er tot, und ich bin allein. Allein, bis auf dich, Porrig.«

»Warum ich?«, fragte Porrig.

»Weil du der Nutznießer des Testaments bist, das dein Onkel verfasst hat.«

»Ich war nicht einmal geboren, als er starb.«

»Nein, aber er wusste, dass du geboren werden würdest. Er hat es selbst so verfügt. Hier unten kann man das, weißt du?«

»Ich bin völlig durcheinander«, sagte Porrig. »Wo genau sind wir hier überhaupt? Das haben Sie mir immer noch nicht gesagt.«

»Rippington hat es dir verraten, Porrig. ALPHA 17. Die ...«

»Siebzehnte Alphonische Wastndasfürnname.«

»Es stellt alles hier drin.« Der Alte winkte, und in Porrigs Hand materialisierte ein Buch. Es war ein größeres Buch als das kleine große Buch auf dem Tisch, aus dem Rippington gelesen hatte. Aber nicht so groß wie einige der großen großen Bücher, an denen Porrig auf seinem Weg durch diese Siebzchntc Alphonische Wastndasfürnname vorbeigekommen war. Sozusagen.

»Das Geheimnis steht hier drin?«, fragte Porrig.

»Alles steht dort drin, Porrig. Alles über mich und über diesen Ort hier und über das, was du für mich tun sollst. Ich habe sehr viele Mühen auf mich genommen, um alles für dich vorzubereiten. Ich hoffe doch, du wirst mich nicht enttäuschen.«

»Ich weiß aber immer noch nicht, was ich für Sie tun soll.«

»Ich möchte, dass du ein Comicbuch zeichnest und druckst und veröffentlichst. Ich möchte, dass das Geheimnis unter der Jugend der Welt verbreitet wird. Ich will nicht, dass noch eine Generation in Unwissenheit lebt.«

Porrig klappte das Buch auf.

»Nein«, sagte der Alte. »Nicht hier. Du kannst es lesen, wenn du wieder oben in deinem Laden bist. Und pass gut darauf auf.«

»Einverstanden, mach ich«, sagte Porrig. Er steckte das Buch ein. »Kann ich jetzt gehen?«

»Selbstverständlich. Wir haben für den Augenblick genug geredet. Du wirst das Buch lesen, und dann reden wir weiter, einverstanden?«

»Einverstanden.« Und Porrig schüttelte dem alten Knacker die Hand.

»Aua!«, sagte der Alte.

»Tut mir Leid«, sagte Porrig.

Der alte Knacker führte Porrig aus dem Raum durch mehr vom Gleichen: Korridore, Galerien über Galerien, Räume voller Bücher et cetera. Doch Porrig gewöhnte sich allmählich daran. Er tat, als folgte er dem Alten nicht, und als er genug hatte (was ziemlich bald der Fall war), fragte er: »Sind wir bald da?«

»Wärst du gerne bald da?«

»Ja, wäre ich.«

»Nun, dann sind wir da.«

Sie standen vor einer kleinen Tür. »Du musst dich bücken«, sagte der Alte.

»Und diese Tür kommt unter dem Laden raus?«

»Nein. Ich denke, sie kommt auf dem Pier raus.«

»Sie *denken*?«

»Ich bin einigermaßen sicher.«

»Käsus von Nazareth!«, sagte Porrig.

»Dein Ton«, sagte der Alte. »Und jetzt mach, dass du verschwindest, wir wollen schließlich nicht, dass man dich sieht.«

Der Alte öffnete die Tür, und Porrig duckte sich hindurch. Eine kühle Brise empfing ihn auf der anderen Seite. Es roch nach Meer.

Es roch nach Wirklichkeit.

»Wir sehen uns dann«, sagte Porrig.

»Ich bleibe in deiner Nähe. Ich ...« Ein gewaltiger Knall unterbrach den Alten. »Geh schon, rasch! Ich sehe nach, was das war.«

Porrig drückte sich nach draußen und fand sich unter dem Pier von Brighton wieder. Es war eine schöne, mondhelle Nacht, auch wenn es ein wenig kühl war.

Porrig nahm einen tiefen Atemzug von Ruhe und Frieden, und etwas raschelte unter seinen Füßen.

»Ratte!«, kreischte Porrig und machte einen Satz. »Ich werde dir ...!« Doch die kleine Tür schloss sich, und dann war da nur noch Wand.

»Warte nur, wenn ich dich sehe«, sagte Porrig.

Er schlug den Kragen seiner Jacke hoch und marschierte am Ufer entlang und die Treppe hinauf zur Promenade. Es war fast zwei Uhr morgens, und die Promenade lag leer und verlassen. Porrig marschierte ein wenig schneller.

Zurück zu seinem Laden und hinein in sein Bett war alles, was er jetzt noch wollte. Eine Tasse Entkoffeinierten und dann im Buch des alten Knackers schmökern.

Und was dann?

Porrig schüttelte den Kopf. Das Geheimnis? Das große Geheimnis? Das große Geheimnis, das er, Porrig, der Welt enthüllen sollte?

»Has'n bisschen Kleingeld, Kumpel?« Die Stimme kam aus einem Eingang. Porrig hielt den Kopf gesenkt und marschierte rasch weiter.

»Hey, Kumpel! Ich hab dich was gefragt!«

»Ich hab nichts«, antwortete Porrig. »Bitte lassen Sie mich in Ruhe.«

Der Kleingeldschnorrer sprang aus dem Eingang. Er war ein ziemlich großer, kräftiger Schnorrer und darüber hinaus ziemlich betrunken. Er stolperte hinter Porrig her. »Halt, warte, Kumpel!«, rief er. »Nur ein bisschen Kleingeld! Für eine Tasse Tee.«

»Ich hab nichts«, wiederholte Porrig und erhöhte seine Geschwindigkeit.

»Jede Wette, dass du was hast, Kumpel.« Und mit diesen Worten war der Schnorrer über ihm.

Porrig wurde von hinten gepackt, die Arme an die Seiten gepresst, und er strampelte und trat um sich. »Lass mich los! Lass mich in Frieden!« Der Schnorrer stieß ihn zu Boden, und Porrig rollte in den Rinnstein. Noch sah er keine Sterne. »Lass mich in ...«

Der Schnorrer trat zu.

Er trat und trat und trat nach Porrig. Porrigs Betteln um Gnade und Erbarmen verhallte ungehört in der Nacht. Als der Treter des Tretens müde wurde, hörte er zu treten auf und durchwühlte Porrigs Taschen. Er stahl seine Geldbörse und das wenige Wechselgeld, das Porrig bei sich führte.

Und er stahl das Buch des alten Knackers.

Damit torkelte er in die Dunkelheit einer Seitengasse davon und ließ Porrig blutend und allein zurück.

Porrig lag im Rinnstein und sah Sterne, ein Bündel Elend, ungeliebt, verlassen. Ganz allein.

Nicht ganz allein.

Denn unter einem geparkten Fahrzeug ganz in der Nähe hatten zwei blaue Katzenaugen alles beobachtet.

Nun kroch der Besitzer dieser Augen aus seinem Versteck hervor und richtete sich auf. Zwei kleine graue Füße am Ende zweier spindeldürrer grauer Beine, zwischen denen ein schmächtiger Rubbeldödel baumelte.

»Das also ist der Himmel«, sagte Rippington. »Ich kann nicht sagen, dass ich sonderlich beeindruckt bin.«

Und nachdem er Porrig prüfend beschnüffelt hatte, folgte er dem Schnorrer auf schlurfenden kleinen Füßchen hinein in die dunkle Gasse.

Genau wie eine Ratte.

# 11

Porrig lag im Koma, ganz allein in einem grauenhaften kleinen Zimmer im Brighton General Hospital. Niemand kam vorbei, um ihn zu besuchen.

Nie-mand.

Kein einziger Rockstar, keine Sportberühmtheit, nicht einmal eine Fernsehmoderatorin, obwohl sie es in ihren Verträgen stehen haben. O ja. Sie müssen es tun, wenigstens einmal im Jahr, wenn erforderlich. Und sie weigern sich niemals, weil, wenn sie es täten und die Leute würden es herausfinden, dann wäre das das Ende ihrer Karriere.

Aber sie müssen es nur für Kinder tun. Nie für Erwachsene. Es wäre keine Meldung, wenn sie es für Erwachsene täten. Es würde nicht in diesen hübschen kleinen Slot am Ende der Sechs-Uhr-Nachrichten passen, von wegen Menschlichkeit und so. Und es würde sie keine Stufe weiter bringen auf der Treppe zum Adelsstand.

Deswegen kam niemand Berühmtes vorbei, um Porrig zu besuchen. Niemand kam vorbei, um seine Hand zu halten und ihm leise vorzusingen oder ihm Geschichten zu erzählen, während Kamerateams die Szene filmten. Porrig war einfach ganz allein sich selbst überlassen in seinem Koma.

Er schmorte ganz allein in seinem Saft und haderte mit seinem Schicksal.

Weil er nämlich, wie es häufig der Fall ist bei komatösen Patienten, alles und jedes hören konnte, was um ihn herum vorging, auch wenn er nicht imstande war zu antworten. Was, wenn man es genau betrachtet, ziemlich schrecklich sein muss. Erst recht, wenn man das zu hören bekommt, was Porrig genau in diesem Augenblick zu hören bekam.

»Wie lange liegt er nun schon so?«, fragte der Doktor.

»Acht Tage«, antwortete die Krankenschwester.

»Und keinerlei Reaktion?«

»Absolut keine.«

»Und ansonsten ist sein Zustand stabil?«

»Ausgezeichnet. Seine Rippen heilen gut, und er hat keine inneren Verletzungen erlitten.«

»Also ein hervorragendes Exemplar. Und seine Identität ist unbekannt?«

»Wir haben die obligatorischen Photos in *The Big Issue* veröffentlicht. Niemand hat sich gemeldet und ihn als Angehörigen identifiziert.«

»Dann haben wir unsere vertraglichen Verpflichtungen erfüllt. Noch ein Tag, und er gehört uns.«

»Uns, Doktor?«

»Er wandert in die Organbank, Schwester. Augen, Herz, Lungen, Leber.«

»Aber er lebt noch. Vielleicht erholt er sich wieder.«

»Ich bin sogar sicher, dass er sich erholen würde, wenn wir ihm lange genug Zeit und Pflege zuteil werden lassen. Aber Krankenhäuser müssen sich heutzutage selbst finanzieren.«

»Vermutlich haben Sie Recht, Doktor. Trotzdem, es ist eine Schande.«

»Er ist doch nur ein Stadtstreicher, Schwester. Ein Niemand. Ich glaube nicht, dass er irgendwann in seinem Leben etwas Weltbewegendes leisten wird, glaube ich?«

»Ich glaube nicht, glaube ich.«

»Sein Ableben wird nicht nur ein Bett freimachen, sondern dem Krankenhaus wenigstens fünfzigtausend Pfund einbringen.«

»So viel?«

»Selbstverständlich. Wir werden seine Organe an Privatkliniken versteigern. Irgendjemand Reiches und Berühmtes und Wichtiges wird eine hübsche Summe für seine Organe zahlen.«

»Das ist tröstlich, ist es.«

»Selbstverständlich ist es das. Also lassen Sie ihm einen weiteren Tag, und wenn es keine Anzeichen einer Genesung gibt, knipsen Sie ihn aus.«

»Werden Sie die Entlassungspapiere unterschreiben, Doktor?«

»Nein, die unterschreiben Sie, Schwester. Ich muss in die Kinderabteilung. Carol Vordermann kommt vorbei und besucht ein kleines blondhaariges komatöses Mädchen. Ich muss vorher unbedingt noch in die Maske und mein Make-up nachziehen, muss ich.«

»Hals- und Beinbruch, Doktor.«

»Danke, Schwester. Und noch eine Sache.«

»Ja, Doktor?«

»Vergessen Sie nicht, das Krankenzimmer hinter sich abzusperren. Wir wollen schließlich nicht, dass sich der unglückselige Vorfall vom letzten Monat noch einmal wiederholt, wollen wir nicht?«

Und mit diesen Worten wurde Porrig sich selbst überlassen und bekam Gelegenheit, richtig ausgiebig mit seinem Schicksal zu hadern, bekam er nicht?

Nur ein Stadtstreicher, eh? Irgendein Niemand, eh? Einer, der niemals etwas wirklich Weltbewegendes zustande bringt, eh? Er wandert in die Organbank, eh? Und überhaupt, was war der unglückselige Vorfall vom letzten Monat?

Eh?

Porrig stöhnte innerlich. Er hatte die Nase wirklich gestrichen voll, hatte er.

Am neunten Tag seines Krankenhausaufenthalts wendeten sich die Dinge zu Porrigs Gunsten. Er erwachte nicht aus seinem Koma oder etwas in der Art – so gut wendeten sie sich nun auch wieder nicht –, aber sie wendeten sich zum Guten.

Um sechs Uhr morgens schrillte der Feueralarm los.

Porrig seufzte beträchtlich beim Klang des Alarms. Lebendig geröstet zu werden war nicht unbedingt die Art von Tod, die er sich ausgesucht hätte. Wie die meisten Männer favorisierte er das Erschießen durch einen eifersüchtigen Ehemann, während er in den Armen eines Seite-drei-Girls-im-süßen-Alter-von-siebzehn-Jahren überrascht wurde. Aber das Leben kann richtig gemein sein. Vom Schicksal einmal ganz abgesehen. Der Feueralarm schrillte jedenfalls los.

Krankenschwestern hasteten zielstrebig umher, hauptsächlich in Richtung der Kinderabteilung. Doktoren kamen entschlossenen Schrittes an Porrigs Tür vorbei. Wer von den Kranken noch gehen konnte, humpelte in Richtung der Notausgänge.

Porrig lag mutterseelenallein in seinem Bett. Er war mutterseelenallein im ganzen Krankenhaus. Das ist verdammt noch mal wieder typisch!, dachte er. Und ich soll fünfzig Riesen wert sein!

Doch dann hörte er Leute hantieren, und er wurde aus dem Bett gezerrt, mitsamt allen Schläuchen und Anschlüssen auf eine Rollbahre geworfen, mit einem großen weißen Laken zugedeckt und rumpelnd durch die Tür auf den Gang geschoben, durch eine weitere Tür und eine dritte.

Porrig spürte die Kühle des Parkplatzes, dann weiteres Rumpeln, dann eine Art Zusammengefaltet- und Eingezwängtwerden in einen beengten Raum und dann eine Menge Bewegung.

Porrig lag sprachlos, die Knie unter dem Kinn, in einem dunklen, muffigen Raum, der sich bewegte. Eine Weile später endete die Bewegung, weitere Aktivitäten ringsum, ein wenig Getragenwerden, Türöffnen, Treppenhinaufschleifen und Auf-ein-Bett-werfen, wo er einmal mehr allein zurückgelassen wurde.

Käsus von Nazareth!, dachte Porrig. Jede Wette, dass ich im Sektionssaal bin.

»Ich weiß nicht, was das da sein soll«, hört Porrig eine Stimme sagen, »Aber du bist nicht ein einem drin.«

Ich bin nicht allein!, dachte Porrig.

»Nein, bist du nicht«, antwortete Rippington.

Du bist es!

»Ich bin es.«

»Und ich«, sagte eine weitere Stimme.

Wok Boy, dachte Porrig.

»Das ist er«, sagte Rippington. »Du kannst mit ihm reden«, sagte er zu Wok Boy. »Er kann dir nicht antworten, aber er kann dich hören und verstehen. Ich kann seine Gedanken lesen.«

»Wie geht es dir?«, fragte Wok Boy.

Rippington lauschte angestrengt in sich hinein. »Er sagt, er ist ein einem beschissenen Koma, was glaubst du wohl, wie es ihm geht?«

»Undankbarer Drecksack«, sagte Wok Boy. »Ich hätte ihn im Krankenhaus lassen sollen.«

Rippington lauschte. »Er sagt, es tut ihm Leid. Aber wie kommt es, dass du ihn rausgeholt hast und dass ich jetzt hier bin?«

»Ich hab dein Photo in *The Big Issue* gesehen. Ich wusste, was sie mit dir tun würden, wenn du nicht aufwachst. Ich hab letzten Monat schon mal einen befreit. Was diesen Kleinen hier angeht, sag es ihm selbst, Rippington.«

»Ich bin dir aus ALPHA 17 gefolgt«, sagte der Zwerg. »Und es gefällt mir nicht hier. Ich will nach Hause. Ich bin durch die Katzentür in dein Haus gegangen. Ich kannte deine Adresse, weil ich gehört hab, wie du daran gedacht hast, als ich dir zum ersten Mal begegnet bin. Wok Boy hat in deinem Bett geschlafen. Als er mich sah, hat er sich vor Angst fast in die Hosen geschissen.«

»Und er hat das Buch wieder mitgebracht, das der alte Knacker dir gegeben hat. Er hat es dem Bastard weggenommen, der dich zusammengetreten hat.«

»Das hab ich«, sagte Rippington. »Ich bin so ein netter Bursche.«

Wok Boy beugte sich über Porrig. »Was sagt er jetzt?«, fragte er.

»Er sagt irgendwas von fadenscheinigem Gefasel, und er glaubt nicht ein Wort von alledem.«

»Meinst du, dass er aus seinem Koma aufwacht, wenn ich ihm ein paar Mal auf den Kopf schlage?«

»Einen Versuch wäre es wert«, sagte Rippington.

Und so kam es, dass Wok Boy Porrig auf den Kopf schlug.

»Und?«, fragte Wok Boy. »Hat es funktioniert?«

»Bis jetzt nicht«, antwortete Rippington. »Obwohl er jetzt sagt, dass er jedes Wort von unserer Geschichte glaubt. Und er will wissen, ob du das Buch von dem alten Knacker gelesen hast.«

»Nun, ich hab mal reingesehen, ja.«

Rippington lauschte einmal mehr Porrigs Gedanken.

»Was sagt er?«, wollte Wok Boy wissen.

»Nichts Nettes«, antwortete Rippington. »Aber er möchte wissen, was drinsteht.«

»Sag du es ihm. Du hast es auch gelesen.«

Rippington schlug die Hände vor die Ohren. »Das ist überhaupt nicht nett!«, beschwerte er sich. »Sehr unhöfliche Worte sind das! Ich gehe nach unten und lese noch eins von diesen Comicbüchern. Du kannst ihm inzwischen alles über das Buch erzählen.«

Rippington raschelte davon wie eine Ratte. Wok Boy setzte sich an Porrigs Bett. Porrig zuckte innerlich zusammen, als Wok Boy sich zurechtrückte und Porrigs Bein zur Seite schob.

»Also schön, Zeit für eine Geschichte«, sagte Wok Boy. Er zog das Buch des Alten aus der Tasche und hielt es Porrig vor die Nase. »Siehst du das?«, fragte er. »Nein, natürlich nicht. Du hast ja die Augen geschlossen. Aber es großartig, dieses Buch. Absolut hammergeile geheime X-Akten. Ich erzähl dir die Kurzfassung, weil ich eine Verabredung im Pub auf der anderen Straßenseite hab, mit dieser Kellnerin. Erstaunliche

Titten, wenn du mich fragst. Sie arbeitet auch bei Phurz-Backe, auf Teilzeitbasis.«

Porrig stöhnte innerlich.

»Also«, fuhr Wok Boy fort. »Zuerst haben wir hier den ganzen Standard-Science-Fiction-Kram. Welten innerhalb von Welten, du kennst das alles. Wir sind nicht allein auf diesem Planeten. Wir teilen unseren Raum mit einer fast unendlichen Zahl weiterer Realitäten, aber alle funktionieren auf verschiedenen Frequenzen, deswegen können wir sie in der Regel nicht sehen, und sie können uns nicht sehen. Alle paar Jahre mal überschneiden sich die Bedingungen, und wir erhaschen einen Ausblick auf die anderen. UFOs, Geister, Dämonen, Engel, das Ungeheuer von Loch Ness, Bigfoot und der Yeti.

Offen gestanden, ich hätte das alles für ausgemachten Mist gehalten, wenn ich nicht Rippington begegnet wäre. Aber so ist das eben. Ich hoffe, du kannst mir folgen.«

Porrig konnte ihm folgen, obwohl er innerlich tat, als könnte er nicht. Stattdessen stöhnte er noch ein wenig mehr.

»Kommen wir zur Magie. Und ich meine damit richtige Magie, nicht irgendeinen faulen Bühnenzauber. In unserer Realität gibt es keine Magie, deswegen vollführen schwarze Zauberer kunstvolle Rituale, um Entitäten aus ihren eigenen Realitäten heraufzubeschwören, die dann böse Dinge für sie tun müssen. Sie beschwören sie aus einer separaten Realität herauf, in der Magie tatsächlich existiert. Meistens funktioniert es nicht, Gott sei Dank, aber manchmal...« Boing! Wok Boy schlug Porrig gegen den Kopf. »Hörst du mir zu?«

Unter den Lidern verdrehte Porrig die Augen.

»Dein Onkel jedenfalls«, fuhr Wok Boy fort. »Apocalypso Der Wunderbare. Ein Schwarzer Magier. Sie haben ihn aus den Magischen Zirkeln geworfen, weil er geschummelt und echte Magie benutzt hat. Der alte Knacker war sein Assistent und versuchte ihn davon zu überzeugen, dass er die Finger davonließ, aber Apocalypso wollte nicht auf ihn hören, und ...« Boing! Der nächste Schlag an den Kopf. »Jedenfalls, Faust, Kumpel. Dein Onkel hat mit seiner eigenen Seele bezahlt.«

Porrig grübelte verbittert darüber nach, wie Wok Boy bezahlen würde. Schwer, beschloss er.

»Kommen wir zum Rest der Geschichte«, fuhr Wok Boy fort, »und ich kann dir sagen, das ist das Beste. Der Grund, aus dem der alte Knacker dieses Comicbuch von dir möchte. Dein Onkel hat es mit seinen Ritualen geschafft, jene anderen Realitäten anzuzapfen, aber er war zu gierig auf Kohle und hat mehr aus ihnen genommen, als er zurückgetan hat. Man muss ein Gleichgewicht erhalten, weißt du, weil alle gierig darauf sind, Kohle zu machen, ganz gleich, aus welcher Realität sie kommen. Das ist es, was man eine universelle Wahrheit nennt, schätze ich. Na ja, jedenfalls, nachdem dein Onkel ziemlich auf die Schnauze gefallen ist, hat der alte Knacker versucht, alles wieder in Ordnung zu bringen. Er hat die Unterlagen von Apocalypso zerstört und so weiter. Was er nicht wissen konnte – dein Onkel hat eine Kopie von allem an seine Schwester geschickt. Deine Mum, Porrig.

Die Jahre vergehen, und der alte Knacker lebt in ALPHA 17 (weil er weiß, wie das Ritual funktioniert und wie man sich von einer Realität in die andere begibt). Er hat ein paar mächtige Probleme wegen irgendeiner Engelsfeder, die er zu lösen versucht, aber hier drin steht nicht genau, was für Probleme das sind. Also, jedenfalls lebt er in ALPHA 17, und eines Tages findet er heraus, dass irgendjemand Zeugs klaut. Irgendjemand aus dieser Realität hat sich Zutritt zu jener Realität verschafft. Der Alte lauert ihm auf und folgt ihm und erlebt eine mächtige Überraschung.

Er findet nämlich heraus, dass in London ein spezielles Ministerium eingerichtet wurde. Ein Ministerium für das Paranormale, und die Leute, die dort arbeiten, machen Geschäfte mit Leuten und Sachen aus den anderen Realitäten. Alle versuchen Kohle zu machen, wie ich schon sagte. Der Alte ist ziemlich entsetzt, erst recht, als er herausfindet, dass dieses Ministerium praktisch das Zentrum der Macht dieser Welt ist. Und wer leitet dieses Ministerium, eh?« Wok Boy versetzte Porrig einen schmerzhaften Stoß in die mitgenommenen Rippen. »Du kommst nie drauf, wenn ich es dir nicht sage, jede Wette. Deswegen sage ich es dir. Die Person, die das Ministerium leitet, das Ministerium für Glückliche Zufälle oder MinfGZ, wie es auch genannt wird, ist die Person, der deine Mum den Brief von ihrem Bruder gezeigt hat. Die Person hat das Ritual für sich ausprobiert, die Möglichkeiten erkannt, sich damit an die Regierung gewandt, zum Besten der Nation versteht sich, und jetzt sitzt sie dort auf dem ultimativen Sitz der Macht und lenkt so gut wie verdammt alles.

Sie ist dein Dad, Porrig. Dein Dad.«

Wok Boy grinste auf Porrig herab. »Und? Was sagst du dazu?«

Was Porrig genau dazu zu sagen hatte, können wir

an dieser Stelle nur raten. Doch dass es absolut nichts auch nur annähernd Lustiges war, ist bestimmt nicht weit vorbei geraten.

»Der alte Knacker möchte, dass du deinen Dad bloßstellst«, fuhr Wok Boy fort. »Ihn und sein Ministerium. Dass du der Welt verrätst, wer hinter allem steckt. Kein Verleger wird diese Geschichte anfassen, keine Zeitung und kein Fernsehsender. Das Ministerium kontrolliert sie alle. Aber eine private Produktion, kunstvolle Arbeit auf bestem Papier, die die ganze Geschichte erzählt, könnte den jungen Menschen die Botschaft übermitteln. Die Jugend von heute nimmt Comicbücher sowieso ernster als Zeitungen. Na ja, das war's dann auch schon.« Wok Boy erhob sich von Porrigs Bett. »Das war die Kurzfassung. Sämtliche Einzelheiten stehen in deinem Buch, du kannst sie nachlesen, wenn du aufgewacht bist. Ich würd dir ja gerne alles vorlesen, aber ich hab noch andere Sachen zu erledigen, wenn du weißt, was ich meine.«

Wok Boy beugte sich vor und versetzte Porrigs empfindlichen Testikeln einen freundlichen Klaps, dann verließ er das Zimmer, und Porrig war wieder einmal ganz allein.

Keine Rockstars, keine Sportberühmtheiten, keine Fernsehmoderatorinnen.

Ganz allein. Er haderte mit seinem Schicksal.

Und verfluchte den Namen von Augustus Naseby.

Innerlich natürlich.

# 12

Augustus Naseby, innerlich verflucht doch äußerlich gesund und munter, lungerte im Sitz der Macht auf dem schrillbunten Teppich auf dem Boden seines kleinen Büros im Ministerium für Glückliche Zufälle unterhalb der Mornington Crescent U-Bahn-Station.

Die Station selbst war seit Jahren geschlossen. Genau genommen war sie niemals offen. Fragen Sie, wen Sie wollen. Fragen Sie: »Waren Sie je mit der U-Bahn in Mornington Crescent?« Bestimmt sagte irgendein Schwätzer »Ja«, aber er lügt.

Warum war die U-Bahn-Station eigentlich niemals geöffnet? Und warum liegt das Ministerium für Glückliche Zufälle ausgerechnet unter dieser U-Bahn-Station?

Gute Fragen. Relevante Fragen – und deswegen sollen sie auch beantwortet werden.

Erlauben Sie mir zu erklären.

Wie Sie alle wahrscheinlich wissen oder auch nicht, gilt das Londoner U-Bahn-System allgemein als das beste seiner Art weltweit.

Sicher, es gibt die Pariser Metro mit ihrer fabelhaften *Art Nouveau* oder die Tokioter U-Bahn mit ihren Sarinwolken und natürlich auch die New Yorker mit ihren Schlägern und Junkies, aber die Londoner U-Bahn hat ihre ganz besondere eigene Magie.

Es ist eine Magie, von der die meisten Leute überhaupt nichts wissen. Sie mögen ihr ganzes Leben mit der Londoner U-Bahn fahren und bemerken es doch niemals. Sie mögen vielleicht etwas von der Rasse von Troglodyten wissen, die dort unten lebt, Abkömmlingen gefangener viktorianischer Eingeborener. Sie mögen wissen, dass die Regierung regelmäßig neue Stämme von Erkältungsviren in den Waggons testet. Und sie mögen vielleicht sogar wissen, dass der Geist von Jack the Ripper dort unten haust und so genannte Selbstmörder vor Züge stürzt. Aber von der Magie wissen sie ganz bestimmt nichts.

Und warum wissen sie nichts davon?

Weil es ein Geheimnis ist, darum. Gehütet vom Ministerium für Glückliche Zufälle.

Betrachten Sie, wenn Ihnen danach ist, die Karte der Londoner U-Bahn. Es ist eine sehr schicke Karte, und sie hat zahlreiche Designpreise gewonnen. Doch die Karte verbirgt weit mehr, als sie enthüllt. Selbstverständlich zeigt sie Ihnen die Abfolge der Stationen, aber sie zeigt Ihnen nicht, wo sich diese Stationen tatsächlich befinden.

Erlauben Sie mir zu erklären.

Die Karte besteht nur aus geraden Linien – abgesehen von der Circle Line, und selbst die Circle Line ist nicht als Kreis eingezeichnet. Wenn sie eine großmaßstäbliche Straßenkarte von London entfalten und darauf alle U-Bahn-Stationen markieren, um anschließend diese Punkte miteinander zu verbinden, kommt ein eigenartiges Muster an den Tag. Eine Reihe merkwürdiger, fast kabbalistischer Symbole.

Der Grund dafür ist darin zu suchen, dass der Ort jeder einzelnen Station sorgfältig von einer Reihe viktorianischer Ritualmagier ausgewählt wurde, die sich in der Kunst der Geomantie auskannten und für die damalige Regierung arbeiteten. Die Londoner U-Bahn folgt dem Verlauf der großen Ley-Linien, und die Stationen befinden sich an Knotenpunkten, wo gewisse Erd-Energien freigesetzt werden, die dadurch in die Metropole gelangen. Im genauen Zentrum des gesamten Systems befindet sich Mornington Crescent, und genau in Richtung dieser Station fließen die kanalisierten Energien wie Wasser, das durch einen Abfluss fließt.

Verstehen Sie, wir Briten hatten einst ein Imperium, das über zwei Drittel der Welt geherrscht hat. Und wie hat es das? Durch Magie, genau.

Und was geschah dann? Später? Irgendein Trottel hinter einem Schreibtisch in Whitehall beschloss, dass Magie den britischen Sinn für Fairness verletzt. Und so verloren wir unser Imperium.

Es fällt nicht schwer sich vorzustellen, wie aufgeregt eine spätere Regierung gewesen sein muss, als Augustus Naseby auf ihren Treppen erschien und einen Plan unterbreitete, wie man dieses Imperium wieder errichten konnte.

Doch wie genau sah sein Plan aus, mögen Sie durchaus berechtigt fragen, und wie wollte er ihn in die Tat umsetzen?

Nun, da heute Dienstag ist und das Ministerium für Glückliche Zufälle Dienstags stets seine speziellen Treffen abhält – warum horchen wir nicht einfach hinein und finden es heraus?

Augustus Naseby erhob sich von seinem Stuhl, in dem er gelungert hatte, und zog die Kleidung und den Fez eines Ägypters über. Die Verkleidung als Ägypter war ein wichtiger Bestandteil der dienstäglichen Treffen. Doch da ihre Bedeutung ein sorgsam gehütetes Geheimnis darstellt, wäre es nicht angebracht, dieses hier auszuplappern.

Nachdem er umgezogen und fertig war, machte sich Augustus auf den Weg durch einen Korridor von beträchtlicher Länge, der ihn nach beträchtlicher Zeit zu dem großen Konferenzraum führte, in dem die Treffen abgehalten wurden.

Es war ein beträchtlicher Konferenzraum, von wirklich beträchtlicher Größe. So groß wie, sagen wir, das Wembleystadion vielleicht. Oder wenn das zu groß ist, dann ein wenig kleiner. Der gesamte Raum war mit Eichenpaneelen getäfelt, wie das mit solchen Räumen nun einmal so ist, und er war mit einem Tisch von so beträchtlicher Länge ausgestattet, dass er in der Ferne zu verschwinden schien.

Augustus setzte sich an das Kopfende des Tisches. Ohne die Hilfe eines Teleskops (so etwas führte Augustus niemals mit sich) konnte er nicht wissen, wer oder was am Fußende saß.

Augustus schlug einen kleinen Messinggong, was zu einem Geräusch wie von einer Katze in einer Mangel führte, und rief zur Tagesordnung.

»Tagesordnung!«, rief er.

Manch ein Gesicht wandte sich ihm zu. Manch ein Gesicht von manch einer Form und manch einer Farbe. Manch ein sehr großes und manch ein sehr kleines Gesicht. Einige dazwischen waren nur unter beträchtlichen Schwierigkeiten einzuordnen. Sozusagen.

»Also«, sagte Augustus. »Bevor wir dieses Treffen beginnen und um alle zu informieren, die bisher noch nicht dabei waren, das eine oder andere Wort, worum es hier eigentlich geht.«

Köpfe nickten nachdenklich. Große, kleine und schwierig einzuordnende.

»Wir vom Ministerium für Glückliche Zufälle kümmern uns um das Geschäft. Wir planen die Nachrichten der nächsten Woche, wir planen, was nächstes Jahr in Mode sein wird, wir berühmt wird und wie lange und warum.

Und warum tun wir das alles? Weil es irgendjemand schließlich tun muss. Wenn wir den Politikern und den Führern dieser Welt (die auch nichts anderes sind als Politiker) erlauben würden, es zu tun, wüsste bald niemand mehr, wohin das alles führt. Als ich in den sechziger Jahren hier das Kommando übernahm, war mein Auftrag ganz einfach. ›Bringen Sie das Chaos wieder in Ordnung, in dem sich die Welt befindet, Augustus‹, sagte der Premierminister zu mir, und genau das habe ich getan. Das Chaos in Ordnung gebracht, in dem sich die Welt befindet. Oder sollte ich sagen – in dem *die Welten* sich befinden?«

Seine Worte wurden von viel Applaus unterbrochen. Was bedeutet, dass es etwas zu bedeuten hatte.

»Sie alle haben Ihre Probleme«, fuhr Augustus fort. »Sie wissen das, und ich weiß das. Wesen aus einer Realität wünschen sich etwas, das Wesen aus einer anderen Realität haben, und so weiter und so fort. Ich agiere als Vermittler und Broker und trage dafür Sorge, dass jeder und jedes seinen gerechten Anteil erhält.«

Noch mehr Applaus. Händeklatschen und Klatschen von Dingern, die als Hände durchgingen.

»Als ich vor all diesen Jahren das Ritual vollführte, welches mich in die Lage versetzte, von einer Realität in die andere zu wechseln, im Geist des Friedens, als Fremder in einem fremden Land, da tat ich das in der Hoffnung, wir würden einen Weg finden, in Harmonie zu koexistieren. Sie als die erwählten Repräsentanten Ihrer jeweiligen Realitäten treffen sich jeden Dienstag hier mit mir, so dass wir kleine Differenzen beilegen und frei und vertrauensvoll miteinander Handel treiben können.«

Der Applaus und das Händeklatschen nahmen noch einmal an Vehemenz zu. Einige riefen: »Hört, hört!«

Eine riesige Made in einem roten Fez erhob sich auf den Hinterleib.

»Herr Vorsitzender!«, rief sie mit einer Stimme, die an das Geräusch zweier in einem Kondom miteinander kämpfenden Frettchen erinnerte, »Herr Vorsitzender, Ihre Fairness und Großzügigkeit sind uns wohl bekannt. Die Leute aus meiner Realität, Insektenwelt, möchten diese Gelegenheit nutzen, Ihnen für all die verfaulten Äpfel zu danken, mit denen Sie uns stets pünktlich beliefern, als Gegenleistung für weiter nichts als ihr Gewicht in nutzlosem Gold!«

Augustus Naseby räusperte sich. »Ah«, sagte er. »Ja. Nutzloses Gold, genau.«

Hände und Dinge, die als Hände durchgingen, machten Klatsch-klatsch-klatsch, und bald erstrahlte der riesige Konferenzsaals im Licht der Lobhudeleien, die sich von fern und nah am Tisch über Augustus ergossen. Lobreden auf Augustus, den Mann, der so selbstlos die Reichtümer seiner eigenen Welt weggab: Kronkorken von Bierflaschen, leere Coladosen, Pferdemist und verdorbenes Kalbfleisch, im Austausch für die Abfälle anderer Realitäten: Gold, Silber, Platin, Diamanten ...

Sehen Sie allmählich das sich entwickelnde Muster?

Augustus Naseby hob die Hände. »Bitte, bitte!«, sagte er. »Genug des Lobes.«

»Mehr als genug!«, rief eine Stimme. »Wenn hier irgendjemand gelobt wird, dann sollte ich derjenige sein!«

Augustus Naseby warf einen zweifelnden Blick in Richtung des Stimmenbesitzers: Eines jungen, heruntergekommen aussehenden Individuums, das sich nun am Tisch erhoben hatte. Es war, soweit Augustus das beurteilen konnte, menschlich – oder besser menschenähnlich.

Seine Augen waren klein, sein Mund war groß, seine Nase irgendwas und irgendwo dazwischen. Auf dem ungewaschenen Kopf trug es einen schmutzigen Fez und eine Weihnachtsbaumlichterkette, die wie ein Dornenkranz gewunden war und die in unregelmäßigen Intervallen an- und ausging. Die Gestalt steckte in einem schlecht sitzenden Anzug, auf dessen Schultern zwei Flügel aus Pappe festgeklebt waren. Diese waren – wie sein Gesicht – mit goldener Sprühfarbe behandelt worden.

»Ah«, sagte Augustus. »Espadrille, Sie sind es.«

»*Engel* Espadrille, wenn ich bitten darf«, sagte Engel Espadrille.

Er war kein sonderlich beeindruckender Engel, nein. Tatsächlich war er überhaupt kein Engel. Er stammte aus einer anderen Realität, die von lauter Typen wie ihm bewohnt wurde. Diese Typen waren eher zufällig für einen oder zwei Augenblicke in diese Realität gestolpert, von irgendwelchen gutgläubigen

Trotteln gesehen worden und wurden seither für die wahren Boten Gottes gehalten. Bis es sich in ihre eigenen Köpfe gefressen hatte, und sie glaubten, wirklich Gottes Boten zu sein. Klingt unwahrscheinlich, sagen Sie? Warten Sie's ab, es kommt noch besser. Alles ist möglich, und wenn alles möglich ist, dann muss es auch in einer anderen Realität existieren.

Das Ministerium für Glückliche Zufälle jedenfalls befand Espadrille und seine Kameraden für äußerst nützlich. Sie waren stets auf der Suche nach falschen Religionen, die sie manipulieren konnten, denn ihrer Meinung nach hielt die »echte« Kirche in der Welt da draußen viel zu viel Macht in den Händen. Und alle Macht der Welt in den Händen zu halten war die Aufgabe des MinfGZ.

Augustus hatte die Dreiundzwanzigste Kongregation von Espadrille als das ganz große Ereignis des nächsten Jahres geplant.

»*Engel* Espadrille«, sagte Augustus. »Wir fühlen uns geehrt, dass Sie uns einmal mehr mit Ihrer Gegenwart beglücken.«

»Ich würde Sie viel häufiger mit meiner Gegenwart beglücken, wenn ich eine Gelegenheit dazu bekäme. Aber mein Name scheint unerklärlicherweise Woche für Woche aufs Neue von der Teilnehmerliste für die dienstäglichen Treffen zu verschwinden.«

»Ich kann mir beim besten Willen nicht erklären, wie das geschehen kann«, sagte Augustus. Die Lüge fiel ihm mit der gleichen Leichtigkeit von den Lippen wie Guano von einer vorüberfliegenden Taube.

»Ja, ich ... ich habe sämtliche erforderlichen Formulare ausgefüllt, und ich verlange zu erfahren, wann ich endlich anfangen kann, meine Anhänger auf einer regelmäßigen Basis zu besuchen.«

»Sie möchten sich manifestieren«, stellte Augustus fest.

»Er möchte das Frauenvolk mit seinem Dödel anrubbeln!« Ein kleiner grauer Kopf tauchte unter dem Tisch auf. Es war ein kleiner grauer Kugelkopf mit ovalen schwarzen Augen, einem winzigen lippenlosen Mund und keiner nennenswerten Nase.

Es war, wie es scheint, ein bekanntes Grau.

»Halt dich da raus, du kleiner Spinner«, sagte der Engel.

»Spinner?«, sagte der Graue. »*Du* nennst *mich* einen Spinner?«

»Genau. Wir alle wissen ganz genau, warum du hier bist.«

»Ach ja? Und warum bin ich hier?«

Der Engel machte eine Geste mit zwei Fingern, die universell verstanden wird.

»Ich verstehe nicht«, sagte der Graue. »Was bedeutet das?«

»Wir alle wissen, was ihr mit den Leuten macht, die ihr entführt.«

»Wir haben eine Genehmigung«, sagte der Graue. »Dreifach, mit dem Stempel des Ministeriums darunter. Für unsere Züchtungsbemühungen.«

»Du meinst wohl euren unkontrollierten Verkehr mit allem, was sich bewegt.«

»Aber er ist lizenziert. Zehntausend menschliche Oberklasse-Spezimen pro Jahr. Freundlicherweise zur Verfügung gestellt von unserem Vorsitzenden Mr. Naseby. Wir müssen nichts weiter tun, als des Nachts herumzugehen und sie in den Haus- und Geschäftseingängen aufzusammeln, wo sie für uns hingelegt wurden.«

Augustus Naseby räusperte sich einmal mehr.

»Außerdem sage ich Folgendes«, der Graue schüttelte eine winzige, knochige Faust. »Wir werden noch hier sein, wenn ihr schon nichts mehr weiter seid als eine Fußnote im Buch der untergegangenen bescheuerten Sekten des zwanzigsten Jahrhunderts.«

»Ich bin nicht bescheuert!«, plusterte sich der Engel auf und streckte die Hühnerbrust heraus. »Ich bin heilig!«

»Und mein Dödel ist Käsus.«

»Meine Herren, bitte!«, sagte Augustus und hob beschwichtigend die Hände. »Es besteht keinerlei Notwendigkeit für ein derart würdeloses Verhalten!«

In diesem Augenblick rauschte ein Schwein durch die Decke.

»Tut mir Leid, wenn ich zu spät komme«, sagte der Eber. »Ich war gerade dabei, mit meiner Sau zu ferkeln, und ihr wisst ja, wie schnell die Zeit vergeht, wenn man sich ein wenig amüsiert. Hab ich was verpasst?«

»Nicht viel«, sagte Augustus.

»Ich hab deinen Sohn letzte Woche gesehen«, sagte das Schwein.

»Meinen Sohn?«, fragte Augustus.

»Genau. Ich kenne ihn von dem Photo, das du auf dein Darts-Board gepinnt hast. Er hat in ALPHA 17 herumgelungert. Er ist nicht so gut im Lungern wie du, Augustus, aber ich bin sicher, er kommt irgendwann noch dahinter.«

»Mein Sohn in ALPHA 17?« Augustus umklammerte sein Herz. »Was hatte er dort zu suchen?«

»Keine Ahnung.« Das Schwein grunzte, wie Schweine

das hin und wieder tun. »Gibt's vielleicht was zu futtern?«, fragte es.

»Ich habe Einwände gegen die Anwesenheit dieses Schweins!«, protestierte der Engel Espadrille. »Hat es überhaupt eine Zutrittsgenehmigung? Außerdem ist es nicht als Ägypter verkleidet!«

»Was ist das für ein Ding auf deinem Kopf?«, fragte das Schwein.

»Meine heilige Krone!«, antwortete der Engel.

»Nein, ich hab nicht die Lichter gemeint. Ich meinte das andere Ding. Sieht aus wie ein Partyeimer von Kentucky Fried Chicken.«

»Das ist mein offizieller Fez.«

»Nein, ist es nicht!«, sagte der Graue. »Das Schwein hat Recht. Es ist ein Partyeimer von Kentucky Fried Chicken.«

»Ja, schön, es ist einer, na und? Irgendein Schwein hat meinen Fez geklaut.«

»Eh! Pass auf, was du sagst, Kerl!«, protestierte das Schwein.

»Dieser Engel ist ein Hochstapler!«, sagte der Graue.

Augustus schüttelte den Kopf. »Ruhe jetzt, alle zusammen!« Er hämmerte mit der Faust auf den endlos langen Tisch und zerquetschte die Made, die gerade ihre Zigarette ausdrücken wollte.

»Kann ich die essen?«, fragte das Schwein. »Ich meine, wenn es schon nichts anderes gibt?«

Augustus wischte sich die klebrigen Finger an seiner ägyptischen Verkleidung ab. »Ich beende dieses Treffen!«, sagte er. »Wir sehen uns alle nächste Woche wieder, gleicher Ort, gleiche Zeit.«

»Das ist nicht fair!«, beschwerte sich der Engel. »Ich will meinen Antrag genehmigt haben!«

»Und Sie...«, Augustus deutete auf Espadrille, »Sie werden nächste Woche einen richtigen Fez tragen, oder man wird Sie nicht mehr hereinlassen.«

»L. Ron Hubbard hat meinen Fez geklaut.«

»Das Treffen ist beendet.«

»Ihr seid ja alle völlig bescheuert«, grunzte das Schwein.

»Und du bleibst noch hier. Ich hab ein Wörtchen mit dir zu reden.«

Augustus ging davon und lungerte sich in eine Ecke. Er winkte dem Schwein, ihm zu folgen. Die verschiedenen Repräsentanten aus den verschiedenen Realitäten entfernten sich auf verschiedene Weisen. Es waren ihrer nahezu zweihundert, obwohl nur vier von ihnen an diesem Tag gesprochen hatten und obwohl einer unglücklich geplättet worden war. Ein kleiner Junge aus irgendeiner Realität, wo kleine Jungen ihren Spinat nicht aufessen müssen und so lange aufbleiben dürfen, wie sie wollen, wollte freundlich überredet werden zu gehen, und er verabschiedete sich erst, nachdem er eine große Tüte Bonbons erhalten hatte.

Eine Reihe Hühner, deren wiederholte Anträge auf temporäre Weltherrschaft abgelehnt worden waren, erleichterten sich auf dem Teppich und verblassten in melancholischer Imagination.

»Also schön«, sagte Augustus zu dem Schwein, »was war das nun mit meinem abscheulichen Sohn in ALPHA 17?«

In diesem Augenblick klopfte es an der Tür.

»Jemand klopft an der Tür«, sagte das Schwein. »Ich hoffe doch, es ist nicht der Dad dieser Made.«

»Wegen meinem Sohn...«

Klopf, klopf, klopf.

»Soll ich aufmachen? Ich könnte sagen, Sie sind beschäftigt. Sie ferkeln gerade mit Ihrer Sau, äh, Verzeihung, Ihrer Frau meine ich.«

Klopf, klopf, klopf, wiederholte sich das Klopfen an der Tür (wiederholt).

»Wir reden später miteinander«, sagte Augustus und duckte sich hinter seinen Stuhl.

Die Tür ging auf, das Schwein hinaus – und drei Männer kamen herein. Es waren zerlumpte Männer. Zerlumpt und abgerissen, weit gereist und mitgenommen. Ihre Achselhöhlen benötigten dringend Seife und ein neues Deo, und ihre Socken ... nun ja. (Das Praktische an Männersocken ist, dass man sie nur selten wechseln muss.)

Der Größte der drei, und er war wirklich sehr groß, warf sich in den nächsten Stuhl und vergrub das Gesicht in den Händen.

Der Jüngste stand mit den Händen in den Taschen da. »Er versteckt sich, jede Wette«, sagte er.

Der im mittleren Alter mit dem weißen struppigen Bart zeigte auf den Stuhl. »Dort ist er«, sagte er. »Er lungert hinter seinem großen Stuhl.«

Augustus erhob sich würdevoll. »Danke sehr, Ma'am«, sagte er. »Bitte schicken Sie mir die Rechnung postalisch zu.«

»Er hat eine Frau hinter dem Stuhl«, sagte der Jüngste. Seine Hände arbeiteten in den Hosentaschen.

»Nein, hat er nicht«, sagte der Weißbärtige. »Er hat herumgelungert, wie üblich.«

»Gentlemen!«, rief Augustus. »Welch eine Überraschung! Danburry, Sie werden verstehen, wenn ich

Ihnen keine Hand schüttle. Dr. Harney, Ihnen schüttle ich selbstverständlich die Hand.« Augustus tat wie gesagt. »Und Sir John! O mein Gott!«

Augustus wich zurück. »Ihr ... Ihr ...«

»Sagen Sie nichts«, warnte Dr. Harney.

» ... Bart«, sagte Augustus.

Sir John Rimmer brach in unkontrolliertes Schluchzen aus.

Der Doktor tröstete ihn. »Nehmen Sie ein Bonbon aus der Tüte hier«, sagte er und tätschelte dem großen Mann die Schulter.

»Was ist geschehen?«, fragte Augustus. »Ihr Zustand ... Sie ... Sie ...«

»Monty der Kopfmann hat seinen Bart geklaut«, berichtete Danburry grinsend.

»Abrasiert?« Augustus fiel kraftlos in seinen Stuhl.

»Abgerissen.« Danburry vollführte eine entsprechende Geste. »Es war ein Falscher. Wir wussten es nicht.«

»Werfen Sie eine Atombombe auf die Insel!«, krächzte Sir John zwischen Schluchzern.

»Wir haben das bereits diskutiert.« Augustus wackelte mit dem dürren Zeigefinger. »Eine Atombombe, um die Kreatur zu töten, kommt überhaupt nicht in Frage.«

»Ich rede nicht von der Kreatur. Ich rede von dem Bastard, der meinen Bart gestohlen hat.«

Danburry rieb sich mit der freien Hand (die er zu diesem Zweck aus der Hosentasche nahm) den Bauch.

»Hören Sie augenblicklich auf zu kichern!«, brüllte Sir John.

»Tut mir Leid«, log Danburry.

»Also, wo ist er?«, fragte Augustus.

»Mein Bart?«

»Nicht Ihr Bart. Der Außerirdische. Das Raumschiff. Mein siebenzackiges Raumschiff, das Sie für mich bergen und hierher bringen sollten. Haben Sie es draußen auf einem Tieflader oder was?«

Dr. Harney schüttelte den Bart. »Nicht genau, nein«, antwortete er.

»Was?«

»Wir stießen auf eine Reihe von Problemen«, sagte Danburry und grinste leer.

»Also schön«, sagte Augustus. »Berichten Sie.«

Danburry öffnete den Mund zum Sprechen.

»Ich berichte!«, sagte Dr. Harney. »Sie können es sowieso nicht, ohne dabei loszulachen.«

Danburry steckte die freie Hand wieder in die Hosentasche. Die andere war immer noch beschäftigt (in der anderen Hosentasche. Die Hand, meine ich).

»Wir sind auf Probleme gestoßen«, berichtete der Doktor. »Die Amerikaner waren vor uns dort und haben die Eingeborenen bestochen. Wir wurden gefangen genommen und mussten hilflos mit ansehen, wie die Amerikaner mit dem siebenzackigen Raumschiff auf einem Fischkutter abgedampft sind.«

»Meine Güte«, sagte Augustus.

»Sir John hat den Kopfmann des Dorfes auf den Kopf gehauen, und der Kopfmann wollte Sir John dafür den Bart abschneiden, aber dann ging er von alleine ab und ...«

»Und ich hab dafür seinen Hund erschossen«, sagte Danburry.

»Genau«, sagte Dr. Harney. »Im allgemeinen Chaos

gelang es uns, in einem Kanu zu fliehen. Später wurden wir von einem Rettungsflugzeug aufgenommen, das eigentlich auf der Suche nach dem verloren gegangenen Fischkutter war.«

»Aber das Flugzeug ist abgestürzt«, sagte Danburry.

»Ja, es ist abgestürzt.« Dr. Harney ballte drohend die Fäuste. »Würden Sie jetzt bitte den Mund halten, Danburry? *Ich* berichte.«

»'tschuldigung«, sagte Danburry und grinste erneut.

»Das Rettungsflugzeug flog jedenfalls weiter und suchte den Fischkutter. Wir fanden ihn schließlich. Er war an einem Ozeandampfer festgemacht.«

»Einem Ozeandampfer?« Augustus hob die Augenbrauen.

»Der Pilot flog ganz dicht über die beiden Schiffe hinweg. Es war ein amerikanisches Kreuzfahrtschiff namens *Leviathan.* Die Kreatur war an Bord. Auf Deck.«

»Es war schrecklich!«, sagte Danburry. »Über sechs Meter groß und ganz grün wie ein dicker fetter Rosenkohl und …«

»Halt, Augenblick mal!«, Augustus erhob sich aus seinem Stuhl. »Soll das heißen, die Kreatur ist lebendig? Sie ist aus ihrem Raumschiff gekommen?«

»Ich fürchte ja«, sagte der Doktor. »Und sie war tatsächlich schrecklich! Sie saß auf Bergen von Kissen an Deck, und jeder an Bord, Tausende von Menschen, knieten vor ihr und beteten.«

»Gütiger Gott!«

»Und sie hatte einen Grill angezündet«, sagte Danburry.

»Halten Sie die Klappe, Danburry«, sagte Dr. Harney. »Wir wollten nicht darüber reden.«

»Reden Sie!«, verlangte Augustus.

»Sie hatte einen Grill, und auf diesem Grill lagen Stück von ...« Dr. Harney zögerte.

»Stücke von Menschen«, sagte Danburry. »Sie hat Menschen gegrillt, hat sie.«

»Das ist ja schrecklich, ist das!«

»Meine Rede«, sagte Dr. Harney. »Wir kreisten über dem Ozeandampfer und versuchten ein paar Bilder zu schießen, als die Kreatur uns bemerkte ...«

»Plötzlich hat sich der Pilot an den Kopf gefasst«, Danburry machte es nach, indem er sich (mit einer Hand) an den Kopf fasste, »und der Pilot rief: ›Aaaaaaaaaaaaagh! Diese Schmerzen! Diese Schmerzen!‹, und das Flugzeug geriet außer Kontrolle und wir sind ins Meer gestürzt.«

»Gütiger Gott!«, sagte Augustus.

»Wir wurden von einem Fischerboot aufgesammelt«, fuhr Dr. Harney fort. »Aber Sir John geriet mit dem Captain aneinander, weil dieser den Kurs nicht für uns ändern wollte, und ...«

»Ich hab den Papagei des Captains erschossen.«

»Halten Sie die Klappe, Danburry. Wir wurden westlich von Haiti über Bord geworfen. Wir mussten ans Ufer schwimmen. Dann stiegen wir in ein Flugzeug nach Hause.«

»Es gab ein paar weitere Unannehmlichkeiten«, sagte Danburry.

»Ich bezweifle, ob Mr. Naseby hier das hören möchte«, sagte Dr. Harney.

»Ich will es hören, verdammt!« sagte Augustus, der langsam aber sicher innerlich zu kochen anfing (Verflucht war er schon.)

»Am Flughafen«, fuhr der Doktor fort, »wollten sie

Sir John nicht durch die Passkontrolle lassen. Ohne seinen Bart sah er seinem Photo nicht ähnlich, und...«

»Ich hab die Ziege des Grenzbeamten erschossen«, sagte Danburry.

»Gott!«

»Das Flughafenmaskottchen. Wir mussten das Flugzeug entführen und...«

»Genug!« Augustus sprang auf und hämmerte mit den Fäusten auf den Tisch. Die Überreste der Made wurden noch weiter verschmiert. »Ich will nichts mehr davon hören! Sie haben es vermasselt! Ich habe Ihnen vertraut, und Sie haben alles vermasselt!«

»Er meint Sie, Doktor«, sagte Danburry.

»Er meint Sir John«, sagte der Doktor.

»Ich rede mit niemandem«, sagte Sir John. »Ich lege ein Schweigegelübde ab und gehe in ein Kloster.«

»Ich verstehe.« Augustus setzte sich wieder und lungerte in seinem Sitz. »Also übernimmt niemand die Verantwortung für diesen Schlamassel.«

»Sir John sollte die volle Verantwortung übernehmen«, sagte Danburry.

»Ich übernehme gar nichts. Die Amerikaner sind an allem schuld.«

»Daran ist etwas Wahres«, sagte der Doktor.

»Und wenn dann noch Schuld übrig ist, trifft sie Danburry.«

»Was für eine kahlgesichtige Lüge!«, sagte Danburry.

Einen Augenblick lang herrschte Schweigen. Dann richteten sich alle Blick auf Sir John Rimmer und seine kahlen Wangen.

»Oh«, sagte Danburry. »Ich wollte nicht ... ich

meine...« Sein Grinsen wurde breiter. »Es ist mir nur so herausgerutscht...« Er sah den Doktor an. »Andererseits war der ziemlich gut, wie?« Er brach lachend zusammen. »War der gut! War der gut!«

Dr. Harney kämpfte dagegen, selbst in Lachen auszubrechen. »Das ist nicht amüsant«, sagte er durch zusammengebissene Zähne.

»Ist es doch! Ist es doch!«, Danburry sank auf die Knie und heulte vor Lachen.

Was, wie wir alle wissen, ziemlich ansteckend sein kann.

Insbesondere in Zeiten der Anspannung.

»Kahlgesichtige Lüge!«, krähte Augustus und deutete auf Sir John.

Danburry lag inzwischen auf dem Rücken und strampelte mit den Beinen in der Luft.

Dr. Harney begann zu kichern. »Das ist nicht lustig«, kicherte er. »Das ist überhaupt nicht lustig.«

Augustus Naseby brach in schallendes Gelächter aus. »Doch, ist es wohl! Ist es wohl!«

»Sie haben Recht«, sagte der Doktor und sank zu Boden, während er sich den Bauch hielt und lachte, bis ihm die Tränen kamen. »Aber ich muss Sir John eines zugute halten«, stieß er zwischen seinen Lachern hervor. »Er hält sich sehr, sehr gut, wenn man bedenkt, welche haarsträubenden Abenteuer er durchgestanden hat.«

»Oh, das ist gut!«, krähte Danburry und wälzte sich. »Das ist gut!«

»Ruhe, ihr verdammten Bastarde!« Sir John sprang auf und stampfte mit dem Fuß. »Ruhe! Hört ihr! Ruhe, alle miteinander!«

Danburry trommelte mit den Fäusten auf den

Boden. Dr. Harney mühte sich aufzustehen. Augustus Naseby sagte: »Er hat Recht. Genug ist genug.«

»Ich möchte etwas sagen!«, brüllte Sir John. »Etwas Ernstes!«

Augustus nickte. »Also schön. Reißen Sie sich am Riemen, meine Herren, Sir John möchte etwas Ernstes sagen.«

Danburry und Dr. Harney rissen sich am Riemen und standen auf. Beide bemühten sich nach Kräften, ernst und nüchtern dreinzublicken.

»Also schön, Sir John«, sagte Augustus. »*Schießen* Sie los.«

Eine weitere Sekunde der Stille.

Erneutes schallendes Gelächter.

»Ihr verdammten Bastarde!« Sir John Rimmer stürmte vor und trat nach den heulenden Trotteln. »Ihr verdammten elenden Bastarde!«

»Also schön, also schön«, sagte Augustus und hielt sich an der Tischkante fest. »Genug, und diesmal meine ich es wirklich. Kommen Sie, meine Herren, das Gesetz der schwindenden Gewinne und so weiter. Wenn Sir John etwas zu sagen hat, dann wollen wir hören, was das ist.«

Die anderen nickten, zogen sich Stühle heran und setzten sich.

»Fangen Sie an, Sir John.«

Sir John blickte auf die drei sitzenden Männer herab. »Also schön«, begann er. »Sie alle haben sich herzlich auf meine Kosten amüsiert, und in aller Wahrheit, ich habe es nicht besser verdient. Der falsche Bart war eine dumme Eitelkeit von einem Narren, der eine fehlgeschlagene Expedition geleitet hat. Der die Leben von Tausenden jetzt und möglicherweise Millionen in Zukunft in Gefahr gebracht hat. Ich bin ein Versager. Ich bin ein Nichts. Danburry, nehmen Sie die Pistole Ihres Vaters und erschießen Sie mich.«

»Kein Problem«, sagte Danburry und griff in die Tasche.

»Seien Sie nicht absurd.« Dr. Harney stieß Danburry mit dem Ellbogen in die Rippen. »Sie sind kein Versager, Sir John. Sie sind ein Edelmann. Ein richtiger britischer Gentleman.«

»Dann gestatten Sie mir auch, mich wie ein Gentleman zu verabschieden. Reichen Sie mir Ihre Pistole, Danburry.«

»Kein Problem«, sagte Danburry.

»Nein.« Dr. Harney stieß Danburry erneut in die Rippen.

»Aua!«, sagte Danburry. »Das tut weh!«

Sir John reckte die schmalen Schultern. »Sie haben Recht, Dr. Harney«, sagte er. »Mit Selbstmord erreiche ich überhaupt nichts. Es ist der Ausweg der Feiglinge. Ich muss den Schaden wieder gutmachen, den ich angerichtet habe. Ich werde die Kreatur stellen.«

»Verdammt!«, sagte Danburry.

»Meinen Sie das wirklich ernst?«, erkundigte sich Augustus Naseby.

»So ernst, wie nur irgend möglich.«

»Er meint es tatsächlich ernst.«

»Auf diesem Schiff sind wenigstens dreitausend Menschen«, sagte Sir John (ganz ernst), »und ich will nicht für ihren Tod verantwortlich sein. Die Amerikaner haben die ganze Geschichte sicherlich vertuscht, und wahrscheinlich planen sie bereits, eine Atombombe auf den Dampfer zu werfen.«

»Würde ich auch«, sagte Danburry.

»Halten Sie die Klappe, Danburry«, sagte Dr. Harney.

»Ich werde auf das Schiff gehen«, sagte Sir John. »Wir haben es hier mit einer Kreatur zu tun, die sich benimmt, als wäre sie ein Gott. Ich werde mich als Akolyth verkleiden, der gekommen ist, um sie zu begrüßen und anzubeten. Sobald ich mich in ihr Vertrauen eingeschlichen habe – päng.«

Danburry stieß einen leisen Pfiff aus. »Das ist sehr mutig«, sagte er.

»Das ist es in der Tat«, sagte Augustus und erhob sich aus seinem Stuhl, um Sir John Rimmer die Hand zu schütteln. »Ganz gleich, was dabei herauskommt, Sie haben meinen ewigen Respekt.«

»Meinen auch«, sagte Dr. Harney und schüttelte dem edlen Helden die Hand.

»Und meinen«, sagte Danburry und streckte eine Hand vor, die niemand schütteln wollte.

# 13

In seinem frisch geerbten Haus lag Porrig, der Sohn von Augustus Naseby. Er lag im Koma, und langsam bekam er einen Bart.

»Also ich weiß nicht«, sagte Wok Boy, während er Suppe in einen Schlauch goss, der aus Porrig ragte. »Wir müssen irgendetwas unternehmen, um dich aufzuwecken. Du kannst nicht einfach Tag für Tag hier liegen, während wir darauf warten, dass du endlich wieder zu dir kommst.«

Rippington saß auf Porrigs Brust und nickte mit dem kleinen grauen Kopf.

»Was sagt er?«, fragte Wok Boy.

»Er sagt, dass du ihm Suppe in die Luftröhre gießt.«

»O Scheiße!« Wok Boy riss den Trichter heraus und verschüttete kochend heiße Suppe über Porrigs Schritt.

»Man sollte wirklich glauben, dass er davon aufgerüttelt worden wäre.« Rippington schnitt eine schmerzverzerrte Grimasse.

»Er reagiert auf keine Behandlung.«

»Ich dachte gestern schon für einen Augenblick, du hättest ihn, als du ihm diese roten Ameisen in die Pyjamahose getan hast.«

»Ich dachte auch schon, ich hätte ihn, als ich ihm diesen elektrischen Viehstock in den ...«

»Er sagt, er möchte etwas Butter auf seinen Rubbeldödel ...«, sagte Rippington.

»Das geht aber nun wirklich zu weit!«

»... wegen der unerträglichen Schmerzen von der kochend heißen Suppe, glaube ich.«

»Oh. Stimmt.« Wok Boy ging Butter holen.

Rippington grinste auf Porrig hinunter. »Scheint, als hättest du dich verschluckt«, sagte er leise. »Aber ich wette, dass ich dich wachkriegen würde.«

Porrigs Gedanken bewegten sich auf abscheuliches Territorium.

»Nein, nichts dergleichen«, sagte Rippington und grinste, wobei seine hässlichen kleinen Zähne sichtbar wurden. »Ich habe in einem Buch darüber gelesen. Aus der Reihe *Märchen der Erde.* Es handelt von einer Frau, die in einem Haus mit diesen sieben kleinen Männern lebt. Sie isst von einem Apfel und fällt in Schlaf, und ein hübscher Prinz kommt vorbei und küsst sie wieder wach. Dann brennt sie mit dem hübschen Prinzen durch und überlässt die armen kleinen Männer ihrem Schicksal. Ich glaube, es ist allegorisch gemeint. Entweder das, oder es soll uns zeigen, was für eine undankbare und egoistische Bande die irdischen Frauen doch sind.«

Rippington lauschte. »Nein«, sagte er dann. »Ich kann gut verstehen, dass du nicht von Wok Boy geküsst werden möchtest. Ich dachte, wir suchen dir vielleicht eine Prinzessin, die dich küssen und aufwecken könnte. Ist zufällig ein Palast in der Nähe?«

»Nein!«, sagte die Vision in Weiß. »Das werde ich nicht tun!«

Wok Boy stand im Fliegenden Schwein, die Hände in den Taschen seiner schmierigen Jeans. »Er wird dich großzügig bezahlen«, sagte er.

»Ach ja? Er hat also Geld, oder wie?«

»Er hat für mindestens eine halbe Million antike Comics in seinem Laden.«

»Und ich kann alle haben?«

»Nein, nicht *alle.*«

»Wie viele denn? Wie viel?«

»Den Gegenwert von tausend Mäusen.«

Die Vision in Weiß dachte darüber nach. Wok Boy dachte über ihre Titten nach. Er hatte sie am Abend zuvor mit Drinks versorgt, doch sie hatte ihm bis jetzt nicht einmal ein warmes Lächeln geschenkt.

»Das reicht nicht«, sagte die Vision.

»Vielleicht kann ich ihn noch ein wenig höher treiben«, sagte Wok Boy. »Allerdings ...«

»Allerdings was?«

»Es müsste sich auch für mich lohnen.«

»Was?«

»Wir könnten beide unseren Schnitt machen. Ich darf mir nichts von seinen Comics nehmen, das habe ich jemandem versprochen. Aber wenn ich ihn überreden könnte, mehr an dich auszuspucken, würdest du dann einen Profit mit mir teilen?«

»Zehn Riesen«, sagte die Vision in Weiß. »Zehn Riesen für mich.«

»Vergiss es«, sagte Wok Boy. »Ich such mir jemand anderen.«

»Also schön, neun Riesen, und das ist mein letztes Angebot.«

»Ich sag dir was«, entgegnete Wok Boy. »Zehn Riesen, wenn du noch einen Blowjob beisteuerst.«

»Ich werde ihm keinen blasen!«

»Wer hat denn etwas von *ihm* gesagt?«

Es wäre höchst langweilig, in allen Einzelheiten zu schildern, was sich als Nächstes ereignete. Wie Wok Boy zum Blowjob seines Lebens kam und Porrig zu einem halbherzigen Kuss mit spitzen Lippen, und wie Porrig gegenüber Rippington gestand, dass er es für möglich hielt, dass das Küssen wirkte, wenn er nur ein wenig mehr davon bekäme, und wie Rippington dies an Wok Boy weitergab, der einen weiteren Handel mit der Vision in Weiß abschloss, und wie Wok Boy am Ende des Tages vollkommen fix und fertig war und nicht mehr ein einziges Comicbuch in Porrigs Laden übrig.

Und wie Porrig noch immer im Koma lag.

Obwohl Wok Boy ihn zur Seite geschoben hatte, damit er sich auch für eine Weile aufs Ohr legen und ausruhen konnte.

Rippington schüttelte den kleinen grauen Kopf. »Ich glaube, wir sollten es vielleicht doch noch einmal mit dem elektrischen Viehstock versuchen«, sagte er.

Am nächsten Morgen um genau fünf Uhr dreiundzwanzig und viereinhalb Sekunden schrak Porrig aus seinem Koma.

Es war nicht der Schock des elektrischen Viehstocks, sondern ein natürliches Hochschrecken. Ein neuer Anfang. Ein neues Erwachen.

Porrig sprang auf die Beine, rannte durch das Zimmer, die Treppe hinunter und in seinen Laden. Dann schrie er sehr laut auf, rannte aus seinem Laden, wieder die Treppe hinauf und zurück in sein Zimmer, wo er dem schlafenden Wok Boy das Leben aus dem Leib zu treten begann.

Wok Boy schrak seinerseits aus dem Schlaf. Und weil er von einem gewissen jähzornigen Temperament war, nahm er die Behandlung durch Porrig alles andere als freundlich auf und teilte selbst eine Reihe von Hieben und Tritten aus.

Er prügelte Porrig nicht bewusstlos – das wäre unfair gewesen, wo er doch gerade erst aufgewacht war und alles. Aber er lehrte den Burschen die Irrungen seiner Wege und sandte ihn anschließend hinaus in die Kitchenette zum Teekochen.

Porrig rührte etwas vom Blauen in eine Tasse. »All meine Comics!«, brummte er missmutig vor sich hin. »All meine verfickten Comics! Und alles nur, damit er ficken kann! Ich hab sie draußen auf dem Treppenabsatz gehört, wie sie gerammelt haben, und anschließend ist sie mit meinen Comics Leine gezogen. Verdammtes Weibsstück. Rippington hatte Recht mit Schneeflittchen. Sie sind alle gleich. Eine Bande von Parasiten, die sich alles unter den Nagel reißen, was sie kriegen können. Wenn ich meine Comics je wiedersehen will, bleibt mir nichts anderes übrig, als sie zu heiraten.«

»Deine Denkprozesse sind mir absolut schleierhaft«, sagte Rippington. »Die Logik, mit der du argumentierst, ist nicht mehr und nicht weniger als surreal.«

Porrig wandte sich zu dem kleinen grauen Zwerg um, der grinsend in der Tür stand. »Oh. Du weißt doch wohl hoffentlich, was die Bewegung der Surrealisten ist, oder etwa nicht?«

»Die Neunzehnte Harmonie auf der Fischskala«, sagte Rippington. »Ich war nie selbst dort, aber sie sagen, es wäre schön dort. Ein wenig wie Penge.«

»Worüber redest du?«

»Surrealing. Wo die Surrealisten herkommen. Nicht zu verwechseln mit Süd-Ealing. Das liegt ganz woanders.«

»Hör auf«, sagte Porrig. »Du bist genauso schuld wie Wok Boy.«

»Wieso denn das? Ich hab dich immerhin aufgeweckt, hab ich nicht?«

»Ich bin von ganz alleine aufgewacht.«

»Unsinn«, widersprach Rippington. »Du hast deinen letzten halbherzigen Kuss gestern Abend um siebenundzwanzig nach sieben bekommen, was bedeutet, dass du heute Morgen präzise um dreiundzwanzig Minuten und viereinhalb Sekunden nach fünf aufwachen musstest.«

»Oh«, sagte Porrig. Und: »Aaaaaaaaaaaaagh!« Er hielt den Kopf in das Spülbecken und drehte den Wasserhahn auf. »Uuuuurrrrgggggbbbbllbbrrrr!«, fuhr er fort, während er sich mit reichlich Wasser den Mund ausspülte.

»Surrealing«, sagte Rippington einmal mehr. »Das ist der richtige Ort für dich.«

»Bastard!«, sagte Porrig und trocknete sich das Gesicht mit einem Geschirrtuch ab.

»Ich weiß schon wieder nicht, wovon du redest«, sagte der Zwerg.

»Dieses verdammte Weibsbild. Mich küsst sie nur mit spitzen Lippen auf den Mund, und Wok Boy verpasst sie einen Blowjob ...«

»Trotzdem, du siehst wieder einigermaßen gesund aus. Obwohl ich es vorzöge, wenn du nicht in meine Richtung atmest. Machst du etwa Tee?«

»Ja.« Porrig machte Tee.

»Und der dort ist für Wok Boy?«

»Ist er«, sagte Porrig.

»Warte!«, sagte Rippington und kletterte auf den Tisch.

»Das ist ekelhaft!«, sagte Porrig.

»Trotzdem wette ich, dass du lachst, wenn er ihn austrinkt.«

Porrig lachte tatsächlich.

Und er saß und sah aus dem Fenster, an den flatternden Tauben vorbei und hinaus in einen Himmel von tiefstem Blau. »All meine Comics!«, sagte er immer wieder. »All meine wunderbaren Comics!«

»Ich besorg sie dir wieder«, sagte Wok Boy.

»Ach ja?«

»Ja. Jedes einzelne Heft.«

»Und wie willst du das bitteschön bewerkstelligen?«

»Ich denk mir etwas aus. Obwohl ich nicht wüsste, warum ich es tun sollte. Du bist schließlich aus dem Koma aufgewacht. Das war der Sinn der ganzen Übung.«

»Ich sag's dem alten Knacker, wenn ich ihn sehe«, sagte Porrig. »Wahrscheinlich wird er dir beide Beine brechen.«

»Du undankbarer Bastard! Ich dachte, du würdest dich vielleicht ändern.«

»Ich habe mich geändert. Du bist es, der mich immer wieder enttäuscht. Ich hab euch gehört, versuch nicht, es abzustreiten.«

»Ich weiß überhaupt nicht, warum du dich so aufregen musst! Er war überhaupt nicht so gut, wie ich dachte.«

»Er?«, fragte Porrig.

»Der Transvestit. Die Titten sind allerdings sehr überzeugend. Silikon.«

»*Was?*«, machte Porrig.

»Sag jetzt bloß nicht, du hast geglaubt, dass er eine Frau ist. Ich meine, ich bin bi, bin ich. Manchmal hat man keine andere Wahl, Leben auf der Straße und alles. Aber du hast doch nicht wirklich geglaubt, dass er eine Frau ist...?«

»Aaaaaaaaaaaagh!«, machte Porrig und kehrte einmal mehr in unchristlicher Hast an den Spülstein in der Küche zurück.

Um ganz genau zwei Minuten und zweiunddreißig Sekunden nach zehn wurde eine Gratiszeitung durch den Briefkastenschlitz von Porrigs Laden gestopft. Wok Boy ging sie holen und brachte sie nach oben. Porrig lag auf dem Bett und las in dem Buch über seinen Ururgroßvater.

»Das ist wirklich verdammt eigenartig«, sagte Wok Boy.

Porrig blickte desinteressiert auf.

»Sieh dir die Schlagzeile an! ›ACHTUNG VOR DEM GROSSEN STURM!‹.« Wok Boy trat zum Fenster und sah nach draußen. »Was für ein großer Sturm? Es ist ein wunderschöner Tag!«

»Vielleicht ein Druckfehler?«, schlug Porrig immer noch ohne jede Spur von Interesse vor.

»Nein, es ist kein Druckfehler. Hier steht eindeutig, dass ein GROSSER STURM auf dem Weg über den Ärmelkanal ist und dass alle Schiffe und Boote unverzüglich den nächsten Hafen anlaufen und festmachen sollen, bis Entwarnung gegeben wird.«

»Oh, gut«, sagte Porrig. »Bei meinem Glück wird er wahrscheinlich das Dach abdecken. Was dir bestimmt gefallen würde.«

»Warum mir?«

»Nun, du magst es doch, wenn es richtig bläst, oder nicht?«

»Oooooh«, sagte Wok Boy. »Rieche ich da etwa den unangenehmen Unterton einer Homophobie?«

»Nein, nur Bitterkeit. Wann wirst du mir meine Comics zurückbringen?«

»Wann wirst du anfangen, den Comic für den alten Knacker zu zeichnen?«

»Ich weiß noch überhaupt nicht, ob ich es mache.«

»Aber all die Fakten in diesem Buch?«

Porrig schüttelte den Kopf. »Ich habe eine Menge nachgedacht, während ich im Koma lag und dir und dem Transvestiten zugehört habe. Ich weiß nicht, wie viel ich glauben soll und was gelogen ist. Mein blöder Vater soll von irgendeinem paranormalen Ministerium in London aus die Welt beherrschen? Das ist absurd!«

»Nichtsdestotrotz ist es wahr! Wenn der alte Knacker sagt, dass es wahr ist, dann glaube ich ihm aufs Wort. Und du warst schließlich selbst in diesem ALPHA 17. Rippington hat es mir erzählt. Er kommt aus ALPHA 17.«

»Und dorthin wird er auch wieder verschwinden«, sagte Porrig. »Ich traue ihm genauso wenig wie dir.«

»Er will ja auch zurück. Er hasst die Welt. Rippington glaubt, das hier ist die blödeste Realität, die es überhaupt gibt und geben kann, und er kann sich beim besten Willen nicht vorstellen, wie jemand auf den Gedanken kommen kann, freiwillig hier zu leben.«

»Ja, zugegeben, manchmal hab ich selbst das gleiche Gefühl.«

»Und jetzt hast du eine Chance, etwas daran zu ändern, oder nicht?« Porrig schüttelte einmal mehr den Kopf. »Warum ausgerechnet ich?«, fragte er.

»Also wirklich, Porrig, jetzt mach aber mal halblang. Warum du? Weil du es weißt vielleicht. Weil es dein Vater ist. Weil du das Comicbuch zeichnen kannst. Hast du dir eigentlich nie die Frage gestellt, warum du gegenüber anderen Menschen so ein beschissenes Arschloch bist?«

»Ich bin eben so. Ich kann auch nichts daran ändern.«

»Unsinn. Du bist ein Außenseiter. Darum geht es doch hier. Du bist mit dir selbst im Reinen. Auf deiner Wellenlänge.«

»Ich weiß nicht, was das mit mir zu tun haben soll.«

»Unsinn, nichts als Unsinn. Hast du schon jemals irgendwo hineingepasst, Porrig?«

Porrig dachte nach. »Ich bin sicher, dass ich das habe.«

»Hast du nicht. Du bist ein echter Einzelgänger. Du hast keine wirklichen Freunde. Deine Familie hat dich praktisch verstoßen. Niemand mag dich.«

»Halt, halt«, sagte Porrig. »Übertreib mal nicht so sehr.«

»Die Menschen mögen dich nicht, und du magst die Menschen nicht.«

»Ich mag die Menschen doch.«

»Du magst die Menschen nicht. Du hättest diesem Bettler ein paar Münzen geben können. Aber du hast es nicht getan, und deswegen hat er dich zusammengeschlagen, bis du ins Koma gefallen bist.«

»Also macht mich die Tatsache, dass ich Trunkenbolden kein Geld gebe, zu einem schlechten Menschen?«

»Ich hab nicht gesagt, dass du ein schlechter Mensch bist, Porrig. Du bist kein schlechter Mensch. Du bist nur anders. Du bist im falschen Schlüssel, Porrig.«

»Ich kann dir nicht folgen, tut mir Leid.«

»Bist du glücklich, Porrig?«

»Nein«, gestand Porrig.

»Warst du jemals glücklich?«

Porrig überlegte einmal mehr. »Nicht, dass ich wüsste«, sagte er schließlich traurig.

»Nun, denk darüber nach, und dann denk an das, was in diesem Buch steht. All diese verschiedenen Realitäten, alle nur ein winziges Stück weit auseinander. Eine endlose Zahl von Möglichkeiten. Welten innerhalb von Welten innerhalb von Welten. Du bist nicht in Harmonie mit dieser Welt, Porrig. Deswegen sage ich, dass du vielleicht in der falschen bist.«

»Was?«

»Du bist absolut sicher, wer du bist, nicht wahr?«

»Aber sicher bin ich sicher. Ich meine ...«, Porrig dachte zurück. Er dachte an das letzte Mal zurück, dass er seine Eltern gesehen hatte.

»Sardinendose«, sagte Porrig langsam.

»Pardon?«, fragte Wok Boy.

»Mein Vater. Er hat immer so komisches Zeugs gesagt. Wie am Abend, bevor ich von zu Hause weggegangen bin. Dass die Fee mich gebracht hätte, oder dass ich in einer Packung Cornflakes gesteckt hätte.«

»Oder dass deine Eltern eine Sardinendose geöffnet hätten und ...«

»Genau. Komisches Zeugs eben«, sagte Porrig.

»Bringt einen zum Nachdenken, eh?«, sagte Wok Boy. »Vielleicht bist du ja gar keiner von uns.«

»Uns? Du bist bestimmt keiner von *uns*!«

»Ich hab auch nie so getan, als wäre ich.«

»Und ich habe so getan, ist es das, was du sagen willst?«

»Du wusstest es nicht besser. Es ist nicht deine Schuld.«

»Wie tröstlich.«

»Ist es das?«

»Nicht wirklich, nein. Aber es ergibt irgendwie Sinn. Wenn ich nicht in diese Realität hier gehöre, in welche gehöre ich dann?«

»Wie wäre es mit jener?« Wok Boy fummelte unter dem Gürtel seiner unaussprechlichen Hose und zog ein Comicbuch hervor.

Porrig nahm es aus seinen Händen und wischte über das Cover. »*The Silver Surfer*«, sagte er andächtig. »Das erste Buch, das ich unten im Laden gesehen hab.«

»Nun, ich konnte es doch nicht der Transe überlassen, oder?«

»Aber was willst du mir sagen?«

»Es ist eine andere Realität, oder nicht? Die Welt der Imagination. Die Welt der Comics. Superhelden und Superschurken. Peter Parker steckt immer bis zum Hals in der Scheiße, genau wie du. Aber er ist auch *Spiderman*. Und du wärst in der Welt der Comics so viel mehr als hier in dieser. Habe ich Recht, oder habe ich verdammt noch mal Recht?«

»Du hast Recht«, sagte Porrig und sprang auf. »Du hast *Recht.* Jetzt sehe ich klar. Ich bin *anders.* Ich bin ein Außenseiter, und ich bin die einzige Person, die das Ministerium für Glückliche Zufälle auffliegen lassen kann.«

»Eh?«, machte Wok Boy.

»Den Superschurken überwältigen. Meinen Vater. Mit meinen ehrfurchtgebietenden Superkräften werde ich über das Ministerium kommen und ...«

»Halt, langsam«, sagte Wok Boy.

»Halt, langsam?«, fragte Porrig.

»Superkräfte? Was für Superkräfte?«

»Die Kräfte, die Rippington mir verleihen wird, als Belohnung, wenn ich ihn wieder zurück nach ALPHA 17 bringe.«

»Also jetzt mach aber wirklich mal halblang.«

»Alles ergibt einen Sinn«, sagte Porrig und posierte vor einem hohen Schlafzimmerspiegel, der irgendwie vorheriger Erwähnung entgangen war. »Ich werde ein furchtbarer Rächer der Unterdrückten sein. Menschen wie du, Wok Boy, Verlierer, Dünnbrettbohrer und so weiter. Ich werde die mächtigen zerschmettern und aus ihren Stühlen der Macht vertreiben, und ich werde Gerechtigkeit und Freiheit und ...«

»Nein!«, rief Wok Boy und fuchtelte aufgeregt mit den Händen. »Das meine ich nicht! Ich meinte lediglich, dass du Comics zeichnen sollst, weil du das am besten kannst! Ich wollte nicht ...«

»ALPHA MAN!«, rief Porrig.

»Was?«

»Ich werde mich ALPHA MAN nennen. Nach ALPHA 17. Und du wirst mein Kompagnon und komischer Konterpart. ALPHA MAN und WOK BOY! Jetzt sehe ich klar!«

Porrig riss die Bettdecke an sich und schlug sie wie einen Umhang um die Schultern. Dann rauschte er aus dem Zimmer. »Auf und davon!«, rief er, und: »Rippington! Wo steckst du?«

»Was für ein Wichser!«, sagte Wok Boy kopfschüttelnd und legte die Füße hoch. »Was soll das alles bedeuten?« Er überflog die Gratiszeitung. »›GROSSER STURM‹«, las er nachdenklich. »Was überhaupt für ein GROSSER STURM?«

# 14

OBACHT VOR DEM GROSSEN STURM stand in den Zeitungen. Und OBACHT VOR DEM GROSSEN STURM sagte der Wetterfrosch im Fernsehen. Und OBACHT VOR DEM GROSSEN STURM sagte auch Carol Vordermann auf wenigstens vier Kanälen gleichzeitig. Und um nach dem letzten GROSSEN STURM nicht mit heruntergelassenen Hosen erwischt zu werden, holten die Leute ihre Wäsche herein, banden ihre Mülleimerdeckel fest und eilten in die Geschäfte, um Kerzen und Kondome zu kaufen. Im Ministerium für Glückliche Zufälle beobachtete Porrigs Dad die Entwicklung der Dinge. Es gibt dort eines von diesen Kommandozentren mit großen leuchtenden Bildschirmen und einer Weltkarte an der Wand und jeder Menge Computern, mit klug aussehenden Frauen in engen Kostümen und schwarzen Strümpfen, die mit Klemmbrettern umherlaufen und Männern in weißen Kitteln über die Schulter sehen, die ihrerseits Monitore studieren und Kaffee aus Plastikbechern trinken. Wenn Sie verstehen, was ich meine, und ich bin sicher, dass Sie mich verstehen. Sozusagen.

Die Amerikaner machen es mit mehr Stil, aber sie haben es von den Briten abgekupfert.

Porrigs Dad hatte sein eigenes Klemmbrett. Ein schwarzes Klemmbrett mit einer Lampe oben dran, und er betrachtete sein Klemmbrett und sprach mit den klug aussehenden Frauen und den Männern in den weißen Kitteln und lungerte in den Korridoren herum und hatte überhaupt jede Menge geheimer Treffen, die so ähnlich verliefen.

»Fortschrittsbericht«, sagte Porrigs Dad zu einer besonders klug aussehenden Frau.

»Sämtliche Medien verbreiten unsere Falschmeldung von dem GROSSEN STURM, Sir. Die Schifffahrt hat sich ganz aus dem Ärmelkanal zurückgezogen, und die *Leviathan* steht unter ständiger Satellitenbeobachtung. Sie befindet sich gegenwärtig ungefähr dreißig Meilen vor Lands End und steht im Begriff, in den Ärmelkanal einzulaufen.«

»Und Sir John Rimmer?«

»Sir John Rimmer ist nach Lands End geflogen. Wir haben ihn verdrahtet, so dass wir alles mithören können, was gesprochen wird. Seine Begleiter sind bei ihm.«

»Wollen sie an Bord der *Leviathan* gehen?«

»Offensichtlich, Sir. An Bord sieht es ziemlich ungemütlich aus, trotzdem haben Dr. Harney und Danburry Collins beschlossen, bei Sir John zu bleiben. Aus Loyalität, nehme ich an.«

»Loyalität?« Augustus schüttelte den Kopf. Das Wort hatte er noch nie gehört.

»Möchten Sie vielleicht einen Kaffee in einem Plastikbecher, Sir?«

»Nein danke. Ich glaube, ich gehe einfach auf die Herrentoilette und lungere dort ein wenig herum.«

Der Helikopter war eine von jenen schwarzen, unmarkierten Maschinen, von denen keine Regierung der Welt etwas zu wissen vorgibt. Sie stand auf dem grünen Rasen und machte das berühmte FLAPP FLAPP FLAPP

FLAPP FLAPP FLAPP FLAPP FLAPP mit den Rotoren, das in Kinos mit Dolby Surround™ so gut rüberkommt.

Danburry Collins warf anerkennende Blicke in Richtung des Helikopters. »Sehen Sie die Bewaffnung von diesem Bastard?«, fragte er Dr. Harney. »Hitzesuchende Raketen und eine 7,62 Millimeter M 134 General Electric Minigun. Sie haben sogar Lautsprecher, um den Walkürenritt abzuspielen, während sie ›Charly‹ niedermähen.«

»Faszinierend«, sagte Dr. Harney. »Und Sie tragen immer noch Ihr kleines ›Ding‹ mit sich?«

»Verdammt richtig«, antwortete Danburry. »Ich habe so ein ›gewisses Gefühl‹, dass es richtig gelegen kommt.«

»Sind Sie ganz sicher, dass Sie bei der Sache mitmachen möchten?«

Danburry zuckte die Schultern. »Kommen Sie schon«, sagte er. »Wir können Sir John doch wohl unmöglich alles allein machen lassen, oder?«

»Sie erstaunen mich immer wieder aufs Neue«, sagte Dr. Harney. »Sie sind ein guter Junge, Danburry. Ah, dort kommt der große Meister.«

Sir John Rimmer kletterte aus dem Helikopter. Er sah wieder ganz wie der Alte aus. Genau genommen sah er aus, als sei er nie etwas anderes gewesen. Andererseits – er war schließlich nie wirklich etwas anderes gewesen, daher war es nicht besonders überraschend. Was überraschend war, war Sir Johns schicker neuer Bart (wenn Sie verstehen, was ich meine, und ich bin sicher, dass Sie mich verstehen). Diesmal war es ein blauer Bart, den die Gesellschaft der Amateurdramatiker ihm zur Verfügung gestellt hatte. Ohne Zweifel eine Requisite aus ihrer jüngsten Produktion, *Blaubart.*

Er sah auch tatsächlich dramatisch aus, vor dem purpurnen Anzug, den Sir John nun trug.

Sir John begrüßte seine beiden Begleiter. »Ich grüße Sie«, sagte er.

»Hören Sie!«, sagte Danburry. »Wir sind mit dem Zug gekommen. Dieser neue ...«

»Vorsicht!«, mahnte Sir John. »Keine neuen Bartwitze, Sie haben es versprochen.«

Danburry rieb sich nachdenklich über die Beule an seiner Stirn – die Belohnung für seine letzten Gags. »Keine weiteren Bartwitze, das habe ich versprochen«, sagte er. »Schließlich ist das eine ernste Angelegenheit. Wissen Sie schon, was Sie dieser Kreatur sagen werden?«

»Ich denke, ich werde sie umschmeicheln, hauptsächlich jedenfalls. Auf die Knie fallen und flehen und so weiter. Wenn Sie genau dasselbe machen wie ich, können wir Sache durchziehen.«

»Durchziehen«, sagte Danburry langsam. »Wie in ...«

Dr. Harney hob mahnend die Hand.

»Schon gut«, sagte Danburry. »Wo ist das Boot?«

»Dort unten in der Bucht.«

»Dann machen wir uns wohl besser auf den Weg.«

»Das ist wohl am besten.«

Und so machten sie sich auf den Weg, so gut sie konnten.

Das Boot war eines von jenen schwarzen, unmarkierten Dingern, von denen keine Regierung der Welt etwas zu wissen vorgibt. Sie werden meistens zum Drogenimport genutzt, denn der Import von Drogen findet stets unter der Regie der Regierungen der betreffenden Länder statt und nicht unter der krimineller Organisationen, wie weithin angenommen wird. Mit Drogenimport wird viel zu viel Geld gemacht, als dass man dieses Geschäft Kriminellen überlassen könnte.

Würde die Regierung dieses Landes nicht so viel Geld mit dem Import von Drogen machen, hätte sie niemals genug Geld, um sich eines von jenen schwarzen, unmarkierten Booten zu leisten[1].

Sir John kletterte an Bord. Danburry half dem Doktor die Gangway hinauf.

»Schickes Boot«, sagte Danburry.

Der Captain begrüßte sie schniefend. »Hey, alles klaro, Mann«, sagte er lässig. »Coole Typen, echt absolut krass, Leute. Sir John, geiler Guru. Die Jungs und ich ziehen nur gerade noch ein paar Linien, bevor wir ablegen. Habt ihr Lust mitzumachen?«

»O ja, bitte«, sagte Danburry.

»Cool.«

Sir John schüttelte den Kopf. »Sind Sie der Captain?«, fragte er.

»Selbiger, Mann.«

»Aber Sie tragen einen Kaftan.«

»Na und? Sie auch, Mann.«

»Und einen Bart.«

»Größer als Ihrer, Mann. Aber er ist cool, Mann.«

»Hm«, sagte Sir John Rimmer.

»Wollen Sie jetzt 'n paar Linien oder nicht, Mann?«

---

1 Ergibt Sinn, wenn man drüber nachdenkt, eh?

»Klaro, cool, Mann«, sagte Danburry.

Und so war es dann.

Sie erhellen den Tag, erhellen so ein oder zwei Linien. Und obwohl man nicht stillschweigend über den Gebrauch von Drogen hinwegsehen sollte, so darf man sie auch nicht pauschal verdammen. Weil, sehen wir den Tatsachen ins Auge, wenn *Sie* auf dem Weg in den fast sicheren Tod von der Hand eines grauenhaften Monsters wären, würden *Sie* etwas gegen ein oder zwei Linien Angel Dust in Ihrem Riechorgan einzuwenden haben?

Das schwarze unmarkierte Boot jagte über die Wellen. Eine Menge wurde gedreht und geraucht, eine Menge gezogen und geschnüffelt, und die Gespräche wurden frei und fröhlich. Sir John erzählte Unwahrheiten aus den Tagen seiner glücklichen Kindheit und von seinem Hund. Dr. Harney erzählte Geschichten aus den Tagen seiner Hippiezeit, und Danburry machte, was Danburry immer machte. Mit Genuss.

Nach einer Weile, die sehr viel länger erschien, als sie in Wirklichkeit war, entdeckten sie die *Leviathan*.

Der Captain nahm einen tiefen Zug von einem fetten Joint und sprach durch den Rauch hindurch. »Sind Sie echt sicher, Mann?«, fragte er. »Wir könnten einfach sagen, wir hätten das Schiff verpasst und geradewegs nach Marokko weiterfahren.«

Sir John nahm ebenfalls einen tiefen Zug und lehnte sich an die Reling. »Wir haben einen Auftrag zu erledigen«, sagte er. »Für das Vaterland und die ganze Welt.«

»Wenn Sie es sagen, Mann.«

»Wir werden erfolgreich sein«, sagte Sir John. »Wir werden den Feind vernichten.«

»Ja«, sagte Danburry. »Das werden wir, Johnny Boy.«

»Für Sie immer noch Sir John, Danburry, vergessen Sie das nicht.«

»Rumpi pumpi puh!«, sagte Dr. Harney.

»Rumpi pumpi was?«, fragte immer noch Sir John.

»Puh«, sagte der Doktor. »Ich bin ein kleiner roter Plastiklaster und mache rumpi pumpi puh.«

»Er ist hinüber«, sagte der Captain. »Sie lassen ihn besser hier.«

»Ich bin überhaupt nicht erledigt.« Dr. Harney machte leise brummende Geräusche.

»Alle für einen und einer für alle«, sagte Danburry Collins. »Meine Fresse, sehen Sie sich nur an, wie groß dieses Schiff ist!«

Die *Leviathan* ragte vor ihnen auf. Um eine genügend bedrohliche Atmosphäre zu schaffen, hatte sich leichter Nebel um das Schiff zusammengezogen und verlieh ihm eine geisterhafte Aura. Kein Geräusch drang von dem mächtigen Liner herüber, der auf dem Wasser trieb wie eine Handtasche in einem Swimmingpool.

Jedenfalls wenn man das genommen hat, was Dr. Harney genommen hatte.

»Überlassen Sie alles Reden mir«, sagte Sir John, als sie noch näher kamen.

Der Captain starrte hinauf auf das riesige Schiff, das nun den halben Himmel auszufüllen schien. »Können Sie es spüren, Mann?«, fragte er.

»Was fühlen?«, erkundigte sich Sir John.

Der Captain schüttelte den Kopf. »*Es*«, sagte er. »Das Unheimliche. Ich sag Ihnen, Mann, ich hab ja einiges in meiner Zeit geschluckt. Sie wissen schon, dieses

Zeugs, und ich war auch schon einmal in Tibet. Die Lamas benutzen ein ganz spezielles Dope, um all die anderen Ebenen zu erreichen. Sie begeben sich in andere Realitäten, wissen Sie? Genauso ist es hier. Dieses Schiff gibt merkwürdige Schwingungen ab. Es macht sich an der Realität zu schaffen. Wenn Sie verstehen, was ich meine, und ich bin sicher, dass Sie mich verstehen. Mann.«

»Ich verstehe«, sagte Sir John. »Ich weiß ganz genau, was Sie meinen.«

»Passen Sie nur auf, Mann.«

»Ich werde aufpassen«, sagte Sir John.

Das schwarze, unmarkierte Boot ging neben der *Leviathan* längsseits. Die Stille war spürbar. Das Schwappen der Wellen erzeugte nicht das geringste Geräusch. Der Ozeandampfer war da, direkt vor ihnen, doch er schien entrückt zu sein. Abgetrennt.

Sir John packte ein herabhängendes Tau und schwang sich ohne weitere Worte über die Reling, um sich an der Bordwand des Ozeanriesen nach oben zu ziehen. Danburry zuckte die Schultern und schob den Doktor vor. »Sie als Nächster«, flüsterte er. »Und ich versuche Sie zu fangen, wenn Sie fallen.«

»Ich werde nicht fallen«, sagte Dr. Harney. »Ich werde meine Raupenketten benutzen und den mächtigen Berg hinauffahren. Guug gugga juub.«

»Perfekt«, sagte Danburry. Nebel und Stille und drei Männer an einem Seil.

Unten murmelte der Captain etwas.

Und oben ...

Sir John erreichte das Deck und spähte über die Reling. »Gütiger Gott!«, sagte er.

Unten beobachteten die beiden anderen Männer

am Seil, wie sich die hagere Gestalt über die Reling schwang und außer Sicht geriet.

»Er ist oben«, sagte Danburry. »Kommen Sie, Doktor, hinterher.«

»Tschugg tschugg tschugg«, machte der Doktor.

Und dann waren auch die beiden anderen oben. Außer Atem standen die drei Männer auf Deck.

Und dann.

»Sie sind tot«, sagte Sir John. »Hunderte. Sieht aus, als wären sie an Hunger und Unterkühlung gestorben.

»Sie ...« Danburry würgte und kämpfte gegen eine aufstcigende Welle aus Mageninhalt. »Sie sind nackt. Warum sind sie nackt?«

»Weil er es so wollte, darum.«

»Sie haben *er* gesagt, nicht *es.*«

»Besser, wenn Sie es auch so schnell wie möglich lernen«, sagte Sir John. »Kommen Sie, weiter. Für diese Leute hier können wir nichts mehr tun.«

Der Ballsaal der *Leviathan* war hübsch dekoriert und leuchtete ganz in Lila. Blumengirlanden überall. Deko, Dekor, Creme und Chrom, Sonnenstrahlen und Swastikas vermischt mit Bauhaus. Über allem vergoldete Ornamente in der ostentativ opulenten Übertriebenheit eines Otto Osterbroke. Ein Triumph des Geschmacks über die Schäbigkeit, sorgfältig ausgewählt und königlich realisiert.

Sehr hübsch, wirklich.

Und in eine Hölle verwandelt.

Der Tanzboden war vor nackten Leibern unsichtbar. Tausende knieten im Gebet. Die Luft war feucht und stank nach Schweiß und Kot und Erbrochenem. Und Furcht, alles überwältigender Furcht.

Auf der Tribüne, wo normalerweise die Kapelle spielte, lag das Ding. Auf einem Berg von Kissen. Die Bestie. Der falsche Gott.

Dilbert Norris.

Feind und einstiger Eroberer der Menschheit.

Buddhagroß war Dilbert in der Magenregion, monströs am Kopf und schwarz vom Auge. Seine Haut schimmerte in einer glänzenden Grünlichkeit; Olive, Limette, Myrte und ein modriges Moos. Sein großer Schädel war geschwollen wie ein Kürbis. Der Mund, ein gewaltiges Maul, bog sich nach oben zu einem feuchten, bösen Grinsen. Sein meterlanger Pasternakdödel baumelte detumeszent herab.

Sir John stand wie vom Donner gerührt angesichts des Entsetzens vor seinen Augen. Langsam sank er auf die Knie. Danburry folgte seinem Beispiel und zerrte den Doktor mit sich.

Dilbert betrachtete seine ungeladenen Gäste, repositionierte sein preposteriöses Posterior und pickte mit einem menschlichen Oberschenkelknochen Essensreste aus den Zähnen.

Sir John hob eine bebende Stimme. »O Du Großer«, rief er. »Wir bringen Dir Grüße von den britannischen Inseln.«

Dilbert fuhr mit schwarzer Zunge über seine Zähne, jeder so groß wie ein Ein-Liter-Milchkarton von Sainsbury und die beiden Vorderzähne sogar noch größer. Dann sprach er mit einer Stimme, die klang, als würde jemand mit einem Stampfer einen verstopften Abfluss sauber machen – nur drei Oktaven tiefer und viel, viel lauter.

»Geschenke«, gurgelte Dilbert.

»Geschenke, o Größter?« Sir John hielt den Kopf gesenkt.

»Geschenke«, sagte Dilbert und gestikulierte mit belaubten Fingern.

Sir John Rimmer kaute auf einem Stück falschem Bart. Er hatte in der Tat ein Geschenk für die Kreatur, doch er wollte ihr zuerst schmeicheln und die Situation abschätzen. Obwohl die Situation alles andere als gut schien.

»Die Geschenke unserer Inseln sind zu groß, als dass ein einzelner Mann sie tragen könnte, o Größter«, antwortete Sir John. »Sie gehören Dir und warten nur darauf, auf Deinen Wink hin zu Dir gebracht zu werden.«

»Auf Meinen Wink hin, eh?« erwiderte der Gott mit den großgeschriebenen Pronomen. Sein Grinsen wurde breiter, und er entblößte weitere, kleinere Zähne von der Größe von Dreißig-Milliliter-Tipp-Ex-Fläschchen.

»Ganz wie es Dir beliebt, o Größter«, sagte Sir John.

»Ihr hättet mir wenigstens ein paar dicke fette Frauen mitbringen können.«

Sir John kaute nun an der Unterlippe. »Wir könnten ein paar von denen mästen, die Du schon hast«, antwortete er vorsichtig. »Wir könnten sie alle mästen. Wir könnten ihnen ein Bankett zu Deinen Ehren bereiten.«

»Nein«, beschied ihn Gilbert gurgelnd und schlürfend. »Diese gefallen mir nicht.«

»Sie gefallen Dir vielleicht besser, wenn sie plump und fett sind.«

»Ich denke nicht[1]. Aber der dort ...«, Dilbert deutete auf den, » ... der dort gefällt mir ganz gut.«

Sir John hob den Kopf eine winzige Spur und folgte der Richtung des baumförmigen Zeigefingers. »Dr. Harney?«, flüsterte er.

Dilbert nickte mit seinem glänzenden Blätterkopf. »Er sieht richtig fett und plump aus.«

»Ich hoffte, er würde Dir gefallen, o Großer.«

»Was?«, ächzte Danburry.

»Vertrauen Sie mir«, flüsterte Sir John.

»Werft ihn hier herüber«, sagte Dilbert. »Wir lassen ihn im eigenen Saft schmoren.«

In Sir Johns Kopf drehte sich alles, doch er stählte sich und rief: »Er tanzt ausgezeichnet.«

»Er tanzt ausgezeichnet?«

»Er tanzt ausgezeichnet. Ausgesprochen ausgezeichnet sogar. Sehr zum Amüsement seines Publikums.«

»Er würde meine Innereien mehr amüsieren.«

»Dr. Harney«, sagte Sir John, »Würden Sie bitte für Den netten Gott tanzen?«

»Auf dem Boden ist ein Mosaik, das sieht aus wie ein Pudel«, sagte Dr. Harney.

»Er ist immer noch neben sich«, flüsterte Danburry. »Möchten Sie vielleicht, dass ich umhertänzele und ein Ablenkungsmanöver starte?«

»Dr. Harney!« Sir John stieß seinen Kameraden in die Rippen. »Der nette Gott möchte nicht warten. Würden Sie jetzt bitte tanzen?«

---

1 Kennen Sie den:
Descartes sitzt in einer Bar. Der Barmann fragt: »Möchten Sie noch was zu trinken?« Descartes sagt: »Ich denke nicht.« Plopp, weg ist er. Danke sehr.

»Tanzen?« Der Kopf hob den Doktor (oder besser umgekehrt). »Wer will hier tanzen? O, rasier mich einer am Hintern! Alle haben ihre Sachen ausgezogen!«

»Stehen Sie auf und tanzen Sie«, sagte Sir John im festesten Tonfall, zu dem er fähig war.

»Absolut!«, rief der Doktor. »Das nenne ich eine Mordsparty!«

Im Ministerium für Glückliche Zufälle war die Stimmung alles andere als partymäßig. Die Männer in den weißen Kitteln und die klug aussehenden Frauen, die Regierungstypen mit den top geheimen Informationen, Porrigs Dad und das Schwein saßen (oder im Fall des Schweins: standen) vor der großen Weltkarte an der Wand. Diese war dank der Wunder der Technologie auf einem riesigen Fernsehschirm zu sehen.«

Sie lauschten der Stimme von Sir John Rimmer und beobachteten auf dem Fernsehschirm die Bilder, die durch eine Mikrokamera im falschen blauen Bart des Propheten Rimmer übertragen wurden.

»Das gefällt mir nicht«, sagte Augustus. »Dies grauenhafte Ding benimmt sich, als wäre es tatsächlich ein Gott. Wenn Sir John es nicht töten kann und es England erreicht, kann niemand vorhersehen, was geschehen wird.«

Das Schwein nickte nachdenklich. »Der Engel Espadrille wäre alles andere als amüsiert«, beobachtete es.

»Vergessen Sie den Engel! Es darf nicht so weit kommen. Schlimm genug, dass ein Monster aus dem Weltraum hier unten frei herumläuft. Aber ein Monster, das sich benimmt, als wäre es Gott, ohne Genehmigung unseres Ministeriums, das dürfen wir nicht tolerieren.«

»Der ewige Humanist, wie?«, sagte das Schwein. »Was haben Sie jetzt schon wieder vor?«

»Ich denke, ich gehe ein wenig herumlungern.«

»Meinen Sie nicht, dass Sie sich dem Problem widmen sollten, das vor uns liegt? Wie genau soll Sir John Rimmer dieses Ding eigentlich erledigen?«

»Er hat eine Bombe in seinem Bart.«

*»Eine Bombe in seinem Bart?«* Das Schwein schnitt eine Grimasse des Staunens, was nicht ganz einfach war, doch es gelang ihm. »Und was ist mit den Menschen?«

Augustus Naseby rutschte unruhig auf seinem Stuhl hin und her. »Es ist keine besonders große Bombe. Gerade groß genug, um dem Monster den Kopf wegzusprengen. Sir John hofft, dass die Kreatur von seinem Bart angetan ist.«

»Wunderbar!«, spottete das Schwein. »Und dieses Ministerium lenkt die Geschicke der ganzen Welt?«

»Gegenwärtig tut es das, ja.«

»Nun, dann bleibt mir nichts weiter, als diesem Mann mit dem Bart alles nur denkbare Glück zu wünschen.«

Der Mann mit dem explosiven Bart hielt den Kopf gesenkt. Dr. Harney torkelte ziellos herum und machte Geräusche wie eine große Blaskapelle.

Dilbert hielt einen fetten Finger hoch. »Das ist Scheiße«, sagte er. »Dieser Typ kann überhaupt nicht tanzen. Schafft ihn her zu Mir; wollen doch mal sehen, wie er schmeckt.«

Mehrere Eingeborene sprangen vom Podium und packten den tanzenden Doktor.

»Nein, warten Sie!«, rief Sir John.

»Warte *wer*?«

»Warten Sie, o Großer. Bitte, ich flehe Sie an.«

»Aha«, sagte Dilbert. »Flehen. Das mochte ich schon immer. Ich bin froh zu hören, dass es das auch in diesem Jahrhundert noch gibt. Und was genau erflehst du dir?«

»Essen Sie den Doktor nicht auf, o Großer«, erflehte Sir John.

»Und warum nicht?«

»Weil ich Ihnen ein besonderes Geschenk mitgebracht habe, und ich möchte, dass Sie es jetzt bekommen.«

»Oh, gut. Bring es her.«

Sir John erhob sich langsam aus seiner knienden Haltung und näherte sich vorsichtig, zwischen noch immer nackten und zitternden Anbetenden hindurch, dem widerlichen bösen Ding auf dem Podium.

»Es ist der höchste Orden unseres Landes, o Großer«, sagte Sir John. »Und als ein Jünger, der auf Ihre Rückkehr gewartet hat, genau wie Millionen anderer gläubiger Briten auf den Britischen Inseln, fühle ich mich zutiefst geehrt, Ihnen diesen Orden zu überreichen.«

»Millionen, hast du gesagt?« Dilbert strich sich über die Kinne.

»Viele Millionen. Sie haben doch wohl nicht geglaubt, man hätte Sie vergessen?«

»Selbstverständlich nicht«, erwiderte Dilbert und verlagerte einmal mehr sein Hinterteil.

»Ich wurde ausgesucht, um Sie zu begrüßen und Ihnen das hier zu übergeben.«

Sir John befingerte seinen überreichlichen blauen Bart.

»Sie bieten Mir einen *Bart* an?«

»Als ein Zeichen unserer Verehrung und Loyalität. Sie sollen ihn tragen, während sie durch die Straßen unserer Hauptstadt getragen werden. Was sage ich, *Ihrer* Hauptstadt.«

»Tatsächlich?«, fragte Dilbert. »Dann mal her damit, guter Mann.«

Sir John zog den falschen Bart aus und reichte ihn einem Eingeborenen. Der Eingeborene verneigte sich vor Dilbert und reichte ihm den falschen Bart.

Dilbert sah hinunter auf den Bart und dann zu Sir John Rimmer.

»Nun«, sagte er. »Und nun, nun, nun.«

»Nun?«, fragte Sir John.

»Nun!«, sagte Dilbert.

»Was denn nun genau, o Großer?«

»Nun, erstens ist das ein ziemlich beschissener Bart. Er besteht aus einem qualitativ minderwertigen Polyester und ist mit synthetischen Farben gefärbt. Und zweitens könnte das Tragen dieses Bartes Meiner Gesundheit ernsthaften Schaden zufügen.«

»Die Chemikalien in diesem Bart sind nicht gefährlich«, sagte Sir John.

»Nein, aber die verdammte Bombe ist es.«

»Ah«, sagte Sir John.

»Ja, du verdammtes Stück Scheiße! Weißt du eigentlich, warum Ich dich an Bord gelassen habe?«

»Nein, o Großer.«

»Hör auf mit diesem o Großer, Kerl! Ich habe dich an Bord gelassen, weil Ich einen Blick auf dich werfen wollte. Und auf *dich*!« Dilbert zeigte auf den Bart, und

im Kommandoraum des Ministeriums für Glückliche Zufälle zeigte ein dicker fetter Finger aus dem gigantischen Fernsehschirm auf Augustus und die anderen. »Dich und die Maden in eurem so genannten Ministerium! Ich weiß, dass ihr dort seid! Ich kann eure Gedanken spüren, Ich kann sie sogar lesen.
Dieses Schiff ist nicht umsonst auf dem Weg zu eurer Insel. Es ist auf dem Weg, weil ihr dort seid. Ihr lenkt die Geschicke des gesamten Planeten, ihr mit euren Abteilungen und Verbindungen. Ich komme zu euch. Ich komme, euch zu holen!«

Dann wurde der Schirm dunkel.

»Es sieht ganz danach aus, als müssten wir unsere Pläne neu überdenken«, sagte Augustus Naseby.

»Das wird den Hühnern aber gar nicht gefallen«, erwiderte das Schwein.

# 15

Die Hühner gackerten in einem Brightoner Hinterhof, und der Hahn krähte einer neuen Morgendämmerung entgegen. Porrig, der die Nachteule gespielt hatte, befand sich nicht unter den Frühaufstehern.

Die ersten Sonnenstrahlen kamen durch Porrigs Fenster, und er streckte und wand sich. Es war sehr eng in seinem Bett. Wok Boy schnarchte neben ihm, und neben Wok Boy schnarchte Rippington. Es war ein sehr merkwürdiges Schnarchen, durchsetzt von Schniefen und Murmeln und keineswegs angenehm zu hören.

Porrig verschränkte die Hände hinter dem Kopf und seufzte zur Decke hinauf. Die Schatten flatternder Tauben huschten über die Wände. Kein Anzeichen für einen GROSSEN STURM.

Porrig seufzte einmal mehr und machte sich anschließend daran, mit seinem Schicksal zu hadern.

Es war nicht fair. Es war einfach nicht fair. Ein leerer Bücherladen unten und diese beiden Mistkerle in seinem Bett. Und seine Pläne betreffend Superheldentum? Zum Untergang verurteilt, wie er es sich gleich hätte denken können.

Rippington war sehr liebenswürdig gewesen. Er hatte Porrig heimliche Blick in die magischen Bücher angeboten als Gegenleistung für seine sichere Rückkehr nach ALPHA 17, und er hatte Porrig sogar ein ziemlich schickes Outfit angeboten, das einst dem Prinz von Dänemark gehört hatte.

Um Mitternacht hatte Porrig seine Schlafzimmertür weit aufgerissen, doch nichts war geschehen. Das geheimnisvolle Portal nach ALPHA 17 war nicht materialisiert. Die Tür von dieser Welt zu jener war verschlossen geblieben.

Sie konnte nur durch das magische Ritual aufgestoßen werden, und da Porrig dieses Ritual nicht kannte, steckte Rippington fest.

»Ich hab's dir doch gesagt«, sagte Rippington. »Wenn es sich jede Nacht von ganz allein öffnen würde, wäre ich schon letzte Woche wieder verschwunden, während du noch im Koma gelegen hast. Du bist nur deswegen durchgekommen, weil du dich nicht an die Anweisungen des Kurators gehalten hast. Er wird nicht zulassen, dass sich so etwas wiederholt.

Porrig kletterte aus dem Bett und schleppte sich in die winzige Küche. Dort setzte er einen grünen Tee auf und sich an den Tisch, um zu grübeln.

Er hätte einen verdammt schicken Superhelden abgegeben. Er war jedenfalls verschlagen genug. Und wenn sein blöder Vater tatsächlich dieses geheimnisvolle Ministerium leitete, das die Geschicke der ganzen verdammten Welt lenkte, dann war es Porrigs Pflicht, etwas dagegen zu unternehmen. Mehr zu unternehmen, als nur ein Comicbuch zu zeichnen.

»Das ist ein genauso guter Anfang wie jeder andere auch.«

Porrig fiel fast vom Stuhl und funkelte Rippington düster an.

»Entschuldige«, sagte der Zwerg. »Ich wollte dich nicht erschrecken.«

»Du verlogener kleiner Mistkerl.«

»Bitte keine Beleidigungen.«

Porrig setzte sich wieder. »Ich habe die Nase voll«, sagte er.

»Ich auch, mein dödelrubbelnder Freund. Ich will nach Hause. Aber wir bekommen beide, was das Schicksal für uns bereithält, schätze ich.«

»Schicksal?« Porrig zuckte die Schultern, und seine Gedanken kehrten zu der Konversation zurück, die er mit dem Alten im Zug nach Brighton geführt hatte.

»Ich hab diese Feder gesehen«, sagte Rippington.

»Was?«

»Die Feder vom Engelsflügel, über die du gerade nachgedacht hast. Sie leuchtet im Dunkeln, und sie riecht wunderbar.«

»Er hat dich geschickt, stimmt's?«, fragte Porrig.

Rippington erklomm einen Stuhl. »Ich weiß nicht, was du meinst.«

»Das weißt du verdammt noch mal ganz genau! Der Alte hat dich aus ALPHA 17 rausgelassen. Du hättest es niemals alleine geschafft, wenn er es nicht gewollt hätte. Warum hat er dich gehen lassen, Rippington?«

»Damit ich ein Auge auf dich werfe, warum sonst? Er hat dringende Geschäfte in London zu erledigen. Geheime Angelegenheiten. Deswegen bin ich hier und sorge dafür, dass dir nichts geschieht.«

»Wie trostreich.«

»Wenn ich du wäre, würde ich beispielsweise nicht diesen Tee trinken.«

»Und warum nicht?«

»Weil das Wok Boys Tasse ist. Die Tasse, in die ich...«

Porrig spuckte grünen Tee durch die Kitchenette.

»Was würdest du nur ohne mich machen?«, fragte Rippington.

Porrig starrte ihn bitter an. »Ich gehe nach draußen«, sagte er.

»Im Pyjama?«

»Nein, ich ziehe mich zuerst an. Aber dann gehe ich raus.«

»Das würde ich nicht tun«, entgegnete Rippington.

»Und warum nicht?«

»Weil es vielleicht nicht sicher ist.«

Porrig musterte den Zwerg misstrauisch. »Was genau willst du mir damit sagen?«

»Nun, hast du heute Morgen schon einen Blick nach draußen geworfen?«

»Nein.«

»Du wärst überrascht von dem, was du dort siehst.«

»Und was werde ich dort sehen?«

»Nichts.«

Porrig lachte auf. »Und *Nichts* wird mich überraschen, wie?«

»Ich denke schon. Aber hör mal! Was hörst du?«

Porrig lauschte. »Nichts«, sagte er.

»Und findest du das nicht überraschend?«

»Nein.« Porrig lauschte erneut. »Ich meine, ja. Man sollte etwas hören können. Irgendetwas. Irgendjemanden, auf der Straße.«

»Aber du hörst nichts. Weil niemand da ist.«

Porrig ging aus der Küche, über den Flur und zurück ins Schlafzimmer. Er kam an seinem Bett vorbei und versetzte ihm einen heftigen Tritt. Dann war er beim Fenster und sah nach draußen.

Es war niemand da. Nie-mand. Nicht eine Menschenseele. Die Straße lag leer und verlassen.

»Wo sind bloß alle?«, fragte Porrig.

»Sie sind drin«, antwortete Rippington. »Sie haben die Fenster geschlossen und feuchte Tücher um ihre Köpfe geschlungen.«

»Feuchte Tücher?«

»Um nicht kontaminiert zu werden.«

»Was?«

»Du wirst jeden Augenblick benachrichtigt werden. Sie haben nur die Häuser der netten Leute und die Läden zuerst informiert. Sie kommen auch noch zu dir, gleich.«

»Wer kommt zu mir?«

»Der Mann vom Ministerium.«

»Was? Halt, warte mal – da kommt jemand.«

»Das wird der Bursche sein.«

»Hä?«

Der Bursche näherte sich Porrigs Haus. Es war ein ziemlich merkwürdig aussehender Bursche. Er steckte in einem von diesen ultramodernen einteiligen Strahlungsanzügen. Und er trug eine Gasmaske. Mit einer behandschuhten Hand zog er ein Flugblatt aus einer großen Umhängetasche und näherte sich damit Porrigs Ladentür.

»Die Post«, sagte Rippington.

Porrig ging nach unten, um nachzusehen, was los war. Einen Augenblick später kehrte er zurück. Weil er nun wusste, was los war, rief er aufgeregt: »Was? Was? Was?«, und versetzte seinem Bett einen weiteren Tritt.

Wok Boy schrak hoch. »Was?«

»Das!«, brüllte Porrig und deutete auf das Flugblatt. »Das!«

»Was?«
»Das!«
»Lies es vor«, empfahl Rippington.
Also las Porrig vor.

**GEFAHR**
*[stand dort in großen schwarzen Druckbuchstaben]*

**KONTAMINATION KONTAMINATION KONTAMINATION KONTAMINATION**
*[stand dort weiter]*

*Hiermit wird die Bevölkerung von Brighton und Umgebung amtlicherseits gewarnt, dass Chemikalien von einem fremden Schiff, das vom GROSSEN STURM der vergangenen Nacht überrascht wurde, von den vorherrschenden Strömungen und Winden an die Südküste unseres Landes gespült wurden. Sämtliche Einwohner Brightons und der umliegenden Städte sind angewiesen, in ihren Häusern zu bleiben, bis die Gefahr vorüber ist. Bitte bewahren Sie Ruhe und sitzen Sie ruhig, und wickeln Sie sich ein nasses Handtuch um den Kopf.*

*Denjenigen Bürgern, die diese Warnung ignorieren, sei an dieser Stelle gesagt, dass die fragliche Chemikalie bei Männern zu einer Dödelschrumpfung und bei Frauen zu einem beträchtlichen Anschwellen des Hinterns führt.*

*Weiterhin wird hiermit bekannt gegeben, dass das Kriegsrecht verhängt wurde und dass jeder, der auf der Straße angetroffen wird, als potentieller Plünderer behandelt und standrechtlich erschossen wird.*

*Wir danken Ihnen für Ihre Kooperation in dieser Angelegenheit. Bitte bleiben Sie ruhig und warten Sie auf unser Signal, dass sich die Lage entspannt hat.*

»Was?«, sagte Wok Boy.

»Genau meine Worte«, sagte Porrig.

»Hat jemand ein nasses Handtuch für mich?«, fragte Rippington.

»Nasse Handtücher, also wirklich«, sagte Porrigs Dad, der ein Stück weiter nördlich herumlungerte. Auf dem Bahnsteig der Mornington Crescent Station, um genau zu sein.

»Nasse Handtücher, Dödelschrumpfung und Hinternschwellung«, sagte eine intelligent aussehende Frau. »Wer auf der Straße angetroffen wird, wird als Plünderer erschossen. Etwas Besseres ist mir auf die Schnelle nicht eingefallen.«

Porrigs Dad stöhnte. »Ich schätze, es muss reichen. Es wird sie für eine Weile in ihren Häusern festhalten. Aber was, wenn die *Leviathan* festmacht und die Kreatur an Land kommt? Was dann?«

»Ich weiß es nicht«, sagte die Frau. »Warum fragen Sie mich?«

»Ich habe Sie nicht gefragt. Ich rede mit dem Schwein.«

»Atombombe«, sagte das Schwein. »Werfen Sie eine Atombombe auf die *Leviathan.* Jetzt gleich.«

»Ich kann keine Atombombe auf das Schiff werfen.« Porrigs Dad schüttelte den Kopf. »Wenn ich das tun würde, trüge ich die Verantwortung für den Tod der halben Bevölkerung von Südengland.«

»Nie im Leben«, sagte das Schwein. »Die meisten werden sicher in ihren Häusern sitzen, die Türen hinter sich abgesperrt und nasse Handtücher um den Kopf gewickelt.«

»Ja, aber was ist mit denen, die sich nicht an unsere Aufforderung halten?«

»Die Arbeitslosen, meinen Sie? Die Obdachlosen?«

»Gutes Argument. Wir werfen eine Atombombe auf den Mistkerle.«

»Halt, augenblicklich!« Die intelligent aussehende Frau hob eine intelligent aussehende Hand. »Ich werde mich nicht zur Mittäterin an der Ermordung unschuldiger Menschen machen, nicht einmal an Arbeitslosen!«

»Ach, kommen Sie!«, sagte Porrigs Dad.

»Nein, ich komme nicht. Es muss einen anderen Weg geben.«

»Wir könnten die *Leviathan* nach Frankreich umleiten«, sagte das Schwein. »Und dem Monster drüben in Frankreich eine Atombombe auf den Kopf werfen.«

»Gute Idee«, sagte Augustus.

»Ja?«, fragte das Schwein.

»Ja«, sagte Augustus.

»Ich bewundere Ihren Mut.«

»Es braucht keinen Mut, um eine Atombombe auf Frankreich zu werfen. Und früher oder später hätte ich es wahrscheinlich sowieso gemacht.«

»Nein, ich meine nicht die Atombombe auf Frankreich. Ich meine den Mut, den es braucht, um an Bord der *Leviathan* zu gehen und das Monster zu überreden, dass es seinen Kurs ändert.«

»Oh, das werde ich gewiss nicht tun. Ich werde delegieren. Ich schicke diese intelligent aussehende Frau hier.«

»Das werden Sie ganz gewiss nicht!«, sagte die intelligent aussehende Frau. »Ich mag vielleicht nur eine zweidimensionale weibliche Nebenrolle spielen, aber *so dumm* bin ich auch wieder nicht.«

»Ich hatte nicht einen Augenblick lang geglaubt, Sie könnten dumm sein«, sagte Porrigs Dad. »Ich habe Sie eher als eine Sigourney-Weaver-Figur betrachtet. Die einsame Frau von Charakter, die sich entschlossen den Aliens entgegenstellt.«

»Oder die Tussi in Terminator mit den geilen Titten«, sagte das Schwein.

»Ja, richtig«, sagte Porrigs Vater. »Obwohl Sigourney auch schicke Titten hat.«

»Sehr schicke sogar«, stimmte ihm das Schwein zu. »Sigourney ist sowieso die absolute Wucht, so weit es mich betrifft.«

»Da sehen Sie«, sagte Augustus. »Offen gestanden, Sie sehen Sigourney Weaver sogar ein wenig ähnlich.«

»Tatsächlich?«, fragte die intelligent aussehende blabla.

»Besser«, sagte das Schwein. »Sie haben mehr ›Präsenz‹, wenn ich das so sagen darf.«

»Oh, danke sehr.«

»Aber Sie haben wahrscheinlich Recht.« Augustus blickte nachdenklich drein. »Das ist kein Job für eine Frau. Ich rufe besser irgendeinen kräftigen Machotyp von den SAS. Eine Sylvester-Stallone-Figur. Dicke Muskeln, dickes Selbstvertrauen, dicker …«

»Dödel«, sagte das Schwein.

»Dicker *Colt*«, sagte Augustus Naseby.

»Ist doch das Gleiche.«

»Volles Rohr!« Augustus imitierte die entsprechende Bewegung. Er lächelte die intelligent aussehende Frau an. »Besser, wir überlassen das einem Mann. Glauben

Sie, Sie könnten mir vielleicht einen Kaffee in einem Plastikbecher bringen?«

»Nein!«

»Nein?«

»Nein!« Die intelligent aussehende Frau schüttelte ihren intelligent aussehenden Kopf. »*Ich* werde gehen«, sagte sie.

»Nein, davon will ich nichts hören!« Augustus schüttelte ebenfalls den Kopf. »Es war eine dumme Idee. Ich stehe unter großer Anspannung. Ich habe nicht richtig nachgedacht.«

»Ich werde gehen!«, sagte die intelligent aussehende Frau. »Es wird kein ›Volles Rohr!‹ geben! Und keine Atombombe auf Frankreich oder sonst wohin. Hier ist eine Frau gefragt. Diese Kreatur kann die Gedanken von Männern lesen, aber ich wette, dass sie meine nicht lesen kann. Ich finde einen Weg, um sie aufzuhalten. Überlassen Sie alles Weitere nur mir.«

»Sind Sie sicher?«

»Absolut sicher!«

»Nun ... wenn Sie absolut sicher sind ...«

»Ich bin es.«

»Sie ist es«, sagte das Schwein.

»Also schön, meinetwegen. Gehen Sie zur Einsatzzentrale. Ich werde anrufen und den Diensthabenden informieren, dass man Ihnen alles Erforderliche gibt.«

»Danke sehr, Sir.« Die intelligent aussehende Frau salutierte (Es sah intelligent aus). Augustus salutierte zurück. »Passen Sie auf«, sagte er.

»Das werde ich, Sir.« Und mit diesen Worten machte die intelligent aussehende Frau auf dem intelligent aussehenden Absatz kehrt und ging davon.

Augustus zog sein Mobiltelephon aus der Tasche und tippte eine Nummer ein. »Hallo?«, fragte er. »Smudger? Naseby hier. Die dumme Kuh hat den Köder geschluckt. Sie ist auf dem Weg zu Ihnen. Stellen Sie sicher, dass die Bombe in ihre Handtasche wandert, und stellen Sie sicher, dass sie nichts davon erfährt. Also, bis dann.«

Das Schwein blickte zu Porrigs Dad auf. »Sie Bastard«, sagte das Schwein. »Sie verräterischer, doppelzüngiger Bastard!«

## 16

Der andere Bastard, grün und grausam, dachte seine schrecklichen Gedanken und sandte sie mit einem Lächeln auf dem Gesicht nach draußen.

Die erste Welle aus Schmerz traf einen gewissen Badeort des südlichen England um genau zehn Uhr dreiundzwanzig Minuten und vierzehn Sekunden an jenem Morgen.

Lords und Ladys, Jungen und Mädchen, die Großen und Guten und Kleinen und Bösen jaulten und heulten und schrieen und fielen ohnmächtig zu Boden.

KONTAMINATION KONTAMINATION KONTAMINATION KONTAMINATION KONTAMINATION KONTAMINATION dachten sie.

Männer umklammerten ihre Dödel und Frauen ihre Hinterteile. Doch der Schmerz war so intensiv, dass die klammernden Hände wieder zu den Schädeln zuckten und dort blieben.

Porrig, inzwischen angezogen, hatte eigentlich vorgehabt, nach draußen an die frische Luft zu gehen und sich ein wenig umzusehen, nachdem er zu der nicht allzu überraschenden Erkenntnis gelangt war, dass in der Tat *irgendetwas* vorging. Er stand in der Tür seines Ladens, als der Schmerz ihn von den Füßen riss.

Wok Boy, auf halbem Weg die Treppe hinunter, schrie auf und purzelte das restliche Stück herab.

Rippington stand da und betrachtete die beiden verwirrt.

Die *Leviathan* lag nun eine halbe Meile vor der Küste Brightons, und von dort schoss der Schmerz nach draußen. Dilbert grinste und dachte weitere grässliche Gedanken, und seine Gedanken flogen nach draußen und schmerzten wie die Hölle.

Die Menschen erhoben sich nun wieder, und getrieben von einer unwiderstehlichen Macht gingen sie nach draußen auf die Straßen. Sie strömten in großen Wellen über die Umgehungsstraßen, menschliches Treibgut, getrieben von einer Flut aus Schmerz. »*Kommt und begrüßt euren Gott*«, riefen die Gedanken Dilberts. »*Kommt und begrüßt Mich jetzt.*«

Vorwärts strömten sie, schneller und schneller. Sie trampelten die Schwachen und Alten nieder auf dem Weg die Straßen hinab und zum Meer.

Zu Tausenden.

Auf der Promenade, jener berühmten viktorianischen Promenade, auf der einst elegante Gentlemen mit ihren Ladys zur Musik von Kapellen flanierten, kam das Volk der Jetztzeit in einer wilden Horde. In einem Gedränge aus Verwirrung, Schmerz, Panik, Entsetzen, getrieben von einem unsichtbaren Zwang, immer weiter voran, über das Geländer und hinunter auf den Strand.

Und weiter.

In das Meer.

Knietief nun. Alte brachen zusammen, Kinder wurden von ihren Müttern getrennt, Liebende auseinander gerissen, alle getrennt doch alle vereint, Tausende, Tausende, Furcht und Entsetzen.

Dann das Schweigen, die trockenen Münder offen, die furchterfüllten Augen geweitet nach vorne blickend...

Denn Er kommt...
Der Gott kehrt zurück.
In einem wundervollen weißen Schiff.
Mit einer großen Bugwelle.
Rettungsboote werden ausgesetzt.
Und Sein siebenzackiger Stern.

*Und ich trat an den Sand*
*des Meeres. Und sah ein Tier*
*aus dem Meer steigen...*
Offenbarung 13, 1

Und so fielen sie einer über den anderen, auf die Knie gezwungen, um Ehrerbietung zu erweisen. Um ihren neuen Gott anzubeten. Den neuen Gott, der ihr alter Gott war. Der einmal mehr über sie gekommen war.

Mensch verneige dich vor deinem Herrn.

Porrig mühte sich verzweifelt, das Gesicht über dem Wasser zu halten, doch der Schmerz zwang ihn tiefer, immer tiefer. *Du wirst Mich verehren. Du wirst niederknien.*

Und Porrigs Gesicht versank in den Wellen, und der Schmerz bohrte sich immer noch tiefer in seinen Kopf, und er bekam keine Luft mehr, und Wasser flutete in seine Lungen, und dann trieb Porrig leblos auf dem Meer.

»Das ist schlecht. Das ist so verdammt schlecht.« Augustus Naseby starrte hinauf auf die große Weltkarte, die sich wieder in einen gigantischen Fernsehschirm zurückverwandelt hatte, auf dem Bilder von den Straßenüberwachungskameras des Seebads Brighton zu sehen waren.

»Er hat sie ins Meer getrieben.« Ein Mann in einem weißen Kittel bekreuzigte sich. »Die gesamte Bevölkerung der Stadt. Sie waren machtlos. Niemand konnte ihm widerstehen.«

»Er zeigt jedenfalls, dass er es ernst meint.« Augustus Naseby wandte sich ab. »Er wird hierher kommen. Er hat es auf uns abgesehen. Wir müssen verschwinden. Wir müssen in die Fluchtkapsel steigen und uns nach Norden absetzen. Wir dürfen nicht in seinen Einfluss geraten.«

Der Mann im weißen Kittel betrachtete Augustus kalten Auges. »Nein, Sir«, sagte er.

»Nein? Was soll das heißen, nein?«

»Nein heißt nein, Sir. Wir dürfen nicht einfach davonlaufen.«

»Wir laufen nicht einfach davon. Man nennt es strategischen Rückzug.«

»Ich geb einen Dreck darauf, wie es genannt wird, Sir. Wir dürfen nicht davonlaufen!«

»Wir können und wir werden. Das Ministerium für Glückliche Zufälle muss unter allen Umständen handlungsfähig bleiben. Wir müssen koordinieren. Diese Situation ist noch nicht außer Kontrolle.«

»Wir können sie nicht unter Kontrolle halten, Sir. Diese Kreatur ist zu mächtig. Sie behandelt Menschen wie Dreck. Sie bedeuten ihr überhaupt nichts. Sie wird eine Schneise der Verwüstung durch unser Land ziehen und Tausende töten. Wir müssen bleiben und kämpfen, und wir müssen es jetzt tun.«

»Wo ist die Frau mit der Handtasche?«

»Agentin Artemis?«

»Agentin *wer*?«

»Artemis, Sir. In der griechischen Mythologie war sie

die jungfräuliche Göttin der Jagd und des Mondes. Die Zwillingsschwester des Apoll. Die Römer nannten sie Diana, und sie ...«

»Ja, ja, schon gut. Agentin *Artemis.* Wo steckt sie?«

»Ich hab ihr ein Taxi gerufen, Sir.«

»Ein Taxi gerufen! Warum haben Sie ihr nicht einen von unseren schwarzen, unmarkierten, waffenstarrenden Helikoptern gegeben?«

»Sie hat gesagt, sie zieht es vor, in einem Taxi zu fahren.«

»Also schön. Vergessen Sie sie. Geben Sie mir das Verteidigungsministerium an den Apparat. Verbinden Sie mich direkt mit dem Oberkommandierenden der Bewaffneten Streitkräfte.«

»Also werden wir bleiben und kämpfen, Sir?«

»So ähnlich, ja. Es wird gekämpft werden, und ich werde irgendwo herumlungern, während Sie mir einen Kaffee in einem Plastikbecher besorgen. Agentin *Artemis,* ich werde noch verrückt!«

Agentin-Artemis-ich-werde-noch-verrückt saß auf dem Rücksitz eines schwarzen Londoner Taxis. Der Fahrer, der »kürzlich Chris Evans persönlich genau dort sitzen« hatte, wo sie nun saß, »ein rotblonder Blödschwätzer, aber man muss ihn einfach mögen, nicht wahr, weil er immer für einen Lacher gut ist, und ein Lacher ist es doch, worum es im Grunde genommen geht, oder nicht, und in was machen Sie überhaupt, wenn die Frage erlaubt ist, lassen Sie mich raten – Klamotten? –, weil ich nämlich mal den Versace hier drin hatte, ich meine, ich *hatte* ihn natürlich nicht, aber er hat hier drin gesessen, bevor er niedergeschossen wurde, damals, haut einen um, wie?« Er beäugte sie im Rückspiegel.

Agentin Artemis, ohne das Ich-werde-noch-verrückt, ignorierte den Fahrer geflissentlich. Sie betrachtete ihr Spiegelbild in einem Make-up-Spiegel, und weil sie mit dem Ergebnis zufrieden war, lächelte sie geheimnisvoll, schlug ihre unmöglich langen Beine wieder übereinander und starrte durch das Fenster hinaus auf London und das Stadtleben. Wie alle Frauen kannte sie die verschlagenen Tricks der Männer bestens, daher hatte sie ihre Siebensachen nach dem Verlassen von Mornington Crescent mit größter Sorgfalt überprüft. Sie hatte nicht lange gebraucht, um die versteckte Bombe zu finden, und sie hatte sie an einem geheimen Ort versteckt, der *kein* Euphemismus war, um sich anschließend mit verschiedenen Gegenständen hoch sensibler Hardware auszurüsten, die zu tragen sie absolut keine Berechtigung besaß.

Agentin Artemis lächelte einmal mehr. »Fahren Sie mich nach Brighton«, sagte sie und lehnte sich auf ihrem Sitz zurück, auf dem schon so viele berühmte Hintern vor ihr gesessen hatten.

Nicht der Berühmteste, doch der Berüchtigste des Augenblicks saß auf Seinem fetten Hintern und winkte mit lahmer Blätterhand Seinen Untertanen zu. Sie standen inzwischen wieder oben am Strand – diejenigen, die noch lebten jedenfalls. Sie reihten sich am Weg und jubelten durch Tränen hindurch, während sie hassten und fürchteten und sich unter Schmerzen wanden.

Seine Nubier trugen Ihn auf Seinen Kissen in Seinem siebenzackigen Stern. Andere mühten sich ebenfalls, Ihn hochzustemmen. Und drei Männer gingen vor Ihm her, bekleidet mit nichts als Unterhosen, während sie Rosenblätter verstreuten und Sein Loblied sangen.

Sir John Rimmer sang zwischen zusammengebissenen Zähnen hindurch. Er schlurfte auf weichen Knien vor Ihm her, die Augen starr geradeaus gerichtet und keine steife Oberlippe mehr. Danburry trödelte und fluchte, wenn er konnte, und der Doktor marschierte stur geradeaus und rezitierte Seine Worte wie ein Roboter.

Gelobt sei Er. Gelobt sei Er.

Die Menge nahm den Sprechgesang auf, denn es schmerzte weniger, wenn sie ihn sang, und folgte Ihm und Seiner obszönen Parade in Richtung Bahnhof.

Gelobt sei Er.

Und gelobt sei Er.

Und ... »Aaaaaaaaaaaaoooooooooooooouuuuuuuuurrrrrrgh ... uuuurrrrrrrrgggghhhhh ... urgh, urgh, urgh!«

Von irgendwo weit entfernt und lang vorbei und Gott weiß wo und wie kam Porrigs »Aaaaaaoooooooooouuuuuuurrrrrgh!« und »Urgh, urgh, urgh!«

»Spuck's schon aus, du Rubbler, vielleicht ist es eine goldene Uhr.«

»Urgh, urgh, urgh!«, und »Geh runter von mir, verdammt noch mal!«

»Das ist definitiv ein Zeichen der Besserung.«

»Los, runter von meinem Gesicht, du ... urgh, urgh, urgh!«

»Spuck's aus, es ist nur Wasser. Und diesmal nicht einmal meins.«

Porrig setzte sich auf. Er würgte noch ein paar Mal, und dann wurde ihm unheimlich schlecht.

»Pass nur auf, wo du hinkotzt! Ach du lieber Gott!« Rippington sprang hastig in Deckung.

Porrig blinzelte Seewasser aus den Augen. Er befand sich unterhalb des Piers. Und offensichtlich noch im Land der Lebenden.

Und der Toten.

Denn überall am Strand lagen Tote, angespült von den Wellen, wie zerbrochene Puppen, die nur noch in der Erinnerung existieren.

Porrig wurde erneut übel.

»Hauptsächlich grüner Tee«, beobachtete Rippington, der das Erbrochene untersuchte. »Du solltest dir wirklich ein vernünftiges Frühstück angewöhnen. Das ist die wichtigste Mahlzeit des Tages, das Frühstück.«

»Halt die Klappe!«, spuckte Porrig. »Was ist überhaupt passiert? Diese Toten! All die vielen Toten!«

»Das war Dilbert Norris«, sagte Rippington. »Er ist ein Gemüse.«

»Jetzt ist nicht die Zeit, um dämliche Witze zu reißen, du kleiner ...«

»Ich reiße keine dämlichen Witze. Das *war* Dilbert Norris!«

»Dilbert wer?« Porrig hustete erneut. »Wie bin ich ... wie hab ich ...«

»Wie du überlebt hast? Ich hab dich aus dem Meer gezogen. Es war ein ziemlicher Kampf, kann ich dir verraten! Und ich musste mit dem Fuß in deinen Hals, um deine Luftröhre wieder freizukriegen! Und dann ... eigenartig, wo wir gerade von meinem Wasser geredet haben; als du immer noch nicht aufgewacht bist, hab ich ...«

»Bastard! Urgh, urgh, urgh!«

»Danke sehr«, sagte Rippington und verschränkte die dürren Ärmchen. »Vielleicht hätte ich dich als Futter für die Fische zurücklassen sollen wie ...« Er brach ab.

»Wie was?« Porrigs rot geränderte Augen fixierten den kleinen grauen Kerl.

»Ich hab Wok Boy nicht finden können«, sagte Rippington. »Und ich kann seine Gedanken nicht mehr hören. Ich glaube, er ist ...«

Porrig vergrub das Gesicht in den Händen. »O nein!«, heulte er. »O nein!«

»Tut mir Leid«, sagte Rippington. »Aber andererseits hat er jede Menge Platz in deinem Bett beansprucht. Und seine komischen Jeans haben wirklich gestunken und ...«

»Halt die Klappe!« Porrig rappelte sich unsicher hoch. »Das ist doch verrückt! Was ist hier passiert? Warum? Wer?«

»Dilbert. Ich hab's dir doch schon erzählt.«

»Ich verstehe das nicht.« Porrig wankte und wäre fast über den Leichnam einer Frau gefallen. »All diese Toten! Das ist der Strand von Brighton, um Gottes willen! Ist das das Ende der Welt? Sind wir im Krieg oder was?«

»Er ist von diesem Schiff dort gekommen.« Rippington deutete auf die *Leviathan.* »Er ist kein Mensch. Er kommt von einer anderen, weit, weit entfernten Welt. Und er ist auch nicht aus Fleisch und Blut, er ist ein verdammtes Gemüse.«

»Woher weißt du das?«

»Weil ich seine Gedanken hören kann, Porrig. Er hat die lautesten Gedanken auf diesem ganzen Planeten. Und wie es aussieht, auch den allergrößten Rubbeldödel. Seine Gedanken sind so stark, dass er Menschen damit kontrollieren kann. Und er mag die Menschen nicht, weil er ein Gemüse ist. Auf seiner Welt hat sich das Gemüse entwickelt, nicht die Säugetiere. Er hat genauso viel für Menschen übrig, wie ihr euch für das Wohlergehen einer Karotte interessieren würdet.«

»Ich mag Karotten eigentlich ziemlich gerne.«

»Gekocht, so magst du deine Karotten. Und genauso mag Dilbert die Menschen.«

»Nein!« Porrigs grünlich-graues Gesicht wurde noch eine Spur intensiver grünlich-grau. »Er isst Menschen? Ist es das, was du mir sagst?«

»Er beabsichtigt, sie zu züchten. In großen Ställen. Sobald er erst die Macht an sich gerissen hat.«

»Nein!« Porrig schüttelte heftig den Kopf, und ihm wurde übler. »Das ist ein verdammter Albtraum! Ich träume doch nur! Sag mir, dass ich das alles nur träume!«

»Du träumst nicht, Porrig.« Rippington schüttelte ebenfalls den Kopf. »Aber wenn du absolut sicher sein willst, könnte ich dir ja meinen kleinen Stab in den ...«

»Nein!« Porrig raufte sich die Haare. »Hör auf! Hör endlich auf! Dieses Ding, dieser Dilbert. Er muss aufgehalten werden!«

»Und wie beabsichtigst du das zu machen?«

»Ich?« Porrig starrte den Zwerg voller Entsetzen an. »*Ich?* Wie *ich* beabsichtige, das zu machen?«

»Ich geb's auf. Wie beabsichtigst du, es zu machen?«

»Ich beabsichtige überhaupt nichts! Ich bin raus aus der Geschichte. Ich gehe ins Ausland! Ich gehe mit dir nach ALPHA 17!«

»Aber wir können nicht nach ALPHA 17, erinnerst du dich? Wir kennen das magische Ritual nicht!«

»Wo ist der alte Knacker?«

»Ich geb's auf«, sagte Rippington. »Wo ist der alte Knacker?«

Porrig, der es aufgegeben hatte, sich die Haare zu raufen (wegen der Schmerzen), warf verzweifelt die Hände hoch. »Irgendjemand muss irgendetwas unternehmen! Irgendjemand. Ich weiß es! Ich weiß es!« Er schüttelte die Hände in einer Geste, die besagte, dass er es wusste. »Ich weiß, wer etwas unternehmen kann!«

»Soll ich raten? Oder wäre es einfacher, wenn ich gleich wieder aufgebe?«

»Derjenige welche«, sagte Porrig. »Der Mann, der alles lenkt.«

»Meinst du Gott?«, fragte Rippington. »Das ist ein wenig weit hergeholt, Gott zu bitten.«

»Kein Gott. Mein Vater.«

»Ah«, sagte Rippington. »Dein Vater. Ah ...«

»Was meinst du mit ›Ah‹? Was soll das? Warum sagst du ›Ah‹?«

Rippington trat von einem kleinen Fuß auf den anderen. »Nun, ich wollte es eigentlich noch nicht erwähnen, wegen dieser vielen Toten und so. Ich dachte, ich warte vielleicht besser, bis du deine Sinne wieder zusammenhast. Vielleicht über einer netten Tasse Tee.«

»Spuck's aus, Rippington.«

»Nun, es geht um deinen Dad. Verstehst du, Dilbert weiß alles über deinen Dad. Er hat seine Gedanken durch die Welt geschickt, um herauszufinden, wer alles lenkt und so, und der Name deines Vaters stand ganz oben auf der Liste und ...«

»Und?«

»Und deswegen ist Dilbert nun auf dem Weg nach London. Zum Ministerium für Glückliche Zufälle. Er trifft sich mit deinem Vater zum Essen.«

»Du meinst, mein Vater wird mit diesem Ungeheuer *kollaborieren*?«

»Äh, nein. Als ich sagte, dass Dilbert sich mit deinem Vater zum Essen trifft, da meinte ich eigentlich, dass dein Dad ... äh ...«

»Was?«

»Das Essen sein wird«, sagte Rippington.

»Aaaaaaaaaaaaagh!«, machte Porrig. »Ruft die Armee!«

## 17

Der Oberkommandierende der Bewaffneten Streitkräfte. Der Oberste Befehlshaber der Alliierten Streitkräfte. Der Generalfeldmarschall der Bewaffneten Alliierten Streitkräfte und Vereinigten Hochkommissare der Obersten Bewaffneten Alliierten Kommandanten von Kommandanten von Kommandanten, König von Dänemark und Herr des gesamten Universums und schönste Soldat der ganzen weiten Welt und gut in Spielen und Kapitän der Kricketmannschaft und laäweoirüvz098ä098akfn0.

»Hören Sie sofort auf damit!« Ein Bursche mit dem Titel Adjutant, was der Titel für einen Offizier ist, der als administrativer Helfer eines vorgesetzten Offiziers fungiert, schlug dem Oberkommandierenden der Bewaffneten Streitkräfte und Oberbefehlshaber der Alliierten blabla tadelnd auf die Finger. »Das ist meine Schreibmaschine, und ich dulde nicht, dass Sie ohne meine Erlaubnis darauf herumtippen.«

»Ich will auch so eine Schreibmaschine, für mich ganz allein!«, nörgelte der Oberkommandierende der Bewaffneten Streitkräfte und Oberbefehlshaber der Alliierten blabla. »Ich will meine Memoiren tippen.«

»Papier kostet Geld«, sagte der Adjutant. »Und wer soll das bezahlen? Ich ganz bestimmt nicht, von meinem kleinen Sold.«

»Ich könnte alles auf einer Floppy-Disk ausdrucken.«

»Ach, könnten Sie? Wissen Sie überhaupt, was eine Floppy-Disk ist? Na? Wissen Sie's?«

Der Oberkommandierende machte ein verwirrtes Gesicht. Aus Typenreiniger.

»Das hilft Ihnen nicht weiter. Sie wissen nicht, was eine Floppy-Disk ist, geben Sie's schon zu.«

»Ich weiß, was ein Panzer ist, und wenn Sie einen Krieg an vier Fronten führen und der Feind alles in Ihre Richtung wirft, was er aufzubieten hat, wo ist dann Ihre Floppy-Disk, eh? Sagen Sie mir das, mein Herr. Sagen Sie's mir.«

»Ich bin fest überzeugt, dass Computer in der hoch entwickelten Kriegführung unserer Tage eine bedeutende Rolle spielen.«

»Ptah!«, machte der Oberkommandierende.

»Meinen Sie den ägyptischen Gott?«

»Genau den. Bei den Eiern der Hölle, ich langweile mich!«

»Wir alle langweilen uns«, sagte der Adjutant. »Aber ein paar von uns müssen auch arbeiten.«

»Ich muss nie arbeiten«, nörgelte der Oberkommandierende.

»Nein, natürlich nicht. Sie sind ja schließlich auch der Oberkommandierende.«

»Aber warum habe ich nie Arbeit?«

»*Weil* Sie der Oberkommandierende sind. Sie erteilen Befehle. Sie delegieren. Das ist es, worum es in der Armee geht. Sie befehlen mir, etwas zu tun, und ich gebe den Befehl weiter die Befehlskette hinunter.«

»Haben Sie Lust auf eine Runde *Ich-sehe-was-was-du-nicht-siehst*?«

»Nein. Sie mogeln.«

»Ich mogle nicht. Sie sind derjenige, der immer mogelt!«

Ein Telephon klingelte.

»Ich gehe ran«, sagte der Oberkommandierende.

»Nein, ich gehe ran«, sagte der Adjutant und riss den Hörer an sich.

Der Oberkommandierende drehte Däumchen. Dann, als er dessen müde wurde, steckte er die Daumen zurück in die speziellen Halter am Gürtel und fummelte stattdessen an seiner Krawatte.

Der Adjutant legte den Hörer zurück auf die Gabel. »Mutter Marias heilige Handtasche!«, sagte er.

»War das mein Freund der Papst?«, fragte der Oberkommandierende.

»Nein, das war mein Freund Augustus Naseby vom MinfGZ[1].«

»Und was wollte er?«

»Wir sollen Alarmstufe Grün einleiten.«

»*Alarmstufe Grün?*« Der Oberkommandierende versteifte sich in seinen Hosen (sozusagen). »*Alarmstufe Grün?*«

»Das hat er jedenfalls gesagt.«

»Die Nation ist in ihren Grundfesten bedroht? Diese Alarmstufe Grün?«

»Ganz genau diese.«

»Bei Simbas Suspensorium!« Der Oberkommandierende fiel hustend und schnaufend und pfeifend in seinen großen, dick gepolsterten Ledersessel zurück. Das war es! Das war der große Tag, auf den er gewartet hatte! Endlich. Der Ruf zu den Waffen. Weitere Ehrungen standen bevor.

Er hatte schon früher Ehrungen erhalten, selbstverständlich hatte er. Jede Menge von diesen Dingern sogar. Große Ehrungen in Messing mit Bändern daran,

---

1 Das Militär liebt diese Abkürzungen, oder?

weil er seinem König und seinem Land gedient hatte. Er hatte tapfer gekämpft und gewonnen und war in ein Land zurückgekehrt, das seine Helden erwartete.

Doch was er wann und wie und wo getan hatte, davon werden Sie hier kein Wort lesen. Denn obwohl so viele Seiten mit der Aufzählung seiner Taten und seiner Laufbahn voll geschrieben werden könnten, wäre alles im Grunde genommen Zeitverschwendung. Denn der Oberkommandierende ist, wie viele von Ihnen vielleicht bereits bemerkt haben, ein Charakter mit weniger Tiefe als eine abblätternde Schicht Farbe auf einer rostigen Gartenlaube und so unendlich zweidimensional, dass er wahrscheinlich aufhören würde zu existieren, sollte er sich einmal seitwärts drehen.

Von seinem Aussehen kann gesagt werden, dass er gut über einsachtzig groß war und fast einen Meter breit. Er hatte ein gutes Auge, eine Hüfte aus Kanonenstahl, ein Herz aus Eiche und die Konstitution eines Ägypters. Eines Ägypters mit einem richtigen Fez.

Von seinen Gewohnheiten kann gesagt werden, dass er sich an Shunamitismus, Algolognia und Frottage erfreute. Aber wer tut das nicht, eh?

»Alarmstufe Grün, eh?«, sagte der Oberkommandierende einmal mehr. »Nun, wenn wir Alarmstufe Grün einläuten sollen, dann hängen Sie sich jetzt besser an die Strippe und schaffen mir ein paar meiner Lamettahengste herbei, die uns zur Hand gehen können. Rufen Sie mir Dickerchen Wilberforce, Pummel Molesworth, Schlangenhüfte Henderson, Froschhintern Battersby ...«

»Schüttler Shanks-Greebly?«

»Den auch.«

»Und Sattelschnüffler Snapdragon?«

»Und den.«

»Wie steht es mit dem alten Pferdeapfeltreter McPopo-Trompete?«

»O ja, den hätte ich fast vergessen. Rufen Sie Pferdeapfeltreter McPopo-Trompete.«

»Und was ist mit Schafsfummler Billy Muff-Wrestler?«

Der Oberkommandierende sah seinen Adjutanten an.

Der Adjutant sah seinen Oberkommandierenden an.

»Jetzt erfinden Sie welche, stimmt's?«, fragte der Oberkommandierende.

»Sie doch auch!«

»Aber ich bin der Oberkommandierende, und wenn ich ein paar Kameraden aus alten Schlachten erfinde, die mir bei der Alarmstufe Grün zur Hand gehen, dann ist das ein Privileg meines Dienstgrades.«

»Meinetwegen«, sagte der Adjutant. »Ich schätze, es ist nicht verboten, eh? Aber wen soll ich denn nun *wirklich* anrufen?«

»Nur die beiden Letzten.«

»Aber die habe ich ...«

»Kein Aber, Herr Adjutant. Kein Aber. Satteln Sie mein Pferd, und machen Sie den Brandy auf. Und Adjutant?«

»Sir?«

»Sagen Sie Muff-Wrestler, er soll ein Schaf mehr mitbringen.«

»Ich sage ihm, er soll zwei mitbringen«, sagte der Adjutant.

»Ich hab zwei Kaffee mitgebracht«, sagte der Mann im weißen Kittel. »Wie sind Sie mit dem Verteidigungsministerium verblieben?«

Augustus Naseby nahm einen der beiden Kaffees. »Ich habe mit dem Büro des Oberkommandierenden gesprochen.«

»Mit Schlingmaul Nackershaw?«

»Schlingmaul Nackershaw ist vorzeitig in den Ruhestand gegangen. Da ist ein neuer Typ. Major-General Sir Stanley Buckelrunter.«

»Was für ein merkwürdiger Name. Ich hoffe doch sehr, der Bursche ist kein Perverser?«

»Irgendwelche Fortschritte?«

»Der Kaffee ist noch heiß. Aber das ist auch ungefähr schon alles.«

»Nun, ich nehme an, dass das Monster bald erledigt sein wird, nachdem nun die Creme der militärischen Köpfe unserer Nation mit diesem Problem befasst ist.«

»Ja, in der Tat«, sagte Augustus ohne rechte Überzeugung. »Und wo genau befindet sich das Monster in diesem Augenblick?«

»Die Überwachungskameras behalten es im Auge. Es scheint unterwegs nach Brighton Station zu sein. Hatten Sie nicht irgendetwas erzählt, Ihr Sohn Porrig wäre nach Brighton gezogen?«

Augustus Naseby schnitt eine bittere Miene. »Mein Sohn Porrig«, sagte er. »In all der Aufregung habe ich meinen Sohn ganz vergessen.«

Doch Porrig hatte seinen Dad nicht vergessen. Und Porrig wollte nicht, dass sein Dad seine Tage in den Därmen eines Monsters beendete. Sicher, Porrigs Dad war ein Mann, den man als »schwierigen Kunden« bezeichnen könnte. Ganz bestimmt durfte man ihm nicht über den Weg trauen. Er war ohne jeden Zweifel über alle Maßen link und hinterlistig. Aber er war immer noch Porrigs Dad. Und ein Dad ist ein Dad ist ein Dad, ganz gleich, wie gemein er sich verhalten mag. Man liebt ihn trotzdem. O ja, das tut man. Er ist schließlich der Vater, nicht wahr?

»Ich hasse meinen Vater«, sagte Porrig und strafte den Verfasser dieser Zeilen Lügen, während er durch die verlassenen Straßen trottete.

»Tust du nicht«, widersprach Rippington. »In Wirklichkeit liebst du ihn.«

»Vielleicht.« (Na also.)

Porrig versucht Hilfe herbeizurufen, die Armee zu alarmieren oder seinen Dad zu informieren, doch die Telephone waren allesamt tot. Allesamt.

»Was sollen eigentlich all diese Postkarten mit diesen Frauen mit dem vielen Holz vor der Hütte?«, fragte Rippington, als Porrig in der x-ten Telephonzelle den Hörer auf die Gabel war.

»Das geht dich überhaupt nichts an. Komm, wir gehen in den Laden zurück.«

»Warum in den Laden?«

»Damit ich mir ein paar trockene Sachen anziehen und meine Gedanken sortieren kann. Und jemanden um Hilfe rufen, wenn du es genau wissen willst.«

Sie kehrten in den Laden zurück.

Das Telephon funktionierte auch hier nicht. Kein einziges Telephon in ganz Brighton funktionierte. Das Ministerium für Glückliche Zufälle hatte die Leitungen getrennt.

Porrig erging sich in ausgiebigem Schicksalhadern.

»Komm schon«, sagte Rippington. »Trink erst mal ’ne Tasse Tee.«

Porrig setzte den Kessel auf. »Was sollen wir nur tun?«, fragte er den kleinen grauen Burschen.

»Seit wann sprichst du im Plural majestatis?«

»*Wir* müssen doch irgendetwas unternehmen! Das ist eine große Katastrophe, die sich hier abspielt!«

»Schalten wir doch das Radio ein.«

Porrig schüttelte den Kopf und rubbelte denselben mit einem Dödel-Handtuch. »Warum das Radio?«

Rippington tippte sich an die nahezu nasenlose Nase. »Man kann nie wissen«, sagte er. »Vielleicht findet eine so große Katastrophe ja Erwähnung in den Nachrichten.«

Porrig schaltete das Radio ein, das auf dem Küchentisch stand und bisher der Erwähnung entgangen war. Es war Wok Boys Radio. Porrig spürte Übelkeit in sich aufsteigen.

Das Radio knackte, dann kamen die Nachrichten.

Es waren allgemeine Nachrichten und erste Berichte. Erste Berichte sind immer einen Hinlauscher wert. Sie mögen ein wenig skizzenhaft und vage sein, doch echte Nachrichten *sind* skizzenhaft und vage. Echte Nachrichten sind nun einmal eine schmutzige Angelegenheit. Natur, wie sie leibt und lebt, mit Zähnen und Klauen und Blut und Tränen und so weiter. Und erste Berichte *sind* echte Nachrichten, weil erste Berichte noch nicht zurechtgemacht und geschminkt und gesäubert sind und von den Männern gestutzt, die an den Fäden ziehen.

»Soeben erreichen uns die ersten Berichte von einem größeren Zwischenfall in der Gegend von Brighton«, sagte eine Stimme in Porrigs Radio. »Sie sind ein wenig skizzenhaft und vage, doch wir erwarten offizielle Stellungnahmen zu den Ereignissen und werden diese ausstrahlen, sobald sie bei uns eingetroffen sind.

Der neue Papst Gregor der Hühnersorger hat die Nachrichtenmoderatorin Carol Vordermann zu einer lebenden Heiligen ernannt, die imstande ist, an verschiedenen Orten gleichzeitig zu wirken, während hier zu Hause Porrig ein Geschirrhandtuch benutzt, um sich unter den Armen abzutrocknen und dabei überlegt, was als Nächstes zu tun sei.«

»Was?«, machte Porrig.

»Allerdings rechnen wir damit«, fuhr die Stimme aus dem Radio fort, »dass er schon in Kürze zu einem Entschluss gekommen sein wird.«

»Wer sagt das?«, fragte Porrig.

»Du sagst: ›Wer sagt das?‹, oder sagst du nicht?« Rippington kratzte sich den kleinen grauen Kopf.

»Nein. Im Radio meine ich. Irgendjemand redet von mir.«

»Das machen doch alle Radios. Oder nicht?«

»Ich meine zu mir *persönlich.*«

»Ah«, sagte Rippington. »Ah. Zu dir persönlich also. Aber oft hörst du diese Stimmen nicht, oder? Die Stimme Gottes vielleicht? Oder Elvis? Spricht da etwa Elvis zu dir?«

»Elvis? Woher weißt du überhaupt etwas von Elvis?«

»Porrig, jeder weiß alles über Elvis. Überall.«

»Ja, sicher, gut. Hör zu, du kleiner Plagegeist. Ich verliere nicht den Verstand, verliere ich (nicht)? Irgendjemand spricht durch dieses Radio zu mir, zu mir ganz *persönlich.* Also halt die Klappe und hör zu!«

Rippington hielt die Klappe und hörte zu.

»... beschuldigt, sich unter dem Allfluss von Einkohol, ähem, Verzeihung, als Ägypter ausgegeben zu haben und wurde im Besitz gewisser Pamphlete angetroffen, in denen er behauptet, dass Hühner die Welt zu übernehmen beabsichtigen. Er wurde für schuldig befunden und...«

»Es hat aufgehört«, sagte Porrig.

»Achte darauf, dir die Zwischenräume zwischen den Zehen richtig abzutrocknen«, sagte die Stimme im Radio. »Und zieh eine Weste an, sonst erkältest du dich noch.«

»Ich kenne diese Stimme!«, sagte Rippington. »Das ist...«

»Der Kurator«, sagte die Stimme im Radio. »Und was machst du eigentlich da?«

»Ah«, sagte Rippington. »Porrig hat mich aus ALPHA 17 gekidnappt.«

»Du kleiner verlogener Mistkerl!«, schimpfte Porrig und fuhr zum Radio gewandt fort: »Sie wissen doch ganz genau, warum er hier ist! Sie haben ihn hinter mir hergeschickt!«

»Jetzt passt einmal gut auf, ihr beiden«, sagte die Stimme im Radio. »Wir haben wirklich nicht viel Zeit. Du musst das Monster aufhalten, Porrig.«

»Ich? Das Monster aufhalten? Jetzt machen Sie aber bitte mal halblang.«

»Es ist möglich, Porrig, und ich werde dir verraten, wie du es machen musst.«

»Nein!«, widersprach Porrig entschieden. »Nein, nein, nein! Ich wäre fast gestorben unten am Strand! Dieses Ding kann Tausende von Menschen mit bloßer Gedankenkraft zum Selbstmord zwingen! Ich zeichne Ihnen ein Comicbuch, aber...«

»Aber?«

»Aber ich bin kein Superheld. Ich könnte niemals einer sein.«

»Das verlange ich auch gar nicht von dir. Ich werde dir die rituellen Worte verraten, die es dir ermöglichen, von dieser Realität in eine andere zu wechseln. Du wirst sie aufschreiben und auswendig lernen. Ich werde in Kürze zu dir stoßen und dann werde ich dir zeigen, wie man sie benutzt.«

»Warum machen Sie es nicht einfach selbst?«, fragte Porrig. »Sie sind doch der große Magier.«

»Möchtest du nun deinem Vater das Leben retten oder nicht?«

»Selbstverständlich möchte ich.«

»Dann hol jetzt einen Stift und Papier.«

Porrig ging beides holen und notierte anschließend das unverständliche Kauderwelsch, das der Alte ihm aus dem Radio diktierte.

»Das ist alles?«, fragte Porrig, als das Radio endlich verstummte.

»Das ist alles. Und jetzt schön auswendig lernen. Ich bin bald bei dir.«

»Aber was, wenn ...«

»... noch vom Krankenbett ließ Sir David Attenborough verlauten, dass er keinen Groll gegen die Eingeborenen von Gwa'tan Qua Cest'l Potobo hege und schon bald wieder auf seinem verbliebenen Bein sein würde.«

»Halt, Augenblick!«, brüllte Porrig. »Reden Sie mit mir!«

»Das waren die Nachrichten; die Zeit: es ist genau ...«

»Halt!«

»Er ist weg«, sagte Rippington. »Das ist mal wieder typisch.«

Porrig stieß einen mächtigen Seufzer aus. »Und damit hängt mal wieder alles an mir, wie? Töte den Drachen und rette das Land? Lächerlich! Das ist der reinste Irrsinn!«

Rippington ging um den Tisch herum und setzte sich auf den Wasserkessel. »Aua!«, kreischte er und sprang hoch.

Porrig starrte auf die Worte, die er niedergeschrieben hatte. Sie erschienen ihm noch immer wie reiner Unsinn. »Das ist reiner Unsinn«, sagte er.

Rippington warf einen Blick auf das Blatt Papier. »Ah«, sagte er. »Ich denke, es kommt nur darauf an, wie man es liest.«

»Aha?«

»Jedes dieser Worte repräsentiert eine Note. Einen musikalischen Ton. Aber es sind keine Noten, von denen du je gehört hättest. Das hier sind Noten, die zwischen den Ritzen von Pianotasten existieren.«

»Also muss ich diese Noten in der korrekten Tonlage singen, damit die Magie funktioniert?«

»Genau. Erinnerst du dich, wie du nach ALPHA 17 gekommen bist und ich dich gefragt habe, aus welchem Schlüssel du kommst? Du wusstest nicht, was ich gemeint habe.«

Porrig nickte.

»Nun, jede Realität ist in einem anderen Schlüssel. Sie schwingt praktisch auf einer anderen Frequenz. Wenn du diese Worte singst, in der richtigen Tonlage, kannst du von einer Realität zur anderen wechseln.«

»Singen war noch nie meine Stärke.«

»Aber meine«, sagte Rippington. »Und ich kenne all diese Noten.«

»Dann mach es.«

»Was?«

»Diese Noten. Sing sie.«

»Ganz bestimmt nicht!« Rippington schüttelte den kleinen grauen Kopf. »Dazu bin ich nicht befugt.«

»Aber du willst nach Hause zurück, oder nicht? Wir könnten nach ALPHA 17.«

»Wir könnten, und die Verlockung ist groß. Aber der Kurator wäre außer sich vor Zorn. Er würde meinen Rubbeldödel als Pfeifenreiniger benutzen!«

»Also schön, vergessen wir eben ALPHA 17. Es gibt noch einen anderen Weg, wie wir es machen können. Wie wir alles ziemlich schnell wieder in Ordnung bringen. Und damit meine ich *alles.* Das Monster, das Ministerium für Glückliche Zufälle und meinen Dad. Einfach alles und jeden.«

Rippington blickte zu Porrig auf. »Denkst du tatsächlich, was ich zu hören glaube?«

»Ich gebe auf. Denke ich?«

»Frag mich«, sagte Rippington. »Diesmal hab ich nur geblufft. Deine Gedanken sind völlig wirr. Ich kann nicht den geringsten Sinn darin erkennen.«

»Dann wirst du mir wohl oder übel vertrauen müssen. Und wenn du mir vertraust, bringen wir alles wieder in Ordnung, noch bevor der alte Knacker hier eintrifft. Du kannst als Held nach ALPHA 17 zurück.«

»Als Held, eh?«

»Als Held, jawoll. Du wirst ein Held sein, ich werde ein Held sein, und die ganze Welt wird glücklich und zufrieden sein und alles ist wieder in Ordnung, bevor der alte Knacker auch nur einen Mucks sagen kann.«

»Also das«, sagte Rippington, »also das wäre etwas, das ich eine höchst bemerkenswerte Leistung nennen würde.«

## 18

Es war eine höchst bemerkenswerte Leistung. Bemerkenswert. Einzigartig. Eigenhändig. Höchst bemerkenswert.

Der Präsident der Vereinigten Staaten sagte in seiner Rede, wie bemerkenswert seiner Meinung nach das alles war. Der Premierminister von England, der immer allem zustimmte, was der Präsident der Vereinigten Staaten so sagte, stimmte dem Präsidenten der Vereinigten Staaten zu, dass es sich in der Tat um eine höchst bemerkenswerte Leistung handelte. Zahlreiche gekrönte Häupter Europas, die seit langer, langer Zeit kein Wort mehr gesagt hatten, sagten nun, dass auch sie diese Leistung für bemerkenswert hielten. Und der neue Papst Peter der Taubenliebhaber sagte, dass sogar er es für bemerkenswert hielt.

Der Fahrzeugkonvoi, der sich langsam durch die Straßen Londons in Richtung Buckingham Palace bewegte, wo Porrig zum Ritter geschlagen werden sollte, wurde auf jedem Meter Wegs von Menschenmassen begrüßt, die bis in die tiefsten Tiefen ihrer Herzen gerührt waren von der Bemerkenswertheit dessen, was Porrig geleistet hatte.

Ganz allein und eigenhändig hatte er das Monster besiegt, das zu diesem Zeitpunkt bereits die Kontrolle über die gesamte bekannte Welt an sich gerissen hatte – bis auf die kleine friedliche Insel Gwa'tan Qua Cest'l Potobo –, und das war in der Tat eine höchst bemerkenswerte Leistung.

In seiner Rede vor einem Millionenpublikum gab sich Porrig bescheiden und legte das freundliche Verhalten an den Tag, für das er allseits so bekannt und beliebt war. Er sagte, dass jeder an seiner Stelle das Gleiche getan hätte. Er wollte nicht allen Dank für sich allein beanspruchen. Er dankte seinen Eltern für die Liebe und die Wohlüberlegtheit, mit der sie ihn all die Jahre erzogen hatten, und er gab seiner Hoffnung Ausdruck, dass die Welt, nachdem sie so eine grauenhafte Erfahrung wie die Schreckensherrschaft dieses Monsters überwunden hatte, sich nun ein für alle Mal in Frieden vereinen würde.

Sämtliche Tantiemen von Film- und Fernsehrechten seiner Lebensgeschichte würden, so fuhr Porrig fort, selbstverständlich an die Bedürftigen gespendet werden, um den Obdachlosen Unterkunft und ein Heim zu geben.

Porrig verbeugte sich, ließ sich vom Premierminister die Hand schütteln und erhielt von der Queen einen Kuss auf die Wange.

Der kleine Imbiss im Windsor Castle wurde von zahlreichen Berühmtheiten besucht: Arnold Schwarzenegger, der als Hauptdarsteller für die Rolle des Porrig in dem geplanten Hollywoodfilm ausgesucht worden war, klopfte ihm freundlich auf den Rücken, und Sigourney Weaver machte ihm schöne Augen. Porrig saß neben Elton John am Tisch, dessen neuer Hit zu Porrigs Ehren gegenwärtig sämtliche Charts anführte.

Der Toast wurde von einer kleinen grauen Gestalt ausgebracht, mit einem kleinen grauen Glatzkopf und blauen Katzenaugen.

»Auf Porrig!«, sagte Rippington, denn niemand anderer war es. »Auf Porrig, den vollendeten Dödelrubbler!«

»Was?«, rief Porrig.

»Du hast sie doch nicht mehr alle!«, sagte Rippington. »Hast du wirklich geglaubt, du könntest dich einfach in eine andere Realität versetzen, in der du das Monster bereits besiegt hast, und sämtliche Belohnungen einheimsen?«

Porrig nickte begeistert; es war ein bemerkenswerter Plan.

Rippington schüttelte den kleinen Kopf.

»Nein?«, fragte Porrig.

»Nein!«, sagte Rippington.

»Oh«, sagte Porrig. Und: »Verdammt!«

Porrig saß in der kleinen Küche und trank Malventee.

Draußen regnete es, und das Radio lief zwar, doch es hatte nichts Neues zu berichten. In den letzten Nachrichten hatte es in einem ersten Bericht geheißen, dass London wegen des Ausfalls sämtlicher Verkehrsampeln von der Außenwelt abgeschnitten sei.

Porrig trank Malventee und seufzte in sich hinein. Vielleicht sollte er mit diesem Comicbuch anfangen. Oder vielleicht auch nicht.

In der Küchentür erschien Wok Boy. »Sieh dir das mal an!«, sagte er.

Porrig drehte sich um und nahm die Zeitung entgegen, die Wok Boy ihm hinhielt. Die Schlagzeile lautete: DAS MONSTER IST TOT.

Und unter der Schlagzeile stand in kleineren Lettern: MONSTER AN GEWÖHNLICHER ERKÄLTUNG GESTORBEN.

»Ja!«, rief Porrig und stieß die Faust in die Luft.

»Nein«, sagte Rippington und schüttelte den Kopf. »Obwohl es ein netter Gedanke war, Wok Boy wieder zum Leben zu erwecken.«

Der Silver Surfer raste vom Himmel herab und …

»Nein!«, sagte Rippington.

Der Erdmantel brach auf und verschlang das Monster, und …

»Nein!«

»Nein?«, fragte Porrig.

»Nein!«

»Und was würdest du davon halten, wenn …«

»Nein!«

»Ich versteh das nicht!« Porrig warf die Hände in die Höhe. »Warum sagst du immer nein?«

»Weil du es nicht verstehst! Du kannst es nicht auf diese Weise machen. Das sind alternative Realitäten!«

»Aber ich dachte, das wäre der Sinn von allem! Sie zu haben und sie zu besuchen. Weil sie alternativ sind, meine ich. Es spielt doch keine Rolle, wie das Monster vernichtet wird, oder?«

»Nein. Das spielt nicht die geringste Rolle. Solange es überhaupt vernichtet wird. Und zwar in dieser Realität. Der Realität, in der es sich real aufhält.«

»Oh«, sagte Porrig. »Und wie bitteschön soll ich das anstellen?«

»Du musst eine Möglichkeit finden, *seine* Realität zu ändern.«

»Aber wie?«

»Ich denke, der Kurator stellt sich vor, dass du eine der existierenden separaten Realitäten besuchst und dort etwas findest, das dir helfen könnte.«

»Irgendetwas finden? Du meinst stehlen?«

»Oder ausleihen.«

»Und was für ein Irgendwas?«

Rippington wedelte mit seinem kleinen magischen Stab. »Irgendetwas in der Art vielleicht.«

»Einen magischen Stab. Warum können wir nicht deinen benutzen?«

»Weil meiner nicht sehr viel kann. Du brauchst einen viel mächtigeren Stab.«

»Und wo soll ich den finden?«

»Ich kenne einen Ort«, sagte Rippington. »Ich hab in einem der großen Bücher darüber gelesen.«

»Dann lass uns hingehen.«

»Dazu haben wir nicht die Zeit. Der Kurator kann jeden Augenblick hier sein. Und ich komme in große Schwierigkeiten, mein Rubbeldödel endet als Pfeifenreiniger, und ...«

»Sieh mal«, sagte Porrig. »Ich nehme alle Schuld auf mich. Du kannst dem Kurator sagen, dass ich dich gezwungen hätte, mich hinzubringen. Erzähl ihm meinetwegen, was du willst.«

»Ich weiß nicht.«

Porrig imitierte ein heftiges Kneifen in einen kleinen Rubbeldödel. »Wegen diesem Ort«, begann er von neuem.

»Nun ...« Rippington zögerte. »Es ist kein schöner Ort, wirklich nicht, und gefährlich ist es dort außerdem.«

»Ach ja?«

»O ja. Es ist eine der weniger erstrebenswerten Variationen dieser Realität. Genau genommen wahrscheinlich die am wenigsten erstrebenswerteste von allen.«

»Dann will ich auch nicht dorthin«, sagte Porrig.

»Ich glaube, es ist wahrscheinlich der einzige Ort, wo du bekommst, was du brauchst.«

»Und wie nennt sich dieser Ort?«

Rippington strich sich über das spitze kleine Kinn. »Nun«, sagte er. »Ich komme von ALPHA 17, wo es gar nicht so schlecht ist, wenn man es genau bedenkt. Und das hier ist BETA 23, was auch noch nicht soooo schlecht ist. Die meiste Zeit jedenfalls, auch wenn es nicht so schön ist wie ALPHA 17. Der Ort, zu dem du gehen musst, ist ein ganzes Stück weit auf der anderen Seite des Spektrums. Auf der ÜBERHAUPT-NICHT-NETT-SEITE.«

»Und wie heißt er?«

»Ich kann mich nicht genau erinnern, wie er heißt. Aber ich erinnere mich an seine Frequenz.«

»Welche da wäre?«

»OMEGA«, sagte Rippington. »OMEGA 666.«

»OMEGA 666«, sagte Porrig. »Oh, zur Hölle!«

»O ja«, sagte Rippington. »Das war es! So wird er genannt!«

»Krieg ist die Hölle«, sagte Major-General Sir Stanley Buckelrunter. »Das hat MacArthur gesagt, wussten Sie das?«

»Was denn, der alte Hosenmatz MacArthur?«, fragte Schafsfummler Billy Muff-Wrestler.

»Seien Sie nicht so verdammt blöd, Mann!«, sagte Pferdeapfeltreter McPopo-Trompete. »Er redet über den alten Matratzenlauscher MacArthur, den Stolz der Cameroon Highlander.«

»Ich rede über General MacArthur«, sagte Sir Stanley. »Den Amerikaner. Ich glaube, er wurde von George C. Scott gespielt. Ein verdammt guter Film, wenn Sie mich fragen. Jede Menge Panzer.[1]«

»Wenn ihr Lamettahengste der ersten Riege fertig wärt«, sagte der Adjutant, »die große Tafel ist freigeräumt. Vielleicht haben die Herren ja Lust, über eine Strategie zu diskutieren?«

»Wer ist dieser Hänfling?«, fragte Pferdeapfeltreter.

»Mein Adjutant«, antwortete Sir Stanley.

»Ich hatte auch mal einen Adjutanten. War in irgendeine grässliche Geschichte verwickelt, in Hamburg. Er hatte sich als Ägypter verkleidet.«

»Er hatte eine gewaltige Erektion«, sagte Sir Stanley. »Und er ließ sich dazu hinreißen, eine Straßenlaterne zu vögeln. Er war von oben bis unten mit Schweineschmalz eingerieben und ist der Polizei im wahrsten Sinne des Wortes entschlüpft.«

»Ich hab jedenfalls seit damals keinen mehr gehabt«, sagte Pferdeapfeltreter. »Keine Zeit für so was.«

»Könnten wir vielleicht anfangen?«, erkundigte sich der Adjutant.

»Sehen Sie, was ich meine?«

»So«, sagte Sir Stanley zu seinem Adjutanten. »Die große Tafel, sagen Sie? Viele Panzer auf der großen Tafel?«

»Jede Menge Panzer, Sir.«

---

1 Der Film hieß eigentlich *Patton: Die Lust auf Ruhm.* Außerdem war es Sherman, der gesagt hat: »Krieg ist die Hölle.«

»Dann wollen wir mal einen Blick darauf werfen.«

Der Adjutant führte Sir Stanley und seine beiden alten Kampfgefährten zum Stabszimmer des Verteidigungsministeriums. Es war nicht ganz so groß wie die Einsatzzentrale des Ministeriums für Glückliche Zufälle, aber es war eleganter beleuchtet.

»Nette Beleuchtung«, sagte Pferdeapfeltreter.

»Große Tafel«, sagte Sir Stanley.

Und es war tatsächlich eine sehr große Tafel. Eine große Karte auf einer großen Tafel. Eine große Karte des südlichen England. Jede Menge von diesen kleinen englischen Fähnchen steckten darin: manche in London, andere in Sussex und Kent. Und in Brighton steckte auch eine: Eine deutsche Fahne mit einem Swastika darauf.

»Gütiger Gott!«, rief McPopo-Trompete. »Nicht schon wieder die verdammten Krauts?«

»Ein verdammtes Monster aus dem Weltraum, diesmal«, sagte Sir Stanley. »Wir hatten keine Monsterfähnchen, aber dafür jede Menge ungenutzter deutscher Fähnchen, deswegen hab ich eins von diesen benutzt.«

Pferdeapfeltreter betrachtete die Karte. »Wie viele Regimenter haben Sie?«

»Sechs«, sagte Sir Stanley. »Alles Panzer.«

»Flugzeuge?«

»Kann ich nichts mit anfangen. Sind zu schnell für mich. Bei einem Tank weiß man immer, wo man gerade ist.«

»Hat dieser Weltraum-Hooligan Flugzeuge?«

»Eine Fliegende Untertasse allem Anschein nach. Aber er ist nicht damit geflogen. Irgendwelche Eingeborenen tragen ihn umher.«

»Eigenartiger Typ«, sagte Pferdeapfeltreter.

Schafsfummler Billy Muff-Wrestler blickte sich um. »Ich brauche Stöcke«, sagte er.

»Panzer sind viel besser als Stöcke«, sagte Sir Stanley.

»Nein, nein. Stöcke für hier. Um die kleinen Fähnchen hin und her zu schieben.«

»Gutes Argument. Adjutant, holen Sie Stöcke.«

Der Adjutant holte Stöcke.

»Sehr schön«, sagte Sir Stanley und fuchtelte mit seinem Stock herum, wobei er Pferdeapfeltreter fast das Auge ausgestochen hätte. »Wo genau befindet sich das Monster in diesem Augenblick?«

»Genau hier«, sagte der Adjutant und schwang selbst einen Stock. »Am hinteren Ende einer Prozession, die sich Brighton Station nähert.«

Brighton Station: So schön wie eh und je. Ein graziöses gläsernes Hallendach, eine Kathedrale für die Götter des Dampfes. Leer und bar von Passagieren, aber nicht ganz verlassen.

Denn siehe. In der Tat, siehe da!

Wer ist das, den wir dort sehen?

Wer sitzt dort hinter dem Fahrkartenschalter, ganz allein, und liest in *Eisenbahnerwelt*?

Russell der Railway-Mann. Er ist es.

Russell kaute auf einem Sandwich, das seine Mum für ihn geschmiert hatte, und kicherte durch das billige Dosenfleisch hindurch über den Cartoon, den er in seiner *Eisenbahnwelt* entdeckt hatte. Es war eine Zeichnung von zwei Eisenbahnern, die auf eine Kupplung starrten. Einer sagte: »Das ist bestimmt eine 8134/7.« Der andere entgegnete: »Nein, das sieht eher nach einer 8137/4 aus.«

Russell der Railway-Mann konnte sich kaum halten, so lustig war dieser Cartoon. »Ich werf mich weg!«, kicherte er.

Das leise Geräusch von fernen Sprechgesängen drang an sein Ohr. Russell wickelte das nasse Handtuch ab, das er um den Kopf geschlungen trug, und lauschte. Die Sprechgesänge wurden lauter. Die Sprechgesänge klangen verzweifelt.

»Sprechgesänge«, sagte Russell zu sich. »Und sie klingen ziemlich verzweifelt.«

Eine nackte Brust kam in Sicht. Russell starrte die Brust an. Es war eine männliche Brust. Sie hatte Haare. Sprechgesang und eine nackte Brust. Russell legte sein Eisenbahnermagazin beiseite.

Die Brust begann sich zu senken, und ein Kopf wurde sichtbar. Das Gesicht auf der Vorderseite dieses Kopfes sah nicht glücklich aus. Es war ein verzweifeltes Gesicht. Ein ernstes und furchtsames Gesicht. Es war das Gesicht von Sir John Rimmer.

»Wann geht der nächste Zug nach London?«, fragte das Gesicht von Sir John Rimmer.

Russell lächelte das Gesicht an. »Den haben Sie gerade verpasst«, sagte er.

»Ich habe den nächsten Zug verpasst? Wie können wir einen Zug verpasst haben, der noch gar nicht da gewesen ist?«

»Nur ein Scherz«, beeilte sich Russell zu sagen. »Graham Moffat hat ihn in dem Klassiker *Oh Mr. Porter* gebracht, 1937, mit Will Hay in der Hauptrolle. Eine der wenigen Komödien über die Eisenbahn, die je gedreht wurden. Es gab niemals ein *Carry on*, wissen Sie? Offensichtlich war es geplant, doch Bernard Breslaw nahm stattdessen eine Rolle in einem Shakespeare-Drama am National an, zusammen mit Peter Hall, und Jim Dale wanderte nach Amerika aus. Auch wenn ich nicht genau sagen kann, was ich von Jim Dale halten soll. Was meinen Sie?«

»Ich ...« Sir John Rimmers Mund öffnete und schloss sich und öffnete sich erneut. »Der nächste Zug nach London. Wann geht der nächste Zug nach London?«

»Einen Augenblick bitte, Sir.« Russell spähte an Sir John vorbei auf die Sänger, die nun auf den Bahnhofsvorplatz strömten. »Sie müssen diesen Leuten sagen, dass sie damit aufhören«, rief er durch seine Scheibe hindurch. »Sie sollen augenblicklich wieder nach Hause gehen!«

Sir Johns Mund zitterte und bebte. »Der nächste Zug nach London. Der nächste Zug nach London«, sagte er mit brüchiger Stimme.

»Ich bin nur für ein paar Tage zur Aushilfe hier«, sagte Russell. »Ich habe mich freiwillig gemeldet, wegen der Clubs und Pubs, wissen Sie? Ich bin eigentlich ein Bühnenkomiker, verstehen Sie, und ich rechne jederzeit mit meinem großen Durchbruch. Sie werden noch kontaminiert, Sir, wenn Sie ohne Hemd da stehen bleiben.«

»Der nächste Zug nach London«, sagte Sir John.

»Nicht so laut da draußen!«, brüllte Russell. »Sie dürfen das nicht so einfach ohne Genehmigung! Haben Sie eine Genehmigung? Gehen Sie bitte nach Hause!«

»Der nächste Zug nach ...«

»Entschuldigung«, sagte eine Dame mit einem Strohhut und einem nassen Handtuch, das wie ein Schleier darüber gelegt war.

Russell lächelte seine Mum an. »Wie kann ich Ihnen behilflich sein, Ma'am?«, erkundigte er sich.

»Mir!«, sagte Sir John. »Helfen Sie *mir.*«

»Eins nach dem anderen, Sir. Ich denke, diese Lady war vor Ihnen hier.«

»Büfettwagen«, sagte die Dame mit dem feuchten Strohhut. »Ich wollte mich nach Büfettwagen in der Gegend von Norfolk erkundigen.«

»Und was genau möchten Sie über Büfettwagen in der Gegend von Norfolk wissen, Ma'am?«

»Ich möchte einen kaufen.«

»Fahrkarten!«, sagte Sir John. »Jede Menge Fahrkarten. Alle Fahrkarten, die Sie haben. Jetzt. Nach London, Hauptbahnhof. Passen Sie auf. Er kommt.«

»Er kommt?«, fragte Russell. »*Er* kommt? *Wer* kommt?«

»Gehorchen Sie, und machen Sie schnell. Hüten Sie sich vor dem Schmerz.«

»Haben Sie zu viel getrunken?«, erkundigte sich Russell. »Oder sind Sie vielleicht schon kontaminiert?«

»Gehorchen Sie. Fahrkarten. London. Rasch!«

»Ruhe da draußen, verdammt!«

»Es ist wegen der Privatisierung«, sagte die Dame mit dem feuchten Strohhut. »Ich dachte, ich eröffne vielleicht ein makrobiotisches Restaurant.«

»Bitte entschuldigen Sie mich für einen Augenblick, Ma'am«, sagte Russell. Er winkte Sir John beiseite, nahm ein Megaphon unter seinem Schalter hervor und brüllte nach draußen auf den Vorplatz: »Alles Herhören! Sie können nicht einfach auf dem Bahnhofsgelände herumstehen und singen! Sie müssen eine anständige Schlange bilden!«

»Sie hören nicht zu«, sagte die Dame mit dem

Strohhut. »Sagen Sie es über die Lautsprecheranlage durch.«

»Gute Idee«, sagte Russell. »Das mache ich auch, auf der Stelle.«

Er legte die nötigen Schalter um, und eine mächtige Rückkopplung kreischte über den Platz.

»Aufgepasst!«, brüllte Russell. »Ich bitte um Ihre Aufmerksamkeit! Die Mmmmmphh mmmph hmmmmmph Vorschriften verlangen hmmmmmph mmmmhphphnnn hmmmmphm ordentliche Schlange vor dem Fahrkartenschalter und mmmmhphphnnn hmmmmphm nasse Handtücher um den Kopf... mmmph.«

»Er nuschelt.« Sir John fuchtelte hilflos mit den Händen. »Wegen der Fahrkarten? Redet er vom Zug nach London?«

»Er hat eine wunderbare Aussprache«, sagte die Dame mit dem Strohhut. »Er nuschelt kein bisschen, er spricht nur sehr leise und betont.«

»Aaaaaaaaaaaaagh!«, machte Sir John Rimmer.

Sing, sang, sing, sang, machten die Singsänger draußen auf dem Bahnhofsvorplatz. Gähn und Blas-gelangweilt-wie-Noel-Coward-auf-die-Fingernägel machte Dilbert Norris. Höchst beeindruckend.

Und beeindruckend sah er auch aus, höchst beeindruckend sogar, wenn man es genau bedachte. Er wurde in seinem glänzenden, makellos polierten silbernen siebenzackigen Stern[1] von Raumschiff auf den Schultern seiner Nubier und zahlloser anderer getragen. Groß und böse und voluminös und hoch oben in der Luft wurde er durch die mächtige Tür des

---

1 Versuchen Sie das mal ohne Gebiss zu sagen.

Bahnhofsgebäudes in die Vorhalle geleitet. Sonnenlicht, das durch die hohen Fenster drang, fing seinen Leib ein und tauchte ihn in perfektes Imperfekt. Er sah falsch aus, ganz falsch, dieser monströse Bastard, wie ein mutierter Riesenkohl, und Sonnenlicht tanzte auf seinem riesigen Blätterkopf. Die Augen waren so groß wie Basketbälle und so schwarz wie frisch geschlagene Steinkohle. Die glänzende Haut, der breite Mund ganz nass. Der dicke Bauch voll mit Menschen, und der einen Meter lange Pastinakdödel noch immer kein Witz, über den irgendjemand lachen könnte.

Die Singsänger sangen Loblieder, die Augen nach oben verdreht vor Schmerz, die Muskeln verkrampft. Lob sei dem, der zurückgekehrt ist unter die Lebenden, um einmal mehr über sie zu herrschen.

Dilbert ließ den dunklen Blick durch die Halle schweifen. Das war gar nicht schlecht, dieses Bauwerk, ein hübsches hohes Dach, wie Er es sicherlich zu schätzen gewusst hätte. Mr. Hübsch-Hoch. Dilbert winkte mit einer aufgequollenen Hand und drängte seine Sklaven weiter, während er sich in seine Kissen kuschelte und besser als jemals zuvor im Leben fühlte.

Er würde hier triumphieren, würde Er. Sie würden Seine Macht erkennen, sie würden den Schmerz spüren, der mit Ungehorsam einherging, der genau genommen schon beim kleinsten Anzeichen einer Spur von Aufbegehren kam. Denn Er war Gott für diese kleinen Säugetiere, genauso sehr, wie sie Götter waren für alle und jeden, der kleiner war als sie selbst. Diese Rasse betrachtete sich selbst als unendlich mächtig, und sie war fast widerlich selbstsicher. Er würde ihnen zeigen, wer der Herr war. Sie würden Ihn anbeten, würden Ihn verehren und Ihm den Respekt entgegenbringen, den Er sich verdient hatte. Respekt, Ergebenheit, Loyalität und …

»Was zur Hölle ist das für ein hässliches grünes Ding, mein Herr?«, kam die Stimme von Russell dem Railway-Mann mit dreihundert Dezibel durch die Lautsprecheranlage.

Und mit diesen Worten kehrte Stille ein.

# 19

Ist es in der Hölle still? Was glauben Sie? Oder ist Stille schlimmer als Lärm?

Hallt die Hölle wider vom Echo der Schreie der Gequälten, oder gibt es überhaupt keine Geräusche? Stellen Sie sich das vor, überhaupt keinen Laut. Schreien und schreien und schreien, und nicht ein einziger Laut, nur absolute Stille, für immer und immer und ewig.

Entsetzlich.

»Es ist entsetzlich hier«, flüsterte Porrig. »Aber es sieht nicht aus wie die Hölle.«

Rippington wedelte mit der Spitze seines kleinen magischen Stabs und hielt ihn an sein Ohrloch. »OMEGA 666«, flüsterte er zurück. »Die Frequenz ist korrekt. Wie sollte es denn in der Hölle aussehen, eh?«

Porrig vollführte wilde und unfreundliche Gesten. »Feuer und Schwefel und Zähneknirschen. Aber das hier sieht aus wie ...«

»Ein Theater«, sagte Rippington. »Es sieht genauso aus wie ein Theater.«

Und das tat es tatsächlich, weil es ein Theater war. Ein altmodisches Theater, und obendrein eines, das sehr heruntergekommen und staubig war.

Sie standen im Foyer und starrten auf die Wände, über die sich kreuz und quer Risse zogen. Über ihnen eine Kuppeldecke mit Cherubim, die einst rosig und fröhlich dreingeblickt hatten, doch inzwischen war die

Farbe abgeblättert und die Pausbacken und die dicken Knie übersät mit leprösen Flecken. Es roch nach Feuchtigkeit und Schimmel und Elend. Ein oder zwei Stühle, einstmals prachtvoll gepolstert, hielten sich in wurmzerfressener Würde aufrecht. Ein durchgewetzter Teppich bewegte sich obszön, als eine Ratte den Boden darunter erforschte.

Porrig erschauerte. »Es ist verdammt kalt hier. Sollte es in der Hölle nicht heiß sein?«

Rippington zuckte mit den dürren Schultern. »Ich hab in einem der Großen Bücher gelesen, wie die Hexen einen Kongress mit dem Teufel hatten ...«

»Kongress?«, fragte Porrig.

»Rubbeln.«

»Oh.«

»Und hinterher sagten sie, dass der Rubbeldödel des Teufels kalt gewesen sei wie Eis.«

Porrig seufzte. Sein erster Seufzer in der Hölle. »Wie kommt es eigentlich?«, fragte er. »Ganz gleich, worüber wir reden, irgendwann gelingt es dir immer, Rubbelteile ins Gespräch zu bringen.«

»Du hast damit angefangen.«

»Ich? Nie im Leben.«

»Komm, wir gehen rein und sehen uns die Show an.«

»Es gibt eine Show? *Hier drin*?«

»Deswegen sind wir hergekommen. Rang oder Loge, was meinst du?«

»Parkett«, sagte Porrig. »Ich gehe ganz bestimmt nicht die Treppe hoch und stürze mich durch verrottete Dielenböden zu Tode.«

»Kann man sich in der Hölle zu Tode stürzen, obwohl man eigentlich schon tot ist?«

»Parkett«, beharrte Porrig. »Mir nach.«

Die Tür zum Parkett hing schief in den Angeln, doch die Deckenbeleuchtung war eingeschaltet, und das Auditorium sah fast einladend aus.

Doch »fast« ist das Gleiche wie »nicht ganz«, und »nicht ganz« ist bei genauer Betrachtung das Gleiche wie »nicht«.

Porrig spähte hinein. »Es ist leer«, sagte er. »Nein, ist es nicht.«

»Wer ist denn da?« Rippington spähte ebenfalls, zwischen Porrigs Beinen hindurch.

»Da drüben.« Porrig zeigte nach da drüben. »Und da und da und da.« Porrig zeigte nach da und da und da.

»Ich kann nichts sehen«, sagte Rippington. »Lass mich auf deine Schulter.«

Porrig bückte sich und hob den Zwerg zu sich hoch. Einmal mehr fühlte er das kalte graue Fleisch. Und einmal mehr mochte er das Gefühl kein bisschen.

»Ich mag auch nicht, wie du dich anfühlst«, sagte Rippington. »Was gibt's zu sehen?«

Was es zu sehen gab, war ein viktorianischer Musiksaal mit einem durchhängenden Bühnenrahmen. Rote Samtvorhänge, mottenzerfressen und schäbig, mit schweren, staubbedeckten goldenen Schnüren. Die hohe Kuppeldecke verlor sich in den Schatten; Sitze reihten sich in weit geschwungenen Bögen. Und da und dort saß, weit verteilt und keine zwei beieinander, das Publikum. Sechs an der Zahl.

»Wohl kaum ein ausverkauftes Haus«, flüsterte Rippington. »Komm, wir setzen uns in die erste Reihe.«

Porrig zögerte. »Das gefällt mir nicht. Es kommt mir so verkehrt vor.«

»Das liegt daran, dass wir in der Hölle sind. Es *soll* dir nicht gefallen.«

»Aber es ist nicht meine Vorstellung von Hölle.«

»Weil es nicht *deine* Hölle ist.«

»Wessen Hölle ist es denn?«

»Du wirst schon sehen.«

Porrig stieß einen weiteren Seufzer aus und ...

»Denk nicht mal dran«, warnte ihn Rippington. »Nicht hier in der Hölle. Komm nicht auf den Gedanken, mit deinem Schicksal zu hadern.«

Porrig zuckte die Schultern, und Rippington fiel herunter.

»Autsch!«, rief der Zwerg.

»Tut mir Leid«, sagte Porrig.

Sie gingen nach vorn und nahmen in der ersten Reihe direkt am Gang Platz.

Porrig öffnete den Mund, um sich zu beschweren, dass sein Sitz feucht sei, doch unvermittelt wurde die Beleuchtung des Saals dunkler.

Vorhänge wurden aufgezogen, und Flutlicht flackerte. Auf den nackten Brettern der Bühne stand ein alter Tisch, und auf diesem Tisch standen zahlreiche merkwürdige Dinge. Ein Megaphon aus Messing, mit einem Elfenbeingriff. Zwei Brillen und eine Damensandalette von einer fetten Lady. Eine Reihe Sandwichs mit, wie es aussah, Käse. Ein Fischkopf und ein eigenartig aussehendes Buch. Ringe aus Zinn und Kugeln aus Holz. Eine Säge und ein Hammer und ein großer Plumpudding. Ein buntes Sammelsurium, und alles andere als ästhetisch. (Eher eklektisch und äußerst poetisch. Danke sehr.)

Hinter all dem eine Kulisse, die bemalt war wie eine ägyptische Marktszene. Ställe und Stände, Terrakotta und Kamele und so weiter und so fort und so fort.

Von links hinter dem Vorhang kam ein Grunzen oder zwei, gefolgt von einem kurbelnden Geräusch, einem Zischen und einem Knistern. Und dann ein weiteres Geräusch: Das Geräusch von Musik, die mit einem alten Horngrammophon abgespielt wurde. Die Melodie war »In a Monastery Garden«.

Weitere grunzende, kurbelnde Geräusche. Dann das Geräusch von Stille. Weiteres Knistern und »In a Persian Market« (die B-Seite von »In a Monastery Garden«).

»Bist du sicher, dass wir am richtigen Ort sind?«, fragte Porrig flüsternd.

»Ladys und Gentlemen«, sagte eine Stimme aus dem Off. Eine durchdringende Stimme, eine kräftige Stimme. »Ladys und Gentlemen. Erleben Sie nun zum ersten Mal hier im Omega-Theater ein Stück, so eigenartig und wunderlich, so verdammt schräg und schrill, so pinky pink und schwarz und grau, wie es noch nie zuvor das Tageslicht erblickt hat. Klatschen Sie in die Hände, erheben Sie Ihre Stimmen, jubeln Sie. Der Eine und Einzigartige ist hier. Der erstaunliche, unglaubliche, spektakuläre ...

... Apocalypso Der Wunderbare!«

»Boooaaa!«, machte Porrig.

»Los, klatschen«, sagte Porrig.

Und sie klatschten. Porrig klatschte und Rippington klatschte. Sie klatschten und klatschten und klatschten aus Leibeskräften, doch ihr Klatschen erzeugte nicht das geringste Geräusch.

Porrig starrte auf seine lautlosen Hände. »Was ist das?«, murmelte er.

Rippington zuckte die Schultern.

Ein Mann betrat die Bühne. Er ging nicht, er torkelte. Er wurde gestoßen, und dann stolperte er. Schleppte erst den einen Fuß, dann den anderen hinter sich her. Sandalenbesohlte Füße. Nackte Knöchel mit blauen Adern wie Stilton-Käse[1]. Darüber ein langes gestreiftes Nachthemd, groß, weitärmelig und kragenlos. Runzliger Hals, hageres Gesicht, tiefe Linien darin. Die Augen eingesunken, dunkel, wie bei einem Kadaver. Die Nase schmal und zu lang, der Mund zu klein und der Kopf bedeckt von einem abgerissenen roten ägyptischen Fez.

Apocalypso Der Wunderbare sah alles andere als wunderbar aus.

»Er sieht sehr elend aus«, beobachtete Porrig.

»Er sieht tot aus«, flüsterte der kleine graue Bursche zurück.

Apocalypso verschränkte die dürren Arme und breitete sie dann weit aus. Verwelkte Blumen erschienen in verwelkten Fäusten, wie aus dem Nichts.

Dann fielen zwei weitere aus seinen Ärmeln.

»Buuuh!«, machte jemand.

Porrig wandte sich auf seinem Sitz um. »Halt die Klappe!«, rief er. »Gib dem Mann doch eine Chance!«

»Danke sehr.« Apocalypso verneigte sich.

Porrig versuchte einmal mehr zu klatschen, doch einmal mehr kam nicht das leiseste Geräusch.

»Für meinen ersten Trick«, sagte Apocalypso mit einer schnaufenden, entrückten Stimme, »benötige ich die Hilfe eines Zuschauers aus dem Publikum.«

---

1 Oder ist es Gorgonzola?

Porrig erhob sich.

»Nicht«, sagte Rippington.

»Warum nicht?«

»Nur so ein Gefühl. Vertrau mir, ja?«

Porrig setzte sich wieder und schnitt eine unleidliche Grimasse.

Eine Dame mit einem Strohhut erhob sich. Es war nicht Russells Mum, aber sie sah ihr schon ziemlich ähnlich.

»Ma'am!«, rief Apocalypso. »Ma'am, ich danke Ihnen! Wenn Sie so freundlich wären, zu mir auf die Bühne zu kommen?«

Porrig verrenkte sich den Kopf, um die Freiwillige zu betrachten. »Sie kommt mir irgendwie bekannt vor«, stellte er fest, und: »Oh.«

»Was?«, fragte Rippington.

»Oh, die Zuschauer. Der Saal ist voll. Ich hab überhaupt nicht gehört, wie sie reingekommen sind.«

Rippington kletterte auf seinen Sitz hinauf und sah sich um.

»Setz dich, du kleiner Scheißkerl«, sagte der Mann, der hinter ihm saß.

Rippington setzte sich und schob sich ein Stück näher zu Porrig.

Porrig sah über Rippingtons Kopf auf die Zuschauer in der ersten Reihe. Jeder Platz war besetzt. Was einigermaßen unmöglich war, angesichts der Tatsache, dass die Leute dort an ihm vorbeigemusst hätten, um auf ihre Plätze zu gelangen.

Die Dame mit dem Strohhut hatte die Bühne erreicht.

»Und wie wäre Ihr Name, Ma'am?«, erkundigte sich Apocalypso.

»Und wie wäre Ihr Name?«, erkundigte sich die Dame mit dem Strohhut.

»Bitte verraten Sie dem Publikum Ihren Namen.«

»Bitte verraten Sie dem Publikum Ihren Namen.«

»Ma'am, wenn Sie bitte nicht ständig wiederholen würden, was ich sage? Bitte verraten Sie uns einfach nur Ihren Namen ...«

»Ma'am, wenn Sie bitte nicht ständig wiederholen würden, was ich ...«

»Geben Sie ihm eine Chance!«, rief Porrig.

»Halt die Klappe, Kleiner!«, rief die Dame mit dem Strohhut.

»Ja, halt die Klappe!«, brüllte der Mann hinter Rippington.

»Ma'am«, sagte Apocalypso.

»Ma'am«, sagte die Dame m. d. S.

»Geben Sie ihm eine Chance!«, sagte Porrig.

»Halt die Klappe!«, sagte der Mann hinter Rippington.

»Halt dich besser raus, Porrig«, sagte Rippington.

»Halt dich besser raus, Porrig«, sagte die Dame m. d. S.

»Fangen Sie bloß nicht mit mir an!«, sagte Rippington.

»Fangen Sie bloß nicht mit mir an!«, sagte der Mann.

»Bitte«, flehte Apocalypso. »Bitte! Nicht schon wieder!«

»Bitte«, sagte die Dame m. d. S. »Bitte! Nicht schon wieder!«

»Bitte«, brüllte der brüllende Mann. »Bitte! Nicht schon wieder!«

»Ein Trick«, schluchzte Apocalypso. »Lassen Sie mich doch bitte einen einzigen Trick ...«

»Ein Trick«, sagte die Dame m. d. S. »Lassen Sie mich doch bitte einen einzigen Trick ...«

»Buuuh!«, rief Porrig. »Schaffen Sie diese Frau von der Bühne!«

»Buuuh!«, rief jemand anderes. Und: »Buuuh, buuuh, buuuh!«, fielen weitere ein.

Der Vorhang fiel. Die Deckenbeleuchtung wurde wieder hell.

»Ihr verdammten Bastarde!«, rief Porrig und drehte sich in seinem Sitz um. »Ihr verdammten elenden ... oh.«

»Schon wieder oh?«, fragte Rippington.

»Sie sind weg. Alle verschwunden.«

Rippington kletterte erneut auf seinen Sitz. Die Deckenbeleuchtung wurde erneut dunkel, und die Bühne wurde erneut hell.

Erneut stand ein alter Tisch auf den nackten Brettern, erneut die merkwürdigen Utensilien, erneut die ägyptische Kulisse. Erneut jegliches Geräusch weg.

Erneut die Stimme aus dem Off.

Apocalypso zog erneut die verwelkten Blumen aus dem Ärmel.

Die Dame m. d. S. ging erneut auf die Bühne.

Sie imitierte Apocalypso erneut.

Porrig protestierte erneut.

Der Vorhang fiel erneut.

Die Notbeleuchtung aus.

Die Deckenbeleuchtung an.

Das Publikum da.

Das Publikum nicht da.

Blumen. Imitation. Protest.

»Erkennst du das sich entwickelnde Muster?«, fragte

Rippington. »Erkennst du, in wessen Hölle wir hier gelandet sind?«

»Immer und immer wieder«, sagte Porrig mit einer Stimme, die plötzlich vor Angst zitterte. »Er muss immer und immer wieder diese Szene durchleben.«

»Und er leidet immer und immer wieder. Er ist das einzige Wesen hier drin, das denken kann. Außer ihm ist niemand da. Das Publikum existiert nicht wirklich.«

»Es ist nur eine Illusion?«

»Seine Illusion. Sein Schmerz. Seine Strafe.«

»Aber dreißig Jahre lang? Er macht das seit dreißig Jahren durch, seit er gestorben ist?« Porrig stockte der Atem. Das schiere Entsetzen dieser Vorstellung, die Qualen – es war zu viel.

»Ich glaube, das ist die Hölle«, sagte Rippington. »Ich glaube nicht, dass es Feuer und Schwefel und den Teufel und all das gibt. Ich habe in einem der Großen Bücher über Dharma gelesen, hast du diesen Begriff schon einmal gehört?«

»Gehört schon, aber ich weiß nicht, was er bedeutet.«

»Es ist das grundlegende Prinzip des Kosmos'. Die Naturgesetze. Du bekommst vom Leben, was du hineinsteckst. Diese Art von Dingen. Apocalypso bezahlt seine Schuld.«

»Nun, er hat jedenfalls genug bezahlt«, sagte Porrig. »Ich habe noch nie im Leben so viel Traurigkeit gespürt. Es ist unerträglich. Ich kann nicht zulassen, dass es weitergeht.«

»Lass uns nur holen, weswegen wir hergekommen sind.« Rippington deutete auf den alten Tisch auf der Bühne. »Siehst du dieses Buch?«

»Buch?«

»Dort auf dem Tisch. Es ist Apocalypsos Zauberbuch.«

»Und du willst, dass ich es stehle? Dieses Buch hat ihn hierher gebracht!«

»Nein, nein, nein!«, widersprach Rippington und schüttelte den kleinen kahlen Kopf. »Das ist kein Buch über Dämonen, die einem ins Ohr flüstern. Das ist ein Buch über Illusionen. Alles mit Spiegeln und so. Er war ein echter Zauberer, mit oder ohne Dämonen.«

»Du scheinst eine ganze Menge über ihn zu wissen.«

»Ich habe dein Buch gelesen. *Über jeden Zweifel: Die Biographie von Apocalypso Dem Wunderbaren,* von Sir John Rimmer.«

»Du meinst also, ich soll einfach so auf die Bühne gehen und sein Elend noch verschlimmern, indem ich ihm dieses Buch stehle?«

»Er kann es hier nicht besonders gut gebrauchen, oder?«

»Nein. Aber ich kann ihn auch nicht hier zurücklassen. Nicht so.«

»Wir können ihn nicht mitnehmen, Porrig. Er ist tot. Er würde auseinander fallen. Und ich bekäme jede Menge Schwierigkeiten. Noch mehr, als ich sowieso schon habe.«

»Also gut.« Porrig blickte nachdenklich drein. »Vielleicht können wir ihn nicht mit in unsere Realität nehmen«, sagte er schließlich. »Aber was, wenn wir ...«, und er flüsterte Rippington ins Ohr.

Rippington lauschte, und dann grinste Rippington. »Schätze, das würde gehen«, sagte er. »Ich meine, wer sonst würde es erfahren, wenn wir es niemandem erzählen?«

»Sing die magischen Worte«, sagte Porrig.

Und Rippington sang die magischen Worte.

Der Vorhang öffnete sich erneut und gab erneut den Blick auf die erneut gleiche Bühne mit der erneut gleichen Kulisse frei. Erneut kamen von links die grunzenden Laute, das Knarren, das Zischen und Knistern. Und erneut das Geräusch von Musik.

»*It's a kind of magic*«, sang Freddy the Mercury.

Porrig lehnte sich zurück. Rippington setzte sich auf.

»Ladys und Gentlemen«, kam die durchdringende Stimme aus dem Off. »Zum allerletzten Mal hier oder sonst wo. Vielleicht ein wenig alt geworden, aber tapfer wie ein Bär. Illusionist, Mystiker und Manipulator. Prä-eminenter Prestidigitator. Gott der Taschenspielerei ... der große und einzige, der einzigartige ... Apocalypso Der Wunderbare!«

Ein Blitz, und Rauch.

Und da war er.

Mit schwarzem Zylinder und Umhang aus purpurner Seide. Patentschuhe und einen Stab in den weiß behandschuhten Fingern. Ein steifes weißes Hemd mit dazu passender Binde. Darunter rote Damenunterwäsche (eine ganz private Sünde).

»Ich kann ihn nicht daran hindern«, sagte Rippington. »Er ist und bleibt ein Perverser.«

»Wie meinst du das?«

»Nichts, Porrig. Setz dich einfach hin und genieß die Show.«

Apocalypso grinste von einem Ohr zum anderen und wieder zurück. Sein Gesicht war jung und gebräunt und fit. Er trug einen schwarzen Schnurr- und Knebelbart[1] und sah aus, als stünde er in der Blüte seiner Jahre, was er auch tatsächlich tat.

»Er sieht gut aus«, stellte Porrig fest.

»Ja, sieht er nicht?«

Apocalypsos kleiner Stock verschwand in einem Wirbel, und dann wurden zwei große rote Rosensträuße daraus. Der Magier verneigte sich, warf die Rosen in die Menge, und sie verwandelten sich in eine Schar Tauben, die über ihren Köpfen kreiste.

»Wie hat er das gemacht?«, fragte Porrig.

»Ohne die Hilfe von Dämonen jedenfalls. Aber pass auf, es kommt noch besser.«

Apocalypso hob seinen Zylinder, die kreisenden Tauben flogen auf die Bühne und verschwanden wie Wasser in einem Ausguss eine nach der anderen in Apocalypsos Hut.

Apocalypso verneigte sich einmal mehr, drehte den Hut herum und klopfte auf den Deckel. Ein Fuß erschien – ein Damenfuß. Gefolgt von einem langen Bein in Netzstrumpf. Ein weiteres Bein, ein Rumpf, Arme, ein Kopf, alles.

»Meine Damen und Herren!«, rief Apocalypso. Seine Stimme dröhnte durch den Saal. »Meine Damen und Herren, ich möchte Ihnen meine zauberhafte Assistentin vorstellen: Myra!«

»Myra?«, sagte Porrig. »Aber Myra ist der Name meiner ...« Er stockte.

---

1 Von der Bonsai-Sorte, wie sie vom legendären Frank Zappa bevorzugt wurde.

»Deiner was?«, fragte Rippington.

»Meiner Mutter«, sagte Porrig. »Und es *ist* meine Mutter! Ich hab Bilder von ihr gesehen, als sie noch jung war. Das ist sie!«

»Der Rubbeldödel wird dicker«, murmelte Rippington.

»Eigentlich ist es die Geschichte, die dichter wird.«

»Nein, ist es nicht«, widersprach Rippington. »Ich hab schon immer auf Netzstrümpfe gestanden.«

»Sei nicht so widerlich! Das ist meine Mum!«

Porrigs Mum machte diesen Bühnenknicks, den Debbie Maggoe so elegant hinkriegt, dann zeigte sie mit geöffneten Handflächen auf Apocalypso Den Wunderbaren, was dem Publikum andeuten sollte, dass es soeben etwas gesehen hatte, was durchaus einen brandenden Applaus wert war.

Die Menge klatschte. Und das Klatschen war laut. Es klang laut. Hallte durch das Theater und von den Wänden wider und wurde lauter und lauter und lauter.

Porrig fiel mit ein, und Rippington fiel mit.

Der Große Magier verneigte sich und Porrigs Mum knickste, deutete ein weiteres Mal mit offenen Handflächen auf Apocalypso und klatschte selbst ein wenig.

»Es läuft phantastisch!«, rief Porrig durch den wilden Applaus zu Rippington. »Aber ich wusste überhaupt nicht, dass meine Mum seine Assistentin war«, fügte er heftig flüsternd hinzu.

»Deine Familie hat mehr Geheimnisse als die CIA.«

»Ladys und Gentlemen!« Apocalypso hob seine behandschuhten Hände, und das Publikum verstummte gespannt. »Dies ist mein letzter Auftritt, und Sie werden Dinge sehen, die Sie noch niemals zuvor gesehen haben. Sie werden noch Ihren Enkeln von diesem Abend erzählen. Dass Sie Apocalypso gesehen haben. Den Wunderbaren.«

»Spitze, Mann!«, rief Porrig.

Apocalypso blickte zu ihm herab. »Hat jemand etwas gesagt?«, fragte er.

»Ich habe nur gesagt: Spitze, Mann!«, sagte Porrig. »Entschuldigen Sie bitte, wenn ich Sie gestört habe.«

»Nicht im Geringsten, junger Mann. Hätten Sie Lust, zu mir auf die Bühne zu kommen und an meiner Aufführung teilzunehmen?«

»Nein, nicht wirklich. Ich würde lieber nur zusehen, wenn es beliebt.«

»Aber ich möchte es. Ich möchte es wirklich.« Apocalypso winkte. »Kommen Sie auf die Bühne. Kommen Sie hoch zu mir, auf die Bühne.«

»Nein, ich möchte wirklich nicht ...«

Apocalypso deutete auf Porrig und starrte ihn auf höchst beunruhigende Weise an.

»Ich würde gehen, wenn ich du wäre«, empfahl Rippington.

Porrig erhob sich von seinem Sitz und kletterte auf die Bühne.

»Und wie heißen Sie, junger Mann?«, erkundigte sich Apocalypso.

»Padraig«, sagte Porrig. »Aber man spricht es aus wie Porrig, und so ruft mich jeder.«

»Was für ein hübscher Name!«, sagte die wunderschöne Myra. »Wenn ich je einen Sohn haben sollte, dann werde ich ihn glaube ich so nennen.«

»Äh«, sagte Porrig.

»So«, sagte Apocalypso. »Glauben Sie an Magie, Porrig?«

»O ja!«, sagte Porrig. »Das tue ich ganz gewiss. Und an das Schicksal. Und auch an Dharma.«

»So viel Glaube für einen so jungen Mann.«

»Ich lerne zu lernen.«

»Dann gebe ich Ihnen das Kompliment zurück, junger Mann – Spitze. Die Show soll beginnen!« Apocalypso breitete die Arme aus, und die Show begann. Und wie sie begann, o ja!

Rippington beobachtete voller Ehrfurcht, wie Porrig zuerst levitiert wurde und dann an einem Seil nach oben kletterte, das von ganz allein schwebte, bevor er oben an der Spitze verschwand und Sekundenbruchteile später im hinteren Bereich des Saals wieder auftauchte. Dann wurde er in einen Koffer gesteckt, der mit Speeren durchbohrt wurde, um unversehrt wieder daraus hervorzusteigen. Er wurde in eine Kanone gerammt und durch einen Feuerreif geschossen, in Stücken von der Bühne aufgeklaubt, in Apocalypsos Zylinderhut gestopft und in Myras Kleidern wieder ausgeschüttet, während sie laut von Porrigs Sitz aus und in seiner Kleidung Beifall klatschte.

»Das Finale«, rief Apocalypso schließlich. »Die grauenhafte elektronische Folterkiste, voller Wespen. Sie wird in ein Flammenloch herabgesenkt, während gleichzeitig ...«

»Nein!«, flehte Porrig.

»Nein?«, fragte Apocalypso.

»Nein. Ich stehle Ihnen ja die ganze Show. Steigen Sie selbst in die Kiste.«

»Keine Angst«, sagte Apocalypso. »Ich habe meine letzte Assistentin hineingesteckt. Wir haben immer noch nicht wieder alle Teile von ihr gefunden ...«

»Los, weiter, Porrig!«, rief Rippington. »Die Folterkiste! Es wird bestimmt ein Kinderspiel!«

»Ein Freund von Ihnen?«, fragte Apocalypso.

»Ein weiterer Freiwilliger«, sagte Porrig und wischte sich den Schweiß von allen möglichen Stellen. »Ich bin sicher, er würde zu gerne an meiner Stelle in die Kiste steigen.«

»Nun, warum holen wir ihn nicht auf die Bühne? Er ist doch ein Er, ist er nicht?«

Rippington wackelte mit seinem kleinen Rubbeldödel.

»Mussten Sie das sagen?«, fragte Porrig.

Rippington huschte auf die Bühne. »Erfreut Sie kennen zu lernen«, sagte er und streckte Apocalypso die kleine dürre Hand entgegen.

Apocalypso schüttelte sie freundlich. »Und woher kommen Sie?«, fragte er.

»ALPHA 17. Von einem Ort, wo *Sie* ganz bestimmt nicht hinkommen.«

Apocalypsos Lächeln wich einem Ausdruck der nackten Angst. »Sie sind gekommen, um mich zu holen«, flüsterte er.

Rippington schüttelte seinen kleinen grauen Kopf. »Im Gegenteil. Da dies hier Ihr letzter Auftritt sein wird und Sie ausschließlich Bühnenzauber verwenden *werden* und absolut nichts anderes, wird niemand und nichts kommen, um Sie zu holen. Porrig gibt Ihnen eine zweite Chance. Also vermasseln Sie es nicht.«

»Ich verstehe nicht ...«

»Buuuh!« und »Pfeif!« machte das Publikum und »Mach endlich weiter!«

»Ihr Publikum wartet«, sagte Rippington. »Können

Sie den Kistentrick auch ohne Hilfe von ... wie soll ich es ausdrücken ... ohne Hilfe aus anderen Gegenden?«

Apocalypso schüttelte den Kopf. »Ich denke nicht[1]. Ich habe diese ›anderen Gegenden‹ überhaupt nur wegen der Tragödie, die meiner früheren Assistentin zugestoßen ist, hinzugezogen. In der Hoffnung, sie dadurch zurückzubekommen.«

»Allmählich ergibt alles einen Sinn, ergibt es nicht?«, sagte Porrig zu Rippington. »Warum er, du weißt schon, warum er sich der dunklen Seite der Macht angeschlossen hat und so weiter.«

»Buuuh! Buuuh!« und »Pfeif! Pfeif!« machte das Publikum, das die Unterhaltung nicht mithören konnte. Irgendjemand warf einen Apfel, und ein anderer einen Fisch.

»Also schön, Mr. Wunderbar. Besser, wenn Sie die Leute aus Surrealing außen vor lassen. Machen Sie den Trick alleine.«

Apocalypso atmete tief durch, und sein Lächeln kehrte zurück. »Also schön«, sagte er.

»Halt, Augenblick mal!«, sagte Porrig. »Ich meine, er könnte dabei getötet werden!«

»Dharma«, sagte Rippington. »Wir haben eine Realität in der Vergangenheit betreten, Porrig, wo Apocalypso sich noch nicht mit Leib und Seele den Dämonen verschworen hat. Du hast sie selbst ausgesucht. Es war deine Idee. Ihn von den dreißig Jahren Folter zu erlösen.«

»Ja. Aber wenn er getötet wird, wovor habe ich ihn dann gerettet?«

---

1 Plopp. Doch das sagte ich bereits.

»Vielleicht wird er nicht getötet. Oder wird er, Apocalypso?«

Das Lächeln des Magiers wirkte irgendwie gezwungen. »Bestimmt nicht«, sagte er mit einer Stimme, die alles andere als überzeugt klang.

Teile des Publikums standen inzwischen auf den Beinen, und eine große Auswahl an Früchten, Gemüse, Socken, Schuhen, Teebeuteln, Stickrahmen, Schornsteinköpfen, Babytragetaschen, Schweinspasteten in der Form von Schlachtschiffen oder Igeln sowie Kondomen voller Grießpudding segelte auf die Bühne.

»Wir könnten einfach den Vorhang fallen lassen«, sagte Porrig. »Sollen Sie doch warten, eh?«

Rippington schüttelte den kleinen grauen Kopf.

Apocalypso schüttelte den größeren, gebräunten.

»In Gottes Namen also«, sagte Porrig.

»Ladys und Gentlemen«, brüllte Apocalypso und breitete die Arme aus, während er das Publikum anstrahlte. Eine Tube Dr. Doveston's Patent Pile Ointment mit Erdbeergeschmack segelte durch die Luft, verfehlte Apocalypso und traf Porrig mitten in die Fresse.

»Autsch!«, machte Porrigs Fresse, während ihr Besitzer zu Boden ging.

»Ladys und Gentlemen! Ich bitte um Entschuldigung wegen der leichten Verzögerung. Ich habe meinem Kollegen hier mein Testament diktiert, das ist alles.«

Porrig rappelte sich auf die Beine und knickste.

»Du siehst aus wie ein richtiger Rubbeldödel in diesen Netzstrümpfen«, beobachtete Rippington.

»Los, macht endlich weiter!«, rief Porrigs Mum von Porrigs Platz aus.

»Das Kunststück, das ich Ihnen nun zeigen werde«, fuhr der Magier fort, während er geschickt weiteren Sandwichs und Käsekuchen auswich, »wurde bis zum heutigen Tag noch niemals erfolgreich abgeschlossen. Niemand hat es je überlebt, eingesperrt in der elektronischen, mit Wespen gefüllten Folterkiste in das Flammenloch hinabgesenkt zu werden, während er gleichzeitig von einem anglikanischen Bischof verflucht wurde, weil er sich als Ägypter verkleidet hat.«

»Das Letzte gefällt mir nicht«, sagte Rippington. »Gib mir einen Kuss.«

»Hau ab!«, schimpfte Porrig.

»Wenn ich nun meine liebliche Assistentin Myra bitten dürfte, mir auf ihre liebreizende Art behilflich zu sein?«

Porrigs Mum kehrte auf die Bühne zurück. »Ich mag diese Verkleidung«, sagte sie zu Porrig. »Vielleicht schlage ich meiner Freundin Marlene Dietrich vor, sich so anzuziehen. Sie sucht nach einem neuen Gag für ihren nächsten Film.«

»Myra«, sagte Apocalypso. Myra verbeugte sich und zeigte dem Publikum viel Dekolleté sowie eine Spur von Nippeln. Alles Werfen brach ab, und lautes Johlen setzte ein.

»Hey!«, rief Porrig. »Das ist meine ...«

»Vielleicht wäre es besser, wenn du ein paar Geheimnisse für dich behältst«, schlug Rippington vor.

Die liebliche Myra zeigte einmal mehr offene Handflächen, und Apocalypso klatschte. Von irgendwo hoch oben kam ein großes gläsernes Behältnis von der Größe einer Telephonzelle. Es senkte sich langsam an dicken Ketten auf die Bühne herab.

»Die grauenhafte elektronische Folterkiste!«, rief Apocalypso.

»Oooooooooooooooooooooooooohhhh!«, machte das Publikum.

»Wie Sie sehen können«, fuhr Apocalypso fort, »besteht die Kiste bis auf den Boden und den Deckel ganz aus Glas. Der Boden und der Deckel bestehen aus elektrisch leitendem Metall. Ich werde durch die vordere Tür in die Kiste steigen und nehme nichts mit außer diesen hier.« Er deutete nach rechts, und aus den Kulissen tauchte ein Mann auf. Er war in eine vollständige Bienenzüchtermontur gekleidet: Maske, weißer Anzug, das ganz Brimborium. Vor sich trug er, auf Armeslänge ausgestreckt, einen kleinen durchsichtigen Behälter. Aus dem Innern kam ein sehr, sehr böses Summen, denn darin waren viele, viele Wespen.

»Amazonas-Killerwespen«, sagte Apocalypso.

»Oooooooooooooooooooooooooohhhh!«, machte das Publikum.

»Ein einziger Stich treibt einen Menschen vor Schmerz in den Wahnsinn. Zwei Stiche, und...« Er fuhr mit einem behandschuhten Finger quer über seine Kehle. »Zwei Stiche sind tödlich. Und hier in diesem Behälter befinden sich eintausend Stück davon. Möchte jemand vielleicht nachzählen? Sie vielleicht, Ma'am?« Er deutete auf die Dame mit dem Strohhut.

»Nein danke«, rief die Dame m. d. S. »Ich vertraue auf Ihre Zählkunst.«

»Wie Sie wünschen. Und falls eintausend Killerwespen noch nicht ausreichen, was halten Sie von dem hier?«

Die Deckenbeleuchtung wurde unvermittelt dunkel, und das Theater versank in Schwarz. Dann, knisternd und knackend und prasselnd, tanzten große elektrische Funken durch die Gegend.

Die Lichter gingen wieder an und zeigten einen weiteren Mann auf der Bühne. Diesmal einen Mann in weißem Kittel mit zwei sehr dicken Kabeln. Er brachte die Kabel bis auf einen Abstand von vielleicht einem halben Meter zusammen, und erneut flogen Funken wie in einer Special-Effects-Demonstration zu einem Frankensteinfilm.

»Oooooooooooooooooooooooooohhhh!«, machte das Publikum einmal mehr.

»Fünfzigtausend Volt«, sagte Apocalypso. »Ein Kabel wird an der Oberseite der Kiste befestigt, das andere unten. Ich werde genau dazwischen stehen, wenn der Schalter umgelegt und der Stromkreis geschlossen wird. Ich werde die volle Gewalt der elektrischen Entladung empfangen.«

»Oooooooooooooooooooooooooohhhh!«, machte das Publikum.

»Das ist Irrsinn!«, sagte Porrig.

»Und ...«, fuhr Apocalypso fort, »sollten die Wespen mich nicht zu Tode stechen und der Strom mich nicht zu Asche verbrennen, was halten Sie *davon*?«

Er klatschte in die Hände, und unter der immer noch an der Kette baumelnden Folterkiste öffnete sich eine Falltür im Boden. Daraus quoll dichter gelber Rauch und Feuer. Ein richtiger Moloch von einem Feuer.

»Oooooooooooooooooooooooooohhhh!«, machte das Publikum noch einmal.

»Hinab!«, rief Apocalypso. »Dort hinab wird die Folterkiste gesenkt. In den feurigen Glutofen.«

»Halt, hören Sie auf!«, rief Porrig und schirmte sein Gesicht vor den Flammen ab. »Das ist zu viel! Hören Sie auf!«

»Buuuh!«, machte das Publikum. »Werft den Transvestiten von der Bühne!«

»Wie können Sie es wagen?«

Jemand warf einen weiteren Fisch. Einen diamantschwänzigen Loonbelly diesmal. Oder vielleicht war es auch ein breitmäuliger Grummdoodler. Porrig duckte sich jedenfalls, was auch immer für ein Fisch es war.

»Es muss getan werden«, sagte Apocalypso zu Porrig.

»Nein, es muss nicht!«

»Doch, es muss«, sagte Rippington.

»Die Kiste in den Glutofen!«, rief Apocalypso. »Das sollte dann wirklich reichen!«

Die Köpfe des Publikums nickten eifrig. Das sollte wirklich für jeden reichen!

»Und noch eine Sache.« Apocalypso hob eine Hand, als sich die Falltür über den Flammen schloss. »Als wäre das alles noch nicht genug, werde ich es in dieser Weise vollbringen!« Er zog seinen Umhang um sich herum, dann drehte er sich im Kreis und schleuderte den Umhang beiseite. Darunter war die Verkleidung eines Ägypters zu sehen.

»Ooooooooooooooooooooooooooooooooooo oooooooooooooooooooooooooooooooooooooo oooooooooooooooooooooohhh!«, machte das Publikum. Es war in der Tat zutiefst beeindruckt.

»Diesem ägyptischen Kram kann ich irgendwie nicht folgen«, sagte Porrig.

Apocalypso rückte seinen ägyptischen Fez zurecht. »Meine Damen und Herren, der Bischof.«

Wilder Applaus aus den Rängen. Befremdete Blicke von Porrig.

Der Bischof trat mit wehender Robe auf die Bühne, die Mitra in mehr als keckem Winkel auf dem Haupt. Er verneigte sich vor dem Publikum, warf ihm Handküsse zu, zwinkerte und grinste, vollführte einen doppelten Salto und kam auf einem Bein zum Stehen, mit dem Hirtenstab hoch in der Luft.

»Schicker Stab«, sagte Rippington.

»Ich kann nicht mehr folgen«, sagte Porrig.

»Also gut!«, rief Apocalypso. »Ich werde von diesem Bischof verhöhnt und beschämt, und ich werde zusammen mit den Killerwespen in die Folterkiste steigen. Die Kiste wird verschlossen, die elektrischen Kabel oben und unten befestigt, und auf mein Signal hin wird der Strom eingeschaltet. Ich werde die Wespen freilassen, und die Kiste wird in den Glutofen hinabgesenkt. Und wenn ich all das überleben sollte, dann bitte ich Sie um eine kleine Runde Applaus.«

Das Publikum antwortete mit einer sehr großen Runde Applaus.

»Danke sehr.« Apocalypso verneigte sich, zog einen Schlüssel aus dem Nichts und reichte ihn Myra. Myra entriegelte die Tür der Kiste und öffnete sie. Der Bischof hampelte auf der Bühne umher, raffte seine Roben und entblößte seinen Hintern. »Was für ein Wichser!«, verhöhnte er den Magier. »Was für ein nutzloser Wichser!« Apocalypso nahm die kleine Schachtel mit den Killerwespen aus den Händen des Imkers und kletterte in die Folterkiste. Myra verschloss hinter ihm die Tür und sperrte ab.

»Auf mein Zeichen!«, rief Apocalypso. »Schließen Sie die Kabel an. Jetzt!«

Der Bursche in dem weißen Kittel trat vor. Der Strom war abgestellt worden, und mit Hilfe von riesigen Krokodilklemmen verband er das eine Kabel mit dem Oberteil und das andere mit dem Unterteil der Folterkiste. Es sah wirklich höchst beeindruckend aus.

»Auf mein Zeichen ziehen Sie die Folterkiste hoch. Jetzt!«

Ketten rasselten, und die Folterkiste mit Apocalypso darin und den beiden dicken Kabeln oben und unten hob sich langsam bis auf etwa drei Meter in die Höhe.

Da das Publikum schon seit einer Weile nicht mehr ge»oooooooooooooooooooooooooooooooohh«t hatte, »ooooooooooooooooooooooooooooooohh!«te es jetzt.

»Hören Sie damit auf!«, rief Porrig und wurde von einer wohlgezielten Flunder gefällt.

»Auf mein Zeichen öffnen Sie die Falltür! Jetzt!«

Die Falltür im Bühnenboden schwang auf, und Feuer und Rauch quollen hervor.

»Ooooooooooooooooooooooooooohhhh!«, machte das Publikum.

»Ich zähle jetzt bis drei. Dann werde ich die Wespenschachtel öffnen, der Strom wird eingeschaltet und die Folterkiste hinunter in die Flammen gesenkt. Ich werde für die Dauer von dreißig Sekunden dort bleiben – Sie können zusammen mit der lieblichen Myra zählen. Anschließend wird die Kiste wieder hochgezogen, und dann können Sie vielleicht applaudieren.«

Das Publikum »Oooooooooooooooooooooooooo hhhh!«te weder, noch applaudierte es. Das sah sehr, sehr gefährlich aus. Sehr ernst. Es sah aus wie reiner Selbstmord. Wirklich.

Porrig kämpfte noch immer mit der Flunder. »Irgendjemand muss ihn aufhalten!«, rief er.

Myra zeigte mit offenen Handflächen auf ihren Meister und zusätzlich noch ein wenig mehr von ihrem Dekolleté.

Der Bischof wackelte mit seinem nackten Hintern und stieß lateinische Flüche aus.

Rippington schüttelte seinen kleinen grauen Kopf, während der Bienenzüchter und der Elektriker mit dem weißen Kittel sich von der Bühne zurückzogen.

»Bei drei!«, rief Apocalypso und hielt sich an einem Griff im Innern der Kiste fest. »Eins ...«

»Nein!«, sagte Porrig.

»Zwei ...«

»Nicht! Machen Sie das nicht!«, flehte Porrig.

»Drei!« Apocalypso riss den Deckel von der Wespenschachtel, und die Insekten summten in einem mörderischen Sturm um ihn herum. Neben der Bühne wurde ein Schalter umgelegt, und Elektrizität fuhr von oben bis unten durch die Folterkiste und sprang in einem blauweißen Bogen von einem Pol zum anderen. Dann setzte sich die Kiste in Bewegung, langsam und unaufhaltsam sank sie in den Glutofen hinab.

Porrig bedeckte die Augen, das Publikum hielt kollektiv den Atem an, und Myra begann langsam zu zählen.

Sie war noch nicht bis drei gekommen, als es geschah.

Es gab ein Krachen und ein grässliches Splittern. Irgendwo oben riss die Winsch ab, mit deren Hilfe die Kiste abgesenkt wurde. Die fünfzigtausend Volt, die nur durch die Kiste fließen sollten, sprangen auf die

Kette über und setzten die Maschinerie in Brand, die die Ketten hielt.

Die Maschine kam knirschend zum Halten, und ein Kettenglied sprang. Die Folterkiste schwankte wie verrückt und sandte Funkenschauer aus. Im Innern herrschte Chaos und Hölle. Dann sprang eine weitere Kette, und die Kiste fiel herab und riss die Stromkabel mit sich.

Hinunter in das feurige Loch.

In das Maul von Moloch.

In Höllenfeuer und Verdammnis.

Porrig wollte vorspringen, doch die Hitze trieb ihn zurück. Myra kreischte, und das Publikum nahm ihre Schreie auf. Männer mit Feuerlöschern stürzten von den Seiten auf die Bühne und kämpften gegen die Flammen.

»Lassen Sie den Vorhang hinunter!«, rief jemand, und der Vorhang fiel.

Das Publikum war in hellem Aufruhr. Alles floh vor dem Grauen, floh in Richtung der Ausgänge und rannte sich gegenseitig um.

Der Bischof erschien zwischen den beiden Vorhanghälften. »Bitte, meine Herrschaften!«, rief er. »So beruhigen Sie sich doch! Kehren Sie auf Ihre Plätze zurück! Kehren Sie auf Ihre Plätze zurück!«

Sie hätten ihn besser dafür gesteinigt. Kehren Sie auf ihre Plätze zurück, also wirklich! Aber sie steinigten ihn nicht, und sie gehorchten. Beruhigten sich. Kehrten auf ihre Plätze zurück. Ihr Vertrauen in diesen Bischof war groß; sie kannten ihn, und sie liebten ihn. Was wahrscheinlich der Grund für seine Anwesenheit war.

»Es gab ein kleines technisches Problem«, verkündete der Bischof, während er mit seinem Hirtenstab beruhigend gestikulierte. »Aber kein Grund zur Panik. Alles kommt wieder in Ordnung. Kehren Sie bitte auf Ihre Plätze zurück und verhalten sich ruhig. Danke sehr.«

Hinter dem Vorhang kämpften die Feuerlöscher darum, das Feuer zu löschen. Die Flammen wurden kleiner, und dann schloss sich die Falltür.

»Wir müssen hinunter!«, sagte Porrig und fuchtelte dümmlich mit den Händen. »Wir müssen versuchen, ihn da rauszuholen! Wir müssen versuchen, ihn zu retten!«

»Porrig«, sagte Rippington. »Porrig.«

»Wo geht es lang?«, fragte Porrig. »Wo lang?«

»Es ist unmöglich, Porrig. Es geht nicht, glaube mir.«

»Aber es muss irgendwie gehen!«

»Er ist tot, Porrig. Niemand kann so etwas überleben!«

»Nein ... nein ...«

Rippington tätschelte Porrigs benetzstrumpften Oberschenkel. »Lass es gut sein. Hol das Buch, und dann verschwinden wir von hier. Wir sind schon viel zu lange geblieben!«

»Ich kann nicht einfach so gehen! Er ist tot! Mein Gott, er ist tot!«

»Ich denke, er hat seine Schuld bezahlt. Ich glaube nicht, dass er wieder an den ganz schlimmen Ort zurückkehren muss.

»Nein«, sagte Porrig. »Nein.«

Und dann erhob sich im Publikum lauter Jubel.

»Was zur Hölle ...«

»Ich glaube, es ist der Bischof«, sagte Rippington. »Wahrscheinlich erzählt er Witze oder so was.«

»Bastard!« Porrig rannte zum Vorhang und schob sich durch den Spalt nach draußen.

»Oooooooooooooooooooooooooohhhh!«, machte das Publikum bei seinem Auftauchen.

»Hallo Süße!«, sagte der Bischof.

»Was?«, machte Porrig.

»Möchtest du vielleicht mit einem Mann des Gewands tanzen?«

Das Publikum johlte.

Porrig gaffte.

Der Bischof wackelte einmal mehr mit dem Hintern. »Gib mir einen Kuss«, sagte er.

»Ich knips dir die beschissenen Lichter aus dafür!«

»OOOOOOOOOOOOOOOOOOOOOOOOOOOHHHH!«, machte das Publikum (diesmal in Großbuchstaben).

»Halt, einen Augenblick!«, verlangte der Bischof. »Es ist nicht nötig, gleich so ausfallend zu werden, ja?

»Nicht nötig?« Porrig spuckte Feuer und Galle. »Er ist tot, du Arschloch. Er ist tot, und du dämlicher Spinner meinst ...«

»Wer ist tot?«, fragte der Bischof.

»Apocalypso. Apocalypso Der Wunder ...«

»Wundervoll!«, rief der Bischof. Dann riss er sich die Maske vom Gesicht, warf seine Robe weg, und darunter kam *er* zum Vorschein. Apocalypso der Wunderbare!

»Oooooooooooooooooooooooooohhhh!«, machte das Publikum.

»Oooooooooooooooooooooooooohhhh!«, machte Porrig.

# 20

Porrig war ganz ausge»ooooooooooooooooooooooohhhh«t, als Apocalypso Der Wunderbare sich nach seinem dreiundzwanzigsten Vorhang endlich in seine Umkleidekabine zurückzog.

Dort gesellten sich Porrig und Rippington zu ihm, nahmen dankbar den angebotenen Champagner entgegen und tranken zusammen mit dem Bienenzüchter, dem Mann im weißen Kittel, der lieblichen Myra und dem unlieblichen Bischof auf die Gesundheit und das Geschick des Großen Magiers.

»Eine wahnsinnige Show!«, sagte der Bischof mit dem Arm um Myras Schulter. »Ihr allerbester Auftritt bisher.«

»Danke sehr«, sagte Apocalypso. »Mein bester und mein letzter.«

»Kommen Sie schon«, sagte der Bischof, den Arm nun um Myras Taille. »Sie sind auf dem Weg ganz nach oben, mein Sohn. Sie könnten das Unmögliche möglich machen. Dazu ist nicht mehr notwendig als ein kleiner Schritt.«

Apocalypso schüttelte den Fez-losen Kopf. »Dieser kleine Schritt, wie Sie es nennen, ist ein Schritt, den ich niemals machen werde.« Er lächelte in Porrigs Richtung. »Du und dein kleiner Freund hier, ihr wisst genau, wovon ich rede, wisst ihr nicht?«

»Wissen wir«, sagte Porrig. »Und Sie fällen die richtige Entscheidung. Wie genau planen Sie Ihren Ruhestand zu verbringen?«

»Ich werde einen kleinen Buchladen eröffnen. In Brighton, denke ich[1]. Ich war stets ein Bewunderer der Kunst des Comicbuchs. Ich werde mich auf Comicbücher spezialisieren.«

»Spitze, Mann.« Porrig hob sein Glas. »Nun, wir müssen jetzt gehen. Es war wunderbar, Sie kennen zu lernen. Sensationell.«

Rippington zupfte Porrig am Hosenbein. »Nicht ohne das Buch!«, flüsterte er.

Apocalypso bemerkte den Zwerg. »Was hat der kleine Bursche gesagt?«

Porrig räusperte sich. »Wir brauchen etwas. Etwas von Ihnen. Es ist von größter Bedeutung in der Zeit, aus der wir kommen.«

»Zeit?«

»Es würde zu lange dauern, das alles zu erklären. Aber wir haben große Probleme in unserer Zeit, und Rippington hier glaubt, wenn wir Ihr Buch ausleihen könnten ...«

»Was für ein Buch?«

»Ihr Zauberbuch.«

»Das Ritual?« Apocalypso versteifte sich.

»Nein, nicht das. Zerstören Sie es. Werfen Sie es weg. Wir möchten das Buch über Bühnenmagie. In dem steht, wie Sie Ihre Tricks machen.«

»Das ist wirklich sehr viel verlangt.«

»Vermutlich ist es das, ja. Aber verraten Sie mir doch bitte eines: Wie genau konnten Sie ohne das Ritual aus der Folterkiste entkommen?«

»Berufsgeheimnis«, sagte Apocalypso.

---

1 Plopp. Da ist er wieder.

»Sie setzen sich zur Ruhe!«, sagte Rippington. »Wir behalten das Geheimnis für uns.«

»Also schön, meinetwegen. Außerdem seid ihr beiden die einzigen im Raum, die nicht wissen, wie ich es gemacht habe. Aber ihr werdet enttäuscht sein. Es war nur ein Trick.«

Rippington kletterte auf Porrigs Schoß, sehr zu Porrigs Missbehagen. »Ich sitze bequem«, sagte Rippington.

»Dann werde ich anfangen.« Apocalypso trank einen Schluck von seinem Champagner und sprach über den Rand des Glases hinweg. »Erstens, die absurde Maskerade. Der Fez und die Sandalen. Starke Gummiisolation, um mich vor dem Tod durch elektrischen Schlag zu schützen. Die »Killerwespen« waren ganz gewöhnliche Schwebfliegen, bestäubt mit Eisenspänen, um die elektrische Entladung zu leiten. Der Stromschlag hat die Tiere augenblicklich getötet, als sie aus der Schachtel freikamen. Drittens, wäre ich tatsächlich langsam in den Glutofen herabgesenkt worden, ich wäre ohne jeden Zweifel gebraten worden. Also bauten wir einen Zwischenfall ein, der den Zuschauern zusätzlichen Nervenkitzel bringen würde und zugleich sicherstellen, dass mir nichts geschieht. Die gesprungenen Ketten waren Absicht. Wir haben es mit einer Fernsteuerung kontrolliert. Auch der elektrische Strom wurde per Fernsteuerung abgeschaltet. Die Folterkiste fiel zwischen die brüllenden Gasdüsen und landete auf einem dicken Polster unter der Bühne. Ich trat hinaus, verkleidete mich als Bischof, setzte eine Maske auf und kehrte zurück auf die Bühne.«

»Unglaublich«, sagte Porrig.

»Danke sehr«, sagte Apocalypso.

»Nein«, sagte Porrig, »ich meinte, absolut nicht glaubwürdig. Ich war dort. Ich habe alles aus nächster Nähe gesehen. Ich glaube nicht ein Wort von dem, was Sie erzählen.«

»Die Schnelligkeit der Hand täuscht das Auge.« Apocalypso streckte die Hand aus und zog einen Pastinak hinter Porrigs rechtem Ohr hervor.

»Wir kennen etwas mit einem Rubbeldödel, der genauso aussieht«, sagte Rippington. »Wir sollten jetzt wirklich gehen.«

»Kann ich Ihr Buch ausleihen?«, fragte Porrig. »Ich bringe es Ihnen wieder zurück, sobald wir es nicht mehr brauchen.«

»Meinetwegen.« Apocalypso lächelte. »Ich sehe am Leuchten in deinen Augen, wie wichtig es zu sein scheint.« Er nahm den Pastinak in die Hände, drückte und rieb ihn ein wenig, und siehe da...

»Das Buch«, sagte Porrig. »Vielen herzlichen Dank. Ich werde es *wirklich* zurückbringen. Gesetz des Dharma und all dieser Kram.«

»Wenn ihr je nach Brighton kommt, könnt ihr mich in meinem neuen Laden besuchen. Ich muss mir noch einen Namen dafür ausdenken, schätze ich.«

»Was halten Sie von ALPHA 17?«, fragte Rippington.

Apocalypso lächelte einmal mehr, Champagnergläser klirrten, und ein weiterer Trinkspruch wurde ausgebracht.

»Wir müssen jetzt gehen«, sagte Porrig. »Nur eine Sache noch, bevor wir weg sind...«

Porrig versetzte dem Bischof einen Kinnhaken.

Zurück im Laden, oben in der kleinen Kitchenette, erkundigte sich Rippington nach dem Grund.

»Weil er meine Mum angefasst hat.« Porrig suchte nach Tee, doch der einzige Tee in der Küche war von Wok Boy, und das machte Porrig traurig.

»Kopf hoch«, sagte Rippington, während er versuchte, am Tischbein hinaufzuklettern. »Wir haben den Job erledigt, und wir haben es mit Stil getan.«

»Es war auf jeden Fall ein ziemliches Abenteuer.« Porrig setzte sich an den Tisch und half Rippington hinauf. »In die Vergangenheit zurückzureisen. Apocalypso aus dreißig Jahren Hölle zu befreien und sogar meine Mum zu treffen, als sie noch eine junge Frau war. Wirklich eine aufregende Geschichte, findest du nicht?«

»Und du hast das Buch. Du musstest es nicht einmal stehlen.«

Porrig nahm das Buch und blätterte es flüchtig durch. »Glaubst du wirklich, wir können dieses grauenhafte Monster damit stoppen?«

»Die Schnelligkeit der Hand täuscht das Auge. Wo wir von Schnelligkeit reden – wir sind zurückgekommen, bevor der Kurator eingetroffen ist. Besser ging es nun wirklich nicht, oder?«

»Vermutlich nicht, nein …« Porrig legte das Buch zur Seite und nahm Wok Boys Tasse. »Ich wünschte nur …«

»Was wünschst du nur?«, fragte Wok Boy in der offenen Küchentür.

»Was?«, machte Porrig.

»Was?«, machte Wok Boy.

»Aber du bist …«, machte Porrig.

»Aber du bist …?«, machte Wok Boy.

»*Lebendig!* Du bist lebendig!«

»Lebendig. Aber du ...«, Wok Boy stockte.

»Aber ich was?«

»Aber du trägst ein Frauenkorsett und Netzstrümpfe«, sagte Wok Boy.

»Vergiss das. Du lebst! Du bist *lebendig*!«

»Natürlich lebe ich! Warum sollte ich nicht leben? Reden wir lieber von dir – wie lange führst du schon dieses Doppelleben? Warum hast du mir nie etwas davon gesagt? Es ist nichts, weswegen du dich schämen müsstest; ich für meinen Teil trage selbst rote Damenunterwäsche.«

»Du Perverser!«, sagte Porrig. »Aber du bist lebendig. Wie hast du das angestellt? Wie hast du überlebt? Warum bist du nicht ertrunken?«

»Hast du irgendwas genommen, Porrig? Ich hatte plötzlich Kopfschmerzen und bin die Treppe runtergefallen. Ich muss unter die Regale gerollt sein, und ich bin gerade eben erst wieder zu mir gekommen. Gibt es zufällig noch einen Tee für mich?«

Porrig blickte sehr zweifelnd drein.

»Lass nur«, sagte Rippington. »Er ist noch am Leben, und das ist immerhin etwas, schätze ich.«

»Unglaublich.«

»Fang nicht schon wieder damit an. Mach ihm einfach nur einen Tee und erklär ihm, was passiert ist.«

»So«, sagte der Oberkommandierende, von dem seit einer Weile wenig zu hören gewesen war. »Was ist passiert?«

»Wir sind in Croydon, Sir«, sagte der Adjutant. »Wir sind im Konvoi von London hierher gefahren.«

»Croydon also, eh? Ich muss eingedöst sein. Was machen wir in Croydon?«

»Sie und Ihre Kameraden haben die kleinen Fähnchen auf der großen Karte alle in Richtung Croydon geschoben. Um zu verhindern, dass der Zug aus Brighton mit dem Monster an Bord London erreicht.«

»Sie glauben, kleine Flaggen könnten den Mistkerl aufhalten?«

»Wenn jede der Flaggen ein Panzerregiment repräsentiert und die Panzer sich alle dort versammelt haben – ja, ich denke, dann könnte es reichen.«

»Also sind alle Panzer dort?«

»Jawohl, Sir. Sind sie.«

»Selbst mein spezieller Spezialpanzer?«

»Selbst Ihr spezieller Spezialpanzer mit Ihrem Namen an der Seite und der eingebauten Cocktailbar.«

»Dann kann die Schlacht also beginnen. In welcher Richtung geht es zur Eisenbahn?«

Der Adjutant deutete durch die Windschutzscheibe nach vorn. »Ein Stück weit voraus, Sir, wo die Panzer geparkt stehen. Aber der Zug ist voll gepackt mit Geiseln, Sir.«

»Militärisches Personal?«

»Zivilisten, Sir.«

»Sie meinen wohl Kriegsopfer.«

»Sir, Sie dürfen nicht auf Zivilisten feuern! Insbesondere nicht unsere eigenen Zivilisten. Es verstößt gegen die Genfer Konvention.«

»Ich persönlich gehe nie auf Konvente. Zumal immer dieser blöde Simo und seine Kumpane die Bar versperren. Man kriegt nie was zu trinken.«

»Dämlicher Trottel.«

»Was haben Sie gesagt?«

»Ich habe gesagt, der Zug kommt in wenigen Minuten, Sir. Wir haben versucht, mit dem Lokführer in Verbindung zu treten und ihn dazu zu bringen, dass er langsam genug fährt, damit wir den Zug sanft entgleisen lassen können, mit einem Minimum an Toten und Verletzten.«

»Und? Glück gehabt?«

»Nein, Sir. Wir waren nicht imstande, eine Verbindung herzustellen. Wir wissen nicht einmal, wer den Zug führt, Sir.«

Der Name des Zugführers war Russell. Russell der Railway-Mann.

Russell hatte noch nie zuvor im Leben eine Lok gesteuert, obwohl das schon lange einer seiner Träume war. Er hätte sich ja beworben, um einen Kurs mitzumachen, doch seine Mum wollte es nicht. Sie hatte ihn davon abgebracht; zu gefährlich, hatte sie ihm immer wieder gesagt.

Russell hatte versucht zu erklären, dass die Chance, in der Lotterie zu gewinnen, um ein Vielfaches größer sei, als bei einem Zugunglück getötet zu werden. Doch seine Mum, die bereits dreimal in der Lotterie gewonnen hatte (ohne etwas davon zu sagen), blieb hartnäckig. Und die beste Freundin eines jungen Mannes *ist* seine Mutter. Wenigstens war sie das für Norman Bates.

Russell hatte eine Menge Spaß. Zuerst hatte er keinen Spaß gehabt, als Dilbert ihn mit seinen schrecklichen Gedanken in den Zugführerstand getrieben und gezwungen hatte, den Zug zu fahren. Er wusste nicht, wie er den Zug überhaupt in Bewegung gesetzt hatte, und noch weniger wusste er, wie er ihn wieder anhalten sollte. Doch im Augenblick hatte er noch eine Menge Spaß: rote Signale überfahren und mit halsbrecherischer Fahrt durch enge Kurven rauschen. Er hatte schnell herausgefunden, dass die Schmerzen, die das Monster ihm beibrachte, um so geringer wurden, je schneller der Zug fuhr. Er hatte die Nachricht schnell begriffen.

Und so pfiff Russell ein flottes Potpourri von Abba und drückte das Gaspedal ganz zu Boden.

Ein Stück voraus lauerten Probleme. Probleme mit einem ganz großen »P«.

Und diesmal stand das »P« für Panzer.

»Panzer sind das, was du brauchst«, sagte Wok Boy, nachdem er sich Porrigs atemlose Geschichte zu Ende angehört hatte. »Panzer, oder, wenn das nicht hilft, Atombomben.«

»Porrig hat ein Buch«, sagte Rippington.

»Porrig hat immer ein Buch«, entgegnete Wok Boy. »Er könnte mal anfangen, seine Bücher unten in seinen Laden zu stellen. Auf den Regalen ist jetzt jede Menge Platz.«

Porrig wollte aufspringen, um das Problem seiner nun leeren Bücherregale unten im Laden anzusprechen, doch dann erinnerte er sich schmerzvoll an die Prügel, die er bei früheren Gelegenheiten durch Wok Boys Fäuste bezogen hatte, und er setzte sich wieder. »Ich will meine Comics von diesem Transvestiten zurück!«, sagte er schmollend.

»Dann solltest du ihn vielleicht selbst danach fragen.

Wo ihr doch beide vom gleichen Ufer seid, wie es aussieht.«

Porrig hielt seine Wut im Zaum. Er hatte wichtigere Dinge im Kopf. »Der alte Knacker wird bald hier sein«, sagte er. »Er wird wissen, was zu tun ist.« Und einem plötzlichen Gedanken folgend fügte er hinzu: »Du kannst ihm ja dann auch gleich erklären, auf welche Weise du die Comics zurückzuholen gedenkst.«

»Ich mache den Tee, während du dich umziehst«, sagte Wok Boy.

Porrig ging ins Schlafzimmer und suchte nach sauberer Kleidung. Er fand keine. Seine beste Hose und sein Sonntagshemd waren irgendwo in der Vergangenheit. Seine eigene Mutter hatte die Sachen an, in einer Zeit vor seiner Geburt. Porrig setzte sich auf die Bettkante und seufzte. Es war alles viel zu viel. Viel zu viel zu viel.

Vor zwei Wochen noch war er verlobt gewesen und ein aufstrebender Autowäscher in Brentford. Und was war er heute? Ein interdimensionaler Zeitreisender und potentieller Retter der Menschheit. *Er?*

Absurd.

Porrig schlüpfte aus dem Bühnenkorsett seiner Mutter und grub eine Jeans und ein T-Shirt mit gerade noch akzeptablen Löchern unter den Achseln aus. Er schlüpfte mit sockenlosen Füßen in ein Paar Turnschuhe und betrachtete sein Spiegelbild.

Er seufzte erneut.

Er hätte sicher einmal mehr mit seinem Schicksal gehadert, doch das Geräusch eines Wagens, der draußen vor dem Haus zum Stehen kam, ließ ihn stattdessen zum Fenster schleichen.

Ein schwarzes Taxi stand unten vor der Tür, und

eine ziemlich intelligent aussehende junge Frau in einem eng sitzenden Kostüm stieg aus. Sie warf den Schlag des Taxis zu und kam zielstrebig auf den Laden zu.

»Was jetzt?«, fragte sich Porrig. »Noch mehr Schwierigkeiten?«

Die intelligent aussehende junge Frau betrat den Laden und marschierte die Treppe hinauf. »Porrig!«, rief sie. »Porrig, wo steckst du?«

Porrig eilte aus dem Schlafzimmer. »Ich bin hier«, sagte er. »Wer sind Sie und was wollen Sie von mir?«

»Beeile dich, komm.« Die intelligent aussehende junge Frau drängte ihn in die Kitchenette.

»Wer ist das?«, fragte Wok Boy. »Was geht hier eigentlich vor?«

»Agentin Artemis«, sagte Agentin Artemis, denn niemand anderes war sie. »Vom Ministerium für Glückliche Zufälle.« Und auch das stimmte.

»Eine der Speichelleckerinnen deines Vaters«, sagte Wok Boy zu Porrig.

»Nichts gegen Speichelleckerin einzuwenden. Wo ist das Buch?«

»Was für ein Buch?«, fragte Porrig.

»Verschwende nicht meine Zeit damit! Das Buch, das du eben gestohlen hast. Apocalypsos Buch.«

»Jetzt hören Sie mal!«, beschwerte sich Porrig. »Ich hab es nicht gestohlen! Er hat es mir gegeben. Und überhaupt, woher wissen Sie das alles?«

»Wir haben keine Zeit für Erklärungen.«

»Ich hab schon Zeit«, sagte Porrig. »Ich warte nämlich auf jemanden.«

»Wir haben keine Zeit. Das ist das Buch, nicht

wahr?« Agentin Artemis schnappte das eigenartig aussehende Buch vom Tisch.

»Das ist mein Buch! Geben Sie es zurück!« Porrig streckte die Hand aus, um es ihr wegzunehmen, doch Agentin Artemis wich geschickt aus, packte sein linkes Handgelenk und verdrehte es so heftig, dass sie ihm fast den Arm ausgekugelt hätte.

»Warten Sie«, sagte Wok Boy.

»Halt die Klappe, Wok Boy, sonst passiert dir das Gleiche.«

»Woher wissen Sie meinen Namen ...?«

Agentin Artemis versetzte Wok Boy einen Ellbogenstoß in den Magen. Wok Boy klappte zusammen und fiel auf Porrig, der unterdessen einen großen Teil des knapp bemessenen Küchenbodens einnahm.

»Bevor Sie mich auch noch schlagen«, meldete sich Rippington zu Wort, »ich gehöre nicht zu diesen Leuten. Ich bin Avon-Beraterin und rein zufällig hier.«

»Halt die Klappe, Rippington.«

»Aha, Sie kennen mich also ebenfalls.«

»Selbstverständlich kenne ich dich, und du kennst mich.«

»Sie sehen Carol Vordermann ein wenig ähnlich.«

»Nein, tue ich nicht.«

»Sigourney Weaver?«

Agentin Artemis beugte sich vor und kniff tadelnd in Rippingtons Rubbeldödel.

»Quiiiiieeeeeeekkkkk!«, machte Rippington und fiel vom Tisch auf die beiden anderen Küchenbodeneinnehmer.

»Ihr seid eine Bande von Nichtsnutzen!« Der Stiefel kam herein: ein schicker hochhackiger Pumps. »Du, Wok Boy.« Pumps. »All die Comicbücher!« Pumps.

»Du, Porrig!« Pumps. »Das Ritual ohne Erlaubnis zu benutzen!« Kniff. »Und du, Rippington. Du hast es zugelassen!« Pumps, Pumps und Kniff. Und noch einmal.

»Lassen Sie uns in Frieden!«, heulte Porrig. »Lassen Sie uns in Ruhe, Sie verdammtes Weib!«

»Weib?« Der Stiefel kam einmal mehr herein, doch diesmal war es wirklich ein Stiefel.

Porrig blickte auf und blinzelte.

»Hab ich euch reingelegt, wie?«, sagte der alte Knacker, denn es war der alte Knacker.

»Was?«, machte Porrig und ächzte.

»Und diese Wichser im Ministerium für Glückliche Zufälle ebenfalls. Der alte Schnellverwandlungstrick. Apocalypso hat ihn mich gelehrt, als ich sein Schüler war.«

»Warten Sie, Augenblick mal!« Porrig mühte sich unsicher auf die Beine und rieb sein verletztes Handgelenk. »Ich weiß, Sie haben mir erzählt, Sie wären sein Assistent gewesen. Aber ... waren Sie als Frau verkleidet auf der Bühne?«

»Selbstverständlich. Jeder Bühnenmagier braucht eine hübsche Frau als Assistentin. Es ist eine Tradition, ein Brauch, eine alte Bulle oder was weiß ich.«

»Langsam, langsam! Jetzt wird mir allmählich so einiges klar. Waren Sie etwa die Assistentin, die in diese elektronische Wespengefüllte Folterkiste ging und nicht wieder herauskam?«

»Der verdammte Trick lief schief. Hätte ich nicht das Ritual benutzt, wäre ich geröstet worden.«

»Sie wären getötet worden.«

»Nicht getötet, Porrig. Ich kann nicht sterben, bevor ich nicht die Engelsfeder zurückgegeben habe.

Doch ich hatte nicht die Absicht, mich rösten zu lassen.«

»Hat das Treten aufgehört?«, fragte Wok Boy, indem er misstrauisch die Hände vom Kopf nahm. »Au Scheiße!«, fuhr er fort, als er den alten Knacker bemerkte.

»Das Treten hat aufgehört«, beruhigte Porrig ihn. »Aber meine Verwirrung nicht. Wie kommt es, dass Sie nicht getötet...?«

»Jetzt ist keine Zeit dafür«, sagte der alte Knacker. »Hast du dieses Buch bereits gelesen?«

»Nicht wirklich, und ich weiß auch immer noch nicht, wie es...«

»Dann musst du es eben auf dem Weg lesen. Wir werden dem Monster folgen. Wir müssen versuchen es aufzuhalten, bevor es London erreicht.«

»Äh, entschuldigen Sie...«, sagte Wok Boy.

»Was willst du?«, fragte der alte Knacker.

»Nun, ich... äh... Sie brauchen mich doch sicher nicht bei dieser Sache, oder?«

»Nein, ich brauche dich wirklich nicht. Du kannst meinetwegen hier bleiben und mir meine Comicbücher zurückholen.«

»*Meine* Comicbücher«, sagte Porrig.

»Porrigs Comicbücher.«

»Ich bleibe hier und helfe ihm«, sagte Rippington.

»O nein«, sagte der alte Knacker. »Du wirst schön mit uns kommen. Ich brauche dich noch.«

»Oh«, sagte Rippington. »Oh.«

»Oh«, sagte Russell, als die erste Panzergranate über der Lok explodierte. Der Zug fuhr inzwischen mit

Höchstgeschwindigkeit, und Russell hatte »Waterloo« gesungen. Jedenfalls bis zu dem Augenblick, an dem er »Oh!« sagte.

»Hören Sie auf damit!«, rief der Adjutant. »Sie dürfen nicht auf unbewaffnete Zivilisten schießen!«

Der Oberkommandierende machte kreisende Bewegungen mit dem Zeigefinger in Richtung des Kanoniers. »Ein klein wenig nach rechts. Stopp. Ein klein wenig höher. Stopp.«

»Sir!«, protestierte der Adjutant und versuchte, sich in dem speziellen Spezialpanzer des Oberkommandierenden (dem mit seinem Namen auf der Seite und der eingebauten Cocktailbar) aufzurichten, wobei er sich den Kopf an der kleinen Luke stieß. »Sir, bei allem Respekt, doch ich muss darauf bestehen, dass ...«

»Feuer!«, befahl der Oberkommandierende.

Bammmmmm! und Rückstoß und Dopplereffektpfeifen und Wummmm!

Russell duckte sich im Führerstand der Lok. »Das war verdammt nah«, murmelte er. »Warum schießen die auf mich?«

»Sir, bitte! In diesem Zug sind Tausende von Zivilisten!«

»Adjutant, wenn Sie sich jetzt wie ein törichtes kleines Mädchen anstellen wollen, lasse ich Sie aus meinem Panzer werfen.«

»Aber Sir!«

»Ein klein wenig runter. Stopp. Ein wenig rechts. Stopp.«

»Sir ...«

»Feuer!«

Ein Haltesignal explodierte, und brennende Trümmer segelten auf das Gleis. Russell hielt die Hände vor die Augen, als der Zug durch den Rauch und das Chaos raste. »Mama!«, kreischte Russell. »Ich will zu meiner Mama!«

Der Abstand betrug nur noch weniger als drei Kilometer und verringerte sich ungemütlich schnell.

Im Innern des speziellen Spezialpanzers klingelte ein Telephon. Der Adjutant riss den Hörer an sich, bevor der Oberkommandierende reagieren konnte. »Ja?«, brüllte er in die Sprechmuschel. »Ja ... Was? ... Jawohl, ich verstehe. Stellen Sie das Feuer ein, Sir.«

»Das war es, du verdammter Irrer! Raus aus meinem Panzer!«

»Aber Sir, das war eine Nachricht aus dem Zug! Sie wurde über das Hauptquartier zu uns durchgestellt. Sir John Rimmer ist an Bord des Zuges. Er hat gesagt, dass wir aufhören sollen zu schießen. Das Monster ist nicht in diesem Zug. Ich wiederhole, das Monster ist nicht in diesem Zug, Sir.«

»Das ist nur ein verdammter Trick! Los, raus aus dem Sitz, Kanonier! Den nächsten Schuss gebe ich selbst ab.«

»Sir, bitte! Sir John Rimmer sagt, dass die Kreatur im

letzten Waggon gewesen wäre und dass sie diesen Waggon vor zehn Minuten abgekoppelt hätte.«

»Ich darf kein Risiko eingehen. Könnte ein verdammter Trick sein.«

»Sir, es ist kein Trick, und wir stehen genau auf dem Gleis. Setzen Sie den Panzer zurück, Sir.«

»Da kommt er, bei Käsus!« Der Oberkommandierende deutete durch das vordere Visier. »Keine Zeit, um jetzt noch zimperlich zu werden. Wenn du das Fleisch nicht erträgst, dann steig nicht in die Hosen des Metzgers, wie? Und was glauben Sie eigentlich, was Sie da machen, Kanonier?«

»Ich kann das Fleisch nicht ertragen, Sir.«

»Verdammte Schwuchtel. Sie etwa auch, Adjutant? Kommen Sie auf der Stelle zurück, Sie Angsthase!«

»Zurück!«, kreischte Russell, während er aus dem Zugführerstand flüchtete und durch den ersten Waggon rannte. »Alles nach hinten in die letzten Waggon! Wir werden entgleisen!«

Ein großer Mann in Unterhosen passierte Russell.

»Nicht *dort* entlang, Sir! Nach hinten!«

»Sie gehen nach hinten, und beeilen Sie sich«, sagte Sir John Rimmer. »Ich werde versuchen den Zug anzuhalten.«

Rumpelnd und ratternd und laut pfeifend raste der Zug voran. Weniger als zwei Kilometer, und die Lücke wurde genauso schnell kleiner wie vorhin.

Sir John Rimmer saß im Zugführerstand, den Unterkiefer entschlossen vorgestreckt, die Zähne zusammengebissen, die Oberlippe steif, eine Hand an der Pfeife, zwei nackte Füße auf der Bremse. Er atmete tief durch und hielt die Luft an und schloss die Augen. Wenn das sein Tod sein sollte, dann würde er ihm mitten ins Gesicht sehen und ihm begegnen wie ein Mann.

Kein falscher Bart, kein falscher Stolz, fast nackt und ganz allein.

»So soll es sein«, sagte Sir John Rimmer.

So war es.

Und wie es mit diesen Dingen nun einmal ist, wenn sie geschehen, so war es auch diesmal. Alles in Zeitlupe und fast wie ein Traum. Oder wie eine künstlerische Filmmontage.

Aus den Augen von Sir John Rimmer, die unverwandt geradeaus starren, werden die rutschenden Räder der Lok, dann verwandeln sie sich in einen Daumennagel, während der zugehörige Daumen im Panzer auf einen blutroten Knopf mit der Aufschrift FEUER drückt, bevor sie zu den Augen eines Hundes werden, Sir John Rimmers Hund, der in seiner Jugend Stöckchen für ihn apportiert; die rennenden Hundebeine verwandeln sich in rennende Passagierbeine, Passagiere, die übereinander fallen, stolpern, stoßen; ein Gesicht füllt den Schirm aus, dehnt sich aus, der Mund wird zu einem Loch, das Loch zu einem Tunnel, und der Zug rast mit kreischenden Rädern hindurch; Pfeifen, Schreien, Menschen brüllen und Augen und Räder und Räder und Augen und …

… herausgeschnitten vom Produzenten, der sich einen Dreck um Kunst schert und mehr Action will.

Also Schnitt zu den Augen von Sir John.

Schnitt zu dem Zug, von oben aufgenommen, der auf seinem Gleis weiterrast.

Schnitt zu dem Panzer auf dem Gleis. Jemand klettert hinein.

Schnitt zu den rutschenden, stehenden Rädern.

Schnitt auf die übereinander fallenden, drängenden, schiebenden Passagiere.

Schnitt auf das Interieur des speziellen Spezialpanzers, Schwenk über die Cocktailbar auf den Daumen des Oberkommandierenden, der im Begriff steht, den Feuerknopf einzudrücken.

Schnitt auf die Augen des Oberkommandierenden. Sie blicken auf.

Schnitt auf Sir John Rimmer, Schweißperlen auf der Stirn, Handrücken wischt sie ab.

Schnitt. Zug und Panzer von oben, Satellitenperspektive, die Lücke wird schnell kleiner.

Das edle Interieur des speziellen Spezialpanzers, Spezialtelephon wird an ein Ohr gerissen.

Zugräder.

Passagiere.

Hörer wird auf die Gabel geworfen.

Panzerperspektive auf herannahenden Zug.

Zugperspektive auf im Weg stehenden Panzer.

Augen von Sir John.

Augen vom Adjutanten. Oh!

Sir Johns nackte Füße auf der Bremse.

Adjutantenhände an der Panzersteuerung.

Zugräder rutschen.

Panzerketten wirbeln.

Augen von Sir John.

Augen vom Adjutanten.

Menschen fallen übereinander.

Sir Johns Hände gehen zum Gesicht hinauf.

Rutschende Räder.

Wirbelnde Ketten.

Fallende Menschen.

Unterschwelliger Schnitt auf Danburry Collins, der in der Toilette des letzten Waggons an sich selbst spielt.

Mittellanger Schnitt, wie Zug an Panzer vorbeirast, ihn nur um wenige Zentimeter verfehlt und mit stehenden und kreischenden, kreischenden, kreischenden Rädern endlich zum Halten kommt.

Und Schnitt!

Und fertig.

## 21

Ausdrucke ratterten aus Computerdruckern, Telephone klingelten und intelligent aussehende junge Frauen in eng sitzenden Kostümen marschierten auf und ab. Männer in weißen Kitteln tranken Kaffee aus Plastikbechern und Augustus Naseby lungerte in einer Ecke.

Alles lief nach Plan im Ministerium für Glückliche Zufälle.

Ein Mann in einem weißen Kittel namens Albert (er hatte den Kittel selbst so genannt, nach dem geliebten Ehemann der Königin Victoria), schubste Augustus mit einem Stock.

»Ey!«, sagte selbiger. »Was glauben Sie eigentlich, wen Sie da schubsen?«

»Das verdammte Ding funktioniert nicht«, sagte der Mann mit dem Kittel namens Albert.

»Was soll es denn überhaupt sein?«

»Eine Wünschelrute, Sir. Ich hab sie im Schlussverkauf erstanden.«

Augustus Naseby seufzte auf eine Weise, die der seines Sohnes recht ähnlich kam. »Und warum?«, fragte er.

»Ich versuche, die Rettungskapsel zu lokalisieren, Sir. Sie wissen schon, die Notrettungskapsel, die von den viktorianischen Magiern in das U-Bahn-System integriert wurde und von der wir nicht das Geringste zu wissen vorgeben. Die Rettungskapsel, die zu suchen und vorzubereiten Sie mir aufgetragen haben, Sir.«

»Pssst!«, machte Augustus und legte den Finger an

die Lippen. »Wir wollen doch keine Panik verursachen, wollen wir nicht?«

»Wir wollen nicht, Sir. Absolut nicht.«

»Dann wollen wir mal einen Blick auf dieses Ding werfen, wollen wir?«

»Wir wollen, Sir. Wir wollen. Absolut, Sir.«

Augustus packte den Stock und musterte ihn von oben bis unten. »War denn keine Bedienungsanleitung dabei?«

»Nur diese kleine Broschüre, Sir.« Der Mann zog selbige aus seinem Kittel namens Albert, und Augustus zog sie aus der Hand des Mannes.

»›Danke sehr, dass Sie sich für unsere *H. G. Wells 1900 Notfallrettungskapsel* entschieden haben‹«, las er. »›*Die HGW 1900 übertrifft alle bisherigen Rettungskapseln, indem sie mit einem vollständigen Satz von Messingarmaturen nach Verne und schwarzem Lederinterieur nach Poe ausgestattet ist blablabla* ...‹«

»›*Bla*‹?«, fragte der Mann.

»›Bla‹«, sagte Augustus. »Aber sehen Sie hier, Mann, hier ist eine Skizze, wie man zu der Kapsel gelangt, zusammen mit einer vollständigen Anleitung, wie sie zu aktivieren und zu starten ist.«

»Ich nehme an, dort ist sie, jawohl, Sir«, sagte der Mann.

»Und warum haben Sie nicht gleich in der Broschüre gelesen?«

»Ich bin nicht dazu befugt, Sir. Autsch!«

Augustus Naseby hob die Wünschelrute und schlug ein weiteres Mal damit zu.

»Autsch!«, sagte der Mann ein weiteres Mal. Und »Autsch!« sagte er ein drittes Mal, nachdem Augustus ein drittes Mal zugeschlagen hatte.

»Der Stock scheint jedenfalls einwandfrei zu funktionieren«, stellte Augustus fest. »Sie haben ihn nur falsch benutzt, das ist alles.«

»Sir«, sagte ein weiterer Mann in einem weißen Kittel namens Brian (der Name des Mannes war Brian, sein Kittel hieß Phil), »Sir, von Croydon kommen eine Menge Meldungen herein.«

»Fangen Sie mit der schlimmsten an«, sagte Augustus.

»Nun«, sagte der Mann namens Brian im Kittel namens Phil, »die schlimmste ist, dass ich mit meinem Dödel im Rohr meines Staubsaugers stecken geblieben bin. Ich habe nackt gestaubsaugt, weil es ein sehr heißer Tag war, und wie ich schon der Krankenschwester im Hospital gesagt habe, ich ... Warum sehen Sie mich so an, Sir? Autsch!«

»Croydon«, erinnerte Augustus. »Erzählen Sie uns einfach mehr über Croydon.«

»Das war in Croydon, Sir. Autsch!«

»Er funktioniert ganz ausgezeichnet, finden Sie nicht?«, sagte der Mann im weißen Kittel namens Albert. »Kann ich auch mal?«

Augustus reichte ihm den Stock.

»Das wagen Sie nicht!«, sagte der Mann namens Brian.

»Berichten Sie mir jetzt, was es aus Croydon zu vermelden gibt, oder ich werde Sie eigenhändig erschießen!«, sagte Augustus und zog eine Pistole.

»Nun, Sir, es war wirklich sehr aufregend. Der Zug jagte über das Gleis, und die Panzer standen genau im Weg, und der Oberkommandierende hatte seinen speziellen Spezialpanzer in der ersten Reihe geparkt und feuerte mit seiner Kanone auf den Zug, und der Zug raste immer näher, und der Oberkommandierende feuerte und feuerte, und der Zug raste näher und Autsch!«

»Treffer«, sagte Augustus.

Brian rieb sich den Kopf. »Sir John Rimmer war in diesem Zug und es gelang ihm, den Zug sicher zum Stehen zu bringen.«

»Bravo, Sir John.«

»Doch das Monster war nicht im Zug. Es war im letzten Waggon, und der letzte Waggon wurde einige Zeit vorher abgekoppelt. Das Monster ist in einem Städtchen namens Bramfield ausgestiegen.«

»Und woher wissen Sie das?«

»Straßenüberwachungskameras, Sir. Die meisten Städte und Ortschaften sind heutzutage damit ausgerüstet. Verbrechensvorbeugung, nennen wir es bei uns. Klingt viel besser als ›Big Brother is watching you‹, finden Sie nicht? Aber es kommt aufs Gleiche hinaus.«

»Berichten Sie weiter, Mann.«

»Jawohl, Sir. Das Monster begab sich im Anschluss daran in einen Möbelwagen und setzte seine Reise nach London über die A24 fort.«

Augustus umklammerte mit der nicht die Pistole umklammernden Hand sein Herz. »Das Monster hat es auf mich abgesehen! Bereiten Sie die Rettungskapsel vor! Wir werden fliehen.«

»Kann ich auch mitkommen?«, fragte Brian.

Augustus machte ein nachdenkliches Gesicht, dann schoss er Brian tot. »Nein«, sagte er. »Wir haben keinen Platz für drei.«

»Drei Mann nach London, Fahrer«, sagte der alte Knacker zu dem Taxifahrer.

Der Taxifahrer lehnte sich aus dem Fenster und musterte den alten Knacker von oben bis unten. »Tut mir Leid, Kumpel«, sagte er dann, »aber dieses Taxi ist besetzt. Irgendeine Mieze aus London, ist das nicht ein Zufall? Schickes Ding, lange Beine und knackige Titten, wirklich atemberaubend. Schätze, ich hab gute Aussichten bei ihr, deswegen muss ich warten.«

Der alte Knacker beugte sich zu dem Fahrer herab und flüsterte ihm gewisse Worte ins Ohr: explizite Einzelheiten bezüglich der Strafe, die ihn im Falle der Nicht-Kollaboration erwartete.

»Hüpfen Sie rein«, sagte der Taxifahrer.

Die drei hüpften rein, und das Taxi raste mit halsbrecherischer Geschwindigkeit los. Porrig nahm Apocalypsos Buch der Magie zur Hand und begann darin zu lesen. Der alte Knacker wandte sich zu Rippington und erkundigte sich in strengem Ton: »Was hast du angestellt?«

»Porrig hat mich gezwungen, ihn nach OMEGA 666 zu bringen. Er hat gedroht, mich zu foltern.«

Der alte Knacker schüttelte den Kopf. »Du hast ihm angeboten, ihn hinzubringen. Ich wusste, dass du ihm helfen würdest. Doch das hier ist nicht die gleiche Realität, in der ich dich zurückgelassen habe. Ich kann spüren, dass es eine andere Realität ist.«

»Sie ist aber nur ein klein wenig verschieden.«

»Wie klein ist klein?«

Rippington winkte den Alten zu sich herab und flüsterte ihm ins Ohr. »Nun, in dieser Realität ist Wok Boy nicht im Meer ertrunken.«

Der alte Knacker schüttelte den Kopf. »Geht in Ordnung. Was sonst ist anders?«

»Nur Porrig.«

»Porrig? Wie?«

Porrig schloss Apocalypsos Buch. »Fertig«, sagte er. »Was für ein interessantes Buch!«

»Nun, er kann wesentlich schneller lesen als vorher«, sagte Rippington.

»Das bringt mich auf eine Idee«, sagte Porrig. »Wir müssen unbedingt unterwegs anhalten und ein paar Dinge besorgen.«

»Und er kann improvisieren.«

»Beeilen Sie sich, verdammt!«, sagte Porrig zu dem Taxifahrer.

»Und er ist energisch.«

Porrig seufzte.

»Aber das ist schon so gut wie alles, ehrlich.«

Der Taxifahrer warf einen Blick in den Rückspiegel. »So«, sagte er. »Was habt ihr denn da? Eine Bauchrednerpuppe oder wie?«

»Ich steck dir meinen Stab in deinen Verdauungskanal, Kerl!«

»Sehr drollig«, sagte der Taxifahrer. »Und sehr überzeugend. Eine aussterbende Kunst, das Bauchreden. Wie das Schnupfen.«

»Wie *was*?«, fragte Porrig.

»Schnupftabakkonsum. Ist völlig aus der Mode gekommen, ist es. Aber es kommt wieder, merken Sie sich meine Worte. Die Raucher haben die Nase voll von der Diskriminierung. Sie dürfen hier nicht rauchen, Sie dürfen dort nicht rauchen. Irgendwann erlebt das Schnupfen eine Renaissance, warten Sie's nur ab. Keine Gesetze gegen Schnupftabak. Noch vor dem Ende des Jahrhunderts wird es wieder Schnupftabakläden auf den Hauptstraßen geben, oder mein Name ist nicht Sebastopol Van Meer de la Pine Gwa'tan Qua Cest'l Potobo. Oder war es Kevin Smith?«

»Kevin«, sagte der alte Knacker.

»Ja?«, fragte Kevin.

»Halten Sie die Klappe, Kevin, und fahren Sie das Taxi, oder ich ...« Der Alte beugte sich vor und flüsterte erneut in Kevins Ohr.

Kevin machte sich ganz klein hinter dem Lenkrad und erschauerte. »Sie haben wirklich ein ernstes Problem mit Ihrer Einstellung, Sir«, sagte er.

Falls Dilbert Norris ein ernstes Problem mit seiner Einstellung hatte – und viele würden wahrscheinlich sagen, *dass* er es hatte – dann war er sich dessen zumindest nicht bewusst. Hat der Mann, der mit dem Absatz auf einen Kakerlak tritt oder eine Mücke erschlägt, ein ernstes Problem mit seiner Einstellung? Nein. Hat der Mann, der Gemüse verzehrt, ein ernstes Problem mit seiner Einstellung? Nein. Hat der Mann, der die menschliche Spezies als den Tieren überlegen betrachtet, ein ernstes Problem mit seiner Einstellung? Nein. Hat der Mann, der Wespen verzehrt, sich Gurken irgendwo reinsteckt und im Supermarkt herumhüpft und lauthals verkündet, dass Hühner die Welt regieren sollten, ein ernstes Problem mit seiner Einstellung? Nein.

Nun ja, jedenfalls nicht als solches.

Und auch Dilbert hatte kein ernstes Problem mit seiner Einstellung. Gewiss zertrampelte er Menschen und keine Insekten. Gewiss aß er Menschen statt Gemüse.

Gewiss dachte er, dass seine Spezies der menschlichen Rasse überlegen war. Doch nach den Maßstäben seiner eigenen Spezies beurteilt – und welche Maßstäbe sollte man bei Dilbert sonst anlegen? –, hatte er absolut kein ernstes Problem mit seiner Einstellung.

Nun ja, jedenfalls nicht als solches.

Dilberts Ankunft in London war eine recht prahlerische Angelegenheit. Er wollte seine Show, und er wollte seine Show groß. Etwas, von dem seine Untertanen noch ihren Enkeln würden erzählen können. Nicht, dass er nicht da gewesen wäre, um es ihnen selbst zu erzählen. Er würde es tun. Und noch mehr. Doch der heutige Tag war etwas Besonderes. Am heutigen Tag würde er sich einen Namen verschaffen. Bei jedermann.

Er verließ seinen Möbelwagen und ließ sich einmal mehr in sein siebenzackiges Raumschiff verfrachten, mit der offenen Oberseite und den zahllosen behaglichen Kissen. Und den zahlreichen Trägern obendrein: Dilbert legte fleißig an Gewicht zu. Doch es stand ihm nicht schlecht. Machte ihn noch majestätischer. Noch transzendentaler. Noch einzigartiger, unvergleichlicher, überragender, *nulli secundus* und ganz oben auf dem Baum.

Dieser Gedanke gefiel ihm, gefiel er Dilbert. Ganz oben auf dem Baum. Eine vegetative Konnotation, aber noch viel mehr. Ganz oben auf dem Lebensbaum vielleicht?

Dilbert nickte mit seinen zahlreichen Kinnen. Ganz oben auf dem Lebensbaum.

Vor ihm marschierten seine Kapellen. Blaskapellen, Marschkapellen, und ziemlich schick obendrein. Er hatte sie unterwegs aufgesammelt. Er hatte nach den

Gedanken von Musikern gesucht und ihre Besitzer mit Schmerzen überhäuft. Er hatte sie gezwungen, ihre Instrumente einzusammeln und vor ihm her zu marschieren und zu spielen.

Und gut aussehende Frauen, Männer und Kinder hatte er ebenfalls um sich versammelt. Er hatte den Weizen von der Spreu getrennt, die guten von den schlechten, die Rosen von den Dornen und die Sumatra-Orchidee von der kambodschanischen Sumpflilie.

Er war ein Connaisseur für Menschen geworden. Und wie ein Mann danach streben mag, die perfekte Rose zu züchten oder das perfekte Rennpferd, so würde Dilbert im Gegenzug den perfekten Menschen züchten. Eine Freude für das Auge und den Gaumen, ganz nach seinem Geschmack.

Denn Geschmack hatte Dilbert. Und auch wenn noch so viele behaupten mögen, Geschmack sei etwas Subjektives, so gibt es doch stets die wenigen, die besser informiert sind und begriffen haben, dass manche Dinge besser sind als andere und dass nur einige Leute imstande sind, den Unterschied zu erkennen.

Gegenwärtig war Dilberts Geschmack ganz ohne Frage subjektiv. Er war das einzige Wesen auf dem gesamten Planeten, mit dem er sich über Geschmack hätte streiten können. Doch wenn Dilbert seinen Willen bekam, und Dilbert würde dafür Sorge tragen, dass er seinen Willen bekam, dann würde sich diese Situation rasch ändern.

Doch mehr darüber aus Dilberts eigenem Mund, denn seine Ansprache an die gesamte Welt stand bevor.

Für den Augenblick winken wir mit unseren Hosen,

bejubeln seine Ankunft und verneigen uns, wenn er an uns vorbeigeht. Erfreuen uns an dem eigenartigen unmenschlichen Rhythmus seiner zahllosen Kapellen. Starren in Ehrfurcht auf Tausende von Nudisten und kaufen einen silberfarbenen heliumgefüllten Luftballon mit der Aufschrift *I* ❤ Dilbert an einem der zahlreichen Stände, die am Wegesrand aus dem Boden geschossen sind wie Pilze nach einer feuchten Spätsommernacht. Und singen sein Loblied.

*Oh glorreich und grün bist du*
*Höchster, Breitester und Mächtigster*
*Welch wunderbarer Rubbeldödel*

*Wir heißen dich willkommen Knödel*[1].

»Was für ein furchtbares Lied!«, sagte der Taxifahrer und fummelte am Senderknopf seines Radios. »Es scheint auf allen Sendern gleichzeitig zu laufen.«

Porrig warf dem alten Knacker einen vielsagenden Blick zu, und der alte Knacker warf Rippington einen vielsagenden Blick zu, und Rippington warf Porrig einen vielsagenden Blick zu.

»Warum all die vielsagenden Blicke?«, fragte Porrig.

Der Taxifahrer warf einen vielsagenden Blick in den Rückspiegel, und der Rückspiegel erwiderte ihn. »Ich hab jedenfalls nicht damit angefangen«, sagte der Rückspiegel.

---

1 Copyright. All rights reserved by Dilbert Norris World Publishing Inc.

»Wo sind wir eigentlich genau?«, fragte der alte Knacker.

»In Croydon«, sagte der Taxifahrer. »Schwesterstadt von Sarajewo.«

»Tatsächlich?«, fragte Porrig.

»Nein, war nur ’n Witz, aber kann ja noch werden.«

Der Alte versetzte dem Taxifahrer einen Schlag auf den Kopf. »Können Sie nicht schneller fahren?«

»Autsch!«, sagte der Taxifahrer. »Nein, ich kann nicht schneller. Es scheint eine Art Militärparade zu geben. Sehen Sie sich nur all die Panzer an.«

»Schicke Panzer«, sagte Rippington. »Seht nur den speziellen dort, mit dem Namen auf der Seite. Da wird gerade einer rausgehoben und auf eine Bahre gelegt.«

»Fahren Sie über den Bürgersteig weiter«, befahl der alte Knacker. »Aber fahren Sie, Mann!«

Der Taxifahrer trommelte mit den Fäusten auf das Lenkrad. »Hören Sie«, sagte er, »die Straße ist versperrt. Alles ist voller Panzer. Ich komme nicht durch! Sie müssen Sich in Geduld fassen.«

»Geduld?«

»Machen Sie’s wie ich«, empfahl der Taxifahrer. »Ich bin Buddhist. Alle Fahrer schwarzer Londoner Taxis sind heutzutage Buddhisten, wissen Sie? Man muss es sein, um seine Arbeit zu erledigen. Wir praktizieren innere Ruhe. Meditation, Eins-sein, das ist der Grund, aus dem wir niemals die Geduld verlieren oder uns im Straßenverkehr danebenbenehmen. Sie könnten eine Menge von mir lernen. Möchten Sie vielleicht, dass ich Ihnen ein Mantra gebe?«

Der alte Knacker beugte sich vor und gab dem Taxifahrer etwas anderes.

Es war kein Mantra.

»Und wer soll jetzt weiterfahren?«, fragte Rippington.

»Ich werde fahren«, sagte Porrig.

»Nein«, sagte der alte Knacker. »Wir schaffen es einfach nicht durch diesen Verkehr. Wir brauchen etwas anderes. Etwas Schnelleres.

Porrig sah durch die Windschutzscheibe nach vorn. »Wie wäre es damit?«, fragte er. »Ich wette, das ist schnell genug.«

»Was denn?«, fragte der alte Knacker.

»Dieser große schwarze unmarkierte Regierungshubschrauber mit den ganzen Waffen, der dort drüben auf dem Schulhof steht.«

»Den nehmen wir«, sagte der alte Knacker.

Der Taxifahrer bekam kein Trinkgeld. Genauso wenig wie seinen Fahrpreis. Was genau genommen zweimal kein Fahrpreis und zweimal kein Trinkgeld war, wenn man bedenkt, dass er den alten Knacker schon von London nach Brighton gefahren hatte. Das Leben kann manchmal ganz schön link sein, selbst für einen Buddhisten.

Porrig rannte auf den Schulhof zu, gefolgt vom alten Knacker und dem ewig springenden und hüpfenden und rennenden Zwerg.

Eine Politesse[1] sah das Taxi auf der doppelt durchgezogenen Linie stehen und begann eine Verwarnung auszuschreiben. Als sie den bewusstlosen Fahrer hinter dem Steuer bemerkte, schimpfte sie in sich hinein: »Total betrunken außerdem! Dafür werde ich dich anzeigen, Kerl.«

---

1 Eigenartig, dass dieses Wort in manchen Sprachen mit freundlich, höflich in Verbindung gebracht wird, nicht wahr?

Porrig erreichte den Schulhof und sah zu dem Helikopter auf. Aus der Nähe war der Anblick wirklich beeindruckend. Die Maschinenkanonen und die Raketenbehälter und die großen Lautsprecher, um Wagner abzuspielen.

Der alte Knacker kam schnaufend neben Porrig zum Stehen. »Ein Kampfhubschrauber des Ministeriums für Glückliche Zufälle«, stellte er fachkundig fest. »Wahrscheinlich hat er irgendwelche Lamettahengste von London hergebracht. Sie haben die Panzer geschickt, damit sie den Zug aufhalten. Nach den Gesängen im Radio von vorhin zu urteilen hatten sie herzlich wenig Erfolg.«

»Aber wie kriegen wir jemanden dazu, uns zu fliegen?«

»Oh, ich kann ihn fliegen. In meiner Verkleidung als Agentin Artemis hab ich alle möglichen Ausbildungen genossen.«

Porrig starrte den alten Knacker an. Seine runzligen Finger zitterten, und seine alten Knie schienen jeden Augenblick nachzugeben.

»Sahneschnittchen«, sagte der alte Knacker. »Klopf mal an die Kanzel und sieh nach, ob jemand an Bord ist.«

Porrig kletterte die drei Sprossen der Leiter hinauf und klopfte an besagte Kanzel.

»Verpiss dich!«, rief eine Stimme von innen.

»Irgendjemand ist an Bord«, sagte Porrig.

»Nun, dann bluff ihn, mein Junge. Bring ihn zum Aufmachen.«

Porrig räusperte sich. »Hier Commander Naseby vom Verteidigungsministerium«, sagte er mit der Stimme seines Vaters. »Öffnen Sie augenblicklich diese Tür!«

»O Scheiße!«, sagte die Stimme von drinnen. »Er ist es!«

Porrig winkte dem alten Knacker mit erhobenem Daumen. »Sie glauben, ich wäre mein Dad«, flüsterte er.

Die Kanzeltür glitt ein paar Zentimeter auf. Porrig lächelte hinein, doch eine Faust schoss hervor, und Porrig fiel von der Leiter.

»Autsch!«, sagte Porrig, weil es erstens angemessen und zweitens gegenwärtig ziemlich in war.

»Überlass das mir«, entschied der alte Knacker. Er wandte sich um, und als er sich wieder zu ihnen wandte, war er einmal mehr Agentin Artemis.

Porrig rubbelte sich die schmerzenden Teile (die glücklicherweise nicht sein Rubbelteil einschlossen) und schüttelte staunend den Kopf. »Das ist wirklich sehr beeindruckend«, sagte er.

Agentin Artemis zog eine große Kanone aus ihrer Handtasche.

»Das auch«, sagte Rippington.

»Lasst uns rein!« Agentin Artemis feuerte ein paar Warnschüsse in die Luft.

»Gottes Dödel!«, rief Porrig und schlug die Hände über den Kopf. Die Kanzeltür öffnete sich ein wenig weiter. »Ma'am«, rief eine andere Stimme aus dem Innern. »Dies hier ist ein gepanzerter Helikopter! Sie verschwenden nur Ihre Zeit.«

Agentin Artemis, halb auf der kleinen Leiter, rammte den Lauf ihrer Kanone in das linke Nasenloch des Sprechers. »Mach die gottverdammte Tür auf!«, verlangte sie.

Die Helikoptertür glitt auf. »Na schön, kommen Sie herein«, sagte der Mann mit dem Eisen in der Nase.

»Aber ich sag Ihnen gleich, keiner von uns weiß, wie man dieses Ding fliegt.«

Agentin Artemis kletterte an Bord. Porrig half Rippington die Leiter hinauf.

»So«, sagte Agentin Artemis und überflog das Innere des Helikopters und das Äußere der drei Männer. »So. Und jetzt Hände hoch.«

»Rubbeldidubbel!«, sagte Rippington, der ganz richtig bemerkt hatte, dass die drei Männer nichts weiter trugen außer ihren Unterhosen. »Ist das hier eine Schwulenorgie oder was? Hat jemand was dagegen, wenn ich zusehe und ein paar Notizen mache?«

»Was zur Hölle ist denn *das*?«, fragte der jüngste der drei Männer, während er die Hände hob.

»Wer seid ihr?«, fragte Agentin Artemis. »Und was habt ihr hier drin gemacht?«

Der größte der drei Männer, der die Hände nicht richtig hochheben konnte, weil er schon mit dem Kopf an das Kanzeldach kam, stellte sich vor: »Mein Name ist Sir John Rimmer, und dies hier sind meine beiden Begleiter Dr. Harney und Danburry Collins. Wir versuchen, diesen Helikopter zu stehlen.«

»Erfreut, Sie kennen zu lernen«, sagte der Doktor.

»Raus aus dem Helikopter«, sagte Agentin Artemis.

»Nein, warten Sie!«, sagte Porrig. »Sir John Rimmer? Doch nicht etwa *der* Sir John Rimmer, der *Über jeden Zweifel: Die Biographie von Apocalypso Dem Wunderbaren* geschrieben hat?«

»Unter zahllosen anderen Werken«, räumte Sir John ein.

»Wie klein doch die Welt ist«, sagte Rippington.

»Was zur Hölle ist *das*?«, fragte Danburry Collins.

»Raus aus dem Helikopter«, sagte Agentin Artemis.

»Aber Ma'am, ich bitte Sie!« Sir Johns Finger fuchtelten hektisch in der Luft. »Meine beiden Begleiter hier und ich sind auf einer sozusagen heiligen Mission. Wir müssen ein Monster aus dem Weltraum vernichten, das die gesamte Erde unterwerfen will.«

»Wie klein doch die Welt ist«, sagte Rippington.

»Was zur Hölle ist *das*?«, fragte Danburry Collins.

»Raus aus dem Helikopter«, sagte Agentin Artemis.

Agentin Artemis spannte den Hahn. »Ich hätte euch drei längst erschießen sollen«, sagte sie. »Ich weiß alles über euch und das, was ihr getan habt.«

»Was haben sie denn getan?«, fragte Porrig.

»Sie sind Schuld an alledem. Sie haben das Monster vom Meeresboden an die Oberfläche gebracht.«

»Ah, hören Sie«, protestierte Sir John. »Das ist nicht ganz richtig. Die Amerikaner haben es nach oben gebracht und ...«

»Halten Sie den Mund, oder ich schieße Ihnen den Kopf weg.«

»Ach, kommen Sie!«, sagte Porrig. »Wir verschwenden nur unsere Zeit. Wenn die drei helfen wollen, warum sollen sie dann nicht helfen? Wir brauchen sämtliche Hilfe, die wir kriegen können.«

Agentin Artemis steckte ihre Kanone ein. »Also schön«, sagte sie. »Du bist für sie verantwortlich, Porrig. Alles auf die Sitze und anschnallen; ich werde den Helikopter fliegen.«

»O du meine Güte!«, sagte Sir John. »Ich weiß nicht so recht.«

»Und was wissen Sie nicht so recht?«

»Nun«, sagte Sir John. »Das soll keine Beleidigung

sein, aber ... aber Sie sind eine ... Sie wissen schon. Sie sind ein Mädchen.«

»*Was?*«

»Nun, es ist so, dass wir nie viel mit Mädchen zu tun hatten. Ich persönlich lebe in striktem Zölibat. Ich wurde als Kind von unserem Spaniel in die Klöten gebissen, deswegen ist bei mir rubbelmäßig nichts los. Dr. Harney hier hat das alles längst hinter sich, und Danburry spielt am liebsten mit sich selbst.«

»Ich mache es jetzt in diesem Augenblick«, sagte der junge Collins.

»Urgh!«, sagte Porrig. »Tatsächlich. Aber da ich in letzter Zeit so häufig Wichser genannt wurde, fühle ich mich sehr erfreut, endlich den richtigen kennen zu lernen.

»Ich bin britischer Champion«, sagte Danburry. »Jeder kennt meinen Namen, aber niemand will mir die Hand schütteln.«

»Die ältesten sind immer noch die besten«, sagte Rippington.

»Könnte mir bitte irgendjemand sagen, was zur Hölle *das* ist?«

»Ich bin Rippington«, sagte Rippington. »Ich bin ein Dvergar und arbeite als Bibliothekar in ALPHA 17, einer alternativen Realität, wo all die alten Bücher über Magie lagern. Meine Hobbys umfassen Lesen und das Basteln kleiner Tiere aus Büroklammern. Mein größter Wunsch ist ein größerer *Autsch!*«

»Halt die Klappe«, sagte Agentin Artemis. »Und die Büroklammern ziehe ich dir vom Lohn ab. Meine Herren. Wir haben mehr als genug Zeit verschwendet. Sie sind meiner Meinung nach ausnahmslos Wichser, und ich werde diesen Helikopter fliegen. Kommen Sie nun mit uns, oder steigen Sie aus?«

»Kommt darauf an, wohin Sie fliegen«, sagte Danburry. »Das haben Sie uns nämlich noch nicht verraten.«

»Girlies, tsss, tsss«, machte Sir John. »Es ist doch immer das Gleiche mit ihnen. Typisch.«

Porrig schlug die Hände vor die Augen, um ihnen den Anblick von Gewalt zu ersparen.

Als die Gewalt vorüber war, öffnete er sie wieder.

Drei Männer lagen bewusstlos am Boden, die Hintern mit den Unterhosen in die Höhe gereckt. Agentin Artemis saß mit dem Hintern im Pilotensitz.

»So«, sagte sie mit der Stimme des alten Knackers. »Auf nach London. Auf in den Kampf gegen das Monster.«

Porrig ging nach vorn und nahm im Sitz des Copiloten Platz. Er schnallte sich fest und nahm Rippington auf ein Knie und Apocalypsos Buch auf das andere.

»Also schön«, sagte er. »Auf nach London und auf in den Kampf.«

# 22

Dilbert Norris machte sich auch »auf nach London«. Ganz groß sogar.

Seine Prozession bewegte sich in königlicher Pracht durch die Straßen der großen Stadt. Die Vorhut, fünfhundert oder mehr kräftige Männer, schoben sich wie ein menschlicher Rammbock vorneweg. Sie kippten geparkte Autos um und stießen alles beiseite, das den Weg Des Großen Grünen Gottes irgendwie blockierte. Danach kamen die Kapellen und die wunderschönen Leute und anschließend Der Große Grüne Selbst, der mit schlaffer grüner Hand winkte und ein grauenhaftes Lächeln lächelte.

Im Ministerium für Glückliche Zufälle lungerte Augustus Naseby an einem Schreibtisch vor dem großen Bildschirm an der Wand, wo er das Bild von Dilbert musterte, das vermittels der zahlreichen Überwachungskameras auf den Straßen zu ihm übertragen wurde.

»Unaufhaltsam«, sagte er mit einem Seufzer. »Er ist unaufhaltsam.«

Der Mann in dem weißen Kittel namens Albert nickte. »Seine Fähigkeit, auf telepathischem Weg Schmerzen in die Köpfe anderer zu projizieren, ist bisher beispiellos. Die Menschen können ihm nicht widerstehen. Er hat absolute Kontrolle über sie. Er ist ein einzigartiges und höchst bemerkenswertes Wesen.«

»Ja, mag sein.« Augustus ballte die Fäuste. »Ich bin

sicher, er ist ein Triumph der Evolution. Aber wir müssen ihn vernichten. Ich frage mich, wie groß die Entfernung ist, über die er seine Macht ausüben kann.«

»Vielleicht eine Meile, würde ich sagen.«

»Dann sind wir bald in seiner Reichweite. Wir müssen raus hier. Gibt es irgendwelche Neuigkeiten über die Rettungskapsel?«

»Nun, Sir. Ich habe mich an die Instruktionen im Handbuch gehalten und sie gefunden. Es ist ein Zwei-Mann-Gefährt, wunderbare viktorianische Handarbeit, angetrieben von einer kunstvollen Dampfturbine, die, hätte sich die damalige Regierung nicht entschlossen, das System für sich zu behalten, die heutigen Verbrennungsmotoren obsolet gemacht hätte. Haben Sie nicht auch manchmal das Gefühl, Sir, dass wir der Welt so viel Gutes geben könnten, wenn wir nicht so gierig alles horten und für uns selbst behalten würden?«

Augustus Naseby bedachte den Mann mit einem »gewissen Blick«.

»Entschuldigung, Sir«, sagte der Mann. »Ich weiß gar nicht, was über mich gekommen ist.«

»Wo genau befindet sich die Rettungskapsel?«

»Das würden Sie in tausend Jahren nicht erraten, Sir.«

»Und das habe ich auch überhaupt nicht vor«, entgegnete Augustus. »Weil ich Sie, wenn Sie es mir nicht auf der Stelle verraten, wieder mit diesem Stock hier schlagen werde.«

»Nun, Sir, sie ist sehr geschickt getarnt. Ein berühmtes Londoner Denkmal. Es ist ...«

»Sir! Sir!«, rief ein anderer Mann in einem anderen weißen Kittel und kam herbeigerannt. »Das Monster hat den Trafalgar Square erreicht! Ich glaube, etwas Großes wird geschehen!«

Und so war es auch.

Dilbert hatte Sich einen Berg auf dem großen Platz gebaut, der die Säule von Admiral Nelson umgab. Es war kein besonders hoher Berg, eigentlich eher ein Hügel, doch er war nichtsdestotrotz beeindruckend. Gut zehn Meter hoch war er, und er war aus lebenden Menschen errichtet.

Dilbert hatte Sich auf die Spitze tragen lassen und lümmelte dort, räkelte Sich in der Sonne und wurde gelegentlich von aufmerksamen, nackten, mit kleinen Pflanzensprühern bewaffneten Frauen befeuchtet.

Der menschliche Hügel unter Ihm ächzte. Diejenigen weiter oben stöhnten kläglich. Diejenigen ganz unten waren sowieso schon tot.

Der Trafalgar Square war von einem Rand zum anderen mit Menschen übersät, alle auf den Knien, die Gesichter den Pflastersteinen zugewandt. Fernsehteams, die Dilbert unterwegs aufgesammelt hatte, richteten ihre Kameras aus und testeten ihre pelzigen Mikrophone. Das *waren* Nachrichten, und obwohl die Reporter eigentlich lieber nicht an Ort und Stelle gewesen wären, um über das Geschehen zu berichten, so blieb ihnen doch keine andere Wahl. Sie waren Dilberts Kamerateams, kontrolliert von Dilberts Gedanken, vollkommen ohne eigenen Willen, und Er konnte mit ihnen tun und lassen, was Er wollte.

Dilbert drehte Seinen großen widerlichen Kopf von einer Seite zur anderen. Grün und glänzend, mit breitem Grinsen und glitzernden schwarzen Augen. Er musterte Seine Reflektion in den großen Spiegeln, die auf Sein Kommando hin von Seinen Soldaten aus den Kaufhäusern requiriert worden waren und von Seinen nubischen Favoriten gehalten wurden, die unsicher um Ihn herum auf dem Berg von Toten balancierten.

»Wie sehe Ich aus?«, fragte Er.

»Wunderbar schick und göttlich«, sagte ein schöner muskulöser Bursche.

»Kriegt ihr auch alles gut ins Bild?«, rief Dilbert den Reportern unten auf dem Platz entgegen.

»Wunderbar«, antwortete ein Mann von CNN und winkte mit erhobenem Daumen.

»Dann macht es auf den Knien.« Dilbert schleuderte ihnen mentalen Schmerz entgegen, und die Nachrichtenleute sanken auf die Knie.

»Noch immer gut?«

»Noch immer gut, O Einzigartiger.«

»Dann fange Ich jetzt an.«

Dilbert winkte die Sprüherinnen und die Spiegelhalter aus dem Weg und rutschte mit Seinem dicken bösen Hintern in eine bequeme Haltung. »Völker der Erde«, begann er. »*Meine* Völker. Oh, und ja, hallo!« Dilbert winkte in Richtung einer Überwachungskamera hoch oben an einem nicht allzu fernen Straßenmast. »Hallo zu den Jungs vom Ministerium, die Mich jetzt auch beobachten.«

»Er kann uns sehen!«, flüsterte ein Mann in einem namenlosen weißen Kittel. »Er weiß, dass wir ihn beobachten!«

»Natürlich weiß Ich das!«, sagte Dilbert. »Ich weiß alles, Ich sehe alles und Ich höre auch alles. Doch das werdet ihr schon noch rechtzeitig begreifen. Nun möchte Ich jedoch anfangen. Völker der Erde – *Meine* Völker –, viele von euch werden sich nicht an Mich erinnern. Es ist so unendlich lange her, dass Ich unter euch weilte. Doch gepriesen sei Ich, hier bin Ich wieder.

Nun, Ich weiß genau, was ihr euch fragt. Ihr fragt euch, wer ist dieser wundervolle Bursche, der über die Fernseher zu uns spricht? Nun, Ich möchte diese Frage gleich vorneweg beantworten: Ich bin euer Gott. Ziemliche Überraschung, wie? Das Letzte, was ihr erwartet hättet, eh? Dass euer Gott live aus dem Fernseher zu euch spricht? Doch Ruhm und Ehre sei Mir, dieses Vergnügen wird euch von nun an jeden Tag bis zum Ende aller Zeiten zuteil werden.

Denn von heute an werde Ich an jedem Tag auf euren Fernsehern erscheinen, und ihr werdet Mich sehen und Mir zuhören und zu Mir beten, und Ich werde euch sagen, was ihr tun könnt, um Mich zu erfreuen, und ihr werdet es tun. Ist das so weit klar?«

Dilbert lächelte Sein furchtbares Lächeln und starrte mit Seinen schrecklichen Augen in die Kameras.

»Oh«, sagte Dilbert. »Offensichtlich habe Ich Mich nicht ganz klar ausgedrückt. Offensichtlich sind nicht alle von euch von Meinen göttlichen Fähigkeiten überzeugt. Ich denke, nun wäre vielleicht ein geeigneter Zeitpunkt für eine Demonstration Meiner Macht.«

»Schalten Sie es ab!«, rief Augustus.

»Sir?«

»Schalten Sie den großen Wandschirm ab! Rasch!«

Der Mann in dem namenlosen weißen Kittel schaltete den großen Wandschirm ab.

Und nicht einen Augenblick zu früh. Denn es ging Wamm! und Zapp! und Rummms! durch den Ether und die Luft und aus jedem Fernseher auf der Welt, der auf Dilberts Programm eingestellt war.

Wamm! und Zapp! und Rummms! und unzählige Male Autsch! obendrein.

Schmerz raste von Dilberts Bewusstsein nach draußen und erfasste jeden Zuschauer. Die Menschen fielen von ihren Stühlen und Sesseln und Sofas, saugten Luft durch weit aufgerissene Münder und umklammerten ihre Köpfe, als die Botschaft sie erreichte und mit unbarmherziger Wucht jeden anderen Gedanken erstickte.

ICH BIN EUER GOTT, UND IHR WERDET MICH EHREN.

Und in der Downing Street und im Weißen Haus und in Häusern und Heimen und Hotels und Absteigen verspürte ein jeder, der Ihn sah, Seine Macht und Seine Herrlichkeit und sank auf die Knie, um zu Ihm zu beten.

ICH BIN EUER GOTT, UND IHR WERDET MICH EHREN.

»Nun«, sagte Augustus. »Wenn wir bisher irgendwelche Zweifel über seine Fähigkeit gehabt haben, alles zu kontrollieren, dann sollten wir diese meiner Meinung nach auf der Stelle verwerfen, solange wir noch ein Bewusstsein haben, aus dem wir sie verwerfen können.«

»Zwei-Wege-Fernsehen«, staunte der Mann im namenlosen Kittel. »Wir wissen, dass er jeden sehen kann, der ihn sieht. Glauben Sie, dass er auch jedem wehtun kann, der ihn sieht?«

Augustus nickte. »Daran habe ich nicht mehr den geringsten Zweifel«, sagte er.

»Dann sitzen wir hier ganz schön in der Scheiße, nicht wahr, Sir?«

»Holen Sie mir noch einen Kaffee in einem Plastikbecher«, sagte Augustus. Er lungerte womöglich noch tiefer in seinem Sessel. »Stellen Sie sicher, dass jeder Fernseher im Ministerium abgeschaltet ist.«

»Dadurch wird es allerdings recht schwierig, über die Bewegungen des Monsters im Bilde zu bleiben, Sir.«

Augustus winkte den Mann weg. »Ich bin sicher, er wird uns rechtzeitig in Kenntnis setzen.«

»Ich bin gegenwärtig in London, wie ihr sehen könnt«, sagte Dilbert. »Neben«, er deutete neben sich, »neben Nelsons Säule. Was für ein großes Ding dieser Nelson hatte! Nun ja, Ich habe selbst auch so ein großes. Aber genug des Humors. Sehr bald schon werde Ich auf eine Welttournee gehen, um euch alle persönlich kennen zu lernen. Ihr werdet herausfinden, dass Ich ein leicht zu erfreuender Gott bin. Ihr müsst nichts weiter tun als gehorchen. Was könnte leichter sein als das?

Selbstverständlich wird es einige Veränderungen im täglichen Leben geben. Die gesamte Welt wird entwaffnet; Ich werde eine einheitliche Weltwirtschaft und eine einzige Weltsprache einführen. Ich werde euch Meine Sprache lehren. Es wird regelmäßige Stunden der Anbetung geben, und ich werde selbstverständlich jegliche Anbetung anderer Götter missbilligen. Darüber hinaus gibt es gegenwärtig zu viele von euch auf diesem Planeten, und der allgemeine Standard ist zu niedrig. Es ist erforderlich, ungefähr ein Drittel von euch zu schächten. Ich werde euch wissen lassen, wer von euch wen schächtet.

Also, alles gute Nachrichten, wirklich. Keine Kriege

mehr, keine religiöse Zwietracht mehr, alles in bester Ordnung und goldene Zeiten voraus. Für einige von euch jedenfalls. Ich wette, ihr seid glücklich, dass Ich endlich wieder bei euch bin, stimmt's?«

Dilbert lächelte einmal mehr in die Kameras, und die Zuschauer spürten einmal mehr Seine Macht.

Ihre Köpfe nickten emsig auf und ab. Sie waren wirklich glücklich, dass er zurück war. Ja, ja, ja, ja. Ja, wirklich. Sie waren wirklich sauglücklich.

»Ich bin wirklich sehr glücklich, dass Sie wissen, wie man einen Helikopter fliegt«, sagte Porrig zu dem alten Knacker, der einmal mehr der alte Knacker war.

»Hast du denn deinen Plan schon fertig?«

»Nun ja, ich wäre natürlich gerne irgendwo gelandet und hätte ein paar merkwürdige Requisiten eingeladen, doch ich schätze, ich kann es auch ohne sie schaffen.«

»Du wirkst sehr zuversichtlich, Porrig.«

»Das bin ich tatsächlich«, antwortete Porrig. »Obwohl ich beim besten Willen keinen Grund dafür weiß.«

»Oh, sieh mal«, sagte Rippington und deutete über Porrigs Schulter. »Die Chippendales wachen auf.«

Der alte Knacker schüttelte den alten Kopf, und seine ohrähnlichen Haarbüschel wackelten dabei. »Geh und hilf den Wichsern, Porrig«, sagte er. »Sieh nach, ob ich ihnen keine Knochen gebrochen habe.«

Porrig schnallte sich los und setzte Rippington auf dem Boden ab. Beide schoben sich zwischen den Sitzen hindurch in den hinteren Teil des Hubschraubers, der sich inzwischen mit beträchtlicher Geschwindigkeit über den Himmel bewegte.

»Wie geht es?«, erkundigte sich Porrig bei dem jungen Danburry Collins.

Der grünliche Jugendliche rieb sich den Kopf. »Immer wieder werde ich auf den Kopf geschlagen«, beschwerte er sich.

»Das Gefühl kenne ich. Sir John?«

»Prima«, sagte der große Mann, obwohl er alles andere als prima aussah. »Verstehen Sie jetzt, was ich über Frauen gesagt habe? Was hat diese Gewalttätigkeit provoziert? Prämenstruelle Spannungen, würde ich schätzen.«

»Ich glaube, Sie behalten ihre misogynen Gedanken von nun an lieber für sich«, empfahl ihm Porrig.

»Hör dich nur an!«, sagte Rippington. »Was ist das, der neue Porrig oder was?«

»Oder was. Alles in Ordnung mit Ihnen, Doktor?«

»Mein Nacken ist ein wenig steif«, sagte Dr. Harney, während er sich aufsetzte. »Das Girlie hat Dimac benutzt, stimmt's?«

Porrig nickte. »Für den Augenblick sind Sie sicher. Das, äh, Girlie ist weg. Ein alter Knacker fliegt den Hubschrauber.«

»Gut zu hören«, sagte Sir John.

»Ganz ruhig«, mahnte Porrig.

»Sicher.«

»Porrig hat einen Plan, wie wir das Monster zerstören können«, verkündete Rippington.

»Sir John hat ebenfalls einen Plan«, sagte Danburry. »Obwohl ich so ein ›gewisses Gefühl‹ habe wegen dieses Plans.«

»Das überrascht mich nicht«, sagte Rippington. Ich kann seine Gedanken hören, und wenn ihr mich fragt, sein Plan ist richtiger Mist.«

»Ist er nicht!« Sir John mühte sich langsam auf die Beine.

»Er ist genauso bescheiden wie die Bombe im Bart.«

»Die was?«, fragte Porrig.

»Die Bombe im Bart«, sagte Rippington. »Sir Johns vorheriger fehlgeschlagener Plan, um das Monster aufzuhalten. Auch wenn es zugegebenermaßen ein tapferer Versuch war.«

»Danke sehr«, bedankte sich Sir John. »Und ich übernehme persönlich die Verantwortung für das, was geschehen ist. Wenn doch nur die Amerikaner nicht vor uns da gewesen wären.«

»Sie hätten es niemals als Erste erreicht«, sagte Rippington, »wenn Dr. Harney hier es ihnen nicht gesteckt hätte.«

»Unverschämtheit!«, sagte der Doktor und sprang empört auf. »So etwas habe ich nie gemacht! In welche Richtung fliegt dieser Helikopter eigentlich?«

»Und ob er es gemacht hat«, sagte Rippington. »Ich kann hören, wie er es denkt.«

»Diese Kreatur ist ja verrückt!« Der Doktor fummelte an seiner Unterhose.

»Dr. Harney ist ein CIA-Agent, der in das Ministerium für Glückliche Zufälle eingeschleust wurde«, fuhr Rippington fort. »Und er war es, der den Kopfmann auf der Insel Gwa'tan Qua Cest'l Potobo bestochen hat, damit er Sir John niederschlägt und ihm den Bart stiehlt.«

»Bastard!«, sagte Sir John und holte zum Schlag gegen Dr. Harney aus.

»Zurück«, sagte selbiger und zog eine Pistole.

»Meine Güte!«, sagte Danburry. »Wo hatten Sie die denn die ganze Zeit versteckt?«

»Hände hoch, alle!« Dr. Harney winkte mit dem Lauf der Pistole. »Es stimmt, Sir John. Es stimmt alles.«

»Aber warum?«, fragte der dürre große Mann. »Ich dachte, wir wären Freunde?«

»Ptah!«, machte Dr. Harney auf die Weise, die Schurken so sehr bevorzugen. »Ich war es längst satt, immer nur die zweite Geige nach Ihnen zu spielen. Immer mit ansehen zu müssen, wie Sie umherstolzieren und die ganzen Lorbeeren für sich einheimsen, obwohl wir alles zusammen gemacht haben.«

Sir John ließ den Kopf hängen. »Ich habe jeden einzelnen Menschen enttäuscht«, sagte er kläglich.

Dr. Harney richtete seine Pistole auf Porrig. »Sagen Sie dem Piloten, dass er den Kurs ändern soll«, befahl er. »Noch ein paar Meter näher an London, und wir werden von der Druckwelle erfasst.«

»Äh, Entschuldigung«, sagte Porrig. »Haben Sie Druckwelle gesagt? Was denn für eine Druckwelle?«

»Die nukleare Druckwelle der Fünf-Megatonnen-Explosion. Die Amerikaner bereiten alles für einen ...«

»Atomschlag gegen die Kreatur vor«, vollendete Danburry den Satz. »Kein Wunder, dass ich so ein komisches Gefühl hatte. Was hab ich euch von Anfang an gesagt? Es wird mit einer Atombombe enden, hab ich gesagt. Aber wollte jemand auf mich hören? Niemand. O nein, hört bloß nicht auf den jungen Danburry. Als ich vorgeschlagen habe, diesem Ding sogleich eine Atombombe auf das Haupt zu werfen, wie war da Ihre Antwort? Es wird keine Atombombe geben, war sie. Kommt überhaupt nicht in Frage, haben Sie gesagt. Und was passiert jetzt? Eine Atombombe, genau das passiert. Mitten in London, und ich autsch!«

Danburry ging bewusstlos zu Boden.

Rippington musterte die Spitze seines magischen Stocks. »Wirkt ziemlich schnell auf der alten Schokoladenspur, wirkt er nicht?«

»Was geht hier überhaupt vor?« Porrig ballte mit erhobenen Fäusten die Hände. »Was hat all dieses Gerede von Atombomben zu bedeuten?«

»Die einzige Möglichkeit, um ganz sicher zu sein«, sagte Dr. Harney. »Ich habe mich mit meinem Stützpunkt in Amerika in Verbindung gesetzt, nachdem wir aus dem Zug gestiegen sind.«

»Wo haben Sie Ihren Sender?«, fragte Sir John.

»Am gleichen Ort, an dem ich meine Pistole versteckt hatte.«

»Er muss einen irrsinnig großen Arsch haben«, sagte Rippington.

»Habe ich nicht!«

»O doch, haben Sie wohl!« Rippington wackelte mit seinem kleinen Ding.

Dr. Harney hob die Waffe und zielte auf den Zwerg. Sir John trat ihm die Waffe aus der Hand und sandte ihn mit einem mächtigen Schlag zu Boden.

»Guter Schlag, Sir John«, sagte Rippington. »Ich dachte mir schon, dass Sie so etwas tun würden, wenn ich ihn nur lange genug ablenke.«

»Was machen wir jetzt?«, fragte Porrig.

»Nun«, sagte Rippington. »Du könntest dir beispielsweise den Sender des Doktors schnappen, seine

Basis in Amerika anrufen und sie davon abbringen, die Atombombe auf London zu werfen.«

»Was machen wir jetzt?«, fragte Porrig.

»Nun«, sagte Rippington. »Du könntest dir beispielsweise den Sender des Doktors schnappen, seine Basis in Amerika anrufen und sie davon abbringen ... oh, du hast mich beim ersten Mal sehr gut verstanden, oder nicht?«

Porrig nickte.

»Und du hast keine Lust ... äh ...«

Porrig nickte erneut.

»Oooooooooooooooooooooohhhh, mein Hintern«, sagte Danburry und kam hinzu.

»Hinternwitze«, sagte Rippington. »Mal eine Abwechslung von den ewigen Dödelwitzen, wie?«

»Aber was machen wir jetzt?«

Porrigs Dad wusste ganz genau, was *er* machen würde.

Er würde in der HGW 1900 Rettungskapsel verschwinden, das würde er.

Sobald der Mann in dem weißen Kittel namens Albert zurückkehren und ihm melden würde, dass alles vorbereitet sei.

Der Mann in dem weißen Kittel ohne Namen kam herbeigeschlendert. »Sir«, sagte er. »Sie erinnern sich noch, wie Sie mir gesagt haben, ich solle sicherstellen, dass sämtliche Fernseher hier im Ministerium abgeschaltet sind?«

Augustus nickte und rutschte in seinem Sitz ein klein wenig tiefer.

»Nun, ich habe es sichergestellt. Aber während ich

in der Kommunikationszentrale war, habe ich rein zufällig eine Nachricht auf einem streng geheimen Kanal der Amerikaner abgehört.«

»Auf dem Kanal, von dem sie nicht wissen, dass wir davon wissen?«

»Ja, genau auf dem. Und Sie kommen in tausend Jahren nicht darauf, was sie gesagt haben.«

»Nein«, seufzte Augustus. »Sie haben ganz Recht. Weil es mich einen feuchten Dreck interessiert.«

»Oh, das sollte es aber, Sir. Das sollte es wirklich.«

»Also schön.« Augustus seufzte erneut. »Ich habe sowieso noch ein oder zwei Minuten Zeit zum Totschlagen, bevor ich ...«

»Bevor Sie was, Sir?«

»Schon gut. Also möchten Sie, dass ich rate, ja? Hat es etwas mit Ägyptern zu tun? Oder mit Hühnern?«

»Nein, Sir, kalt. Aber wissen Sie, was mir aufgefallen ist? Die Burschen aus den anderen Realitäten, mit denen wir unsere Geschäfte machen, sie halten sich ziemlich bedeckt, finden Sie nicht?«

»Das ist wohl nicht weiter überraschend, oder? Also keine Ägypter und keine Hühner. Penisse?«

»Nein, Sir. Kalt.«

»Hintern?«

»Ganz kalt.«

»Dann geben Sie mir einen Tip.«

»Meinetwegen. Es ist etwas, das durch die Luft fliegt, Sir.«

»Ah«, sagte Augustus. »Ist es groß, schwarz, unmarkiert und einer von jenen Helikoptern, von denen wir angeblich absolut nichts wissen?«

»Nein, Sir. Kalt. Obwohl einer davon abhanden gekommen ist.«

»Dann ein Flugzeug.«

»Nein, Sir. Aber warm.«

»Eine Rakete?«

»Heiß.«

»Oh, das langweilt mich allmählich. Verraten Sie mir, was es ist.«

»Die Amerikaner haben einen atomaren Gefechtskopf abgeschossen, Sir. Von einem ihrer geheimen Satelliten, von denen sie nicht wissen, dass wir davon wissen.«

»Ich war ziemlich nah dran, als ich Rakete gesagt hab, was?«

»Sehr nah, Sir. Haben Sie Lust, das Ziel zu erraten, Sir?«

»Das ist ganz einfach«, sagte Augustus. »Ich gehe jede Wette ein, dass sie auf London zielen, um das Monster auszulöschen.«

»Phantastisch geraten, Sir! Und da aller guten Dinge drei sind, hätten Sie vielleicht Lust zu raten, wie lange es noch dauert, bis die Bombe einschlägt?«

»Auch das ist leicht. Einfaches Kopfrechnen. Ungefähr dreißig Minuten, würde ich sagen.«

»Gar nicht schlecht, Sir, gar nicht schlecht.«

»Und jetzt bin ich an der Reihe«, sagte Augustus. »Ich sehe was, was du nicht siehst, und das ist ... halt, Augenblick mal. Würden Sie bitte noch einmal wiederholen, was Sie eben gesagt haben?«

»Halt, Augenblick mal«, sagte Porrig im Helikopter. »Worüber zerbrechen wir uns eigentlich den Kopf?«

»Die Atombombe, glaube ich«, sagte Rippington.

»Nein, ich meine, denkt doch mal nach. Wenn das

Ministerium für Glückliche Zufälle wirklich alles unter Kontrolle hat, dann sind sie dort auch durchaus imstande, eine anfliegende Bombe aus dem Himmel zu schießen.«

»Selbstverständlich sind sie das«, sagte Sir John.

»Selbstverständlich sind sie«, sagte Rippington.

»Selbstverständlich sind sie«, sagte Porrig.

»Sind Sie sich dessen absolut sicher?«, fragte Danburry. »Ich hab nämlich so ein merkwürdiges Gefühl...«

»Sind Sie sich dessen absolut sicher?«, fragte Augustus Naseby, während er merkwürdig weiß im Gesicht wurde.

»Absolut sicher, Sir. Der Sprengkopf wird in etwas weniger als fünfzehn Minuten einschlagen, Sir.«

»Dann wissen wir ja, was wir zu tun haben.«

»Das nukleare Verteidigungsnetz aktivieren, von dem die Amerikaner nicht wissen, dass wir es haben?«

»Genau jenes.« Augustus kramte in seinem Hemd und brachte einen von jenen speziellen Spezialschlüsseln an einer langen Halskette zum Vorschein, die nur die wirklich bedeutenden Lamettahengste ständig bei sich tragen, damit sie jederzeit und überall die nuklearen Arsenale aktivieren können.

Er klappte eine Sektion seiner Schreibtischplatte auf, und darunter kam eine von jenen speziellen Spezialapparaturen zum Vorschein, auf denen jede Menge Lichter blinken und wo ein unübersehbarer knallroter Knopf in unmittelbarer Nachbarschaft zu einem speziellen Spezialschlüsselloch darauf wartet gedrückt zu werden.

Augustus Naseby steckte den Spezialschlüssel in das Spezialschlüsselloch und drehte ihn herum. Auf einem kleinen Schirm leuchtete das Wort »Scharf« auf.

»Wirklich verdammt gut, dass die Amerikaner nicht wissen, dass wir es haben«, sagte der Mann im weißen Kittel, der, obwohl namenlos, allmählich unter den Armen ein wenig zu schwitzen begann.

»Warum?«, fragte Augustus.

»Nun, Sir, wenn die Amerikaner davon wüssten, dann hätten sie ohne jeden Zweifel einen Störsender in den Gefechtskopf eingebaut, der unsere Stromversorgung zum Zusammenbruch bringen würde.«

»Ich vermute, da haben Sie nicht ganz unrecht«, sagte Augustus.

»Besser, wenn Sie jetzt den Knopf drücken, Sir.«

»Sie haben Recht. Nun gut, dann drücke ich mal.«

Augustus streckte die Hand nach dem Knopf aus und drückte ihn.

In diesem Augenblick gingen sämtliche Lichter aus.

## 23

»Leck mich am Arsch!«, sagte Augustus in die Dunkelheit hinein.

»War das ein Befehl, Sir?«

»Wer hat das gesagt?«

»Ich, Sir. Ich bin der Mann im weißen Kittel namens Julian.«

»Haben Sie zufällig eine große Lötlampe?«

»Nein, Sir. Es kommt daher, dass meine Hose ein wenig eng sitzt. Autsch!«

»Nun, wenigstens habe ich den Stock gefunden.«

»Ich hab eine Lampe, Sir!«, sagte eine weitere Stimme.

»Wer ist ich?«

»Der Mann im weißen Kittel namens Albert, Sir! Wenn Sie mir jetzt folgen würden, ich denke, wir sollten uns auf den Weg zu dem streng geheimen viktorianischen dampfturbinengetriebenen Rettungsgefährt machen, das auf kühne Weise als ein weltberühmtes Londoner Wahrzeichen vor aller Augen verborgen steht.«

»Was für ein Rettungsgefährt?«

»Wer hat das gesagt?«

»Ich war das.«

»Wer hat da ›Ich war das‹ gesagt?«

»Ich.«

»Wer sind Sie?«

»Wer will das wissen?«

»Sir, ich glaube wirklich, Sie sollten mir jetzt folgen.«

»Nun, dann schalten Sie ihre Lampe endlich ein, Sie Volltrottel.«

»Ich habe gar keine Lampe.«

»Aber Sie haben doch gesagt...«

»Ich bin derjenige mit der Lampe, Sir.« Der Mann im weißen Kittel namens Albert schaltete seine Lampe ein. Der Name war Trevelyan.

»Nette Lampe«, sagte Augustus.

»Danke«, sagte Trevelyan.

»Wer hat das gesagt?«

»Folgen Sie mir einfach nur, Sir.«

»Wer hat *das* gesagt?«

»Das war ich«, sagte das Schwein. »Es ist lustig, ist es nicht? Hat irgendjemand zufällig einen Plan?«

»Und das ist mein Plan«, schloss Porrig, der seinen Plan im Cockpit des schwarzen, unmarkierten, waffenstarrenden Helikopters des Ministeriums für Glückliche Zufälle erläutert hatte. »Na? Was haltet ihr davon?«

Über ihnen machten die Rotorblätter tschubb, tschubb, tschubb.

Im Cockpit unter den Rotorblättern herrschte Schweigen.

Porrig warf einen Blick auf seine Uhr. Es war zwanzig nach vier.

»Ist eigentlich schon mal jemandem aufgefallen«, sagte Porrig, »dass Unterhaltungen immer entweder um zwanzig vor oder um zwanzig nach irgendwas ein wenig einzuschlafen drohen? Ich frage mich wirklich, woran das liegen mag.«

»Es ist eine Tradition, eine alte Bulle oder ein

Brauch, was weiß ich«, antwortete Sir John. »Obwohl ich bei dieser speziellen Gelegenheit das Gefühl habe, dass es irgendetwas ganz anderes ist.«

»Oh?«, machte Porrig. »Und was?«

»Schieres blutiges Entsetzen!«, kreischte Sir John. »Das kann nicht Ihr Ernst sein. Das kann unmöglich ihr Ernst sein!«

»Warum?«, fragte Porrig.

»Weil ... weil ...«

»Ich denke«, sagte der alte Knacker, während er den Schub nachregelte und an den Kontrollen fummelte, »dass Sir John lediglich ein wenig besorgt ist wegen des Maßstabs, den dein Plan umfasst.«

»Aber es *braucht* einen großen Plan, um ein großes Monster zu stoppen.«

»Daran zweifle ich nicht. Aber dein Vorschlag erscheint mir dennoch ein wenig sehr ehrgeizig.«

»Nö«, sagte Porrig. »Sahnestückchen. Steht alles hier in Apocalypsos Buch. Ich kann es ganz allein. Nichts leichter als das, ehrlich.«

»Nein, nein, nein.« Sir John fuchtelte aufgeregt mit den Händen am Ende seiner langen Arme. »Sie begreifen nicht die Komplexität dessen, was ... Ein Trick wie dieser ...«

»Illusion«, sagte Porrig. »Nennen Sie es *Illusion.* Es klingt wesentlich besser als *Trick.*«

»Meinetwegen. Illusion also. Eine Illusion wie diese würde alleine zehn Tage für die Vorbereitungen benötigen. Wir bräuchten ein ganzes Team geschickter Techniker. Es würde Tausende von britischen Pfund kosten. Und außerdem müssten wir ...«

»Nö«, sagte Porrig einmal mehr. »Das ist alles vollkommen überflüssig und nicht erforderlich. Wahrscheinlich finde ich sämtliche Requisiten hier in diesem Helikopter. Und Rippington wird mir dabei helfen.«

Der Zwerg hüpfte auf Porrigs Schoß auf und ab. »Das mache ich, das mache ich«, sagte er.

»Sagen Sie es ihm!«, flehte Sir John den alten Knacker an. »Sagen Sie ihm, dass es niemals funktionieren kann!«

Der alte Knacker trat die Kupplung und schaltete einen Gang herunter. »Ich glaube nicht, dass er mir zuhören würde«, sagte er. »Und Rippington ist begierig darauf, diesen Plan durchzuziehen, stimmt's, Rippington?«

Rippington nickte erregt. »Ich glaube, Porrigs Plan ist die Mutter aller Pläne.«

»Und?«, fragte Porrig.

»Der Beste. Er überstrahlt alles. Ein inspirierter Plan.«

»Er gefällt ihm«, sagte Porrig.

»Das tut er«, sagte Rippington. »Aber ich finde ihn vielleicht ein wenig akademisch, du nicht?«

»Warum?«, fragte Porrig.

»Nun«, sagte Rippington. »Siehst du den kleinen Bildschirm dort auf dem Instrumentenpaneel?«

»Sehe ich«, sagte Porrig.

»Und siehst du auch das nukleare Symbol über diesem Schirm?«

»Sehe ich«, sagte Porrig.

»Und die Worte ›ANFLIEGENDE RAKETE‹ in Großbuchstaben, die dort blinken?«

»Ja«, sagte Porrig. »Sehe ich.«

»Und die kleine Digitaluhr mit dem Countdown?«, fragte Rippington.

»Ja, auch die kleine Digitaluhr mit dem Countdown«, sagte Porrig.

»Nun, das ist der Grund, aus dem ich deinen Plan für ein wenig akademisch halte.«

»Akademien und Universitäten«, sagte Dilbert, dessen Ansprache noch nicht zu Ende war. Im Gegenteil, er wurde gerade erst richtig warm. »Die großen Sitze höherer Bildung. Und wenn ich von großen Sitzen rede...«, er wackelte mit dem großen Hintern, »... dann weiß ich genau, wovon ich spreche.«

Dilbert wartete. »Ich habe niemanden lachen gehört«, fuhr er schließlich fort. »Ich habe einen Witz gemacht, und niemand hat gelacht.« Er legte die große Stirn in Falten und dachte sehr böse Gedanken, und die ganze Welt (jedenfalls der Teil vor den Fernsehern) lachte laut auf.

»Das ist schon besser«, sagte Dilbert. »Versucht es mal von alleine, das tut weniger weh. Ihr werdet es schon bald merken. Wo war ich? Ach ja, Akademien und Universitäten. Wir werden sie abschaffen. Die Menschheit weiß schon viel zu viel, was, wenn man bedenkt, wie dumm ihr doch alle geblieben seid, ein ausgewachsenes Oxymoron ergibt. Ihr habt eure Wurzeln verloren. Und wenn ich von Wurzeln rede, dann weiß ich genau, wovon ich rede.«

Gewaltiges Lachen brandete in Dilberts Richtung.

Dilbert seufzte. »Das war kein Witz, ihr Volltrottel. Das war eine Tatsache. Ihr habt das Computerzeitalter erreicht. Ihr könntet hinausfliegen zu den Sternen. Aber was macht ihr mit euren Computern? Ihr benutzt sie, um verstandlose Spiele zu spielen und Kriege zu führen. Ihr bringt mich zum Verzweifeln, ihr bringt mich wirklich zum Verzweifeln. Wir werden die Computer abschaffen. Zurück auf das Land mit euch, sage ich. Bis auf ein paar wenige Ausnahmen. Auserwählte Ausnahmen, die für mich an einem kleinen Projekt arbeiten werden.«

Dilbert grinste in die nächste Kamera. »Ich werde mich nämlich klonen«, verkündete er. »Ich werde eine Reihe kleiner Dilberts und Dilbertas anbauen. Den Planeten mit meiner Spezies befruchten. Ihr werdet in Zukunft gehalten werden, wie ihr eure Hühner gehalten habt. Wer oben steht an der Spitze der Nahrungskette, der ist ganz oben auf dem Baum des Lebens.«

»Wir werden alle sterben!«, kreischte Danburry und fuchtelte mit der Hand, die nicht in der Hosentasche steckte. Und Sir John fuchtelte mit den Händen. Der alte Knacker fuchtelte nicht mit den Händen, weil er den Steuerknüppel hielt. Und Rippington fuchtelte nicht mit den Händen, weil er Angst hatte, von Porrigs Knie zu fallen. Und Porrig fuchtelte nicht mit den Händen, weil er dachte, dass Händefuchteln wirklich ziemlich uncool aussah.

Und Dr. Harney natürlich. Er fuchtelte auch nicht mit den Händen. Weil er immer noch bewusstlos war und nicht mit den Händen fuchteln konnte.

»Hört auf zu fuchteln!«, befahl Porrig.

»Ich hab doch gar nicht gefuchtelt!«, protestierte Rippington.

»Ich hab doch gar nicht gefuchtelt!«, protestierte der alte Knacker.

»Ich hab doch gar nicht gefuchtelt!«, hätte wohl auch Dr. Harney protestierte, doch der war, wie gesagt, noch immer bewusstlos.

»Danburry, wecken Sie Dr. Harney auf«, befahl Porrig. »Er soll seinen Sender selbst aus seinem ... äh, Versteck fischen und seine amerikanische Basis anrufen. Er soll ihnen die Situation schildern und sagen, dass wir alles unter Kontrolle haben. Sie müssen die Bombe entschärfen.«

»Okey-dokey«, sagte Danburry.

»Bravo, Porrig«, sagte der alte Knacker. »Also gehen wir immer noch nach deinem inspirierten Plan vor?«

»Absolut. Wenn wir die Bombe aufhalten können, dann bleibt immer noch das Monster. Und wenn wir die Bombe nicht aufhalten können und alles rein akademisch ist, dann hatten wir wenigstens einen verdammt guten Plan.«

»Noch einmal bravo! Ich bin stolz, dich meinen Ururenkel nennen zu dürfen. Und was möchtest du, das ich als Nächstes tue?«

»Landen Sie den Helikopter, damit ich sämtliche notwendigen Vorbereitungen treffen kann. Und dann weiter nach ...« Porrig stockte. »Wo genau befindet sich das Monster in diesem Augenblick, Rippington?«

»Auf einem Platz namens Trafalgar Square«, sagte der Zwerg. »Ich kann seine Gedanken hören, und sie sind wirklich verdammt laut.«

In London war alles verdammt still. Sehr verdammt still. Tödlich still.

Keine Fahrzeuge fuhren, keine Hupen hupten.

Keine Hausierer hausierten, keine Radler radelten, keine Händler handelten. Keine Blödmänner mit Handys standen in Geschäftseingängen und zogen eine Show ab. Und keine reichen Bastarde stiegen aus ihren chauffeurgelenkten Limousinen, die auf durchgezogenen Linien parkten, und fielen über Harrods her. Die Straßen und Bürgersteige lagen leer und verlassen. Geschäfte und Läden geschlossen.

Die Reichen und die Armen, die Großen und die Guten und die Gottlosen, sie rannten und drängten und wandelten nicht mehr untereinander.

Wer fliehen konnte, hatte dies längst getan.

Wer nicht fliehen konnte, war auf den Knien.

Die Sonne schien auf den Trafalgar Square herab. Eine leichte Brise wirbelte ein paar vereinzelte Taubenfedern auf. Und der große fette grüne Bastard lümmelte sich mit seinem dicken Hintern auf seinem menschlichen Hügel und furzte ungeniert.

»Muss irgendjemand sein, den Ich gegessen hab«, sagte er. Und das Schweigen verwandelte sich in ein donnerndes Gelächter, das jeder Spur von Amüsiertheit entbehrte.

»Nun«, fuhr Dilbert fort. »Ich würde wirklich gerne für den Rest des Tages herumsitzen und Mich mit euch unterhalten, aber bedauerlicherweise muss Ich euch für eine Weile verlassen. Versteht ihr, da Ich nun einmal euer Gott bin, weiß Ich auch stets, wenn von irgendeiner Seite Gefahr droht. Und ihr werdet niemals raten, was hierher unterwegs ist. Eine nukleare Rakete, das ist hierher unterwegs.«

Ein schreckliches Stöhnen erhob sich unter den Knieenden. Das schreckliche Stöhnen der Verdammten.

Dilbert nickte mit dem dicken Kopf. »Es stimmt. Die Amerikaner haben sie abgeschossen, von einem ihrer geheimen Satelliten. Man kann doch wirklich niemandem mehr vertrauen, eh? Außer Mir natürlich. Ja, die Amerikaner. Ich habe es vom Ministerium für Glückliche Zufälle erfahren, wisst ihr? Das ist die geheime Organisation, die in Wirklichkeit euren ganzen Planeten kontrolliert. Ich kann hören, wie ihre kleinen Geister denken. Sie huschen unter der Erde umher wie Ratten und versuchen zu fliehen, noch während wir hier reden.

Ich frage mich, ob sie es schaffen werden. Ich für meinen Teil weiß, dass Ich es schaffen werde.« Dilbert griff nach unten in seinen menschlichen Hügel und riss einen Arm mit einer Uhr daran heraus. »Wollen mal sehen«, fuhr er fort. »Ja, Ich habe noch zehn Minuten Spielraum, um Mich in Sicherheit zu bringen. Würdet ihr Mich bitte freundlicherweise zu Meinem Raumschiff bringen, damit Ich alles für Meine Flucht vorbereiten kann?«

Er schickte eine neue Welle von unerträglichem mentalem Schmerz nach draußen, und die Knieenden sprangen auf und rannten zu Ihm hin, kletterten über den Hügel aus Leibern und hoben und trugen und rückten und wuchteten sich Sein gewaltiges Gewicht auf die Schultern, um Ihn vorsichtig hinunter zu Seinem wartenden Raumschiff zu tragen. Und Dilbert sah hinauf in den klaren blauen Himmel und lächelte, und dann sagte Er: »Halt, wartet mal.«

Die Heber und Träger und Rücker und Wuchter hielten und warteten (mal). Und sahen ebenfalls hinauf in den klaren blauen Himmel.

Dilbert deutete nach oben, und alle Leute starrten hinauf.

Denn dort oben kam etwas.

Etwas wirklich Wunderbares.

Es kam niedrig herein, direkt aus der Sonne, und es glitzerte und funkelte und wirbelte dabei. Es sah nicht aus wie eine Atomrakete und es sah auch nicht aus wie ein Kampfflugzeug oder ein schwarzer, unmarkierter Helikopter des Ministeriums für Glückliche Zufälle.

Es sah eher aus wie ein siebenzackiges Raumschiff.

Genau wie Dilberts Raumschiff.

Dilbert rieb sich die Augen und Dilbert blinzelte. Und Dilbert sandte Seine Gedanken hinaus, und Gedanken kamen zu Dilbert zurück.

Und dann rief Dilbert: »Macht Platz da, los, schafft Platz!«, und Er fuchtelte aufgeregt mit den Händen und verjagte die Menschen und starrte auf das siebenzackige Raumschiff, das sanft auf dem Trafalgar Square aufsetzte.

Und dann sagte Dilbert: »Mum, bist du das wirklich?«

# 24

Dilberts Mum war kleiner als ihr Sohn. Viel kleiner. Aber so sind Mütter ja häufig. Kleiner als ihre Söhne. Weil es bei Mums tatsächlich so ist, dass Größe keine Rolle spielt. Die kleinsten Mütter können die größten Söhne haben, und meistens haben sie sie auch. Doch ganz gleich, wie groß der Sohn sein mag, in Gegenwart seiner Mum wird er immer ganz klein.

Als sich die Kuppel des Raumschiffs öffnete und Dilberts kleine Mum vorsichtig nach draußen kletterte, konnte man fast fühlen, wie Dilbert schrumpfte.

Und sehen konnte man es auch. Fast.

Dilberts Mum war ein kleines Ding, wie ein Rosenkohl. Sie trug eine kleine Schürze, wie Mums sie eben tragen. Sie hatte kräftige kleine Arme und kräftige kleine Schultern, einen verkniffenen kleinen Mund und kleine Augen. Sie bewegte sich mit einem Humpeln auf ihren kleinen Füßen, und dabei wirkte sie aufgeregt, wie das bei allen Müttern so ist.

Dilbert starrte auf seine Mum hinunter, und auf seinem Gesicht erschien jener gequälte Ausdruck, den die Gesichter großer Söhne stets zeigen, wenn sie von ihren kleinen Mums im falschen Augenblick erwischt werden.

»Nun«, sagte Dilberts Mum. »Willst du deiner Mum nicht einen Kuss zur Begrüßung geben?«

Dilberts großer Mund öffnete sich, und ein kleinlautes Krächzen drang hervor. Seine großen dicken Finger fuchtelten, als er sein Volk aus dem Weg winkte.

»Los, weg mit euch!«, sagte er zwischen zusammengebissenen Zähnen hindurch. »Verpisst euch, aber ein wenig plötzlich.« Er schleuderte ihnen Schmerz hinterher, und die Menschen nahmen die Beine in die Hand und flüchteten. Mit beachtlicher Geschwindigkeit.

»Nun erzähl mal«, sagte Dilberts Mum. »Erzähl mal, was du hier treibst.«

»Ich ... äh ... ich wollte ... ich dachte ... äh ...«

»Und was hat das dort zu bedeuten?« Dilberts Mutter deutete mit ihrem kleinen Finger, und Dilbert wusste, wohin sie deutete.

»Tote Dinger«, sagte Dilberts Mum. »Ein großer Haufen toter Dinger. Das warst du, stimmt's?«

»Ich ... äh ... ich ... äh ...«

»Antworte, wenn ich dir eine Frage stelle. Kaum lässt man dich für ein paar hunderttausend Jahre aus den Augen, schon stellst du nichts als Unsinn an. Warte nur, bis dein Vater herkommt.«

»Mein Vater ...«

»Du steckst in großen Schwierigkeiten, mein Sohn.«

»Großen Schwierigkeiten?« Dilbert zitterte vor Entsetzen, und sein Mund stand weit offen. »Große Schwierigkeiten«, krächzte er einmal mehr, dann hielt er den abgerissenen Arm mit der Uhr daran hoch. »Mum, du musst hier weg. Schnell, Mum!«

»Schnell?« Dilberts Mum verschränkte die kleinen kräftigen Arme vor der Brust. »Schnell? Ich bin gerade erst angekommen, und ich hatte nicht einmal genügend Zeit, meine armen alten Beine zu vertreten.«

»Mum, es ist sehr wichtig! Du schwebst in großer Gefahr!«

»Hör augenblicklich damit auf, du törichter Junge, und gib deiner Mutter einen Begrüßungskuss.«

»Nein, Mum, wirklich! Du darfst auf keinen Fall hier bleiben!«

Es war tatsächlich so, war es nicht? Dilberts Mum hätte tatsächlich nicht dort sein dürfen. Sie gehörte außerdem nicht in Dilberts Gleichung. Dilbert hatte eine Menge zu erledigen. Dinge. Menschen. Er musste die Welt erobern. Und eine Atomrakete war im Anflug.

»Mum, du musst gehen. Du musst wirklich gehen.«

»Ich gehe, wenn es mir passt, und ich gehe ganz bestimmt nicht, bevor ich nicht einen Begrüßungskuss bekommen habe.«

»Aber Mum, ich ...«

»Kuss!«, sagte Dilberts Mum und deutete mit einem kleinen kräftigen Finger auf die kleine kräftige Wange.

»Und dann gehst du? Versprichst du es?«

»Ich verspreche es.«

»Also schön. Aber nur den einen. Und keine Zungen.«

»Urgh!«, sagte Dilberts Mum. »Du böser, böser Junge!«

Dilbert beugte sich zu seiner Mum hinunter und schürzte die Lippen.

»Und wie dein Atem riecht!«

»Ja, Mum.« Dilbert schürzte die Lippen erneut.

»Und du hast keine Unterhose an!«

»Nein, Mum. Es tut mir Leid.« Dilbert schürzte erneut die Lippen. »Es tut mir wirklich sehr Leid, Mum.« Er schürzte die Lippen erneut.

»Das sollte es auch! Dein großer rosiger Rubbeldödel jagt jedem eine Heidenangst ein!«

»Jawohl, Mum, ich ...« Dilbert schürzte die Lippen nicht mehr. Er wich ein Stück vom Gesicht seiner Mum zurück und starrte sie prüfend an. »Was hast du gesagt?«, fragte Dilbert.

»Gib deiner Mutter einen Kuss.«

»Nein, nicht das. Diese Sache mit dem Rubbeldödel ... Du hast etwas von einem Rubbeldödel gesagt.«

»Streite nicht mit deiner Mutter. Du bist noch lange nicht zu groß für eine Ohrfeige.«

»Halt, Augenblick!«, kreischte Dilbert. »Irgendetwas stinkt hier, und es ist nicht mein Atem!«

Dilberts Mum wandte sich angewidert ab.

Und dann wandte sie sich wieder zu ihm zurück.

Ganz plötzlich.

Und es war überhaupt nicht Dilberts Mum.

Es war in Wirklichkeit Porrig.

Tara!

Mit Rippington auf den Schultern.

Tara, tara!

Und in der Hand hielt Porrig eine Axt.

Eine große Feueraxt aus dem Notfallkasten in dem schwarzen unmarkierten Helikopter.

Und während Dilbert noch in entsetzter Furcht hinstarrte, schwang Porrig diese Axt.

Und was für ein Schwung das war! Die Art von Schwung, die dem mächtigen Thor angestanden hätte. Oder vielleicht noch dem Wolf von Kabul. Hätte der Schlag Dilbert am Kopf getroffen, er hätte ihn ohne jeden Zweifel in zwei Teile zerteilt, und die Geschichte wäre zu Ende gewesen.

Aber Dilberts Kopf war außer Reichweite.

Sein Rubbeldödel hingegen nicht.

Der Axtkopf erwischte den einen Meter langen Pastinak von einem Rubbeldödel und nagelte ihn auf dem Pflaster fest.

Und dann herrschte Stille.

Es war nicht die Zwanzig-vor- oder Zwanzig-nach-Sorte von Stille.

Es war mehr die Ruhe-vor-dem-Sturm-Sorte von Stille.

Die Ruhe vor dem apokalyptischen Holocaust.

Und dann.

Und dann schrie Dilbert los, und vorbei war es mit der Stille.

Er brüllte, was das Zeug hielt. Aus Leibeskräften. Er schrie und schrie und schrie. Und schrie.

Und schrie.

Es war ein Laut, wie ihn noch nie ein Mensch auf der Erde gehört hatte. Ein Laut so grauenvoll und so ohrenbetäubend, dass noch die Schornsteine in fünf Kilometern Entfernung einstürzten und die Milch auf den Stufen vor den Häusern sauer wurde. Babys machten ihre Windeln voll und starke Männer weinten in ihr Bier. Und es wurde noch schlimmer.

Dilbert schrie und warf mit Schmerzen um sich und riss die Axt aus seinem verwundeten Dödel und schleuderte sie hoch in die Luft. Und er schrie und brüllte und war von Rache erfüllt.

Er richtete seinen mächtigen Schädel nach rechts und nach links, auf der Suche nach seinem Angreifer. Seinen mächtigen Schädel, in dem Wut und Schmerzen rasten. Voller Unglaube angesichts dieser Ungeheuerlichkeit. Dieses Versuchs eines Gottesmords. Dieser Blasphemie. Dieser Gräueltat.

Dilbert bückte sich unter Schmerzen und packte das Lumpenbündel und die Maske aus zerknittertem Zeitungspapier, mit der er irgendwie hereingelegt worden war. Er! Hereingelegt! Und das Raumschiff ... Dilbert starrte auf das Raumschiff. Es war überhaupt kein Raumschiff, sondern nur ein alter Fallschirm, der über einem Gummiboot hing. Und das Gummiboot hing wiederum ...

Hing wiederum ...?

Dilberts vor Schmerz tränende Augen richteten sich nach oben. Ein Seil baumelte aus einer winzigen Wolke herab. Einer winzigen Wolke keine zwanzig Meter über dem Boden.

Dilbert packte das Seil und riss daran. Heftig.

Und aus den Wolken kam ein Helikopter. Ein großer schwarzer unmarkierter Helikopter des Ministeriums für Glückliche Zufälle, der lautlos im Stealth-Modus über ihm geschwebt hatte. (Wie sie das häufig tun – deswegen sieht man sie so selten).

Dilbert schleuderte schreckliche Schmerzen zu dem Helikopter hinauf, und alle, die im Helikopter saßen, fingen sie ein.

Der alte Knacker umklammerte seinen Kopf, und Danburry umklammerte *seinen* Kopf und Sir John Rimmer umklammerte *seinen* Kopf. Und Dr. Harney, der in ein verschmutztes stinkendes Funkgerät gebrüllt hatte, ließ das schmutzige stinkende Funkgerät fallen und umklammerte ebenfalls *seinen* Kopf.

Herunter kam der Helikopter, tschubb, tschubb, tschubb, zitternd und bockend und in einem weiten Bogen. Der vordere Rotor hätte Dilbert fast enthauptet. Wäre nicht ein zweiter und unerwarteter und höchst unerträglicher Schmerz genau in diesem Augenblick in Dilbert gefahren, genauer gesagt, in seinen Hintern, und hätte dieser unerwartete und höchst unerträgliche Schmerz ihn nicht zu einem gewaltigen Satz zur Seite veranlasst, Dilbert hätte es sicherlich hinter sich gehabt.

Auf Dilberts Gesicht breitete sich ein schmerzverzerrter Ausdruck aus, und mit seinen Händen umklammerte er *seinen* Hintern (nicht *seinen* Kopf). Er schrie einmal mehr, als seine umklammernden Finger rasch auf den Grund des neuerlichen Schmerzes stießen: Der Schaft der mächtigen Feueraxt ragte genau zwischen den Backen seines wirklich großen Hinterns hervor.

Dilbert wirbelte herum und heulte und stöhnte. Der alte Knacker im Helikopter schaltete einen Gang herunter, trat das Gaspedal durch und beschleunigte mit quietschenden Reifen zurück in die Wolke (sozusagen), wo er erneut den Stealth-Modus aktivierte. Der Hubschrauber wurde genauso unsichtbar wie zuvor.

Dilbert torkelte mit behutsam umhertastenden Fingern und schielenden kohlrabenschwarzen Augen umher.

»Jede Wette, das hat gesessen«, sagte Porrig.

Dilberts Blick wurde klar. Er saugte zischend Luft ein und hielt den Atem an. Dort unten stand er, der Schänder seines heiligen Hinterns. Dilbert stieß ein gewaltiges Brüllen aus.

»Nicht so laut«, sagte Porrig. »Was für einen Lärm du veranstaltest.«

Dilbert richtete Schmerzen auf Porrig. Jedes Gramm, das er besaß, jedes Pfund. Jeden Zentner und jede Tonne. Und so.

Doch Porrig stand einfach dort und grinste ihn an. »Du kannst mir nicht wehtun«, sagte er.

Dilberts Unterkiefer sank fassungslos herab. Sein Gehirn war von blankem Hass erfüllt und vom Verlangen zu morden. Er ballte die Fäuste und furchte die Stirn und verdrehte die Augen und drückte Schmerz aus Gegenden, an denen er noch nie Schmerzen gehabt hatte, und er schleuderte Porrig alles entgegen.

Porrig lachte nur. »Du machst dir ja in die Hose, Dickerchen!«, rief er.

»Made!«, gurgelte Dilbert. »Wurm! Abschaum! Und Ungeziefer!«

»Wer hat Angst vorm schwarzen Mann«, sang Porrig. »Wer hat Angst vorm schwarzen Mann?«

»Was ... ich ... was?« Dilbert öffnete und schloss den Mund, und sein Adamsapfel hüpfte mächtig. Seine schauerlichen Augen drohten aus dem schauerlichen Schädel zu quellen. »Ich bin dein Gott!«, gurgelte er. »Knie nieder vor deinem Gott!«

»Gott?« Porrig lachte laut auf und zeigte dem Gemüse einen doppelten Effenberg. »Hier, die kannst du dir irgendwo hinstecken, du fetter Bastard.«

Dilbert wankte und erschauerte. Er trat einen Schritt vor, zauderte und zuckte zusammen. Dann zog er sich unter viel Stöhnen und Ächzen die Feuerwehraxt aus dem Allerwertesten.

»Du verlierst deinen Saft«, beobachtete Porrig.

Dilbert musterte ihn aus der Höhe. »Wer bist du?«, verlangte er zu wissen. »*Was* bist du?«

»Spielt doch keine Rolle, *wer* ich bin«, antwortete Porrig. »Aber was die Frage nach dem *Was* angeht, ich bin deine Nemesis, Dilbert Norris. Ich bin gekommen, um dich zu töten.«

»Mich?« Dilbert brach der Angstschweiß aus. »Du willst *mich* töten?«

»Ganz recht.« Porrig nickte. »Ich habe dich bereits ausgetrickst und der Lächerlichkeit preisgegeben. Du hast ein Loch im Dödel und eine Axt im Hintern. Deine Anhänger sind weggelaufen, und es gibt nur noch dich und mich. Möchtest du um Gnade flehen?«

Dilbert erschauerte vom kahlen Schädel bis zur blättrigen Sohle. Er wusste wirklich nicht, was er sagen sollte. Das war undenkbar. Unmöglich. Einfach grotesk.

»Ja«, sagte Porrig. »Das ist es, ist es nicht? Und doch ist es wahr.«

»Du ... du ... du ...« Dilbert ächzte erneut. »Du kannst meine Gedanken lesen?«

»Sicher kann ich«, sagte Porrig. »Und sie sind gegenwärtig ganz schön wirr. Du würdest mich am liebsten zertrampeln, aber die Zeit wird allmählich ziemlich knapp, und wenn du nicht innerhalb der nächsten zwei Minuten in deinem Raumschiff sitzt, dann bist du ein gegrillter Sandkohl.«

Dilbert sah zu seinem siebenzackigen Raumschiff. Es stand auf dem Sockel direkt neben der Admiral-Nelson-Statue.

»So nah und doch so fern«, spottete Porrig. Er stand genau zwischen Dilbert und seinem Fluchtfahrzeug. »Du musst an mir vorbei.«

»Du glaubst, du kannst *mich* aufhalten?«

»Ich kann alles, was ich will.« Porrig tanzte vor Dilbert umher. »Ich bin ein Zauberer. Ich bin jetzt *dein* Gott, Norris.«

»Aus dem Weg, Menschlein!« Dilbert machte einen großen Schritt, doch Porrig breitete die Arme aus, und Dilbert erstarrte mit einem riesigen Blätterfuß mitten in der Luft. Voller Entsetzen sah er nach unten.

Vor ihm erstreckte sich unvermittelt ein gewaltiger Abgrund. Er war tief, er war schwarz, er war breit, und er war da.

»Fall mir nicht ins Loch, Norris«, rief Porrig von der anderen Seite. »Und pass auf die Killerwespen auf.«

Die Wespen kamen aus dem Nichts und hüllten Dilbert in einem wütend summenden Sturm ein. Dilbert schwankte und schlug wild um sich und kreischte und fluchte und stolperte. Und Porrig stand einfach nur da und lachte und lachte und lachte.

»Was gibt es da zu lachen?«, erkundigte sich Augustus Naseby, während er in die Rettungskapsel kletterte.

Das Schwein spähte hinter ihm ins Innere. »Nichts«, sagte es. »Aber Sie glauben doch wohl nicht allen Ernstes, dass dieses Ding fliegt?«

»Es ist ein Meisterwerk viktorianischer Technologie.« Augustus machte eine umfassende Handbewegung, die alles umfasste, was es zu umfassen gab. »Sehen Sie es sich doch nur an. Es ist wunderbar.«

Das Schwein warf einen umfassenden Blick in die Runde. Die Inneneinrichtung war in der Tat sehr schick. Zwei gepolsterte Lehnsessel waren am Boden festgenietet. Jede Menge Regler und Hebel und Schalter aus poliertem Messing und Anzeigegeräte mit zitternden Nadeln. Mächtig viel Mahagoni neben dem mächtig vielen Messing. Sogar ein John-Constable-Gemälde hing über dem Kamin. Alles mit Gaslaternen erleuchtet und bereit für den Start.

»Ich denke, ich verzichte lieber«, sagte das Schwein. »Ich habe so ein gewisses Gefühl.«

»Ich habe so ein gewisses Gefühl«, sagte Danburry, während er aus der Höhe nach unten spähte.

»Behalten Sie es für sich, dieses eine Mal«, sagte Sir John. »Porrig macht seine Sache ganz ausgezeichnet, keine Frage.«

Der alte Knacker hielt den Steuerknüppel mit beiden Händen umklammert. »Was gibt's Neues, Doktor?«, rief er nach hinten.

Dr. Harney schüttelte seinen stinkenden Sender. »Die Bastarde haben mich in eine Warteschleife gelegt. Sie sagen, der Lamettahengst mit dem speziellen Spezialschlüssel ist eben in die Kantine gegangen. Sie haben jemanden nach ihm geschickt.«

»Sie haben uns wirklich in eine bescheidene Lage gebracht, Doktor«, sagte Danburry und wandte sich zu Dr. Harney um. »Wir werden in die Luft gejagt, und alles ist ganz allein Ihre Schuld.«

»Nun, wenigstens sind wir dann für eine edle Sache gestorben«, sagte der alte Knacker. »Wenn das Monster vernichtet ist, dann war es die Mühe wert.«

Danburry seufzte und kehrte ins Cockpit zurück. »Hoffen wir nur, dass Porrig diesen Norris weiter an der Nase herumführen kann. Wenn er sich von dem Schrecken erholt und dahinter kommt ...«

»Dahinter kommt?«, fragte Dr. Harney. »Ich war bewusstlos, als Porrig seinen Plan erklärt hat. Was genau macht er dort unten?«

Danburry seufzte einmal mehr. »Ich sollte es Ihnen wirklich nicht verraten«, sagte er, »weil Sie so ein doppelzüngiger Bastard sind und alles. Aber da es so aussieht, als würden wir nun einmal alle sterben, spielt es sowieso keine Rolle mehr. Der Porrig, den Sie dort unten sehen und der dem Monster so kräftig einheizt, ist nicht der echte Porrig. Es ist Rippington. Rippington kann die Gedanken des Monsters hören, er kann sich auf ihre Wellenlänge einstimmen, doch er wird nicht von ihnen beeinträchtigt. Und mit Hilfe von Apocalypsos Bühnenmagie hat er sich als Porrig verkleidet, während Porrig die übrigen Illusionen veranstaltet. Ein falscher Abgrund im Boden, falsche summende Killerwespen und dergleichen mehr. Genug, um das Monster aufzuhalten, bis die Atomrakete einschlägt. Es ist alles sehr tapfer und edel und...«

»... und ziemlich weit hergeholt«, sagte der Doktor. »Aber solange das Monster nicht dahinter steigt...«

»Genau«, sagte Danburry. »Solange es nicht dahinter steigt...«

Unten am Boden hörten die Wespen auf zu summen und der Abgrund verschwand. Dilbert grinste ein schreckliches Grinsen. Und Rippington sagte: »Ich glaube, er ist gerade dahinter gestiegen.«

Dilbert tippte an seine fette Schläfe. »Ich hab ein wenig nach oben gelauscht«, sagte er. »Deine Kumpane oben im Helikopter. Ich hätte sie mit Leichtigkeit töten können, weißt du, aber dazu bin ich viel zu clever. Ich bin zu clever für jeden von euch, und jetzt muss ich wirklich von hier verschwinden.«

Er reckte die massigen Schultern und richtete sich hoch auf, um zu seinem Raumschiff zu marschieren. Mit einer mächtigen Hand schlug er nach dem falschen Porrig und verstreute Abfälle und leere Illusion. Er stampfte alles in Grund und Boden und marschierte weiter.

»Was nun?«, flüsterte Rippington zu einem erschütterten, zitternden Porrig, der sich hinter dem Raumschiff des Monsters duckte.

»Irgendeinen Vorschlag?«, fragte Porrig.

»Nur einen einzigen, offensichtlichen.«

# 25

Dilbert kletterte an Bord seines Raumschiffs. Er senkte die Kuppel über sich und legte den Sicherheitsgurt an, dann griff er nach vorn und drehte den Zündschlüssel im Armaturenbrett herum.

Doch der Schlüssel war nicht da.

Porrig raste über den Platz, Rippington unter den Arm geklemmt und Dilberts Schlüssel in der Hand.

»Jetzt steckt er in der Klemme«, ächzte Porrig.

»Nein, stecke ich nicht«, sagte Dilbert.

Er kramte unter dem Armaturenbrett und tastete nach dem Reserveschlüssel. Fand ihn, steckte ihn hinein, drehte ihn herum, und die Maschine erwachte stotternd. Raketen brüllten, und das Raumschiff begann zu steigen.

Porrig blieb stehen und sah ihm hinterher. »Herrgott noch mal und zugenäht!«, schimpfte er. »Der Bastard entwischt!«

»Der Bastard entwischt!«, rief der alte Knacker. »Los, raus aus dem Helikopter, alle! Auf der Stelle!«

»Was?«, machte Danburry. »Was denn?«

»Raus jetzt, los, fragt nicht.«

»Wir würden sterben. Lassen Sie mich an die Bordgeschütze, der Hubschrauber hat...«

»Keine Zeit für Spielchen. Spring raus, Junge!«

»Nein«, sagte Danburry.

»Meinetwegen«, sagte der alte Knacker und zog den

Steuerknüppel zu sich heran. »Tut mir wirklich Leid, aber es muss sein.«

Der Helikopter schoss nach oben und stellte sich steil. Danburry und Dr. Harney und Sir John verloren das Gleichgewicht und rollten nach hinten in Richtung Heck. Der alte Knacker betätigte einen Knopf oder zwei, und die Frachtluke öffnete sich. Schreiend und fluchend und wirklich ganz ordinäre Schimpfworte ausstoßend purzelten die drei nach draußen und fielen in einen der Brunnen.

Der alte Knacker drückte den Steuerknüppel wieder nach vorn und trat das Gaspedal durch.

»Was hat er vor?«, fragte Porrig, als der Helikopter dicht über seinen Kopf hinwegraste.

»Er will die fliegende Untertasse rammen. Lauf noch ein paar Meter weiter.«

Und während Porrig noch ein paar Meter weiter lief, hielt der alte Knacker den Steuerknüppel mit beiden runzligen alten Händen fest und sagte an Gebeten auf, was er im Lauf der Jahre noch nicht vergessen hatte.

Dilbert riss die Augen auf, als er den Helikopter heranjagen sah. Er drückte sein eigenes Gaspedal bis zum Boden durch und schleuderte dem Kamikaze mentalen Schmerz entgegen.

Es traf den alten Knacker voll. Mit aller Wucht. Die Wut, die Verachtung, die Abscheu. Der Hass von Dilbert Norris gegenüber der gesamten menschlichen Rasse. Der alte Knacker bekam alles ab, und er schrie.

Doch er ließ den Steuerknüppel nicht los.

Der Helikopter krachte in die Fliegende Untertasse und trieb sie rückwärts gegen Nelsons Säule. Genau auf Nelsons Säule, genau genommen.

Dilbert spreizte die Beine weit, als der Bronzekopf der gigantischen Heldenstatue durch den Boden seines siebenzackigen Raumschiffs brach und ihn um ein Haar aufgespießt hätte.

Der Helikopter stürzte taumelnd und unkontrolliert kreisend ab.

Porrig starrte voller Entsetzen auf die Szene und rannte los, um zu helfen.

Rauch quoll aus dem Rumpf der zertrümmerten Maschine, und jene kleinen elektrischen Fünkchen tänzelten über das Metall, die stets einer Explosion des geborstenen Treibstofftanks vorausgehen.

Porrig kämpfte mit der Cockpittür und zwängte sie auf. Porrig starrte ins Innere des Wracks.

Der alte Knacker saß zusammengesunken hinter der Instrumententafel. Blut rann aus seinem linken Ohr, und sein Genick war eindeutig gebrochen.

»O nein!« Porrig kletterte ins Cockpit. »Sei nicht tot, bitte sei nicht tot!« Er fuhr mit zitternden Händen über die eselsohrigen weißen Haarbüschel an den Seiten des alten Kopfes. »Bitte, lieber Gott, lass ihn nicht tot sein!«

Der alte Knacker schlug die Augen auf und atmete tief durch.

»Ja!«, seufzte Porrig erleichtert. »Kommen Sie, ich helfe Ihnen.«

»Nein!« Die Stimme des Alten klang laut und kraftvoll. Doch sie kam nicht von seinen bebenden Lippen. Sie erklang direkt in Porrigs Kopf. In seinen Gedanken.

»Geh, Porrig«, sagte die Stimme. »Geh weg, bevor dieses Ding in die Luft fliegt. Du musst noch etwas erledigen, und ich habe alles getan, was in meiner Macht stand. Wenn meine Zeit zu sterben gekommen ist, dann mag es so sein.«

Porrig schüttelte seinen übervölkerten Kopf. »Ich lasse Sie nicht hier alleine zurück!«, sagte er. »Außerdem können Sie nicht sterben, schon vergessen? Nicht, bevor Sie nicht die Engelsfeder zurückgegeben haben. Das ist Ihre Aufgabe, und ich werde Sie hier rausschaffen, ob es Ihnen nun gefällt oder nicht.«

Es gab einen blendenden Blitz, und Porrig schirmte die Augen ab.

»Raus!«, kreischte Rippington. »Der Hubschrauber fliegt jeden Augenblick in die Luft, Porrig! Er fliegt jeden Augenblick in die Luft!«

»Nein, nicht bevor ich ...« Porrig verstummte, als er die Augen wieder öffnete. Er blinzelte und starrte und starrte und blinzelte. Jemand anderes war dort im Cockpit. Er war klein, und er war nackt, und er hockte mit weit ausgebreiteten Flügeln auf dem Armaturenbrett. Ein goldenes Licht umgab ihn, glänzte auf seinen Flügeln und seinem vollkommenen Gesicht.

»Der Engel!«, flüsterte Porrig. »Der Engel ist zurück!«

»Gib ihm die Feder, Porrig.« Die Stimme in Porrigs Kopf war nur ein Flüstern. »Gib ihm die Feder, damit ich Ruhe finde.«

Porrig kramte in den Innentaschen des Alten und brachte die glänzende Elfenbeinschachtel zum Vorschein. Er blickte hinunter auf das eingravierte Datum. 1837.

Er wischte sich eine Träne aus dem Augenwinkel und schniefte, und als er schniefte, überwältigte ihn der Duft von Flieder. Der Geruch des Heiligen, das Parfüm der Perfektion. Er streckte dem Engel die

Schachtel hin, und der Engel nahm sie in seine winzige Hand. Er lächelte Porrig an, und Porrig schniefte eine weitere Träne weg.

»Komm raus!«, kreischte Rippington. »Porrig, komm endlich da raus!«

»Auf Wiedersehen, dann.« Porrig tätschelte dem Alten sanft die Schulter. »Ich hoffe, Sie finden Ihre Vollkommenheit.«

»Auf Wiedersehen, Porrig.« Und die Stimme, kaum mehr als ein Flüstern, verstummte endgültig.

»Porrig, rasch! Beeil dich doch!«

Es gab einen weiteren Blitz, und dieser war gefolgt von Flammen.

Porrig sprang aus dem Helikopter, riss Rippington zu sich hoch und nahm die Beine in die eine Hand (die andere hielt Rippington). Die elektrischen Funken fanden den geborstenen Tank und machten damit, was von ihnen erwartet wurde. Der Helikopter ging in einem gewaltigen Feuerball auf. Porrig warf sich zu Boden und schirmte Rippington mit seinem Körper ab, während ringsum Metallsplitter einschlugen.

»Rubbeldidubbel«, sagte der Zwerg und hob den kleinen kahlen Schädel. »Das war ziemlich knapp, wie?«

Porrig zupfte sich etwas Heißes, Schmerzhaftes aus dem Hosenboden. »Er ist tot«, sagte er mit brechender Stimme. »Der Engel ist gekommen und hat ihn mit sich genommen. Der alte Knacker ist tot.«

»Oh«, sagte Rippington. »Das war also das.«

»Was hast du gesagt, du kleiner Scheißkerl?« Porrig hob die Hand, um nach Rippington zu schlagen, doch dann sah er die kleinen, blauen Katzenaugen des Zwergs, und darin glitzerten Tränen.

»Ich hab den Alten gemocht«, sagte Rippington. »Ich hab ihn wirklich gemocht, nicht nur du, weißt du?«, sagte er.

»Ja«, sagte Porrig. »Ich weiß.«

Rippington deutete über Porrigs Schulter. »Dieses Mistding da oben ist immer noch lebendig«, sagte er.

Und in der Tat, das Mistding war immer noch lebendig. Dilbert kämpfte sich aus seinem zerstörten Raumschiff und schüttelte seine grüne Faust. »Die Spitze der Welt, Mum!«, brüllte er wie ein tollwütiger King Kong. »Ich bin immer noch der große Boss hier. Kniet nieder vor eurem Gott!«

Und dann traf die Schockwelle ein.

Sie begann als Rumpeln und prallte auf sie wie ein Hammerschlag. Gebäude erzitterten in ihren Fundamenten. Fenster sprangen und Türen brachen aus ihren Rahmen. Ziegel und Backsteine und Latten und Pflaster rissen und brachen, bebten, fielen, zersprangen und barsten.

Der Boden erzitterte; aus dem Rumpeln wurde ein Brüllen, aus dem Brüllen ein ohrenbetäubendes Röhren. Risse bildeten sich auf dem Trafalgar Square und breiteten sich mit rasender Geschwindigkeit aus. Porrig und Rippington rannten los.

Aber wohin konnten sie schon rennen?

Dilbert hatte einen Arm um Nelson geschlungen, eine Faust geballt.

Danburry rappelte sich aus dem Brunnen auf und umklammerte wirklich zum allerletzten Mal seinen Unterleib.

Sir John Rimmer kniete im Wasser, die Hände zum Gebet gefaltet.

Dr. Harney torkelte hierhin und dorthin. Sein Sender lag ein Stück weit abseits, und eine Stimme, die niemand hören konnte, sagte: »Ich kann Sie jetzt durchstellen. Hallo? Hallo? Hallo ...?«

Dann kam die zweite Schockwelle.

Weiß. Blendend. Alles überstrahlend. Ein Feuerblitz. Ein Brüllen und ein Rumpeln und ein gewaltiges Rauschen. Nelsons Säule mit all ihren Löwen und der zentralen Plaza, hoch und hinauf.

Nelsons Säule.

Das viktorianische Monument.

Nelsons Säule.

Die geheime Rettungskapsel.

»Hoch und hinauf!«, kreischte Augustus. »Ich denke, wir schaffen es!«

Die Säule erhob sich auf ihren Dampfturbinen und einem blendend grellen Feuerschweif. Porrig schirmte die Augen ab und sah ihr hinterher. Sie stieg höher und höher und höher und wurde kleiner und kleiner und kleiner und dann war sie weg (ohne Komma).

»Weg«, sagte Porrig. »Er ist entkommen.«

»Dein Dad auch«, sagte Rippington. »Er hat dieses Ding gesteuert.«

»Unglaublich.« Porrig schüttelte den Kopf. »Sieh dir das nur an! Sieh dir das an!«

Rippington sah es sich an. »Ein ziemliches Chaos«, beobachtete er.

»Chaos?« Porrig warf die Hände hoch. »Ein Chaos?«

»Nun, du hast jedenfalls dein Bestes gegeben. Du

hast alles unternommen, was in deiner Macht stand, Porrig. Du musst dich wegen nichts schämen.«

»Aber er ist entkommen.«

»Das ist wahr.«

»Und die Bombe ...«

»Ah«, machte Rippington. »Ah. Die Bombe.«

»Ah«, machte Augustus Naseby. »Ah, ich denke, wir können diese Aktion als einen Erfolg verbuchen.«

»Ich bin ziemlich froh, dass ich doch noch mitgekommen bin«, sagte das Schwein. »Auch wenn ich nicht eingeladen war.«

»Irgendwas hängt an unserem Periskop«, sagte der Mann im weißen Kittel namens Albert.

»Vergessen Sie das Periskop«, sagte Augustus. »Machen wir den Champagner auf.«

»Oh, aber Sir! Ich wollte das Periskop so gerne benutzen! Es ist wirklich sehr schlau gemacht! Man kann aus Nelsons Handfernrohr sehen.«

»Diese Viktorianer, also wirklich. Sie haben auch nicht einen Trick ausgelassen, als sie diese Kapsel entwarfen.«

»Ah, jetzt hab ich's«, sagte der Mann im weißen Kittel namens Albert. »Irgendetwas hat das Fernrohr blockiert. Au Scheiße!«

»Schweinescheiße?«, fragte das Schwein.

»Nein. O du meine Güte. Ach du lieber Gott! Heiliger Käsus von Nazareth! Herr im ...!«

»Was denn? Lassen Sie mich mal, Sie Blödmann.«

Augustus versetzte dem Mann mit dem weißen Kittel namens Albert einen Ellbogenstoß und warf selbst einen Blick durch das Periskop.

Ein großes schwarzes böses Auge funkelte ihn an.

»Nein. O du meine Güte. Ach du lieber Gott! Heiliger Käsus von Nazareth! Aaaaaaaaaaaaagh!«, machte Augustus. »Das Monster ist an Bord!«

»Wenn Sie glauben, dass das schon die schlechte Nachricht ist«, sagte das Schwein, »dann sollten Sie mal einen Blick durch dieses Bullauge hier werfen. Irgendetwas ist auf Kollisionskurs mit uns. Es kommt ziemlich schnell heran, und ich kann es nicht genau erkennen. Oh, jetzt kann ich es erkennen. Es hat Sterne und Streifen auf der Vorderseite. Es scheint der atomare ...«

## 26

Es gab einen irrsinnigen Donnerschlag.

So sind sie nun einmal, diese Atomsprengköpfe, eh?

Aber weil es sehr weit oben passierte, gab es unten am Boden nicht so besonders viele, die den irrsinnigen Donnerschlag hörten. Sicher, es würde zu einem Fallout kommen, aber was war schon so ein bisschen Fallout, eh? Das Monster war tot. Die *Erde* war gerettet!

Selbstverständlich würde es einige Erklärungen erfordern. Eine offizielle Erklärung würde verlangt werden. Irgendjemand würde den Kopf dafür hinhalten müssen.

Und selbstverständlich hielt er.

Wie immer.

Er kassierte sämtliche Lorbeeren.

Denn es war schließlich eine bemerkenswerte Tat gewesen. Es war eine höchst bemerkenswerte Leistung. Bemerkenswert. Einzigartig. Eigenhändig. Höchst bemerkenswert.

Der Präsident der Vereinigten Staaten sagte in seiner Rede, wie bemerkenswert seiner Meinung nach das alles war. Der Premierminister von England, der immer allem zustimmte, was der Präsident der Vereinigten Staaten so sagte, stimmte dem Präsidenten der Vereinigten Staaten zu, dass es sich in der Tat um eine höchst bemerkenswerte Leistung handelte. Zahlreiche gekrönte Häupter Europas, die erst vor kurzer Zeit gesagt hatten, dass sie diese Leistung für bemerkenswert hielten, sagten nun schon wieder, dass sie auch diese Leistung für bemerkenswert hielten. Und der neue Papst Peter der Taubenliebhaber sagte, dass sogar er es für bemerkenswert hielt.

Und während noch der Fahrzeugkonvoi gemessenen Schrittes durch die Straßen Londons zum Buckingham Palace fuhr, wo Sir John Rimmer zum richtigen Ritter geschlagen werden sollte, stimmten alle darin überein, dass Sir Sir John Rimmer eine wahrhaft bemerkenswerte Tat vollbracht hatte.

Nicht nur, dass er eigenhändig den Meteor zerstört hatte, der die gesamte Erde bedrohte, sondern er hatte auch die KONTAMINATION beseitigt, die zu vielen Toten und millionenfachen Halluzinationen weltweit geführt hatte. Halluzinationen, dass Gott im Fernseher zu sehen gewesen sei. Es war in der Tat bemerkenswert. Eine durch und durch bemerkenswerte Bemerkenswertigkeit.

Erstaunlich.

Doch andererseits – Sir Sir John Rimmer war ein bemerkenswerter Mann. So bemerkenswert sogar, dass die Britische Regierung nicht einen Augenblick lang zögerte, ihm eine Vollzeitanstellung anzubieten.

Als der neue Chef des Ministeriums für Glückliche Zufälle.

# 27

Der Kreis hat sich geschlossen, wenigstens für Porrig.

Es ist auf den Tag genau einen Monat her, dass er im Rinnstein gelegen hat, ohne die Sterne zu sehen. Damals lag er dort, weil er außer der Reihe gesprochen hatte. Weil er sich politisch unkorrekt verhalten hatte. Und dafür hatte er Schläge eingefangen und seine Verlobte verloren.

Wie viel doch in einem Monat passieren kann.

Und in der Tat hat Porrig in diesem Monat eine ganze Menge erlebt. Er ist ein veränderter Mensch. Ein neuer Mensch. Ein anderer Mann.

Und doch liegt er nun im Rinnstein und sieht einmal mehr keine Sterne.

Was ist geschehen?

Und warum befindet er sich, während wir uns von ihm – höchstwahrscheinlich für immer – verabschieden, in dieser misslichen Lage?

Er hat Blut an sich, hat Porrig. Eine blutige Nase. Und seine Kleidung ist zerrissen, und er hat Blessuren und Schwellungen.

Worum ist das so?

Oder heißt es warum?

Eine traurige Geschichte, wirklich, in einem Pub. Mitten in der großen Feier. Und zu allem Überfluss in der Verlängerung, nach der Polizeistunde.

Was hat er gesagt? Warum hat er es gesagt? Warum hat er sich so verhalten? Wie?

Der Alkohol vielleicht? Der Alkohol und diese Fernsehübertragung von Sir Sir John Rimmer im Buckingham Palace. Das muss es gewesen sein. Porrig hat die Fassung verloren und gegen den Fernseher lamentiert. Er hat über Vertuschung und Konspiration und Menschen lamentiert, die von einem bösen Ministerium in einem gemeinen Spiel wie Bauern hin und her geschoben werden. Er hat behauptet, es an Ort und Stelle beweisen zu können ... wenn ihm doch nur die geheime Technik wieder einfallen würde, die ihm irgendwie entfallen zu sein schien.

Ja, das muss es gewesen sein. Und die Schlägerei, die er mit dem Transvestiten angefangen hat. Sie haben ihn gepackt und aus dem Pub geschleift und ihn in den Rinnstein geworfen.

Nun liegt er hier und hadert mit seinem Schicksal.

Und sieht keine Sterne.

Porrig stöhnt und ächzt und murmelt leise vor sich hin, und während er ganz und gar damit beschäftigt ist, legt sich eine Hand auf seine Schulter.

Keine gewöhnliche Hand.

Eine kleine Hand ist es, und damit meine ich wirklich klein. Grässlich klein. Sie ist grau, und die Finger sind knochig.

Porrig zuckt zusammen und hält die Hände über den Kopf aus Furcht vor weiterer Bestrafung.

Doch eine Stimme spricht leise in sein Ohr, und bei ihrem Klang nimmt Porrig die Hände wieder herunter.

Ein kleiner grauer Kopf beugt sich über ihn, und zwei blaue katzenartige Augen machen blinzel, blinzel, blinzel, und die Stimme spricht erneut und sagt: »Porrig?«

Und Porrigs Augen machen blinzel, blinzel, blinzel, und Porrig antwortet: »Rippington!«

Und Rippington sagt: »Ich hab dich überall gesucht, Porrig. Ich hab überall nach dir gesucht.«

Und Porrig sagt: »Ich dachte, du wärst zurückgegangen nach ALPHA 17 oder was weiß ich wohin. Niemand glaubt ein Wort von dem, was ich erzähle. Das Ministerium hat alles vertuscht.«

Und Rippington sagt: »Weil das Monster jetzt tot ist, kehrt alles wieder in seine alten Bahnen zurück.«

Und Porrig sagt: »Aber du bist immer noch hier.«

Und Rippington sagt: »Ja, und es gefällt mir immer noch nicht.«

Und Porrig sagt: »Wenn ich mich doch nur erinnern könnte, wie die Töne gehen, dann würde ich auf der Stelle in eine andere Realität verschwinden.«

Und Rippington sagt: »Und würdest du mich mitnehmen, Porrig?«

Und Porrig sagt: »Natürlich würde ich dich mitnehmen, Rippington.«

Und Rippington sagt: »Rate mal ...«

# 28

Sie können Porrig besuchen, wenn Sie wollen. Er hat noch immer seinen Laden, und er führt ihn gemeinsam mit seinem besten Freund Wok Boy und einem kleinen grauen Kerlchen, das nur des Nachts hervorkommt. Der Laden ist ziemlich erfolgreich. Porrig handelt mit alten Comicbüchern und zeichnet seine eigenen Comics und druckt sie auf seiner eigenen Druckerpresse. Es sind ziemlich merkwürdige Comics: Alles über alternative Welten und wilde Regierungsverschwörungen.

Natürlich nimmt niemand Porrigs Comics ernst. Aber sie haben einen gewissen Kultstatus. Und Porrig hat sogar seinen eigenen Fanclub.

Die Menschen fragen ihn manchmal, woher er seine Ideen nimmt und ob er tatsächlich an das Zeugs glaubt, was er da zeichnet und schreibt.

Porrig lächelt immer nur, wenn die Leute ihn so etwas fragen. Er schüttelt den Kopf und sagt nein. Obwohl er sagt, dass solche Dinge durchaus möglich wären, dass sie sich vielleicht sogar ereignet haben, wenn auch in einer anderen Realität.

Doch ganz gewiss nicht in der Realität, in der er lebt.

Welche natürlich die Gleiche ist, in der auch wir leben.

Oder?

Am 28. April 1998 wurde die Mornington Crescent Station nach vielen Jahren »extensiver Renovierungsarbeiten« wiedereröffnet. Es ist jedoch interessant festzustellen, dass die Station jeden Abend um einundzwanzig Uhr dreißig für die Öffentlichkeit gesperrt wird.

Obwohl – vielleicht ist es ja doch nicht sooo interessant.

[Ende]

›Nach dem HERRN DER RINGE war die Welt der Fantasy nicht mehr dieselbe‹, hieß es auf dem Klappentext zum Vorgängerband dieser Anthologie: DIE ERBEN DES RINGS herausgegeben von Martin H. Greenberg (Bastei Lübbe Band 13 803). In jenem Band verbeugten sich anglo-amerikanische Autoren vor dem großen Erzähler. Doch nicht nur im englischsprachigen Raum hat Tolkien seine Spuren hinterlassen, auch eine junge Generation von deutschen Schriftstellern wird auf die ein oder andere Art von ihm beeinflusst. In dieser Anthologie sind neue Geschichten gesammelt, die Tolkien zu Ehren geschrieben wurden, oft mit einem Augenzwinkern, aber stets voller Respekt. Autoren sind u.a.: Helmut W. Pesch, Wolfgang Hohlbein und Kerstin Gier

ISBN 3-404-20421-2

BASTEI LÜBBE